청사초롱 불 밝히고

청사초롱 불 밝히고

지은이 • 신봉승  발행인 • 김윤태  발행처 • 도서출판 선  교정 · 교열 • 김민경  북디자인 • 디자인이즈  초판 1쇄 발행 • 2009년 8월 20일
등록번호 • 제15-201호  등록일자 • 1995년 3월 27일  주소 • 서울시 종로구 낙원동 58-1 종로오피스텔 314호  전화 • 02-762-3335
전송 • 02-762-3371  값 15,000원  ISBN 978-89-6312-011-9 03810

# 청사초롱
# 불 밝히고

초당 신봉승과 함께 한
우리 시대의 담론

산

윤주영(전 문화공보부장관) 사진집
『우리 시대를 이끌어 온 사람들·50인』에 수록된
저자 신봉승
2008년

행복하였노라,
보람도 있었노라!

옛 성현들이 남긴 글을 읽노라면 그분들이 생각한 최고의 경지는 부끄러움 없는 삶이었고, 따라서 '하늘의 뜻을 거역하지 않았으며, 책 속의 말씀에 어긋남이 없었다.' 라는 마지막 말을 남기는 것으로 자신의 후회 없는 삶을 되짚어 보곤 하였다. 나는 이 아름답고 진솔한 글귀를 마음에 담으면서 여기까지 왔다.

20대에는 시를 쓰고, 시인이 되리라는 상념으로 살았고, 30대에는 극영화의 시나리오를 쓰면서 얼핏 명성이라는 것을 알게 되었으나, 40대에 접어들면서 터득하기 시작한 역사에 대한 관심은 내 무력함의 근본이 무엇인지를 깨닫게 해 주었다. 그랬다. 역사라는 말에 포함된 보이지 않으면서도 때로는 뚜렷하게 보이는 혼란의 묘미는 내 삶의 전체를 바꾸어 놓으려는 하늘의 뜻이 무엇인지를 헤아리게 하였다.

나의 50대의 10년은 실록대하드라마 「조선왕조 500년」을 쓰는 일에 모든 것을 소진하였다. 이 소진으로 비로소 새로운 나를 알게 되었다면 남들에 비하여 늦깎이가 분명하다. 『조선왕조실록』을 모두 읽어 버린 노고가 학문을 쌓아 올리는 기초되는 것이 아니라, 드라마를 쓰는 도구가 되었던 것은 상당한 혼란을 함께 하였고, 그 혼란을 잠재운 것은 역사인식이 싹트면서였다. 나의 60대는 그 역사인식으로 인해 내가 개인이 아니라 사회의 조직원이며, 나라의 미래를 걱정해야 하는 책무를 갖고 있음을 알게 되었다.

　60대의 후반을 지나면서 오늘 70대의 후반을 넘어서기까지 나는 1년에 100여 회 이상의 강연일정을 소화하면서 나를 주시하는 많은 청중들에게 역사에서 배워지는 국가의 정체성과 정신적 근대화를 주로 입에 담았다. 그렇게 발설한 모든 내용은 나와의 약속이며, 나는 그 약속을 이행하는 것으로 내 소임을 다하게 된다는 사실을 터득하고서야 비로소 사람들은 나의 학문이 아닌 역사인식에 환호를 보내 주었다.

돌이켜 생각해 보면 남에게는 상당한 존경을 받으면서도 실제로는 아무 쓸모없이 사는 사람이 있고, 이와는 반대로 남에게는 때로 무시를 당하면서라도 자신의 처지를 굳건히 지키며 살아가는 사람도 있다는 사실을 알게 되었다. 물론 나는 후자에 속해 있음이 확연하다.

이 책에 담긴 글들은 그런 삶을 살아오면서 사귀었던 친구들과 나눈 진솔한 이야기와 나의 오늘을 있게 한 선생님들, 그리고 선배들과의 교감을 엮은 사연들이라, 모든 내용 중에 담겨 있는 이야기들을 다시 연도별, 날짜별로 정리한다면 나의 삶을 정리한 자전적인 에세이가 된다.

마지막 교정을 마치면서 느낀 내 솔직한 소회는 '나는 행복하였노라, 보람도 있었노라!' 라고 정리되었다. 흔쾌히 출판을 맡아 준 도서출판 선의 김윤태 사장께 감사한 마음 가눌 길이 없다.

2009년 7월 초당서실에서

# 청사초롱 불 밝히고

## 1 더불어 피어난 정겨움의 꽃

## 2 경사가 나면 청사초롱을 밝혀 들고

# 1. 더불어 피어난 정겨움의 꽃

사람의 도리를 지켜 가면서 살기 위해서는

가까이에 훌륭한 스승이 있어야 하고,

따를 만한 선배가 있어야 하며, 좋은 친구가 있어야 한다.

내 주위에는 훌륭한 스승과 따를 만한 선배,

그리고 마음을 주고받을 수 있는 친구 들이 부지기수로 많았다.

또 그들에 관해 글을 쓴 것도 허다히 많다.

여기에 그중 열 분의 이야기를 뽑아서 실었는데,

이미 세상을 떠나신 분이 다섯 분이나 된다.

보고 싶고 그리운 마음 너무도 간절하다.

# 오직 영화밖에 몰랐던 사나이

## 영상미학의 거장 신상옥申相玉 감독

●

　한국의 영화를 대표하거나, 또는 상징할 수 있는 사람을 한 사람 들라 하면 나는 조금도 서슴지 않고 신상옥 감독이라고 대답한다. 여러 차례 그런 글도 썼고, 또 수없이 되풀이한 말이지만 지금도 그 생각에는 아무 변함이 없다. 영화를 위해서라면 뭐든지 할 수 있었던 사람, 영화만을 위해 숨 쉬었던 사람, 영화를 위해서라면 목숨까지 던질 수 있었던 신상옥 감독을 위해 그와 함께 일한 시나리오작가로서 진솔한 글을 한 편 써야겠다고 별러왔던 터이다.

　물론 한국 영화에 관한 논문이나, 혹은 신상옥의 영화론에 내한 평론가들의 글들은 수없이 많다. 그런 글의 내용을 살펴보면 한국 영화에 끼친 그의 공헌과 영화감독으로서의 능력, 스크린 위에 그려지는 신상옥 특유의 영상미학 등에 대한 칭송으로 일관한다. 물론 나도 동감한다. 그러나 우리가 간과해서는 안 될 일이 하나 있다.

"신 형, 프로듀서의 일이든, 영화감독의 일이든 그중의 한 가지 일만 하게 했으면 나 정말 하고 싶은 일 많이 했을 거야."

신상옥 감독이 육성으로 나에게 들려준 말이다. 그는 좋은 영화를 만드는 일보다 〈신 필름〉을 운영하는 일에 마음고생을 많이 한 사람이다. 100여 명이 넘는 직원들과 거느리고 있는 스태프, 그리고 그들의 가족들까지 먹여 살리는 일이 영화를 만드는 일에 장애가 되었다면, 그가 좋은 영화를 만들기 위한 상념의 한가운데에 '기업'이라는 개념의 장애가 도사리고 있었다는 뜻이 된다. 그렇다면 〈신 필름〉을 버리고 영화연출에만 매달리면 되지를 않겠는가, 그것은 적어도 신상옥 감독에게는 불가능했다. 까닭은 자명하다. 꼭 만들고 싶은 영화, 만들지 않으면 안 되는 영화를 만들 수가 없기 때문이었다. 그래서 신상옥은 머리가 둘 달린 '샴 형제'처럼 예술과 기업의 사이를 오가며 살았다.

신상옥 감독은 1952년에 「악야惡夜」로 데뷔한다. 「악야」는 김광주의 소설을 영상으로 옮긴 작품이다. 그 내용이 양공주를 주인공으로 하여 현실을 고발하였다는 점에서 당시로는 문제작으로 지목된다. 또 작품의 성향으로 보아서는 리얼리즘을 선택한 것이 되지만, 경제적으로나 사회적인 면에서 가장 어려운 시기에 만난萬難을 무릅쓰고 위험천만한 소재를 소화했다는 점에서 그의 영화작가로서의 열정을 찾을 수가 있다.

신상옥 감독의 리얼리즘은 소셜리즘과 연결되어 있다. 「악야」·「지옥화('58)」·「어느 여대생의 고백('58)」·「이 생명 다하도록('60)」이 보여 주는 세계가 여기에 해당된다.

영화가 '필름은 예술이며 시네마는 산업(기업)이다.'라고 불릴 정도로 모순된 두 가지를 안고 있음은 앞에서도 지적하였다. 또 수많은 영화작가들이 이 모순과 갈등을 경험하였지만, 신상옥 감독은 그 출발에서부터 영화작가로서의 작업과 프로듀서로서의 작업을 함께 하고 있었기 때문에 예술과 산업 간의 갈등에서 가장 많은 고통을 겪은 사람이다.

1961년, 「성춘향成春香」이 관객을 동원하는 데 크게 성공하자, 신상옥 감독은 윤택해진 경제사정을 밑바탕으로 그가 만들고 싶던 많은 소재들을 그의 뜻대로 영상에 담는다. 이 무렵에 만들어진 그의 작품들이야말로 신상옥 감독의 특성을 가장 적나라하게 보여 준 작품들이다. 때문에 대부분의 '신상옥론'은 「상록수('61)」·「사랑방 손님과 어머니('61)」·「연산군燕山君('61) 전후 편」, 「열녀문烈女門('62)」·「쌀('63)」, 「벙어리 삼룡('64)」 등을 중심으로 쓰여지게 된다.

신상옥은 1925년 9월 12일 함경북도 청진에서 태어났다. 경성중학을 거쳐 동경미술전문학교를 나왔다. 그가 미술을 전공한 것은 영상작가로서의 기틀을 잡기에 안성맞춤이 되었다. 8·15 직후 최인규 프로덕션에서는 광복 조국의 감격을 담은 「자유만세('46)」를 만들고 있었다. 이 무렵 청년 신상옥은 최인규 프로덕션을 찾아가 배우를 지망하였다가 미술부로 돌려진다. 이 기간 동안에 만들어진 최인규 감독의 영화는 47년에 「죄 없는 죄인」, 48년에 「독립전야獨立前夜」, 같은 해에 「파시波市」 등이 나왔다. 이들 작품에 신상옥 감독이 모두 관여했다고 해도 그가 영화계에 입문하여 공부한 수련 작품은 몇 편밖에 되질 않는디.

신상옥 감독은 「상록수」를 만들 때까지 총 16편의 영화를 만들었다. 그 중에는 신상옥의 기본적인 이미지가 풍기는 것도 있지만, 그가 한국 제1의 영화작가라고 불리게 된 것은 아무래도 「상록수」 이후의 가작佳作들이 있기 때문이다.

「상록수」는 심훈의 계몽적인 농촌소설이며 「사랑방 손님과 어머니」는 주요섭의 단편소설이고, 「열녀문」은 황순원의 단편소설 「과부」를 영화한 것이다. 또 「벙어리 삼룡」은 나도향의 소설이며, 「연산군」은 박종화의 소설이다. 문학작품을 영화화한다는 것이 영화가 문학에 예속되는 일일 수는 없다. 소설이 영화로 옮겨지면서 소설이 지닌 가치보다 더 좋은 결과를 빚어낸 경우가 얼마든지 있기 때문이다.

시나리오작가나 영화감독이 소설이나 기타의 원작을 영화화함에는 소재의 빈곤을 극복하고, 시장가치市場價値를 활용하기 위한 하나의 방편이지만, 그것보다 더 중요한 것은 소설에 담겨진 소재에서 찾아지는 도덕적인 가치, 혹은 사회적인 문제의식이 자신이 추구하는 세계와 일맥상통하기 때문이다. 이 점을 신상옥 감독의 처지에서 살펴보면, '가장 한국적인 소재'를 선택했다는 가정이 성립된다. 또 이것은 신상옥의 의식 세계가 지극히 동양적이며 한국적이었다고 귀납할 수도 있다. 여기서 조금 더 발전시켜 보면 그에게는 최은희라는 연기자가 있었기 때문이라고 생각할 수도 있다. 물론 이것은 흉이 되는 것은 아니다. 페데리코 펠리니는 그의 아내인 쥴리엣타 마시나를 구사하여 「길('54)」과 「카비리아의 밤('57)」을 만들었으며, 미켈란젤로 안토니오니는 그의 아내 모니카 비티를 구사하여 「정사情事('60)」와 「태양은 외로워('62)」와 같은 문제작을 내고 있어서다.

신상옥 감독의 영상은 아름다운 데 특질이 있다. 그가 미술학교 출신이라는 점은 앞서 지적해 두었지만, 모든 화면은 조용하고 아름다운 회화적 구도를 이루고 있고, 시정詩情이 담긴 정서적인 분위기를 조성하고 있음은 아낌없는 찬사를 받기에 손색이 없다. 이러한 화면은 그의 작품의 도처에서 찾아낼 수가 있다. 이로 인하여 그를 '탐미적 작가'라고 말하는 사람도 있다. 그가 동양적이고 한국적인 여성의 이미지를 부각시키고 있기 때문에 탐미적이라는 말이 성립할 수 있음을 부정하고 싶지는 않다. 그가 추구하는 동양적인 여성상은 아내 최은희가 곁에 있음으로써 가능했다기보다 그의 내면에 잠재된 동양적이며 운명적인 순종의 아름다움을 수용하고 있었기에 가능했던 게 아닌가 싶다.

신상옥 감독의 영상에서 또 하나 중요한 것은 리듬이다. 신상옥 감독의 영상리듬은 그야말로 일품이다. 그것은 그가 미술학도로서의 조건을 갖추고 있으면서 카메라(영화 메커니즘이라고 해도 좋다.)에 대하여 정확한 이해를 하고 있었기 때문이다. 「벙어리 삼룡」에서도 잘 보여 주고 있지만, 「쌀」에서 바위굴을 뚫는 대목에 이르면 그야말로 유동미의 극치를 포함한 영상미의 리듬과 만날 수가 있다. 그 화면은 마치 눈으로 듣는 음악과도 같은 아름다움을 제시한다. 그리고 「사랑방 손님과 어머니」가 완벽에 가까우리만치 아름다운 것은 신상옥 영상의 특성만을 집대성했기 때문이다.


• •

1977년이던가. 나는 정주영 현대그룹 회장에게 영화를 한 편 만들면 어떻겠느냐고 제안하였다. 물론 울산에 세워진 현대조선의 건립 과정을 취재하면서 느낀 내 감동적인 감회를 한 편의 영화에 담으면 우리나라가 산업사회로 진입하는 과정도 알리게 될 것이고, 자라나는 청소년들에게는 희망과 용기를 북돋우는 획기적인 작품이 될 것이라는 내 설명에 정주영 회장이 쾌히 응하게 되었다.

"합시다. 그거 얼마쯤이면 됩니까?"

아무튼 나는 당시로는 꽤 많은 7천만 원을 지원받기로 약속받고 감독의 물색에 나섰다. 그때 신상옥 감독의 〈신 필름〉은 외화수입과 관련된 불미

한 사건에 연루되어 영화사의 허가가 취소되었을 때다. 그때의 내 솔직한 심회는 의기소침해진 신상옥 감독에게 제작 지원금 모두를 맡긴다면 자신의 재기를 위해서도 훌륭한 영화를 만들어 낼 것이라는 신뢰가 있었다. 또 7천만 원의 제작비의 지원이 아니고도 현대조선에서 촬영이 시작되면 일체의 비용을 현대조선에서 지원할 것이기 때문이었다.

시나리오는 내가 쓰고 제명은 「사나이들」이라고 했다. 물론 정주영이라는 실명이 영화의 주요장면을 이끌어 간다. 정주영 역은 신영균이 맡기로 했다. 촬영이 시작되었고 현대조선의 협력은 상상을 초월하였다. 신상옥 감독 역시 이 작품을 재기의 기회로 삼으려는 듯 무서운 열정을 투입하면서 촬영은 성공적으로 진행되었다.

호사다마好事多魔라는 말이 있다. 아주 사소한 조연 여우女優의 배역에서 일이 틀어지기 시작하였다. 영화에 매달리면 아무것도 보이지 않는 신상옥 감독의 카리스마도 현대그룹이라는 거대 기업에게는 먹히질 않았다.

"그렇게 맘대로 할 거면, 더 이상 지원할 수 없어요."

촬영중단이라는 위기가 닥쳤다. 나는 양쪽을 오가며 중재에 나섰다. 정주영 회장은 바뀐 배역을 제자리로 돌려놓을 것을 강력히 요구하였고, 신상옥 감독은 마지못해 이를 수락하였다. 영화는 그런 우여곡절을 겪으면서 완성되어 시사회를 갖게 되었다.

당시 남산에 있었던 영화진흥공사의 시사실에서 극영화 「사나이들」의 시사회가 거창하게 열렸다. 수많은 기업인, 그리고 이 영화에 관심을 갖는 영화인 들이 만장한 가운데 스크린에는 화려하고 스펙터클한 영상이 투사되었다. 작품의 규모만으로도 당시 한국 영화로는 상상을 하기 어려울 정도의 대작이었고, 신상옥 감독의 빈틈없는 연출로 만장의 박수갈채가 쏟아질 때 나는 정신이 아찔해질 정도로 몸이 굳어지고 말았다. 신상옥 감독이

고치겠다고 확약한 대목이 고쳐지기는커녕 그대로 살아 있어서였다.

급기야 정주영 회장의 인사말이 좌중을 경악하게 하였다.

"우리 고향친구가 영화 한 편 만들자고 해서 시작했는데, 나 이런 영화 필요 없어요. 필름 창고에 넣겠습니다."

만사휴의萬事休矣. 그리고 모든 것이 끝이었다. 물론 나는 신상옥 감독의 사소한 실수임을 누누이 설명하면서 관대한 아량을 베풀 것을 요청하였지만, 정주영 회장의 고집은 요지부동이었다.

"사생활과 비즈니스를 혼동하고서는 아무 일도 못합니다!"

조연 여배우의 선정에 사적인 감정이 개입된 것이 정말로 아까운 영화 한 편을 사장시켰고, 신상옥 감독은 평생 잊을 수 없는 굴욕감을 맛보게 되었다. 나는 이 어처구니없는 사건을 처음부터 끝까지 하나도 빠짐없이 지켜보면서 신상옥 감독을 끌어들인 것을 후회할 수밖에 없었다. 그리고 신상옥 감독을 만나기가 점점 힘들어졌다. 피차간 괴로운 일이 아닐 수 없었기에 얼마간 냉각기가 필요하다는 생각도 들었다.

그런 와중에 홍콩에서 편지 한 통이 날아들었다.

辛 兄 앞

平凡하게 신 형처럼 조용하게 산다는 것이 좋다는 것을 새삼 느끼게 합니다. 消極的인 내 性格이 運命의 장난으로 積極的인 인물이 되어가고 있는 것 같습니다. 아래위에서 나 못살게 구는 꼴이 되었습니다. 내게는 너무나 지니친 부담 같으나 克服해 나갈 수밖에 없겠지요. 오랜 시간을 두고 보아야 알 수 있는 일들뿐입니다.

너무 無理하지 마시고 自愛하시여 精力을 아껴서 좋을 일을 할 때 쓰십시오. 부인에게도 安否를……

1978. 3. 18. 申相玉

나는 이 편지를 읽으면서 불현듯 불길한 생각이 들어 몸을 떨었다. 신상옥 감독은 남에게 편지를 쓸 만큼 세심한 사람이 아니었다. 더구나 자신의 심회를 마치 유서에 담듯 토로하다니, 전에 없었던 일이고도 남아서였다.

아니나 다를까, 그리고 신상옥 감독은 우리 곁에서 한동안 모습을 드러내지 않았다.


● ● ●

1986년 신상옥 · 최은희 부부의 북한 탈출은 세계를 놀라게 하였다.

우리의 매스컴도 며칠 동안 쉬지 않고 이 전대미문의 사건을 특집으로 보도하였다. 나도 그와 다시 만나는 날을 손꼽아 기다렸으나 한국으로 돌아오지 않고 미국에서 살게 될 것이라는 보도에 적이 실망하였다.

신상옥 · 최은희 부부가 미국 땅 워싱턴에 정착했다는 보도가 있고부터 신상옥 감독은 하루가 멀다고 전화를 했다. 당장 워싱턴으로 오라는 내용이었다. 심지어 그까짓 TV드라마 따위를 써서 뭐하냐면서 다 때려치우고 워싱턴으로 오라고 성화였다. 밥걱정을 말고 당장 달려오면 서둘러 할 일이 있다고 했다. 자신이 북한에서 겪었던 일들을 책으로 써야 한다는 강권이었다. 나는 내가 하는 일을 접으면서까지 해야 할 일이 아님을 들어서 정중히 사양을 했다.

그리고 1988년, 나는 신상옥 감독 내외분과 감격적인 재회를 했다. 물론 올림픽을 앞둔 서울에서였다. 신상옥 감독은 북한에서의 이야기, 미국에서의 이야기는 접어 둔 채 그가 하고 싶은 말부터 했다. 도무지 옛날과 달라진 게 없었다.

"신 형, 「마유미」를 만들어야겠는데, 신 형이 시나리오를 써 줘야겠어."

나는 그 순간 하마터면 뒤로 자빠질 뻔하였다. 그는 북한에 있을 때 김정일의 아낌없는 지원으로 수많은 영화를 만들었고, 김정일의 신임이 있었기에 탈출을 할 수가 있었다. 그런 처지에서 KAL기 폭파범인 김현희의 이야기를 영화로 만들자면 어찌 되는가.

"왜 하필이면, 김정일이 제일 싫어할 이야기를……?"

"세계인의 관심사니까. 급해요 신 형."

신상옥 감독은 만들고 싶은 영화를 만들고 싶을 때 거침없이 만들어야 직성이 풀리는 사람이었다. 아이들 말로 아무도 못 말리는 사람이었다. 그러면서도 시나리오작가에 대한 예우에는 빈틈을 보이지 않는 것으로도 정평이 나 있었다.

내가 자료를 수집하는 동안 신상옥 감독의 협력은 상상을 초월할 정도였다. KAL기에 탑승하였다가 교체되었던 스튜어디스 5, 6명을 데려와 좌담을 하게 하는가 하면, 현지를 취재할 여비와 만나야 할 사람들의 명단에 이르기까지 꼼꼼하게 챙겨 주었다. 게다가 폭파지령을 받은 김현희의 훈련 과정에서부터 문제의 비행기에 탑승하기까지의 일정과 장소는 최은희 여사가 설명했다. 모두가 평양, 체코 등지에서 보았던 일이라 눈에 본 듯이 세세했다.

"신 형, 써브 스토리가 실감나야 해. 이 비행기를 꼭 타야 할 사람은 사정이 생겨서 못 타고, 타지 않아야 될 사람이 애원을 하고 탔다가 목숨을 잃는 운명직인 이야기가 얽혀 있어야 난순한 테러 영화의 범수에서 벗어날 수가 있을 거야."

영화 「마유미('90)」는 그 규모로 보나, 스토리의 흐름으로 보나, 빠른 템포의 몽타주로 보나, 폭파 시의 미니어처로 보나, 외국의 첩보 영화와 어깨를 나란히 할 수 있는 역작으로 완성되었으나, 한 시대를 풍미하였던 반공

영화反共映畵의 편린으로 폄하되면서 세인들의 관심을 모으지 못하였다.

신상옥 감독은 지나간 일에 미련을 두지 않았다. 의욕적으로 대들었던 영화가 성과 없이 끝났다고 하더라도 신상옥 감독에게는 잠깐 지나간 일에 불과하였다. 바로 이 점이 영화를 대하는 신상옥 감독의 대범함이라고 나는 생각한다.

"신 형, 신 형의 책임하에 TV다큐멘터리를 만들면 어떨까."

나는 또 놀란다. TV시대를 이끌어가기 위해서도 그는 선두를 달리고 싶어 했다. 우리나라 근·현대사를 이끌어 온 선각자의 일생을 60분짜리 다큐멘터리로 담아내잔다.

"구체적으로 어떤 사람들을 선정하게 되는데?"

신상옥 감독의 대답은 막힘이 없었다. 김옥균, 박영효, 이승만, 김구, 조만식 등 얼마든지 있다는 등 자신감이 만만했다.

"그런 거 만들었다가 안 팔리면 어떻게 하구?"

"안 팔리면 공공도서관에 기증하면 되지. 별 걱정을 다 해."

신상옥 감독의 진면목을 이보다 더 정확하게 보여 주는 대목은 없다. 도대체 얼마 동안 연구한 결과인가. 그런 다큐멘터리를 본격적으로 제작하기 위해서는 제작회사를 차려야 한다면서 회사의 이름은 〈S&S프로덕션〉이라고 정했다고 했다. 물론 신상옥, 신봉승의 이니셜을 딴 회사 이름이었다. 계획은 하루가 다르게 더 구체적으로 진전했다. 영어, 불어, 일어에 능통한 사무국장을 채용하여 월급을 다른 회사의 사장 급으로 높이고, 신봉승은 사장 노릇하면서 기획과 시나리오에만 전념하고, 자신도 짬이 나면 연출에 임하겠다고 했다.

우리가 상당기간 동안 여기에 매달려 있는 동안 최은희 여사도 싱글벙글 동조했다. 결국 다른 일정이 빠듯하게 짜여 있었던 내가 발을 빼는 것으로

이 의욕적인 프로젝트는 수포로 돌아갔다. 그때 신상옥 감독에게는 내가 배신자로 보였을 게 분명하다. 그래서 지금도 나는 이 일에 대해서만은 미안해하고 있다.

그래도 신상옥 감독은 또 새로운 일에 도전하자고 했다.

"신 형. 1·4후퇴 때 흥남철수 알지? 그걸 소재로 시나리오를 써 줘. 제목은 「Christmas cargo」로 하고."

아, 얼마나 기막힌 타이틀인가. 영하 20도의 혹한 속에서 함흥 일원의 피난민 10만여 명이 흥남부두로 몰려든다. 공산치하를 피해 남쪽으로 갈 배를 타겠다고들 아우성이다. 미 함정들이 가까스로 이들을 태우고 흥남부두를 떠난다. 이날이 크리스마스이브, 그래서 제목이 '크리스마스 짐짝'이라면 비장감이 넘친다.

나는 의욕이 발동했다. 내 데뷔작 시나리오 「두고 온 산하山河」의 라스트도 흥남철수다. 그때 못다 쓴 얘기를 다시 쓰고 싶어서였다. 이 시나리오를 쓸 때도 신상옥 감독의 철저한 프로의식은 완벽하게 드러났다. 미10군 사령관 알몬드 장군의 통역이면서 한국인 피난민들을 승선시키는 데 결정적인 공헌을 했던 현봉학 박사를 미국에서 데려와 만나게 하는가 하면, 당시 함경남도 유담리 전투에 참가하였던 미 해병대 23사단의 노병들까지 서울로 초청하여 호텔비를 물면서까지 간담회를 주선해 주었다.

또 어느 날은 그때 미군들의 LST에 짐짝처럼 실렸던 피난민들을 10여 명이나 데려오기도 했다. 서기에는 LST의 밑창에서 분만을 했던 여성도 포함되어 있었다. 지금은 모두 백발이 성성한 노인의 모습이지만 당시에는 한결같이 20대의 청년들이 아니었겠는가. 그들의 입에서 흘러나오는 한마디 한마디는 울분이며 절규나 다름이 없었다. 우리가 겪었던 질곡의 현대사를 눈물로 증언하고 있었기 때문이다.

그중에서도 함께 승선하기를 거부한 목사님의 이야기는 내 눈시울을 적시기에 부족함이 없었다. 여기에 목침보다 더 두꺼운 국방부의 전사기록까지 살피면서 시나리오는 완성이 되었으나, 1950년 12월의 흥남부두, 그리고 거기에 몰려든 10만여 명의 피난민들, 이들을 싣고 갈 구축함 등 8척의 수송선이 있어야 촬영이 가능했다.

비감에 젖은 신상옥 감독의 말이 지금도 귀에 선하다.

"신 형, 미 국방성에서 군함은 빌려 주겠다는데, 한국까지 오는 기름 값이 너무 든다는 거야. 그래서 미국해안에서 찍으라는데, 10만 명의 엑스트라는 어떡해. 그리고 그들이 입을 그때의 옷은 또 어떡하고……."

나는 천하의 신상옥 감독도 안 되는 게 있구나 싶어 쓴웃음을 지었다. 물론 그때는 CG의 쓰임새가 지금과 같지 않을 때다.

아, 신상옥 감독. 새로 다려서 입은 고급 바지, 비싼 외제 구두를 신은 채 첨벙첨벙 시궁창으로 들어서는 그의 모습이 그리워진다.

신상옥 감독, 그는 정말 영화밖에 모르는 사나이로 태어나 한국 영화를 아끼고 사랑했던 진짜 한국의 영화감독이다.

# 나 하늘로 돌아가리라

**천상병**千祥炳, 그리고 귀천

·

상병아,

네 부음이 내게 전해진 것은 네가 눈을 감은 지 다섯 시간이나 지나서였다. 그때 나는 슬프다는 느낌보다는 허황하다는 생각뿐이었다. 네가 죽으면 나는 슬퍼해야 옳은데도 왜 이리 허황해지는지 모르겠다. 네가 살아 있을 때는 나더러 언제나 "요놈아, 요놈아"라고 불렀다. 그것이 고까워서 슬퍼지지 않는데서야 말이 안 되지만, 네 죽음이 불러들이는 내 허황함은 웬만한 슬픔보다 훨씬 더 클 수밖에 없다.

우리는 40여 년 전, 폐허나 다름이 없었던 명동거리에서 만났었다. 엇비슷한 또래들이 몰려다니면서 차비를 털어 막걸리를 마시고는 한강 건너 흑석동에 있는 내 하숙까지 걸어서 돌아가곤 했었다. 통행금지에 걸리지 않기 위해서는 시간을 재고 맞추는 데도 귀신같아야 했었다.

그 시절 길거리의 난폭자가 있었다. 한 사람은 대한민국 김관식이었고 또 한 사람은 너 천상병……, 성격은 다르지만 또 한 사람의 어둠침침한 사내가 있었다면 소설가 김말봉 여사의 아들 이현우였다. 그야말로 기인 3총사로 불리어도 손색이 없는 존재들이었다. 우리는 너희들에게 차비를 뜯기면서도 함께 어울려서 가가대소呵呵大笑했었다. 얼마의 세월이 흐르고 이현우의 소식이 끊겼다. 상병아, 너는 소식이 끊긴 후 시집까지 받아먹고 키득키득 웃으면서 돌아왔지만 현우는 여태 아무 소식이 없단다. 그리고 김관식이 세상을 뜨자 너는 가슴 섬뜩한 시를 써서 우리의 마음까지 서늘하게 했었다.

> 우리가 두려웠던 것은
> 네 구슬이 아니라,
> 독한 먼지였다.
> 좌우충돌의 미학은
> 너로 말미암아 비롯하고,
> 드디어 끝난다.
> 구슬도 먼지도 못 되는
> 점잖은 친구들아,
> 이제는 당하지 않을 것이니
> 되려 기뻐해 다오.
> 김관식의 가을 바람 이는 이 입관을.
>
> 「김관식金冠植의 입관」의 마지막 연

상병아,
네 죽음과 연결되리라고 마음먹지 않고서야 어떻게 이런 시를 쓸 수가 있겠냐. 그날 나는 시인 강민, 이중과 함께 살아 있지 않는 네 몸뚱이가 누워 있는 의정부의 의료원 영안실로 달려갔었다. 거기는 네 생전에 비한다면 엄청난 호화판이었다. 살아 있는 너를 위해 그토록 애쓰던 목순옥 여사는 의연하고도 빈틈없는 모습으로 먼지만도 못한 네 친구들을 따뜻이 맞아 주었다. 거기서도 나는 네 찌그러진 상판 앞에 향을 사르면서 슬픔보다는 허황하다는 느낌뿐이었다.

네가 죽어서 땅 속에 묻히기까지 3일 동안 네 빈소에서 소모된 술은 맥주가 800여 병, 소주가 400여 병이었다. 게다가 네 죽음을 애도하는 대형 화환이 스무 개가 넘었으니 너는 살아서 그런 호사를 누리지 못했다. 어디 그뿐이더냐. 문상객들은 울고 노래하고, 욕하고 주정하는 기상천외의 광경을 연출해 주었었다. 역시 너다운 마지막이었다.

상병아,

너의 부음을 듣고 네 행방이 묘연했던 시절에 엮어진 시집 『새('71)』를 새삼스럽게 읽어 보았다. 이상하게도 너는 죽음에 관한 시를 많이 썼다는 생각이 들었다. 물론 일부분에 불과하지만 너의 삶을 조금은 안다는 나에게는 어쩐지 살아 있을 때의 회한으로 다시 허허해지더구나.

저승 가는 데도
여비가 든다면

나는 벙벙
가지도 못하나?

생각느니, 아.
인생은 얼마나 깊은 것인가.

「소릉조小陵調」의 마지막 세 연

상병아, 네 부음을 듣고 내 마누라도 눈시울을 적시고 있다. 그래, 그랬었지. 네가 내 집에서 눈칫밥을 먹은 것도 이젠 30여 년이 되었다. 지금은 출가를 하여 두 아이의 어미가 된 우리 소영이가 다섯 살 때의 일이었다. 그해 겨울을 눈앞에 둔 아주 추운 날이었다고 기억된다. 통행금지의 예비 사이렌이 울리고 나서였다. 초인종 소리를 듣고 대문께로 달려 나갔더니 네가 서 있었다. 그때 너는 귀빈이었다. 그대로 눌러앉으리라고는 상상도 못했기 때문이었다. 비록 집주인과 함께 쓰는 전셋집이었지만 이층에 내 서재로 쓰는 방이 하나 더 있었기에 너에게는 천국이고도 남았을 게다. 그러나 하루가 지나고 이틀이 지나고 사흘, 나흘이 지나도 꼬박꼬박 네가 들어오면서부터는 불청객이 아닐 수가 없었다.

우리 내외는 통금시간이 가까워지면 공연히 가슴이 조마조마해지는 것을 경험하게 되더구나. 12시 3분쯤 전이면 내 마누라는 형언할 수 없이 묘한 웃음을 지어 보이면서 말하곤 했단다.

"오늘은 안 오려나 봐요."

그러나 통금 사이렌과 동시에 초인종 소리는 어김없이 울리곤 했다. 나는 대문을 열어 주면서 소리치곤 했었지.

"얌마, 주인집 보기도 창피하다. 들어오려면 좀 일찍 들어올 수 없냐."

상병아, 그때 지어 보였던 네 표정, 기억나냐? 그 코믹하게 생긴 상판을 있는 대로 찌그러뜨리고는 정색하며 대들곤 하지를 않았냐.

"요놈아, 족제비도 낯짝이 있지. 너 같으면 일찍 들어올 수가 있냐."

그런 밤이 한 달쯤 지나고서야 너는 천덕꾸러기지만 우리 집 식솔이 되었다. 천덕꾸러기란 말이 듣기 거북하겠지만 그건 전부 네 탓이었다고 인정해 주겠지. 밥을 먹을 때의 네 밥술이 어찌나 컸던지 다섯 번 정도면 밥

사발이 비워지는 지경이었고 그놈의 트림은 또 얼마나 요란했느냐. 게다가 죽어도 목욕을 안 했으니 네가 덮고 자는 이불은 사흘이 멀다 하고 새까맣게 때가 타는데 마누란들 견디어 낼 재간이 있었더냐. 그래서 네 이불홑청은 아예 벗겨 냈지만, 그것을 기화로 속청 빨래에 더 혼이 났었다고 네가 잠든 지금에서야 마누라가 울먹거리고 있다. 그런 나날이었지만 간혹 네가 일찍 들어오는 밤이면 우리는 이층 서재에서 서로의 내밀한 얘기도 주고받곤 했었다.

상병아,

사람들은 네 순진무구함 때문에 너를 '천상의 시인'이라고들 한다마는 나는 너를 천재라고 믿고 있다. 그것은 너와 아주 가까운 거리에서 몸소 터득한 체험이기에 나로서는 고집할 수밖에 없다.

그날도 우리는 이층 서재에서 밤늦도록 소주를 마셨다. 취기를 빌려서인지 너는 어처구니없는 네 삶을 있는 그대로 털어놓곤 했다. 여름이면 잡지사의 사무실에서 새우잠이라도 잘 수가 있었지만 추위가 밀려오면 속수무책이라고 하면서 지난해 겨울에는 소설가 한무숙 여사 댁에서 꼽사리를 끼었는데, 비단 요에 지도를 그리게 되어 탈출을 했노라고 했다.

허허허, 그게 어디 탈출이냐, 쫓겨난 거지, 라고 내가 놀려 주면 너는 언제나 탈출이라고 강변하곤 했다. 그 한무숙 여사가 얼마 전 타계하셨을 때 너는 미어터지는 슬픔을 시에 담았다.

> 한무숙 선생님이
> 돌아가셨다. 우리를 남긴 채
> 그 고결하던 인품과 지혜가
> 저세상으로 가셨다.

내가 대학생 때
하숙 생활을 하지 말고
우리 집에 와서
공부하라고 한 한 선생님

언제나 인자하셨고
그리고 다정다감하셨던 한 선생님
지금은 저세상에서
달콤한 영면을 이룩하시겠지요.

「통곡합니다, 한무숙 선생님」의 전문

그래, 이제 너의 천재됨을 적으리라. 누군가 말하기를 사람들이 못하는 일을 능히 해내는 사람을 재사才士라 하고, 재사가 못하는 일을 해내는 사람이 천재라고 했었지. 네가 고백한 첫사랑의 경험은 정말로 나를 숙연하게 했었다. 또 그것은 놀라움이고도 남았다.

네가 부산에 있을 때, 시립도서관에 출입하면서 옆 자리의 소녀를 무척도 사랑하여 상근하다시피 했다는 고백을 하더니, 그 소녀가 정치가 P여사의 손녀딸이라고 했었다. 바로 옆 자리에 그토록 사랑하는 여인이 있었는데도 너는 가슴만 두근거렸지, 말 한 번 걸어 보지 못했다고 했다. 그런 어느 날 네가 열람실에 당도했을 때 소녀의 모습이 보이지 않았다. 너는 서운함이 지나쳐서 앞이 보이지 않더라고 했다. 그녀의 친구들에게 수소문했더니 사랑하는 소녀는 집안일로 영도에 갔다고 하더란다. 너는 그 길로 영도다리로 달려가서 소녀가 건너올 길목을 지켰노라고 했다. 그렇게 종일토록 영도에서 건너오는 사람들을 살펴보고 있는데 저녁때가 되더라고 하면서,

"요놈아, 그 순간 나는 눈앞을 지나가는 버스를 보면서 탄식했다. 버스를

탔다면 벌써 지나갔겠는데……. 그놈의 버스가 하루 종일 보이지 않았던 까닭이 무엇이냐!"

라고 물었다.

나는 대답할 말을 잃었다. 그러면서도 네가 거짓말을 하고 있다고는 믿지를 않았다. 너의 집중력은 광기狂氣와 같은 것이었기 때문이다.

상병아,

너는 서양의 철학서적을 탐독했다고 고백하곤 했다. 네 시를 읽어 보면 그런 치기랄지 흔적이랄지를 쉽사리 찾을 수 있지를 않더냐. 그중의 한 사람인 아리스토텔레스가 말했지. 조금도 광기를 갖지 않은 천재는 절대로 없다고……. 그 무렵 나는 서양 문화사를 읽고 있었다. 너는 언제나 내 책장을 덮으면서 나무랐지.

"요놈아, 뭘 하다가 인제야 그렇게 쉬운 책을 읽느냐. 때려치우고 내 강의를 들어라."

너는 책을 빼앗아 팽개치고는 내가 읽고 있었던 서양 문화사를 줄줄이 외곤 했다. 교활하게도 나는 그것을 확인한 때가 있었다. 너는 천재가 분명했다. 네 강론은 책과 같았다.

어느 날이었던가. 너는 일찍 들어와서 우리 식구와 함께 저녁식사를 마치고 텔레비전의 퀴즈 프로그램을 보게 되었다. 일곱 문항의 정답을 맞히면 텔레비전 한 대를 상품으로 준다고 하는데, 너는 퍼드러진 몰골로 벽에 기대어 앉아서 천둥 치는 듯한 트림을 뱉어 가며 정답을 맞추기 시작했다. 놀랍게도 프로그램이 끝날 때까지 단 한 문제도 틀리지 않았다. 텔레비전 세 대 몫이었다. 내 마누라가 감동했는지 네게 제안했었지.

"천 선생, 공밥만 축내지 말고 저기 가서 텔레비전이나 한 대 타 오세요."

그때 너는 정색하고 대답했다. 천재는 저런 곳에 나가는 것이 아니라

고……. 그래, 그런 호기를 보이면서도 너는 내 집 식객 노릇을 회한으로 간
직하고 있었다. 그날은 내가 원고를 쓰고 있었던 탓에 너는 책상 밑에서 먼
저 잠이 들었었을 게다. 자정을 조금 지났을 때 너는 엄청난 비명을 지르면
서 상체를 곤두세웠다. 내가 왜 그러느냐고 물었을 때 네 대답은 기막혔다.

"요놈아, 헨조카編上靴를 아느냐. 아버지가 헨조카를 신고 내 가슴팍을
짓밟으며 왜 남의 집에서 자느냐고 호통을 치셨다."

헨조카는 일본군 군용화를 가리키는 일본말이다. 그렇다면 너에게는 악
몽과도 같은 자격지심일 것인데도 너는 스스럼없이 그렇게 털어놓곤 했다.

그래, 알고도 남지. 너는 너의 방황을 시로도 썼으니까.

> 아가야, 왜 우니? 이 인생이 무엇을 안다고 우니?
> 무슨 슬픔 당했다고 괴로움이 얼마나 아픈가를
> 깨쳤다고 우니? 이 정처 없는 산길로 헤매어 가는
> 이 아저씨도 울지 않는데…….
>
> 아가야, 너에게는 그 문을 곧 열어 줄 엄마 손이
> 있겠지. 이 아저씨에게는 그런 사람이, 열릴 문도
> 없단다. 아가야 울지 마! 이런 아저씨도 울지 않는데…….
>
> 「아가야」의 뒷부분

상병아,

너는 정말로 웃기는 놈이었지만 미워할 수 없는 녀석이었다. 너를 2층에
서 자게 하고 내가 아래층으로 내려오면 너는 정말 시도 때도 없이 아래층
으로 달려오곤 했다. 너는 노크를 할 줄도 몰랐다. 언제나 방문을 난폭하게
열고는 주인 행세를 했었지.

"괜찮다, 괜찮다. 일어나지 마라. 담배 가지러 왔다……."

그리고는 방바닥을 더듬었는데 우리 내외의 얼굴을 더듬기까지 하였다. 그런 밤이 어디 한두 번이었냐. 너는 내 집에 있으면서 시를 쓰는 기미를 전혀 보이지 않았었지만 단 한 번 내 원고지에 쓴 초고를 보여 준 일이 있었다. 그렇다면 내가 밤늦게 아래층으로 내려가면 너만의 시간을 가진 것이 아니겠느냐. 그 경황 중에서도 말이다.

> 大鑛하고 애오라지 隔漠하신 하느님 나라에는
> 勸健하신 望法이 있느니라.
> 老子를 비롯하여 그 道學者들과 그 제자들은
> 비로소 그 道學者들은 그 術法을 가르쳤는지라.
> 中華의 여러 백성들은
> 일깨우침이 多大하였는지라.
> 平太平이 간간이 長久하였도다.

「역易」의 전문

처음에는 이보다 한자가 더 많은, 아예 한시와 비슷했던 것으로 기억된다. 그것이 고쳐져서 「역易」이 되었구나. 그때도 나는 네 생각의 깊음에 감동했었다.

너는 다섯 살이었던 내 딸아이 소영이를 무척이나 귀애하면서 언제나 이름 대신 '천시'라고 부르곤 했었지. 어느 날이었던가. 내가 퇴근을 했을 때 너는 술상머리에 소영이를 앉혀 놓고 술을 따르게 하고 있었다. 너는 소영이가 술을 따르고 나면 십 원짜리 동전을 한 닢씩 주고 있었다. 그때 나는 너를 몹시 나무랐던 것으로 기억된다. 그리고 봄을 맞았다.

• • •

상병아,

날씨가 따뜻해지면서 너는 알게 모르게 새로운 방황을 시도하는 것으로 보였다. 내 마누라는 네 때 묻은 옷이라도 빨아 입혀서 내보내기로 했지만 워낙 단벌이어서 너는 옷이 마를 때까지 담요를 두르고 종일토록 방 안에 갇혀 있었던 것으로 기억된다. 그리고 며칠 후 너는 두 달 동안의 식객 노릇을 스스로 청산했다. 들려오는 소문에는 네가 소설가 오영수 선생 댁에서 연일 소동을 피우고 있다고 했다.

내가 너를 모델로 라디오 연속 방송극 「불청객」을 쓴 것은 그로부터 2년쯤 지나서였다. 그 연속극은 「신세 좀 지자구요('69)」로 개제가 되어 지금은 국제적으로 명성을 떨치고 있는 임권택 감독에 의해 영화화가 되었다. 너는 그 작품을 보고 나서 내게 모델료라면서 꽤 많은 술값을 내놓으라고 투정을 부렸다. 어차피 매일 뜯기는 마당이라 마다할 필요는 없었는데 그 영화를 평하는 네 일가견이 또 여러 사람을 놀라게 했었다. 그럴 수밖에 없었다. 너는 하루의 시작을 언제나 영화관에서 스타트했었지. 조선일보사 곁에 '시네마 코리아'라는 외화 개봉관이 있었다. 너는 오전 시간을 거기서 소일했던 탓에 영화에 대해서도 남다른 안목을 갖추고 있었다. 그 후에도 너는 내 집에 전화를 걸어서 '천사'의 안부를 묻고는 용돈의 액수와 가지고 나올 장소를 일방적으로 통고하곤 했었다.

상병아,

동백림東伯林 사건이 터지면서 너야말로 아무 죄 없이 영어圄圄의 몸이 되었었다. 이 사람 저 사람에게 골고루 적선을 받았는데, 간첩으로 의심되는 사람에게서 돈을 받은 게 죄라니……, 정말 어이없는 시절도 있었나 보다. 당시 중앙정보부 사람에게 네 안부를 물으면 그들은 너를 천희갑千喜甲이라고 불렀다.

수사관이 탕! 하고 소리치면 너는 억! 하고 죽는 것이 아니라, 재빨리 책상 밑으로 숨어 버리는 코미디언이라고도 했다. 네가 죽을 고생을 하고 석방되던 날의 기억도 생생하다.

우리는 얼이 빠져 있는 너를 명동에 있는 '금문' 다방으로 데려왔는데 네 첫마디가 또 우리를 어리둥절하게 했었다.

"여기가 뉴욕이냐?"

다방에 장식된 크리스마스트리를 보면서 뱉어 낸 말이었다. 그때부터 너는 예전과 달랐다. 용채를 뜯으면서 계면쩍어 하기 시작했다. 우리는 그것이 고문 때문일 것이라고 수군거렸다.

상병아,

네가 행방불명이 되었을 때의 얘기는 생략하기로 하자. 그때의 일은 네 시집 『새』에도 실려 있지를 않더냐. 그리고 얼마 후 나는 네가 결혼한다는 소식에 접했다. 신부는 목순옥, 주례는 김동리 선생이셨고 사회는 내가 맡기로 했다. 그날은 공교롭게도 네가 그토록 칭찬을 아끼지 않았던 토스카니니가 지휘하는 뉴욕 필의 방한 연주일이기도 했다.

내가 결혼식장으로 달려갔을 때 너는 가슴에 꽃을 단 모습으로 얼마간 상기되어 있으면서도 진지하게 물었다.

"요놈아, 네가 웬일이냐?"

"이런 젠장, 사회 보러 왔다. 이놈아!"

"사회? 요놈아, 결혼식에도 사회가 있냐."

우리는 또 포복절도하며 웃었지만 너의 방황이 끝나는 날이었기에 매양 즐거워했다.

．．．．

그날 이후, 너는 목순옥 여사의 상상을 초월하는 넓고 안온한 품 안에서 어린애 같은 투정질을 일삼았다. 어느 여성지에 발표된 네 에세이에는 돈을 써 보고 싶다는 어리광이 토로되어 있기도 했다. 버스 값을 지불하는 일까지 목순옥 여사가 대행해 주고 있었으니까.

상병아,

너는 예순넷의 생애를 정말로 순진무구하게 살다가 귀천했다. 그렇게도 많은 사람들의 용채를 뜯어냈는데도 너를 미워하는 사람이 없다는 것은 네 삶에 때가 묻지 않아서일 것이다.

네 장례가 끝나고 나서 또 한 번 소동이 있었다. 네 죽음을 애도하는 조의금이 무려 840만 원이었다. 네가 끔찍이도 섬겼던 장모님이 그 돈을 안전하게 간수하기 위해 연탄아궁이에 숨겼다. 네 아내 목순옥 여사는 죽은 네가 추울 것 같아서 그 아궁이에 연탄불을 피웠다. 조의금은 순식간에 재가 되었다. 다음 날 아침에서야 그 사실을 알고, 불타 버린 흔적(재)을 한국은행으로 가지고 가서 400만 원을 보상받았다.

허허허, 저승 가는 여비를 걱정하는 네 처지에 840만 원은 너무 큰 돈일지도 모른다. 하나님이 그것을 반으로 잘랐을 것이라고 말하면서 우리는 웃고 또 웃었다. 너는 죽어서까지 기상천외의 방법으로 우리를 웃기는구나.

나 하늘로 돌아가리라.
새벽빛 와 닿으면 스러지는
이슬 더불어 손에 손을 잡고,

나 하늘로 돌아가리라.
노을빛 함께 단 둘이서

기슭에서 놀다가 구름 손짓하면은,

나 하늘로 돌아가리라.
아름다운 이 세상 소풍 끝내는 날,
가서, 아름다웠더라고 말하리라……

「귀천歸天」의 전문

상병아,

오직 너만이 말할 수 있으리라. 네가 도착한 그곳에서도 너의 말만은 진실이라고 믿을 것이다. 석가도 예수도 네가 아름다웠더라는 보고에 감동할 것이리라. 암, 그렇다마다…….

상병아, 잘 가거라.

# 한국의 어머니, 광란하는 카리스마

## 황정순黃貞順 선생의 향기로운 삶

황정순 선생이 우리에게 보여 주는 한국의 모상母像은 실제의 어머니를 능가하는 인품과 매력이 있고, 또 호소력을 갖추었기 때문에 그분의 연극이나 영화를 보면서 마치 자신의 어머니일 것으로 착각하게 되거나 아니면 그런 어머님이 곁에 계셨으면 하는 소망을 갖게 될 때가 있다.

황정순 선생이 우리에 보여 준 한국의 모상은 어떤 특이한 형태의 어머니만을 연기하는 것이 아니라, 가난한 집안의 궂은일을 도맡아 이끌면서도 오직 자식이 잘되기만을 염원하는 어머니의 모습도 있고, 밀물처럼 밀어닥치는 고통을 이겨 내는 억척스러운 어머니가 되어 험한 세태를 헤쳐 나가는 장부 같은 어머니의 모습도 있다. 다른 말로 표현하면 형극荊棘의 가시만을 골라서 지은 거친 옷을 새 옷처럼 입으시고 활짝 웃는 어머니의 모습도 있고, 때로는 자식들의 불효로 엮어진 험한 옷을 입으시고도 아무 내색도 하지 않으시는 우리들의 어머니를 황정순 선생만큼 실감나게 보여 준 연기자는 아직 없다.

황정순 선생이 무대와 인연을 맺게 된 것은 1940년, 당시 16세의 끼 많은 소녀 황정순이 동양극장의 연수생으로 입단하면서부터다. 반년 가까이 홍해성 등으로부터 연기교육을 받으면서 아무 대사도 없는 역으로 첫 출연한 작품이 〈청춘좌靑春座〉의 「산 송장」이었다고 연극학자 유민영 박사는 적고 있다.

> 그러면서 그녀는 무서운 속도로 성장해 간다. 그녀는 벌써 스무 살도 되지 않아서 배우는 걸음걸이가 멋있어야 한다는 원리까지 깨칠 정도였다. 그의 연기가 주목을 받으면서 연극 입문 3년 만인 1943년 3월에 그녀의 나이 19세 첫 영화 「그대와 나」에 출연함으로써 미래의 대배우로서 성장 가능성을 예고한다. 그런 좋은 예가 다름 아닌 「대지의 어머니」라는 작품에서 어머니 역을 무난하게 연기를 해낸다. 그것도 그녀의 나이 19세. 대감의 하녀로서 두 아들을 낳아 기르는 역이었다. 그것이 그녀로서는 최초의 어머니 역이었다.
>
> 유민영 『한국인물연극사』의 「무대와 영상에 표현된 한국의 전형적 모상」에서

그 후 장장 60여 년 동안 실로 다양한 어머니의 역에 매달린 것으로 되어 있다. 그것이 무대 위에서의 성공이라면 연출가의 찬사와 관객들의 환호가 없이는 불가능했을 것이고, 스크린 위에 비쳐진 황정순 선생의 어머니 역에도 관람객의 감동에 버금가는 영화감독들의 수긍과 인정이 없이는 불가능했다. 다시 말하면 황정순 선생의 어머니의 역은 관중들의 열광과 환호에 연출가들의 엄정한 검증이 뒤따른 탓이고, 무엇보다도 중요한 것은 황정순 선생의 발군의 연기력이 없이는 불가능한 일이었다. 이러한 조건이

반세기를 훌쩍 넘긴 60여 년 세월 동안 단 한 번의 변화도 없었다면, 황정순 선생에게 우리들 어머니 역을 훌륭하게 소화하고 창조하는 뛰어난 연기력이 있었기에 '황정순=한국의 모상'이라는 숙명과도 같은 등식이 성립하는 것이 아닌가 한다.

$$\bullet \ \bullet$$

나도 황정순 선생이 연기하는 어머니의 모습에 감동하면서 어른이 된 세대에 해당된다. 내가 영광스럽게도 연극의 무대나 스크린 위에서만 바라보던 황정순 선생과 가까이서 만날 수가 있게 된 것은 시나리오를 쓰게 되면서 영화계에 뛰어들었기 때문이다. 또 내가 쓴 시나리오에 황정순 선생께서 수없이 출연하게 된 탓에 세트촬영장이나 로케이션의 현장에서 만나 뵙게 되었고, 그때마다 황정순 선생의 사려 깊은 말씀을 들을 수 있는 기회가 있었다.

내가 아직 신인 작가의 딱지도 떼기 전인 1965년, 소설가 오영수 선생의 단편소설 「갯마을」을 각색하고, 김수용 감독이 연출할 때다. 세트촬영은 미아리촬영소에서 했던 것으로 기억된다. 이날의 촬영은 주인공인 해순이가 사는 바닷가의 초가집이었다. 황정순 선생이 맡은 배역은 지아비와 아들을 모두 바다에서 잃고서도 '파도 소리가 그리워서……' 바다를 떠나지 못하는 회한에 찬 해순의 시어머니 역이었다.

내가 세트장에 들어섰을 때 황정순 선생은 대사를 중얼거리며 초가의 마당을 서성이고 있었는데, 입고 있는 앞치마가 첫눈에 들어왔다. 빛바랜 남색 베치마를 얼마나 오래 입었는지 그야말로 수천 개의 작은 구멍이 송송 뚫려 있었다. 회한으로 얼룩진 그녀의 일생을 그대로 보여 주는 베치마를 보면서 나는 얼마나 감동을 했던지 송구함을 무릅쓰고 황정순 선생에게 여쭈어 보았다.

"그런 낡은 치마는 어디서 구입하셨나요?"

황정순 선생의 대답은 신참 시나리오작가를 민망하게 했다.

"구입이라니요. 지난밤, 우리 집 마당에 있는 댓돌에 새 치마를 펼쳐 놓고 돌로 톡톡 찍어서 구멍을 냈답니다."

"이 많은 구멍을 모두요?"

"호호호, 신 선생이 작품을 쓰듯 우리 연기자들도 주어진 배역에 몰입하기 위해서는 뭔가를 해야 하는 거지요."

나는 그때의 감동을 지금도 생생하게 기억하고 있다. 또 내가 가르치는 대학원 학생들에게 이때의 감동을 전하면서 연기자의 집념이 이러하거늘, 하물며 시나리오작가의 탐구욕이 어떠해야 하는가를 일깨워 주곤 한다.

황정순 선생의 열연熱演은 '열연'이라는 말로 정리되지 않는 또 다른 무엇이 있다. 주어진 배역에 대한 연구와 분석은 연기자의 본분일 수밖에 없지만, 황정순 선생의 열연에는 성취에 대한 욕심과 혼신의 힘을 다하는 카리스마와 같은 광기가 작용한다. 나는 그 광기를 황정순 선생에게 내재된 에너지이자 예술혼이라고 생각한다. 내가 쓴 또 다른 작품인 차범석 원작, 김수용 감독의 「산불('67)」에서 보여 준 황정순 선생의 연기는 배역된 인물에 완벽하게 몰입하여 동화됨으로써만 표출되는 광기가 넘쳐 나게 풍긴다. 극장의 불이 꺼지면서 시작되는 상대역 한은진 선생과 대결하는 황정순 선생의 연기는 광란하는 듯한 눈빛은 고사하고, 머리칼 하나의 흔들림까지도 계산된 것으로 보일 정도의 정밀한 광기가 발산된다.

평소에는 그렇게도 온순하고 다정한 황정순 선생의 어디서 그런 광란이 솟구쳐 오르는가. 나는 「산불」을 볼 때마다 황정순 선생의 한 치의 빈틈도 용인하지 않으려는 집념과 광기에 감동하곤 한다.

시나리오 「팔도강산」의 설정은 나이 든 노부모가 팔도에 흩어져 사는 딸네 집을 찾아다니면서 겪는 애환을 그리자는 것이었고, 감독을 맡은 국립영화촬영소의 배석인 감독은 이미 노부부 역은 김희갑, 황정순으로 정해 놓았다면서 거기에 따르는 시나리오의 집필을 의뢰해 왔다. 시나리오작가인 나로서도 마다할 일은 아니었다. 움직임 그 자체가 코믹했던 김희갑 선생과 그 코믹한 분위기를 맛깔스럽게 다듬을 줄 아는 황정순 선생을 모델로 놓고 시나리오를 쓰는 작업은 너무도 재미있고 행복했다.

「팔도강산('67)」이 개봉되자 그 반응은 참으로 놀라웠다. 김희갑, 황정순 선생의 하모니 넘치는 연기는 실제와 화면을 착각하게 할 정도의 생동감 넘치는 활기를 뿜어내어 시종 사람들을 흐뭇하게 하였고, 혹시라도 서운한 감정을 내색할 때의 황정순 선생의 연기는 리얼리티가 넘치는 우리들 어머니의 모습 그대로였다. 그들의 연기에 공감이 얼마나 컸으면 그 후에도 「팔도강산」은 4편이나 더 속편이 만들어질 정도였다.


● ● ●

나와 황정순 선생과의 인연은 TV드라마로도 연결되었다. 동양텔레비전방송국이 개국하면서 역사드라마의 전성시대가 열리기 시작했다. 시나리오작가로서의 인기를 누리던 나는 동양텔레비전 방송국으로 불러 가 난생 처음으로 역사드라마를 쓰게 되었다. 그 첫 작품이 연산군의 일대기를 그리는 「사모곡思母曲('72)」이었다. 황정순 선생이 맡은 배역은 조선왕조 500년에서 가장 지식인 여성이자 연산군의 할머니인 인수대비仁粹大妃였다. 한학은 물론 산스크리트어로 된 불경을 읽을 정도의 지식인이었던 탓으로 연산군의 아버지인 성종시대를 주름잡으면서 연산군의 어머니 윤씨에게 사약을 내리는 등 실권을 갖춘 대비로서의 엄격함 때문에 결과적으로는 연산군의 폭정을 유발하게 되었고, 마침내 친손자 연산군이 던진 밥상에 맞아서 세상을 떠난다.

역사적 사실을 방불케 하는 정치가로서의 분노와 아들(성종)을 어진 임금으로 만들고자 하는 모정의 조급함, 그리고 어린 손자 연산군에게는 엄한 법도를 적용하여 오직 지적인 임금으로 성장하게 하려는 과욕의 할머니를 연기하는 황정순 선생의 다채롭고 다양한 카리스마는 녹화 때마다 방송국의 간부들을 부조정실로 불러들일 정도의 화제를 모으곤 하였다. 황정순 선생이 아니면 아무도 흉내 낼 수 없는 광기는 다른 모든 연기자들의 가슴으로 시나브로 스며들었을 것이라고 나는 지금도 믿고 있다.

세월이 다시 흘러 내 나이 환력還曆의 줄에 들어설 무렵인 1991년, (주)텔레콤서울에서 「한국 영화 70년」이라는 다큐멘터리를 제작하면서 내게 리포터로 출연해 줄 것을 청해 왔다. 영화계에서 잔뼈가 굵은 내 처지로는 영광스럽기 그지없는 일이라 흔쾌히 수락하였고, 시나리오와 감독을 맡았던 박찬성 작가는 내게 많을 것을 요구하더니 마침내는 미국에 가서 신상옥·최은희 부부, 문정숙, 김신재, 조미령 등 왕년의 명우名優들까지 인터뷰를 해야 할 정도의 고된 일정을 짜 주었는데 그 마지막 스케줄이 황정순 선생과의 인터뷰였다.

촬영 팀이 삼청동에 있는 아담한 양옥인 황정순 선생 댁에서 법석을 떠는 동안 황정순 선생은 융숭한 대접으로 스탭들의 노고를 어루만지는 자상한 어머니의 모습이었고, 내 손을 잡고 다독이면서는 마음속에 새겨 두었던 깊은 속내를 털어놓기도 했다. 연기자 황정순 선생에게 무슨 회한이 있을까만, 무대와 스크린과 브라운관을 두루 섭렵하면서 청춘을 보내시던 심회를 토로할 때는 눈물까지 흘렸다.

촬영을 마친 스탭들이 작별을 고하자 몸소 한 사람 한 사람의 손을 잡아 다독이면서 정감이 넘치는 작별이 되도록 스스로 연출하였는데, 그 인자함이란 말로 표현하기 어려울 정도였다.

"신 선생은 나 좀 보고 가요."

황정순 선생은 다시 나를 내실로 안내하였고, 문갑을 열더니 빨간 꽃 주머니 하나를 내 손에 꼭 쥐어 주면서 아무 말 말고 그냥 가지고 가라는 듯 환한 눈웃음을 지어 보였다.

"뭣인데요?"

"그냥 가지고 가요. 사람이 만났다가 헤어지는 데 조그만한 정표라도 있어야지 그냥 헤어지면 섭섭해서 못써요."

나는 작은 꽃 주머니를 받아 들고 집으로 돌아왔다. 꽃 주머니에는 아주 작은 금반지 하나가 들어 있었다.

황정순 선생이 우리에게 보여 준 한국인의 모상은 정밀하게 세워진 연기 플랜에서 솟아나는 것이지만, 헤어지는 정표로 꽃 주머니에 든 작은 금반지를 들려 주는 그 가녀린 심회가 황정순 선생이 만들어 내는 우리들의 모상이자 진면목이 아닐까 싶기도 하다.

# 휴대전화와 「위대한 실종」

## 이근삼李根三 교수와의 인연

●

명동에 있었던 국립극장이 대대적인 수리를 마치고 명실상부한 무대예술의 본산으로 새 출발한 것은 1962년이었고, 그때 나는 국립극장의 말단 공무원이었다.

당시 국립극장이 연극의 본산이라는 것은 말뿐이어서 모든 열정을 쏟아 부은 훌륭한 무대가 마련되어도 객석은 언제나 텅텅 비었다. 생각다 못한 우리 말단 공무원들은 공연시간이 다가오면 극장 앞 광장에 도열하여 지나가는 친구들의 옷소매를 잡아끌며 "연극 한 편 보고 가 달라."라고 애원하는, 정말 웃기는 캠페인을 벌이기도 하였다.

62년 여름의 비시즌에 '단막극 시리즈'를 마련하여 신인들에게 의욕적인 무대를 만들도록 국립극장의 문호를 개방한 것도 따지고 보면 비어 있는 객석을 채워서 연극과 관객의 유대를 강화하기 위한 방편의 하나였지만, 소극장운동을 활성화하는 계기를 마련했다는 점에서 괄목할 만한 기획이었다고 평가받았다.

그해 가을, 미국 유학에서 갓 돌아온 청년 교수이자 희곡작가인 이근삼의 귀국 첫 작품 「위대한 실종('62)」이 실험극장에 의해서 초연되었는데, 상상을 초월할 정도의 엄청난 화제를 불러 모았다. 화제의 초점은 극의 내용이 풍자와 해학으로 가득한 코믹 시추에이션(지적 코메디라면 어떨지 모르겠다.)이었기 때문이다. 그때만 해도 코미디로 분류되는 시추에이션은 악극樂劇의 막간으로나 쓰이는 것이지, 이른바 예술무대를 지향하는 국립극장의 공연물로는 적합치 않다는 생각들이 판을 치는 세상이었는데, 「위대한 실종」이 보여 주는 파격의 코믹성은 객석을 포복절도하게 할 정도였다.

가령, 전화벨이 요란하게 울린다. 무대에는 받을 만한 전화기가 보이지 않는다. 돌연 객석이 긴장한다. 걸려 오는 전화를 어떻게 받을 것인가. 놀라지 말라. 연기자가 주머니에서 줄이 없는 수화기만을 달랑 꺼내 들고 태연히 통화를 한다. 휴대전화란 상상할 수도 없는 시절인데 이 무슨 천재적인 발상이란 말인가. 그로부터 30년 세월이 지나고서야 나는 곧잘 농담을 입에 담곤 했다. "휴대전화는 이 선배가 발명한 거요."라고 말하면 이근삼 선배는 들뜬 듯 웃으며 소주잔을 비우곤 했다.

그러나 당시의 사회적인 여건은 그런 코믹한 요소로 구성된 「위대한 실종」을 받아들이지 않았다. 국립극장의 원로 배우와 원로 연출가 들이 공보부장관을 방문하여 「위대한 실종」과 같은 저급한 코미디물은 국립극장에서 상연되어서는 안 될 것이라고 엄중 항의하는 소동까지 있었다. 국립극장의 말단 직원이었지만, 신출내기 문학평론가이면서 시나리오작가로 데뷔한 나로서는 그 울분을 참을 수가 없었다. 그 연장선에서 어느 일간지에 '이근삼의 「위대한 실종」으로 인해 한국의 연극이 새로운 길로 들어설 것이다.'라는 칼럼을 썼다. 이 글이 이근삼 선배와 끊을 수 없는 인연을 만들어 주었다.

．．

이근삼은 '극작가 이근삼' 보다 '이근삼 교수'라는 호칭이 더 어울린다. 그는 교수티를 내지 않으려고 애를 쓰는데도 그의 문도와 후학 들이 극진하게 모시는 것을 보면 진짜 교수라는 이미지가 강하게 풍기지만 나는 언제나 교수 대신 '이근삼 선배'라고 불렀다.

이근삼 선배는 느닷없이 전화를 걸 때가 더러 있다.

"야, 뭐하네. 나와서 소주 한 잔 하자우."

아침 열 시가 조금 넘은 시간이어서 나는 "지금 원고 쓰고 있는데요."라고 거절의 뜻을 밝히면 "새벽에는 뭘 하고, 이제야 원고를 쓰네!"라고 강한 평안도 사투리로 핀잔을 주곤 했다. 이근삼 선배는 새벽 네 시경에 일어나서 여덟 시까지 네 시간 동안을 집중하여 쓰고, 그 나머지 시간을 정말 즐겁게 소화하는 장기를 나는 언제나 부러워했다.

이근삼 선배는 사람을 한번 사귀면 잘 놓아 주지 않았다. 원로 배우 장민호 선생과의 우정은 그를 위해 희곡을 써서 헌정할 정도의 진지하면서도 아름다운 관계를 오랫동안 교감하였다. 동국대학교 출신의 문인들이 이근삼 선배를 에워싸는 아름다운 광경은 말로 설명하기가 어려울 정도로 찐득하고 정겨웠다.

언제던가, 이근삼 선배는 내 고향 강릉에 강연을 왔다. 예술원에서 파견한 연사였다. 그날 강연을 마치기를 기다렸다가 나와 이근삼 선배는 바닷가의 호젓한 횟집에서 그야말로 원 없이 소주를 마시게 되었다.

"야, 희곡 한 편 쓰라. 네가 쓰는 시나리오라는 거이 어디 오래 남기나 하네. 보라야, 그래도 희곡이 남는다, 알간……."

지금도 귀에 삼삼하게 들리는 이근삼 선배의 평안도 사투리는 내가 하고 싶어도 못하는 세계를 꼬집어 질타하는 말이나 다름이 없었다. 그리고 다시 술잔이 돌아가고 피차 혀가 꼬부라지기 시작할 무렵,

"야, 봉승아. 예술원에 들어오라. 그래야 더 가깝게 지낼 게 아니네. 응, 내 말 들으라!"

무심하게 나누었던 술자리에서의 교감이 나를 그 길로 들어서게 하는 결정적인 계기가 되었다. 그 자극을 바탕으로 나는 어렵게 예술원 회원이 되어 이근삼 선배와의 교감을 한없이 늘여 가게 되었고, 이근삼 선배가 알게 모르게 희곡을 한 편 쓰게 되었다. 고려 말 공민왕시대의 정치적 혼란을 현재의 시각으로 살피는 내용인, 내가 쓴 첫 희곡 「파몽기破夢記」의 초고를 이근삼 선배에게 먼저 보여 드리면서 평가를 내려 주기를 청했고, 그 초고는 다시 원로 배우 장민호 선생의 손으로 넘어가게 되었다. 운 좋게도 그 작품이 국립극단에 의해 초연되게 되었을 때 이근삼 선배, 장민호 선생이 각별히 기뻐해 주었다.

장민호 선생은 그 작품에 출연을 하셨기에 40여 일간의 리허설이 끝날 때까지 술잔을 나누게 되었는데, 이근삼 선배는 내 희곡이 초연된다는 기쁨 하나로 연습장에는 물론 전 공연을 빠짐없이 관극할 정도의 열성으로 나에 대한 애정을 보여서 내 감동을 마르게 하지 않았다.

이근삼 선배는 대학의 강단에서 정년을 맞을 때까지 그 흔해 빠진 박사 학위 조차에도 연연하지 않았다. 내가 술기운을 빌려서 그 점을 입에 담을 때면 이근삼 선배의 대답은 언제나 당당하였다.

"박사라는 거야 만들어 주는 거이 났디, 내가 박사를 해서 뭘 하네!"

이근삼 선배의 논문심사로 박사 학위를 받은 사람들은 수없이 많다. 그러나 정작 그 논문을 심사한 이근삼 선배는 박사 학위에 연연하지 않았다. 이만한 지성인을 가까이하기란 결단코 쉽지 않다.

　지금은 어느 하늘에서 나를 내려다보고 계실지. 어디선가 풀쑥 나타나서 "새벽에는 뭘 하느라 여태까지 원고를 쓰고 있네. 나와서 소주 한 잔 하자우."라며 정겨운 소리를 들려주실 것 같다.

# '산울림'은 고도를 기다리고

## 임영웅林英雄과는 언제나 딱 한 번

 

 

임영웅과 마주 앉게 되면 말을 아끼게 된다. 하고자 하는 말이 지식에 관한 것이건 정보에 관한 것이건 임영웅은 이미 알고 있을 것이라는 자격지심 때문이다. 임영웅이 상대에게 보여 주는 미소는 '양해했다' 라는 확실한 대답일 때도 있지만, 전적으로 부정하는 대답일 때도 물론 있다. 그러므로 임영웅과 마주 앉으면 조심스러워진다.

얼마 전, 예술원 개원 50주년 행사가 끝났다. 그때 나와 임영웅이 소속된 '연극 · 영화 · 무용분과' 에 대단히 난감한 일이 생겼다. 10월 15일에 개최될 국제예술심포지엄에서 주제발표를 하기로 약속한 아사리 세이타淺利慶太가 한 달도 채 안 되는 시간을 남겨 두고 주세발표를 못 하겠다고 통고한 때문이었다. 일본에서도 이름을 떨치는 극단 〈시키四季〉의 설립자이자 운영자인 그가 이같이 무례한 일을 저질러도 되는지는 거론하지 않더라도 행사를 차질 없이 진행해야 하는 나로서는 난감한 노릇이었다.

"임 형, 좀 도와줘요. 일본 쪽의 발표자를 선정하시고 교섭까지 해 주셨으면 합니다."

임영웅은 나의 이 같은 일방적인 요구에 아무 불평 없이 정말로 흔쾌히 응해 주었고, 일본의 이름 있는 연극잡지 『신극新劇』의 편집장을 오래 역임한 이시자와 슈지石澤秀二로 하여금 주제발표를 하도록 주선한 데 힘입어 행사를 무사히 끝낼 수가 있었다. 이 간단치 않은 사고를 수습하면서 임영웅과 내가 나눈 말은 정말 몇 마디 되지를 않았다.

임영웅이 자신이 해야 할 일을 밀어붙이는 추진력과 집념은 평범한 사람들은 흉내도 내지 못할 정도로 정확하고 박력이 있다. 그런 까닭으로 임영웅에게는 그 이름만큼이나 친근하게 붙어 다니는 트레이드마크가 있다. 우리 주위에는 평생을 한 길에 종사하면서 그 분야에 지대한 공을 세운 예술가들이 수없이 많지만, 딱 맞아떨어지는 트레이드마크를 떠올릴 수 있게 하는 예술가는 그리 흔치 않다.

임영웅이라는 이름을 거론하게 되면 한 개의 트레이드마크가 떠오르는 것이 아니라 두 개의 연상 작용을 하게 된다. 임영웅의 이름과 함께 번개같이 떠오르는 첫 번째 트레이드마크가 「고도Godot를 기다리며('69)」일 것이며, 두 번째가 〈산울림 소극장〉이다.

임영웅이 「고도를 기다리며」에 매달린 세월이 30여 년……, 앞으로도 계속될 것이라고 믿어지지만 그게 어디 간단히 될 일이던가. 〈산울림 소극장〉의 경우도 조금도 다름이 없다. 해야 할 일에 매달리는 집념과 그 집념을 밀고 나가는 추진력은 임영웅이 가진 카리스마이자 매력이다.

임영웅의 삶과 연극에 관한 성과를 거론하는 것은 평론가에게 맡기기로 하고 이 원고에서는 나와 임영웅과의 만남과 만남의 내용을 되도록 재미있고, 되도록 소상하게 적어 놓는 것이 나의 소임이 아닌가 싶다.

나와 임영웅의 만남은 반세기 전으로 거슬러 올라가야 한다. 1950년대 후반, 그때 나는 문예지 『현대문학』에 청마 유치환 선생의 추천으로 시인의 길로 들어선 풋내기 시인이었다. 그러면서도 무슨 연유에서인지 시나리오작가의 꿈을 키우고 있었다. 시골의 초등학교 교사로 재임하고 있었던 나는 조선일보의 신춘문예에 시나리오를 응모하는 처지였는데, 내리 3년을 최종선까지는 올라가는데 늘 낙방이었다. 상심이 이만저만이 아니었는데 조선일보 문화부로부터 엽서 한 장이 날아왔다.

　"낙담하지 말고 더 열심히 하세요."라고 쓰여진 엽서는 조선일보 문화부 기자인 임영웅이 보낸 것이었다. 시골에 있는 초등학교 교사에게는 무척도 용기를 북돋아 주는 격려이고도 남았다.

　그 후 나는 조선일보가 아닌 다른 기관(국방부 정훈국)의 공모에 당선되어 시나리오작가의 활동을 하게 되었는데, 밥 먹고 살기가 고달팠던 때라 명동에 있던 국립극장 기획과에서 말단 공무원 노릇을 하게 되었다. 이런 연유로 임영웅과의 만남은 얼마 동안 이루어지지 않았다.

　비록 목에 풀칠하기는 어려웠어도 시인이자 문학평론가이며, 시나리오작가라는 프라이드가 기성세대에 대한 불만으로 터져 오르던 때였던지라 매사가 역겹고 마음에 들지가 않았다. 그런 속내를 거침없이 드러내는 칼럼을 한 편 써서 신문사에 던졌는데 며칠 뒤에 '썩은 가지는 전지剪枝하자!'라는 제명으로 대한일보에 대서특필로 발표되었다. 그날 오후에 내가 근무하는 국립극장 기획과에 고개가 삐딱한 사내가 들어서면서 "신봉승이 누구요?"라고 큰 소리로 물었다. 대한일보 문화부로 자리를 옮긴 임영웅이었다.

　좌우간 엉거주춤하게 일어선 나와 임영웅은 다방으로 자리를 옮겼지만, 예나 지금이나 말단 공무원과 신문기자는 게임이 되질 않아서 비교적 달변이었던 나도 주눅들 수밖에 없었다. 다만 조선일보 기자 시절에 보내 준 엽서 한 장의 인연이 그날의 만남을 어색하게 하지 않은 것은 확실하지만, 무슨 얘길 하고 어떻게 헤어졌는지는 전혀 기억이 없을 뿐만이 아니라 그 후 다시 만나서도 무슨 말을 나누었는지 기억이 나질 않는다.

그로부터 몇 년 뒤, 민방民放이 생겨나기 시작하면서 소위 라디오드라마라는 분야가 낙양의 지가를 올리게 되었다. 나는 MBC와 KBS를 오가며, 혹은 TBC를 오가면서 잘 팔리는 작가 노릇을 하게 되었는데 임영웅도 '동아방송'의 PD로 변신하여 라디오드라마를 연출하게 되었다.

"신 형, 작품 하나 주세요."

당시 나로서는 동아방송에 첫 방송극을 쓰게 된 것이 큰 기쁨이 아닐 수가 없었지만, 임영웅이라는 큰 나무에 치여 있다는 자격지심이 들던 때라 무엇을 써야 하는지 망설이지 않을 수가 없었다. 궁리 끝에 쇼팽의 피아노 곡을 주 멜로디로 쓰면서 젊은 피아니스트의 사랑 얘기를 쓰기로 했다. 내기억에 하자가 없다면 「내 마음은 호수」가 아니었던가 싶다. 이 일을 계기로 나는 비로소 임영웅의 연출 작업에 동참하면서 그의 연출 스타일을 가까이서 목격하게 되었다. 그 시절에는 라디오드라마도 대단히 엄격하고 비중 있게 연습했던 시절이다. 성우를 이끌어 가는 임영웅의 연출은 섬세하면서도 위엄 당당한 카리스마가 있었음을 지금도 기억하고 있다.

80년의 서울의 봄도 잠깐, 동아방송은 KBS라디오에 흡수 통합되면서 임영웅도 KBS로 자리를 옮겨서 라디오드라마의 본산이자 상징과도 같았던 「KBS무대」를 연출하게 되었다. 그리고 또 얼마의 세월이 지나고서야 임영웅에게서 전화가 왔다. 늘 같은 톤의 목소리는 "신 형, 작품 하나 주세요."였다.

이때는 이미 임영웅의 명성이 무대예술 쪽에서 활발하게 피어나고 있었던 때라 나는 더 주눅이 들 수밖에 없었다. 얘깃거리라도 예술과 관계가 있어야겠다는 강박관념이 날 괴롭혔다. 궁리 끝에 좋은 거문고를 만들기 위해 벽오동나무를 찾아다니는 장인의 얘기를 썼던 것으로 기억된다.

임영웅이 방송국을 그만두고 본격적으로 무대예술 쪽에서 일하게 되면서 나는 TV역사드라마에 매달리게 되었다. 길바닥을 스쳐 지나면서 손을 잠깐 흔드는 것이 그와의 만남일 때가 태반일 만큼 서로가 바빴다.

생각해 보면 임영웅과 나의 만남은 언제나 '딱 한 번'으로 이어지는 신뢰의 연결고리가 있었질 않았나 싶다. 임영웅은 조선일보 문화부 기자 시절에 딱 한 번 격려의 엽서를 보내 주었고, 대한일보 문화면에 딱 한 번 칼럼을 크게 실어 주었고, 동아방송에 딱 한 번 라디오드라마를 쓰게 해 주었고, 「KBS무대」에서도 딱 한 번 단막드라마를 쓰게 해 주었다.

지금은 예술원의 같은 분과에서 자주 만나게 되고, 회의를 마치고 돌아갈 때면 대개는 임영웅이 운전하는 자동차의 앞자리에 앉게 된다. 그렇게 가깝게 앉아 있으면서도 잡담을 삼가고 꼭 필요한 얘기만 하게 되는 것이 옛날과 변함없는 임영웅과의 관계다.

이제는 서로가 70을 넘긴 늘그막 길에 들어섰지만, 임영웅과의 '딱 한 번'은 다시 한 번 나를 설레게 할 것이라는 기대가 있다. 나는 국립극장 근처를 맴돈 지 실로 반세기 만에 「파몽기破夢記」라는 창작희곡 한 편을 무대에 올리는 새로운 경험을 한 일이 있다. 기왕에 희곡을 쓰기 시작했으니까 딱 한 번 임영웅의 연출로 무대에 올려지기를 기대하고 있다.

꼭 실현될 날이 있을 것이다. 딱 한 번…….

# 참 아름다웠던 영결식

**차범석車凡錫 선생과의 작별**

●

2006년 6월 6일, 저녁 무렵 나는 고향 강릉의 바닷가에 있었다. 비낀 저녁 햇살이 유난하게 아름답다 싶었는데 임영웅으로부터 차범석 선생이 타계하셨다는 연락을 받았다.

"언제요……?"

"20분쯤 전입니다."

아, 나는 허탈감에서 헤어날 길이 없었다. 아무리 생자필멸生者必滅이라는 고사가 있다고 하더라도 차범석 선생과의 작별은 우리들을 슬프게 하고도 남는 그야말로 큰 충격이 아닐 수가 없어서였다.

차범석 선생은 한 사람의 예술가이기 전에 우리 사회를 바른 길로 이끌어 온 대표적인 지성인의 한 사람이다. 선생은 자신이 하고 있는 일에 대한 완벽한 식견을 갖추고 있었고, 그 식견에서 우러나는 표준에 따라 집필을 해 나갔으며, 올곧은 삶을 영위해 나갔다. 자신의 식견과 표준에서 벗어나는 일을 목격하면 그 장소가 어디이건 또 말하는 사람이 누구이던 간에 호된 꾸지람을 내리곤 했다. 그 칼날 같은 성품을 우리는 '육쪽마늘'에 비유하곤 하였다. 그러면서도 차범석 선생의 주위에는 사람들이 들끓었다. 대개가 차범석 선생에게서 핀잔을 받거나 꾸중을 들은 사람들인데도 선생의 곁을 떠나지 않는 것이 참으로 불가사의했다.

다음 날인 7일, 차범석 선생의 영정이 모셔진 삼성병원에 도착했을 때 정말 놀라운 광경을 목격하게 되었다. "정승이 죽으면 문상을 가질 않고, 정승 댁 개가 죽으면 문상을 간다."라는 세태의 무정함을 꼬집는 말이 있고, 그 말은 지금도 엄연히 유효한 것으로 모두 느끼고 있는 마당인데도 차범석 선생의 영정에 분향한 문상객들의 면면들은 "정승이 죽어도 문상을 간다."라는 새로운 가치관을 실천으로 보여 주고 있었기 때문이다.

우리가 흔히 차범석 선생을 말할 때 우리 시대의 마지막 큰 어른이라고들 한다. '큰 어른'이라는 말에 담겨진 여러 요인들이야 얼마든지 있겠지만 옳은 일은 반드시 옳다고 하고, 옳다고 생각한 일은 반드시 행동으로 보여 주신다는 점에서 감동이 더해진다. 6·25의 전란 중에 차범석 선생은 가솔들을 이끌고 고향인 목포로 피난을 가게 되었는데, 소아마비로 하반신이 불편한 덩치 큰 아우(차재석)를 등에 업고 서울에서 목포까지의 천 리 길을 걸어서 갔다는 형제애는 너무도 아름답다. 그 천신만고는 말로 형언할 수가 없지만 차범석 선생의 성품으로는 반드시 해야 할 일을 했을 뿐이다. 이러한 일들 하나하나가 차범석 선생이라는 행동을 수반한 지식인을 탄생시켰다.

나와 차범석 선생과의 인연은 반세기 동안에 걸쳐 내왕되었다. 20대 후반 나는 명동에 있던 국립극장 기획과의 말단 공무원으로 있으면서 선생의 대표작 「산불('62)」이 초연될 때 원고 심부름을 했다. 처음 연출을 맡기로 했던 이해랑 선생이 창작희곡 「산불」을 읽어 보시고 과부가 많이 나오는 작품이라 성공할 수 없다면서 연출을 맡지 않겠다고 비토하였다. 나는 아무것도 모르는 말단 공무원이라 「산불」의 원고를 작자인 차범석 선생에게 돌려 드리면서 이해랑 선생의 말씀을 가감 없이 전해 올렸다가 불같이 화를 내시는 것을 지켜볼 수밖에 없었다. 그 일이 늘 민망하던 차에 우연히 만나게 된 연출가 이진순 선생에게 「산불」이라는 희곡이 있음과 이해랑 선생이 비토하게 된 사연을 말씀 여쭈었더니 놀랄 만한 반응을 보였다.

"해랑이 갸가 뭘 아네. 그 원고 개지고 오라우."

담뱃재를 재떨이에 털면서 말씀하시던 이진순 선생의 웃음 담긴 표정이 지금도 눈에 선하다. 그렇게 하여 「산불」은 국립극장에서 이진순 연출로 초연이 되었고, 장종선의 현실감 넘치는 무대미술과 연기자들의 열연에 힘입어 상상을 초월하는 호평과 연일 객석을 가득 채우면서 우리 연극의 명작 희곡이자 차범석 선생의 대표작으로 자리 매김되었다.

그리고 얼마 뒤, 우리나라 최초의 상업방송인 문화방송이 개국되면서 차범석 선생은 연예과장이 되었고, 나는 문화방송 라디오드라마의 집필작가로 다시 만나게 되면서 술자리에 함께하는 빈도가 높아지게 되었다. 까닭은 자명하다. 우리나라가 일제의 식민지 치하에 있었던 1940년대에서 광복된 이후의 여러 혼란기에 있었던 무대예술의 실상을 알기 위해서는 차범석 선생의 입을 빌리지 않을 수가 없었기 때문이다.

이 책 저 책에서 읽은 내용이나, 여기저기서 주워들은 이야기를 펼치면서 차범석 선생의 견해를 물으면 직설적인 질책을 듣게 된다.

"말도 안 되는 소리 하지 마. 내가 봤는데 무슨 잔소리야!"

차범석 선생과의 작별이 너무 허황하고, 선생이 없는 빈자리가 너무 크고 황당한 것은 바로 "내가 봤는데 무슨 잔소리야!"에 담겨진 확신에 찬 증언을 해 줄 스승을 잃었기 때문이다.

2004년에 상재한 역저 『한국 소극장 연극사』의 내용을 살펴보면 한 줄 한마디가 모두 차범석 선생이 체험하고 확인한 것이어서 증언집證言集의 성격을 띤 '소극장 연극사'라고 해도 손색이 없을 만큼 귀한 책이 되었다.

우리는 차범석 선생의 공덕을 기리는 모임도 만들었다. 매달 세 번째 월요일에 차범석 선생을 모시고 격의 없는 술자리를 즐기곤 했다. 이름 하여 〈평균회〉, 차범석 선생의 아명兒名인 '평균'을 따서 모임의 이름을 정한 까닭이다. 영화감독 김수용, 김기덕, 연출가 임영웅, 화가 이만익, 김대화 내외분, 언론인 손기상, 소설가 이세기, 문화행정의 이종덕, 무용가 조흥동, 최청자, 극단 〈신시神市〉의 대표인 박명성, 김호동 등으로 구성된 말석에 나도 낀다. 차범석 선생의 진면목을 잘 아는 멤버들이라 술자리는 늘 즐겁고 신났지만, "내가 봤는데 무슨 잔소리야!"로 구사되는 판결문 같은 담론으로 이어지다가 차범석 선생의 18번인 '님은 먼 곳에'가 불리어지고, 날아갈 듯한 선생의 춤사위가 곁들여지면서 모임이 끝나곤 했다.

2006년 6월 10일. 국립극장 달오름 극장에서 엄수된 차범석 선생의 영결식은 참 아름다운 모임이었다. 우리 사회에 지대한 공헌을 한 큰 어른을 떠나보내는 마지막 모임이 숙연한 가운데서도 아름답게 느껴졌던 것은 바로 차범석 선생의 인품 때문이라고 나는 확신한다.

차범석 선생을 이승으로 떠나보낸 다음에도 〈평균회〉는 계속되고 있다. 아니 더 알차게 차범석 선생의 공덕을 기리는 모임으로 승화될 것이라는 게 회원들의 다짐이다.

모두가 차범석 선생에게서 비롯되는 아름다운 광경이 아니고 무엇이겠는가.

## 차범석, 참 아름다운 이름이네

당신에게는 빈틈이 없었어도 환한 어울림이 있었습니다.
책망하시는 말씀과 농담 우스개까지도
절묘하게 아울러 맑은 샘을 솟아나게 하셨습니다.
두루마기 한복 차림도, 넥타이 정장 차림도
캐주얼 잠바 차림까지도 모두가 어울리는
우리들의 당신이셨습니다.
주옥같은 작품, 그 숱한 작품마다에는
당신의 모습 아롱아롱 담겨 있고,
뼈아픈 논설에는 당신의 고뇌를 담으셨지만
당신의 모습은 언제나 한결같았습니다.
작은 술잔에도 정을 담아서 돌리시며
님은 먼 곳이 아니라 가까이에 있게 하였고,
사뿐하게 휘어지는 춤사위 엮으시면
우리는 언제나 관객이었습니다.
2006년 6월 10일.
당신을 보내는 영결식까지도
우리 모두에게 아름다움으로 간직하게 하셨습니다.

**선님 목포시 소재의 〈차범석 문학관〉 개관에 즈음한 축시**

# 대금산조와 완벽주의자

## 정연희鄭然喜 여사와의 만남

●

　정연희 여사는 늘 원장현의 대금 소리에 젖어 있다. 원장현은 대나무의 고장인 담양에서 태어나서일까 댓잎 흐느끼는 소리를 실감나게 들려준다. 그의 대금 소리는 구름이며 바람이요, 때로는 살아가는 여러 사연들을 자연에 담아서 귀가 튼 사람들의 애간장을 녹여내곤 한다.

　원장현의 대금 소리에는 시詩가 잠겨 있다. 말을 바꾸면 시의 이미지로 대금을 연주한다는 뜻이다.

　　　너무 쓸쓸하여 오히려 맑은데
　　　너무 깨끗하여 차라리 설운데
　　　내 소매 끝에서 퍼져 나가는
　　　저 원림의 푸른 대 바람 소리

원장현의 대금 연주에서도 백미로 손꼽히는 「소쇄원瀟灑園」에 붙여진 글이다. 나도 정연희 여사처럼 원장현의 대금 소리를 들으면서 숱한 원고를 써 왔다. 우리는 우연찮게 서로가 이 사실을 알게 되면서 정분이 더 두터워지는 계기가 되어 혹시 편지라도 쓰는 날이면 '원장현의 대금 소리를 들으며⋯⋯.' 라는 문장을 덧붙이기도 한다.

1999년쯤이 아니었나 싶다. 정연희 여사의 소설집 『바위 눈물』을 받아 읽으면서 나는 원장현의 대금 소리를 겹쳐서 들었다. 물론 소설의 내용에도 대금과 관련된 짧은 문장이 나오지만, 내가 그 소설에서 들은 대금 소리는 완벽을 추구하는 여주인공의 넋에서 뿜어져 나오는 깊이 있는 음률이었다. 젊은 화가는 자신이 거처하는 방의 온 벽에 그림을 그려 놓고 떠나갔다. 여주인은 그 화가가 다시 돌아올 것을 알면서도 벽지째 그림을 떼어 내는데 오히려 인간 본성의 아름다움을 느끼게 했다. 인간이 가진 미적인 사유를 신비로운 쪽으로 비상하게 하였기 때문일 게다.

나는 그 매력 있고 완벽을 추구하는 여인이 곧 정연희 여사일 것이라고 단정을 했다. 책을 보내 주어서 고맙다는 답장을 쓰면서 당신의 자서전을 잘 읽었노라고 썼다. 곧 정연희 여사의 답신이 왔다. 그것은 자신이 아니라 전라도 쌍계사의 산자락에서 사는 실제의 인물이며, 신 선생이 원하면 언제든지 함께 가서 확인해 줄 용의가 있다는 내용에, 역시 원장현의 대금 소리를 들으면서 쓴다는 부연이 있었다.

정연희 여사는 바로 이 『바위 눈물』로 김동리 문학상을 수상한다. 당연히 시상식에 참석하여 축하를 해야 할 일이었지만, 그날따라 선약이 있어 큰 결례를 저지르고 말았다. 그리고 며칠 뒤 정연희 여사는 수상자의 답사로 발설하였던 '수상소감'을 우편으로 보내 주었다. 나는 그 문건을 읽으면서 새로운 정연희 여사의 모습을 뇌리에 각인하게 되었다. 젊은 날 세간을 떠

들썩하게 하였던 자신의 스캔들을 단호하면서도 엄중하게 자책하고 있어서다. 그 쉽지 않은 일을 문학상을 수상하는 자리에서, 더구나 많은 동료 문인들이 지켜보는 자리에서 소감으로 피력할 수 있는 용기는 남아 있는 삶을 완벽주의로 몰고 가겠다는 선언이라고 믿었기 때문이다.

내가 정연희 여사를 처음 만나서 알게 된 것을 입에 담자면 1950년대의 후반 명동 시절로 거슬러 올라가야 한다. 그때 나는 초등학교 교사 노릇을 때려치우고 대학에 진학하였기에 나이 든 학생이었다. 문학을 꿈꾸면서 젊은 날을 불태우는 처지에 나이가 무슨 상관이랴 싶지만. 그 무렵 이화여자대학교 국문과의 학생이었던 정연희 여사의 모습은 차돌로 깎아 놓은 듯한 빈틈없는 미모를 자랑했다. 음악다방 '돌체'와 같이 젊은 학생들이 많이 모이는 곳에 정연희 여사가 나타나면 모든 남학생들은 일단 시선을 그쪽으로 던지면서 주목을 해야 할 정도였다. 비록 말을 하지는 않았지만 대부분 연정을 품었던 시선이었을 것이라고 확신한다.

이젠 70을 훌쩍 넘긴 우리가 모여 앉아 그때의 얘기를 뇌까리게 되면 정연희 여사가 태연이 말한다.

"그때 연애하자고 했으면 지금쯤 같이 살 게 아냐⋯⋯?"

"이런 젠장, 퇴짜 맞을까 봐 겁나서 못했지."

이 얘기는 농담 같다가도 진담이요, 진담에 실린 농담이기에 폭탄과도 같은 웃음을 터져 나오게 한다.

1957년, 정연희 여사는 동아일보 신춘문예에 「파류상波流狀」이 당선되면서 화려하게 문단에 나섰고, 나는 그해 12월 『현대문학』지에 시가 추천되어 작단에 이름을 올렸지만 그 후의 행보에는 천양지차가 있다. 특히 내가 부러웠던 것은 1969년에 경향신문사의 순회특파원으로, 1971년에는 조선일보사의 순회특파원으로 세계를 누비고 다니면서 수많은 세계의 여성 지도자와 저명인사 들을 인터뷰하고, 30대 초반의 여류 소설가가 쓴 그 기사가 한복을 반듯하게 입은 아름다운 사진과 함께 유명 일간지인 경향신문, 조선일보에 전단으로 소개되었던 것은 지금 생각해도 쾌거 중의 쾌거이고도 남는다.

지난해 가을이던가, 올봄이던가. 나는 정연희 여사의 판타지컬한 소설 「매화골 청노青奴」를 읽으면서 다시 한 번 원장현의 대금 소리를 들었다. 이번에는 완벽한 자연을 노래하는 「소세원」이 아니라, 아름답고 향기로운 여인의 삶을 돌아보게 하는 「항아의 노래」가 생생하게 들려오는 것을 어쩌랴.

소설 「매화골 청노」의 여주인공은 '연화'라고 불리는 매화농장의 주인이다. 그녀의 도도한 아름다움은 적어도 내 눈에는 정연희 여사의 복사판이라고 생각될 정도다. 물론 정연희 여사는 「바위 눈물」의 경우처럼 또 어느 지리산 자락에서 매화농장을 운영하는 실제의 인물이 있다고 강변하면서 내가 원하면 함께 가자고 하겠지만, 매화농장의 여주인공 '연화'는 이미 죽고 없다.

매화꽃이 흐드러지게 핀 어느 날 밤, 달빛은 있는 듯 없는 듯 교교皎皎한데, 꽃나무 가지 사이로 실오라기 한 줄 걸치지 않고 걸어가는 나신裸身의 여인이 있다. 보일 듯 말 듯, 안 보이다가 다시 보이는 나신의 여체는 신비스럽기 그지없다. 바로 매화농장의 여주인 연화의 모습이다. 그녀는 매화 향기로 목욕을 하고 있다. 한 인간의 구도적인 자세를 이같이 판타지컬하게 그려 내는 정연희 여사의 완벽 추구는 자신의 내면과도 무관하지 않을 것임을 나는 확신한다. 매화에 관한 공부를 하기 위해 매화농장에 머물고 있는 사내는 눈앞에 전개되는 전설과도 같은 실경에 숨이 막힌다. 물론 연화는 이 사내의 존재를 알고 있으면서도 당당하다.

날이 밝으면 말없이 교감되어 온 두 사람의 관계가 한 발짝 다가설 수 있을 것인가. 드디어 날이 밝았다. 연화는 싸느란 시신으로 누워 있다. 젊은 사내의 내면을 적시던 연정은 좌절이 아니라 승화의 개념으로 제시된다. 완벽을 추구하는 정연희 여사의 이 아름다운 노고에 나는 박수를 칠 수밖에 없었다.

나는 이 글을 쓰면서도 원장현의 대금 소리를 듣고 있다. 원장현이 불어 대는 「항아의 노래」는 연화의 시신을 맴돌면서 흐느끼고 있을 뿐 떠나지를 못한다.

# 스크린에 흐르는 유려한 영상언어

## 김수용金洙容 감독의 유창한 화술

영화감독 김수용은 장인匠人 중에서도 명장名匠에 속한다.

그의 영화는 유려한 영상을 으뜸으로 하지만, 영상이 유려하다 하여 좋은 영화가 되는 것은 물론 아니다. 거기에는 진솔하게 살아가는 여러 인간들의 다양한 삶이 담겨야 하고, 그들의 살아가는 시대의 의미와 때로는 사상적인 고민에 몰두하는 자세가 있어야만 명장의 반열에 오른다.

그런 점에서 김수용 감독의 영화에는 삶의 양식이 다른 숱한 사람들의 애환을 외관과 내면을 동시에 투영하는 영화미학映畵美學이 흐르고 있으며, 그가 살았던 암울했던 시대의 편린들을 과장되지 않게 담아내는 열성이 있다. 그것은 곧 영화예술이 갖추어야 하는 고전적인 요건들을 두루 지켜 가면서도 새로운 시대가 갖는 사고의 변화를 세심하면서도 철저하게 담아내고 있다는 뜻이다.

김수용 감독은 1929년 경기도 안성읍에서 태어난다. 부농의 가정에서 삼
남삼녀 중의 장남으로 태어났다면 가업을 이어 가야 하는 것이 당시의 풍
속이다. 향리에서 초중등학교를 마친 그에게 아버지는 군수가 되는 수업에
몰두하기를 은근히 바랐으나, 김수용 감독은 조국이 일제의 사슬에서 벗어
나자 1946년, 단신 서울로 달려가 당대의 수재들이 모이는 경성사범학교
를 다시 졸업하고서야 소설가를 지망하는 문학청년임을 자부하게 된다. 그
러나 혼란을 거듭하는 격동의 시대가 그의 변신을 기다리고 있었다.

　　6·25라고 불리는 한국전쟁은 많은 젊은이들의 진로를 바꾸게 했다. 김
수용 감독도 예외는 아니었다. 그는 피난지 부산에서 군에 입대하였고, 영
어에 능통하다 하여 통역장교로 복무하게 되었으나, 당시의 국방부 정훈국
에서는 그로 하여금 병사들을 위한 계몽영화를 만들게 하였다.

　　김수용 감독은 그 어마어마한 도전에 자신의 예술을 구축하는 응전應戰
에 성공한다. 그는 러닝타임 10분 길이의 단편영화를 무려 12편이나 만들
고서야 육군대위로 예편을 한다. 나라의 돈으로 영화수업을 훌륭하게 마친
터이라 곧바로 영화계로 뛰어들어 극영화의 메가폰을 잡을 수 있는 행운과
만난다. 첫 작품 「공처가('58)」는 희극배우를 기용한 코미디 영화였다.

　　● ●

　　1961년에 시나리오작가로 데뷔한 나는 김수용 감독과 함께 작업할 수 있
는 행운을 얻었다. 당시의 메이저 영화사였던 한양영화사에는 기획과 제작
을 담당한 최현민이 있었고, 나는 문공부 영화과에서 시나리오의 심의를
담당하는 말단 공무원이자, 새로 데뷔한 신인 시나리오작가였다.

　　어느 날 신인 소설가이자 절친한 친구였던 이시철이 곧 출판하게 될 소

설이라면서 두툼한 교정지 뭉치를 보여 주었다. 이시자카 요지로石坂洋次郎의 일본 소설을 번안한 「청춘교실」이었다. 세련된 감성과 감각으로 이어지는 청춘소설이어서 나는 각색을 자청하게 되었고, 그렇게 각색된 시나리오가 한양영화사의 최현민에게 넘어갔다. 그리고 며칠 후, 최현민이 「청춘교실」을 한양영화사에서 제작하겠다면서 감독할 사람을 소개해 주었다. 나와 김수용 감독의 만남은 이렇게 시작되었다. 1963년, 이 영화는 신성일, 엄앵란을 주역으로 하는 이른바 청춘영화의 효시가 되어 장안의 화제작으로 등장하였다.

이 작품을 계기로 나는 말단 공무원 생활을 청산하고 한양영화사 작가실의 일원으로 본격적인 시나리오작가로 독립하게 되었다. 그리고 얼마 후 나와 김수용 감독의 기념비적인 작품으로 평가되는 「저 하늘에도 슬픔이('65)」가 장안의 화제를 모으면서 개봉되자 사람들은 기획자 최현민, 영화감독 김수용, 시나리오작가 신봉승의 세 사람을 묶어서 일본어의 '삼바 가라스三羽鳥'라고 불렀다. 이 말을 직역하면 '세 마리의 까마귀'라는 뜻이지만, 의미하는 바는 '세 사람의 황금 콤비'라는 말이 된다.

최현민은 연극연출이 업이었으므로 언제나 연극적인 구성과 시추에이션을 중시하는 본격 작품을 요구하였고, 김수용 감독은 소설가를 지망하는 문학청년이었던 탓으로 영화가 좀처럼 갖추기 어려운 문예성을 강조하는 편이어서 우리 세 사람은 한국 영화의 운명을 짊어진 듯 모든 열정을 쏟으면서 두터운 우정을 쌓아 올리곤 하였다.

　　여러 단어를 원고지에다 옮긴다 하여 그게 곧 문학이 되는 것이 아니듯, 셀룰로이드 필름에 영상을 담았다 하여 모두 영화가 되지를 않는다.

김수용 감독의 이 영화론은 준엄하다. 그의 초기 작품이자 한국 문예영화를 개척하고 주도한 수작들……, 아니 그의 트레이드마크로 일컬어지는 「저 하늘에도 슬픔이」, 「갯마을('65)」, 「산불('67)」, 「봄·봄('69)」 등은 영광스럽게도 모두 나의 시나리오였다. 이 밖에도 나는 김수용 감독과 함께 「월급봉투('64)」, 「학생부부('64)」, 「적자인생('65)」 등의 영화로 당 시대 청춘영화의 스타 신성일과 엄앵란 커플을 만들어 내는 데도 기여하였다. 나는 그와 15편 정도의 작품을 더 함께 하면서 지금까지 오랜 세월 동안의 우의를 지켜오고 있다. 그러므로 김수용 감독의 영화인생을 말하라면 나만 한 사람이 없을 것임도 당연하다.

● ● ●

전성기로 접어든 김수용 감독의 영화는 화려한 변신의 연속이었다. 소위 군사문화라고 불리는 보이지 않는 갖가지 탄압은 그로 하여금 현실참여 문제를 고민하게 하였다. 그 돌파구가 지식인들의 방황을 그리는 일련의 작업이었다.

「안개('67)」, 「야행夜行('77)」, 「망명의 늪('78)」 등은 그 제목이 암시하는 바와 같이 사회성 짙은 문학적인 스토리구조를 유려한 영상에 담아내면서 삶의 진솔함을 그리는 그만의 영화미학을 창출하게 하였다. 또 「까치 소리('67)」, 「토지('74)」, 「극락조極樂鳥('75)」와 같은 불멸의 문학작품도 그의 메가폰에 의해 영상화되어 수많은 영화제에서 작품상과 감독상을 독식하기도 하였다.

영화를 말하는 이론가들은 영화예술을 머리가 둘 달린 '샴 형제'로 곧잘 비유한다. 영화예술은 그 발생에서부터 예술성과 상업성이라는 두 얼굴을 가지고 있다는 뜻이겠지만, 김수용 감독은 그 두 개의 얼굴을 함께 다스릴 줄 알아서 또한 명장이다. 그가 영화를 만들기 위해 메가폰을 든 이래 1백 9편의 극영화를 연출했다는 사실이 이를 입증하고도 남는다.

1986년 그는 중광重光이라는 승려의 해학적인 삶을 그린 「허튼소리」를 연출하여 화제를 모았으나, 공연윤리위원회라는 심의기구에서 "관객의 수준이 낮으므로 여러 장면을 삭제하겠다."라는 어처구니없는 통고를 받고 강하게 반발하다가 마침내 평생의 업으로 삼았던 메가폰을 내던지는 용기를 보인 때도 있었다.

많은 문화인과 예술가를 괴롭혔던 이른바 군사문화의 잔재가 걷히면서 그도 자유롭게 작품을 만들 수 있게 되자 일본에서도 잘 알려진 한국 고아의 어머니 다우치 지쓰코田內千鶴子(한국명·尹鶴子) 여사의 일대기를 그린 「사랑의 묵시록('95)」을 연출하는 것으로 내동댕이쳤던 메가폰을 다시 들면서 많은 일본인 관객들을 감동하게 하였다.

1999년에는 「침향沈香」을 시나리오작가 김지헌, 촬영감독 정일성 등과 함께 공동 제작하여 노익장을 과시하였으나, 아이러니하게도 그가 만들어 낸 영상을 가위질하였던 그 기관(영상물등급위원회로 개칭되었다.)의 위원장이 되기도 하였다.

지금도 한국의 많은 영화팬들은 유려한 영상을 구축하여 아름답고 진솔한 인생의 여러 가지 삶을 세련되게 그려서 보여 주는 명장의 영화를 보고 싶어 한다.

# 도전하는 삶, 누님 같은 정겨움

## 전숙희田淑禧 선생과의 인연

●

　진솔하고 아름다운 내용을 담은 글을 읽고 나면 글 쓴 이의 모습을 떠올리게 되고, 또 글 쓴 이의 생각과 행동이 글의 내용 못지않게 진솔하고 아름다운지를 생각해 보게 되는 경우가 있다. 그럴 때 대개는 글 쓴 이와 글의 내용이 일치하기를 기대하는 마음이 앞서게 된다.

　세계의 여러 이름 있는 작가들의 경우를 살펴보아도 글과 글 쓴 이의 생각과 행동이 일치하는 경우는 그리 흔치를 않지만, 우리의 전숙희 선생의 경우는 글의 내용과 글 쓴 이의 생각이 일치하는 정말 흐뭇한 광경을 자주 연출하여 주위를 감동하게 한다. 그 원인이 어디에 있는지를 찾는 일도 어렵지가 않다.

　전숙희 선생은 사람을 사귈 때 상대의 나쁜 짐은 보지 않고 장점만을 살피는 넉넉하고 풍성한 마음가짐이 돋보이는 분이다. 그것은 너그러운 마음이 없이는 불가능한 일이다. 전숙희 선생의 대인관계는 남성들 못지않게 폭이 넓은 편이지만, 그 성과도 만만치 않음을 자주 보게 되는데 그런 일련의 생각을 본인 스스로 글로 적어 놓고 있다.

> 사람이란 보는 눈에 따라 누구에게나 장점이 있다. 이 세상에 쓸모없
> 는 인간이란 없다고 본다. 아무리 미천하고 보잘것없는 인간이라도 무
> 언가 저대로의 장점 하나씩을 지니고 있다는 것을 알아야 한다.

「사람의 장점」의 일부

전숙희 선생의 수많은 수필에서 일관되게 흐르는 철학은 사람에 관한 사
유가 아닌가 한다. 물론 사람과 사람의 관계를 소홀히 하는 사람은 없겠지
만, 전숙희 선생은 사람들이 살아가는 일에서 가장 소중히 해야 하는 것이
사람인 탓으로 사람들과의 만남을 남달리 소중히 하는 분이다.

그러므로 전숙희 선생은 지체가 높은 사람이건 낮은 사람이건 누구에게
나 한결같이 따뜻하게 마음을 열어 보인다. 자신과 만나는 모든 사람은 각
각의 인격과 인권을 갖추었다고 믿기 때문이다. 특히 성공한 사람을 바라
볼 때는 그들의 장점을 반드시 찾아내고, 살아가는 비결이 무엇인지를 파
악하여 자신의 것으로 만든다. 바로 그 점이 대인관계를 아름답고 원만하
게 발전시켜 가는 전숙희 선생의 최대 장점이자 비결이다.

> 가시나무를 심은 곳에는 더욱 사나운 가시가 자라고 잡초를 심고 거두
> 지 않는 곳에는 잡초만이 무성하다. 팥을 심은 곳에서 콩이 나올 리 없
> 고 개나리를 심은 곳에서 장미가 필 수 없다. 이것은 뿌린 대로 거두는
> 자연의 원칙이며 신과 인간 사이의 엄숙한 약속이다.

「신과의 엄숙한 약속」의 일부

전숙희 선생을 가까이 대해 본 사람이면 누구나 한결같이 그분의 가식
없는 너그러움과 자상함에 누님 같은 정감을 느끼게 되지만, 사귐을 거듭

하게 되면 그분의 진솔한 생각과 남을 돕고자 하는 마음이 얼마나 따뜻하고 정겨운지를 알게 된다. 그러나 그것이 임시방편으로 만들어진 것이 아니라 그분의 진솔한 삶에서 우러나고 있다는 사실에서 우리는 다시 한 번 감동하게 된다.

전숙희 선생과 나의 사사로운 얘기지만, 그분은 내 신상에 관한 일을 신문 같은 데서 읽거나, 풍설로라도 전해 들으면 반드시 물어보고 챙긴다.

"그거 왜 미리 의논 안 했어."

어투까지도 누님을 닮았다. 때로 응석을 부려 보고 싶은 생각이 드는 것은 그런 가식 없는 정겨움 때문이다.

몇 해 전, 전숙희 선생에게서 느닷없는 주문을 받은 일이 있다.

"신 선생, 내가 사람을 많이 모아 놓으면 거기 와서 세종대왕의 생애에 대해서 좋은 말을 해 줄 수 있겠어?"

"갑자기 세종대왕은 왜요?"

"올해가 세종대왕 탄신 6백 년이잖아."

내가 『예술원보藝術院報』에 쓴 '성군 세종대왕의 인간적인 번뇌' 라는 글을 읽으셨을 것이라고 짐작은 하였지만, 얼마나 놀라운 일인가. 세종대왕의 생애를 회고하여 그분의 성군됨을 살펴서 오늘을 사는 지혜로 삼아 보자는 강연회의 개최가 꼭 전숙희 선생의 몫일 수는 없을 것인데도, 그것이 사회적인 요청이거나 우리가 살아가는 지혜를 모으는 일이라고 생각되면 그런 일에도 거침없이 나서는 것이 전숙희 선생의 역사인식이다.

나로서는 기꺼이 동참할 일이었고 모임은 부산의 파라다이스호텔에서 있었다. 참석 인원은 자그만치 7백여 명, 나로서는 신바람 나는 강연을 할 수 있는 절호의 기회를 만끽하고서도, 푸짐한 강연료까지 챙기면서 바다가 내려다보이는 호화로운 호텔 방에서 하룻밤을 머무는 추억까지 간직하게 되었는데, 나중에 전숙희 선생의 수필을 읽으면서 그날의 일이 우연치 않았음을 알게 되었다.

> 내일이 없는 사람은 오늘의 존재도 무의미하고 내일 없는 민족은 생명 없는 물체와 같은 것이다. 빛나는 역사를 지닌 민족, 자랑스런 발자국을 남긴 역사의 인물 들은 모두 내일을 믿은 사람들이다. 즉 근시안적으로 세상을 보지 않고 긴 안목으로 높고 먼 데까지 바라보고 살아온 사람들이다. 깊은 지혜의 사람들이다. 그럼 내일의 수확은 무엇인가. 즉 오늘을 잘 사는 일이다. 내일은 다름 아닌 오늘의 연장이니까 그 내일이 오늘이 되고 그 내일의 연장이 바로 우리들의 생애가 되는 것이다.
>
> 「내 마음속의 소우주」의 일부

늘 구상하고 있었던 생각을 글로 옮기는 일은 수필가이든 소설가이든 누구나 그렇게 하는 것이지만, 글에 적은 자신의 구상이나 생각을 글이 아닌 다른 방법으로 실천하기란 쉽지가 않다. 바로 이 쉽지 않은 일을 전숙희 선생이 실천하고 있는 것은 "한 가지 일에 몰두한다는 것에는 괴로우면서도 또 한편 운명처럼 빠져나올 수 없는 애착과 매혹 같은 것이 있다."라는 생각 때문이라고 술회하기도 한다.

전숙희 선생이 몸소 관여하는 일은 여성으로는 버거울 만큼 다양하고 분주한 일이다. 한때는 국제 펜클럽 한국 본부의 회장으로 열악하기만 했던 문학단체의 재정과 활동 범위를 넓히는 일에 기여하였고, 지금은 국제 펜클럽 종신부회장으로 활동하고 있다. 뿐만이 아니라 계원학원의 이사장으로 사학의 운영을 맡고 있는가 하면, 〈한국현대문학관〉을 세워서 우리나라 근대문학 생성의 주요자료를 전시하여 문학인뿐만이 아니라 많은 관심 있는 사람들에게 문학을 이해하게 하고 있으며, 또 문예지 『동서문학東西文學』을 발행하여 문인들에게 발표의 장을 열어 주고, 신인 작가들을 뽑아 그들에게는 도약의 발판을 마련해 주고 있다.

이러한 일련의 활동들이야말로 미래로 전개될 우리들의 활기찬 삶을 열어 가기 위해 지난날의 일들을 성찰하는 전숙희 선생의 지혜로움에서 비롯되는 일이라고 나는 확신한다.

> 희망은 마치 어두운 하늘을 횃불처럼 밝히며 떠오르는 붉은 햇덩이처럼 우리들 마음을 밝고 뜨겁게 비추어 주는가 하면, 좌절은 저 지평선 너머로 어둠을 남기고 떨어져 버리는 그림자처럼 우리들 가슴속에 끝없는 우수를 남겨 준다. 그래서 사람은 누구나 희망을 갈구하고 좌절을 기피한다. 좌절은 비록 고루거각高樓巨閣이나 고관대작의 자리에서도 어둡고 침울한 죽음의 잿빛이 눈을 가리게 한다. 그러나 희망은 토굴 속까지도 밝은 빛을 비추어 꿈과 빛과 기쁨을 안겨 준다.

「희망과 좌절의 날들」의 일부

전숙희 선생의 진솔함과 정겨움은 그분의 글에도 넘쳐 난다. 언제나 너그러운 마음과 기다리는 심정으로 인내를 미덕으로 삼을 때, 좌절과 절망의 어두운 그림자가 바람처럼 날아간다는 것이 전숙희 선생의 속내인데 그와 같은 그분의 깊은 생각은 자연의 섭리에서 배우고 다듬었다.

혹독하게 추운 겨울이 지나가지 않고서는 따뜻하고 아름다운 생명의 봄과 만날 수 없다는 자연의 섭리가 전숙희 선생으로 하여금 좌절 뒤에는 반드시 새로운 빛이 온다는 아름다운 이치를 생성하게 하였고, 그것이 바로 그분의 진솔한 삶을 엮게 하였을 것이며, 많은 사람들에게 누님 같은 정겨움으로 다가설 수 있는 비결을 갖게 하질 않았나 싶다.

# 평생을 못다 부른 민족의 노래

## 최금동崔琴桐 선생의 인간과 역사관

이 글이 비록 보잘것없을지라도 최금동 선생께서 생전에 읽으셨다면 분에 넘치는 상찬의 말씀을 주셨을 것이라고 믿지만, 최금동 선생께서 그러했던 것처럼 살아 있는 사람들의 일이 매양 그렇듯이 내 사정 또한 여의치 못하여 그분의 영전에 올리게 되어 한편으로는 야속하고, 다른 한편으로는 송구스러운 심회를 가눌 길이 없다.

●

최금동 선생의 인품이나 작품을 거론하자면 누구라 할 것 없이 두 가지 상념을 떠올리게 된다. 첫째는 부정이나 불의에 관한 일이라면 결벽증으로 오해될 만큼 참아 넘기질 못하여 그 장소가 어디건 언성을 높여서 호되게 나무라고서야 직성이 풀리는 성품이시고, 둘째는 그 어른이 집필한 오리지널 시나리오의 대부분이 민족의식을 바탕으로 하는 우국충정憂國忠情의 내용을 담고 있다는 점이다.

다시 말하자면 최금동 선생은 몸소 옛적 선비의 기질을 고스란히 지니고 계셨기에 그 어른과 어울리는 명구 한 절을 떠올리게 된다.

先天下之憂而憂    천하의 걱정거리는 먼저 근심하고
後天下之樂而樂    천하의 즐거움은 나중에 즐기리라.

이를 입증하기에 아주 안성맞춤의 일화 한 토막이 있다.

예술원에서는 해마다 지방을 순회하면서 예술강연회를 개최하는데, 대개는 개최되는 지역의 대학이나 문화단체에서 장소를 제공하고 청중을 동원하게 되어 있다.

1992년 5월 20일에 개최되었던 예술(연극)강연회는 마침 내 고향 강릉의 예총지부에서 주관하게 되었다. 연사는 두 분이었다. 서강대학교 이근삼 교수가 「연극론演劇論」을 맡았고, 최금동 선생의 연제演題는 앞에서 잠시 지적한 대로 그 어른의 전매특허와도 같은 「민족사극 속의 선비상」이었다.

강연장소인 강릉문화예술관 소공연장은 대학생들로 가득하였다. 이근삼 교수의 강연이 끝나고 최금동 선생이 등단하였다. 예상은 조금도 빗나가질 않았다. 최금동 선생은 고령임에도 불구하고 꼬장꼬장한 자세로 민족의 긍지와 선비의 조건을 제시하는데, 그것은 아무리 들어도 우리의 현실을 개탄하는 '선비부재론'이나 다를 바가 없었다.

문제는 강연이 끝나는 순간에 돌발적으로 제기되었다.

강릉은 신사임당申師任堂과 그 자제분인 명현名賢 율곡栗谷 선생께서 태어나셨을 뿐만이 아니라, 이 나라 최초의 한글소설이자 저항소설인 「홍길동」의 작가 허균許筠 선생과 그분의 아우인 난설헌 허초희蘭雪軒 許楚姬가 태어난 유서 깊은 고장이며, 내 사랑하는 후배 신봉승의 고향 이자 그가 예총지부장을 맡고 있는 고장입니다. 그럼에도 불구하고 이 유서 깊은 고장에 교산蛟山(허균의 호) 선생의 문학비 하나 없대서야 이 보다 수치스러운 일이 어느 천지에 다시 있겠습니까. 이 지역의 문화 예술인들의 맹성猛省을 촉구합니다. 신봉승 예총지부장 이리 나오세 요!

청중석 앞자리에 앉아 있던 나는 엉거주춤 연단 앞으로 나갔다. 최금동 선생은 안주머니에서 하얀 봉투를 하나 꺼내 보이면서 부연하였다.

이 봉투에는 오늘의 강연원고료 20만 원이 들었습니다. 나는 얼마 되 지 않는 이 원고료를 이 땅의 저항문학을 싹 틔운 선각의 문인 교산 허 균 선생의 문학비 건립기금으로 내고자 합니다. 나는 강릉예총지부장 신봉승 씨에게 이 기금을 기초로 허균 선생의 시비를 건립해 줄 것을 강력히 촉구하는 바입니다.

강연장을 가득 메운 대학생들은 우레 같은 박수로 최금동 선생의 높은 뜻에 갈채를 보냈고, 나는 자꾸 황당해지는 심중을 애써 달래면서 최금동 선생께서 주시는 봉투를 받아 늘 수밖에 없었다. 그러니 장치의 일이 실로 난감할 뿐이었다.

문학비의 건립이란 말처럼 그렇게 쉬운 일이 아니다. 우선 2천만 원 정도 의 건립(제작비 포함)기금이 있어야 하고, 시비를 세울 수 있는 부지가 있어야 한다. 그때 나는 어느 독지가의 출연금出捐金으로 건립기금을 마련하기보다, 최금동 선생의 뜻을 받들어서 우선 강릉지역의 문화예술인들이 먼저 출연하고, 그 다음으로 강릉시민을 상대로 한 대대적인 모금운동을 전개하리라고 다짐하였다.

그러자니 가는 곳마다, 만나는 사람마다 최금동 선생의 인품과 열정부터 소개하지 않을 수가 없었다.

● ●

내가 최금동 선생을 소개할 때면, 반드시 다음과 같은 말로 시작한다.

> 최금동 선생께서는 1936년, 동아일보사에서 현상공모한 시나리오 모집에서 「애련송愛戀頌」이 당선됨으로써 시나리오작가로서의 활동을 시작하셨습니다. 그때 저는 4살이었습니다.

최금동 선생은 1916년 7월 3일에 태어났고, 동아일보의 현상공모에 「애련송」이 당선되었을 때는 약관 20세의 중앙불교전문학교(지금의 동국대학교의 불교철학과) 학생이었다.

최금동 선생께서 시나리오작가로 데뷔하실 때 내가 4살이었다는 사실을 서슴없이 말할 수가 있었던 것은 내 전체적인 삶이 최금동 선생의 작가생활과 같다는 존경의 뜻이기도 하였다. 그러한 존경의 뜻은 또 다른 여러 가지 형태로 입증되기도 한다.

1945년 8월 15일, 우리나라가 일제의 식민지하에서 벗어나 주권을 회복하였을 때 나는 초등학교의 6학년짜리 코흘리개 소년이었지만, 최금동 선생께서는 이미 서울신문사의 사회부장이었다. 게다가 좌우로 갈라진 이데올로기의 갈등과 생필품마저도 부족했던 사회상을 감안한다면, 사회부장 최금동의 선비 기질이 여지없이 발휘된 시기가 아닌가 싶기도 하다.

그 후, 최금동 선생께서는 독립신문사 편집국장(2년간), 한성일보사 편집 부국장(2년간) 등 언론계에 종사하면서 민족과 민족의 내부에 흐르는 선비 기질을 가다듬다가 6·25가 발발하자 향리로 내려가 지금의 전남대학교에서 출판국장의 일을 무려 4년 동안이나 맡아보고서야 시나리오작가 생활로 복귀한다.

최금동 선생의 작품연보를 살펴보아도 이때의 사정이 잘 드러나 있다. 최 선생은 「애련송」이 당선된 2년 뒤인 1938년에 「해빙기解氷期」를 썼을 뿐, 조국이 일제의 식민지하에서 벗어나기까지 일절 작품을 쓰지 않았다. 조국이 광복된 다음에는 서울신문사 사회부장으로 재임하던 1946년에 「새로운 맹서」를 발표했을 뿐이다.


내가 최금동 선생과 작품으로 해후한 것은 1953년에 발표된 「오, 내고향」과 그 다음 해인 1954년에 발표된 「이름 없는 별들」 등을 통해서다. 전자는 농촌을 배경으로 한 강도 높은 주제의식을 보여 주는 작품이었고, 후자는 광주학생의거를 중심으로 엮은 그야말로 민족의식을 불태우게 하는 작품이었다.

최금동 선생의 「이름 없는 별들」은 광주학생의거를 항일운동사적인 차원에서 정리한 최초의 작품(학문적으로도)이었다는 점은 나중에서야 알게 되었다.

바로 이 무렵, 나는 초등학교 교사로 봉직하면서 시나리오작가를 지망하는 열렬한 문학청년이었으므로 오리지널 시나리오를 고집하면서도 민족의식이라는 강렬한 주제를 내세우는 최금동 선생의 작품은 선망의 대상이 아닐 수가 없었다.

내가 시나리오작가로 데뷔한 것은 1961년 국방부에서 모집한 3백만 환 현상 시나리오 공모에서 「두고 온 산하」가 당선되면서였고, 바로 그 시상 식장에서 최금동 선생과 처음으로 만나게 되었다. 그때까지 내가 본 최금 동 선생의 작품은 「산유화」, 「흙」, 「3·1독립운동」, 「8·15전야」, 「청춘극 장」 등 모두가 우리 영화사에 기록될 대작이며, 우리 영화의 발전에 획을 그었다고 할 우수한 작품들이다.


● ● ●


최금동 선생의 시나리오는 내가 시나리오작가로 데뷔하고 난 다음에도 부럽고 경이로운 곳에 위치해 있었다. 최 선생의 시나리오는 첫째 인물사 적인 것과 둘째 역사적인 시추에션과 정면으로 대결하는 처연한 경향의 작 품으로 나누어진다.

「석가모니」, 「원효대사」, 「이순신」, 「이성계」, 「사명대사」, 「의사 안중근」, 「아, 백범 김구 선생」, 「유관순」, 「홍난파」 등 최금동 선생의 인물사적인 탐 구는 대개 정사적正史的인 차원에서의 '역사적 사실'에서 취재하고 있지만, 그 내용을 자세히 살펴보면 모두가 끈끈한 인간미로 연결된 휴먼드라마로 구성되어 있는 것이 특징이다.

특히 최금동 선생의 유작으로 기록될 오리지널 시나리오 「나는 누구인가」 는 숱한 화제를 뿌리면서 입적한 바 있는 이성철 선사李性徹 禪師의 일대기 를 시나리오화한 것이지만, 그 구성의 정밀함과 시적인 아름다움을 느끼게 하는 지문과 다이얼로그는 젊은 시나리오작가들에게는 귀감이 되고도 남 을 역작으로 평가되어야 마땅하다.

바로 이 작품도 고故 이성철 선사의 인간적인 고뇌를 깊이 있고 아름답게 그리는 휴먼드라마지만, 탈고할 무렵의 에피소드는 최금동 선생의 진면목을 보여 주는 것이라고 아니 할 수가 없다. 최 선생은 완성된 시나리오를 여러 벌 복사하여 10여 명의 영화평론가와 몇 사람의 영화감독에게 우송하여 읽게 하고, 며칠 후 그들을 한자리에 모이게 하여 독후감을 들었다. 이때 자리를 함께하였던 영화평론가들은 자신의 작품에 몰입하는 최금동 선생의 냉엄함에 존경을 표했을 것이라고 짐작된다.

두 번째 경향으로 「에밀레종」, 「팔만대장경」, 「동학란」, 「시일야방성대곡是日也放聲大哭」, 「상해임시정부」, 「3·1독립운동」, 「이름 없는 별들」, 「8·15 전야」 등과 같이 역사적인 시추에이션을 작품화하는 경우에는 정확한 고증을 바탕으로 한 상황의 전개가 학문의 수준에 와 있음을 누구도 거부할 수가 없다. 이러한 결과가 나오기까지 최금동 선생의 집념 어린 취재와 사료의 분석 연구는 실로 눈물겨운 것이었다.

그 한 예로 「시일야방성대곡」은 위암 장지연韋庵 張志淵 선생의 생애를 기둥줄거리로 하고 있지만, 그보다는 소위 을사늑약乙巳勒約 당시의 여러 정황을 정밀하게 분석한 시나리오인데, 최금동 선생은 이 작품의 정확도와 장지연 선생의 인물탐구를 위해 〈위암 장지연선생기념사업회〉가 주관하여 1년에 한 번씩 개최되는 학술세미나에 연 3년을 계속 참가하는 등의 집념을 보인 것으로도 작품에 임하는 그 어른의 열정과 집념을 알 수가 있으며, 또 연산군의 일대기를 시나리오화한 「살풀이」를 집필할 때는 사료를 대조하기 위해 후학인 내 연구실에 출근을 하다 싶이 하였는데, 한번 오실 때마다 대개 50문항 정도의 질문을 적어 와서 토론에 임하곤 하였고, 그 결과를 반드시 하나하나 기록해 두는 열정과 치밀성을 여러 차례 목격하면서 나는 작품에 임하는 최금동 선생의 진지함에 머리를 숙일 수밖에 없었다.

● ● ● ● ●

그날의 일도 기연奇緣이라면 기연일 수가 있을 것이다.

최금동 선생께서 유명幽明을 달리하시던 바로 그 시각에 나는 강릉으로 가는 자동차를 몰고 있었다. 오후 2시부터 시작되는 어린이합창제(강릉예총 주최)에 참석하기 위해 최금동 선생께서 예술강연에 임했던 바로 그 건물로 가고 있었다.

저녁 무렵, 행사를 무사히 마치고 마당으로 들어서는 나에게 아내가 허겁지겁 달려 나오면서 소리쳤다.

"여보, 최금동 선생께서 돌아가셨대요!"

나는 잠시 심장이 멎는 듯한 무력감에 젖을 수밖에 없었다. 그도 그럴 것이 바로 3일 전 시나리오작가 최석규와 나는 최금동 선생과 점심을 하면서 대단히 흥겨운 시간을 보냈었기 때문이다.

나는 천천히 몸을 돌렸다.

우리 동네로 들어서는 초당동 초입에 세워진 교산 허균 선생의 문학비를 둘러보고 싶어서였다. 난설헌 허초희 시비와 나란이 선 오누이 시비공원에는 기우는 저녁 햇살이 붉게 감돌고 있었고, 최금동 선생의 카랑카랑한 목소리가 들려오는 듯하였다.

3년 전, 최금동 선생께서 강연을 마치면서 내게 20만 원을 맡긴 지 얼마간의 세월이 흐르면서 교산 허균 선생의 문학비를 건립할 수 있는 여러 가지 여건이 충족되기 시작하였고, 마침내 1994년 10월 25일, 영동종합예술제가 개최되는 기간 중에 문학비의 제막식을 거행하게 되었다. 여기에 허균 문학비가 건립되는 모든 과정을 세세히 기록할 수는 없지만, 강릉시에서 1992년 유서 깊은 초당동의 초입에 건립한, 허균의 아우이자 천재 여류 시인으로 당시의 동양 삼국에 명성을 떨쳤던 난설헌 허초희 시비의 바로 옆 자리에 교산 허균의 문학적인 업적을 기리는 문학비가 세워지고 그 제막식을 거행하게 되었다.

초청장을 받으신 최금동 선생께서는 노령임에도 불구하고 당일 귀경하는 스케줄로 참석해 주셨다. 조촐하게 꾸며진 제막식장에는 강릉의 문화예술인들과 각급 기관장들이 대거 참석하였다.

강릉시민들의 긍지가 담겨진 교산 허균 선생의 문학비가 세워지게 된 것은 최금동 선생의 느닷없는 강청으로부터 시작된 것이지만, 막상 제막식을 거행하게 되니 감회가 더욱 새로워질 뿐이었다.

제막식의 주최자인 나는 기념사를 도중에서 중단하고, 최금동 선생을 연단으로 모시고 감회가 섞인 목소리로 말했다.

> 최금동 선생께서는 1936년, 동아일보사에서 현상공모한 시나리오 모집에서 「애련송」이 당선됨으로써 시나리오작가로서의 활동을 시작하셨습니다. 그때 저는 4살이었습니다.
> 오늘 우리 강릉에 시민의 긍지로 세워진 교산 허균 선생의 문학비를 제막하게 된 것은 여기 최금동 선생께서 원고료 20만 원을 몽땅 털어 주시면서 우리들의 자긍심을 일깨워 주신 때문이며, 그 20만 원이 건립기금의 기초가 되었음을 다시 한 번 밝혀 두고자 합니다.

내 말이 채 끝나기도 전에 뜨거운 박수가 터져 나오기 시작하였다. 최금동 선생은 베레모를 벗어 들고 상체를 깊게 굽혀서 후학들의 열광에 답하셨다. 그리고 교산 허균의 선각자적이며 저항적인 문학정신을 상찬하는 선비론을 온몸으로 열강하시던 모습이 지금도 눈에 선한 것을 어찌하랴.

선생님, 더 명명한 세상에서 영생하소서!

## 최금동 선생 묘지명墓誌銘

삼가 살피건대 시나리오작가 최금동 선생은 옛 선비의 고매한 기질을 고스란히 지니어 부정이나 불의를 보면 언성을 높여서 호되게 나무랐고, 생전에 집필한 오리지널 시나리오의 대부분이 민족의식을 바탕으로 하는 우국충정으로 가득하여 애국지사의 기품을 연상하게 하였다. 선생은 1916년 7월 3일 전라남도 함평군 대동면에서 출생하였으니 초명은 금동金童이요 호號는 백경白耕이다. 선생은 태어나면서부터 총명하고 지혜로워 범상함을 넘어섰다는 칭송이 자자하였다. 선생은 네 살이 되던 해 완도군 신지도로 이주하여 유소년 시절을 보냈다.

선생은 중앙불교전문학교(지금의 동국대학교의 불교철학과)에 재학 중이던 1936에 약관 20세로 동아일보사의 시나리오 현상공모에 「애련송」이 당선되면서 작가의 길을 천직으로 삼았고, 등단한 지 2년 후인 1938년에 「해빙기」를 집필했다.

1945년 우리나라가 일제의 식민지에서 벗어나 주권을 회복하자 선생은 서울신문사의 사회부장으로 활동하였다. 좌우로 갈라진 이념의 갈등과 생필품마저도 부족했던 사회상을 감안한다면 선생의 선비 기질이 여지없이 발휘된 시기였다. 이후 1946년에 「새로운 맹서」를 집필한 후 독립신문사 편집국장(2년간), 한성일보사 편집부국장(2년간) 등 언론계에 종사하면서 우리 민족의 내부에 흐르는 통일이념을 가다듬었다. 민족의 비극인 6·25가 발발하자 향리로 돌아가 지금의 전남대학교에서 출판국장의 일을 4년 동안이나 맡아보고서야 서울로 돌아와 시나리오작가 생활로 복귀하였다.

최금동 선생의 시나리오는 첫째 인물사적인 탐구와 둘째 민족사적인 과제에 정면으로 대결하는 처연한 경향의 작품으로 구분된다. 전자의 계열인 「석가모니」, 「원효대사」, 「이순신」, 「이성계」, 「사명대사」, 「의사 안중근」, 「아, 백범 김구 선생」, 「유관순」, 「홍난파」 등에 나타나는 선생의 인물사적인 탐구는 대개가 정사正史에서 취재하여 재구성되었으며 하나같이 국가와 민족을 염원하는 내용이고, 후자의 계열인 「에밀레종」, 「팔만대장경」, 「동학란」, 「시일야방성대곡」, 「상해임시정부」, 「3·1독립운동」, 「이름 없는 별들」, 「8·15전야」 등은 역사적 사실에 충실하면서도 또한 불타는 우국충정으로 점철되어 있다. 특히 광주학생의거를 소재로 한 「이름 없는 별들」의 경우는 사료의 수집과 해석은 물론 그 정확한 고증을 바탕으로 한 상황의 전개가 시나리오이기 이전에 광주학생의거의 전모를 밝히는 학문적인 바탕을 이루었다는 평가를 받았고, 「산유화」, 「흙」, 「청춘극장」, 「비극은 없다」, 「극락조」 등과 같이 문학작품을 각색하는 경우에도 원작을 능가하는 창작성의 구현으로 오리지널 시나리오로 승화되는 작가의식을 보임으로써 우리 영화의 발전에 크게 기여하였다.

선생은 1961년부터 1977년 사이 10년 동안 한국시나리오작가협회 회장을 역임하면서 작가의 권위와 위상을 높이고 친목을 도모하며 후학들을 지도하였고, 1971년에는 한국예술문화윤리위원회 부위원장, 1990년에는 대한민국 예술원 회원으로 선임되는 영광을 안았다. 또 선생께서는 1960년에 공보부장관으로부터 '최우수 시나리오상'을 수상하였고, 1968년에 '5월문예상', 1991년 '대한민국예술원상'을 수상하는 등 수많은 각본상을 수상하였다.
애석하게도 1995년 6월 5일 아침에 영면하시니 향년 80세였고, 영부인 임성안 여사와의 사이에 재영, 준영의 2남과 효진, 정경의 2녀를 두었다.

돌이켜 생각컨대 최금동 선생의 청빈하고 드높은 인품과 주옥같은 작품은 우리 영화와 함께 영원히 남아서 빛날 것이며, 분명하고 간곡한 가르침은 우러러 본받을 스승의 도리를 넘어선다. 또한 선생의 폭넓은 리얼리즘과 뜨거운 열정으로 한국 시나리오의 역사를 개척한 눈물 어린 집념은 우리 후학들에게 귀감이 되었음을 여기에 적어서 기리고자 한다.

새 천 년 광복절에
대한민국예술원 회원 신봉승 짓다.

그때 그 시절
그리움도 헤어짐도

●

## 강릉사범학교를 졸업하던 날

1953년, 나는 강릉사범학교를 졸업할 때 졸업생을 대표하여 답사를 읽게 되었다. 며칠을 끙끙
거리며 답사를 쓰고 있는데, 별로 말씀이 없으시던 최인희(시인) 선생님이 나를 불렀다. "자네
가 졸업을 하는데……, 뭔가 선물을 해야 하는데 마땅한 것이 없어 답사를 썼네. 이걸 읽게."
전쟁의 와중이라 화선지를 구하기 어려웠는데도 선생님은 고급 화선지에 붓글씨로 된 답사
두루마리를 주셨다. 나는 그 답사를 읽으면서 뜨거운 눈물을 한없이 쏟았다.

「본문」 중에서

●

## 조병화, 박고석 선생과

1956년 가을로 기억된다. 나는 등록금이 없어 낙향을 하여 다시 교직에 몸을 담고 있을 때 조병화 선생님과 박고석 화백께서 강릉을 찾아 주셨다. 그때만 해도 나는 촌놈의 때를 벗지 못하고 있었던 터이라 선생님을 위해 변변한 술자리 한 번 마련해 드리지 못했다. 〈중략〉 그렇게 며칠을 지내고 서울로 돌아가시던 날 강릉의 풍물을 스케치한 그림에 시 한 편을 적어 주셨다.

감이 주렁주렁 열린 나무와 줄을 지어 선 포플러나무에만 가을의 빛깔이 채색되어 있고 나직한 집들이 있는 곳에 교회당이 우뚝 솟아 있는 스케친데, 당시의 강릉을 중점적으로 묘사한 예쁜 그림이었다. 그 그림에 「유심留心」이라는 아름다운 시 한편을 담으셨다.

「본문」 중에서

경희대학교 국문과 단체사진

1959년, 경희대학교 국문과 8, 9회의 재학생과 교수님 들이 한자리에 모였다. 소설가 황순원 교수, 시인 김광섭 교수, 극작가 김진수 교수, 시인 조병화 교수 등 기라성 같은 교수진이다.

학생들은 또 어떤가. 시인 이상화, 소설가 이욱종, 극작가 신봉승, 시인 최은하, 시인 정득복, 수필가 이원복, 성우 윤미림 등 학생문인들의 존재도 이미 문단에 두각을 나타내고 있었을 때다. 어찌 한 기의 국문과 학생들의 면면들이 이리도 화려하랴. 하기야 사람들은 경희대학교 출신 문인들의 활동을 '경희군단' 이라고 말한다질 않던가.

●

## 박봉우 출판기념회

1960년, 4·19학생혁명이 휩쓸고 지나간 거리에는 젊은이들의
활기가 넘쳐났다. 「휴전선」의 시인 박봉우는 젊은 문인들의
히어로였다. 조선호텔 담장에 오줌을 갈기면서 "청와대가 우
리 집이다."라고 외쳐 대면서 4·19기념 시집 『사월의 화요일
('62)』을 상재하였다.

나는 그 시집 출판기념회의 사회를 보았다. 월탄 박종화 선생
(앉으신 분)을 비롯한 원로 문인들이 대거 참석하였다. 저자 박
봉우는 프로그램을 진행하는 내게로 다가와 소주잔을 권할 정
도로 흥분했다. 그리고 얼마 후 경향신문 최영해 부사장으로
부터 박봉우 시인이 정신질환으로 청량리뇌병원에 입원하였다
는 연락(명함 후면)을 받았다.

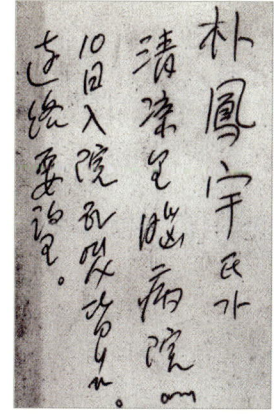

「두고 온 산하」 포스터

1961년, 국방부에서 모집한 300만 환 현상 시나리오 공모에서 「두고 온 산하」가 당선되면서 나는 시나리오작가의 길로 화려하게 데뷔하였다. 이 시나리오는 이강천 감독, 김진규, 모니카 유의 주연으로 다음 해 서울 국제극장에서 성황리에 개봉되었다.

●

## 첫 사극 「사모곡」의 스틸

동양텔레비전 방송국이 개국하면서 역사드라마의 전성시대가 열리기 시작했다. 시나리오작가로서의 인기를 누리던 나는 동양텔레비전 방송국으로 불려 가 난생 처음으로 역사드라마를 쓰게 되었다. 1972년, 그 첫 작품이 연산군의 일대기를 그리는 「사모곡」이었다.

황정순 선생이 맡은 배역은 조선왕조 500년에서 가장 지식인 여성이자 연산군의 할머니인 인수대비였다. 〈중략〉 연산군의 이비지인 성종시대를 주름잡으면서 연산군 어머니 윤씨에게 사약을 내리는 등 실권을 갖춘 대비로서의 엄격함 때문에 결과적으로는 연산군의 폭정을 유발하게 되었고, 마침내 친손자 연산군이 던진 밥상에 맞아서 세상을 떠나게 되는 비극적이면서도 파란만장한 삶을 산 여인이었다.

「본문」 중에서

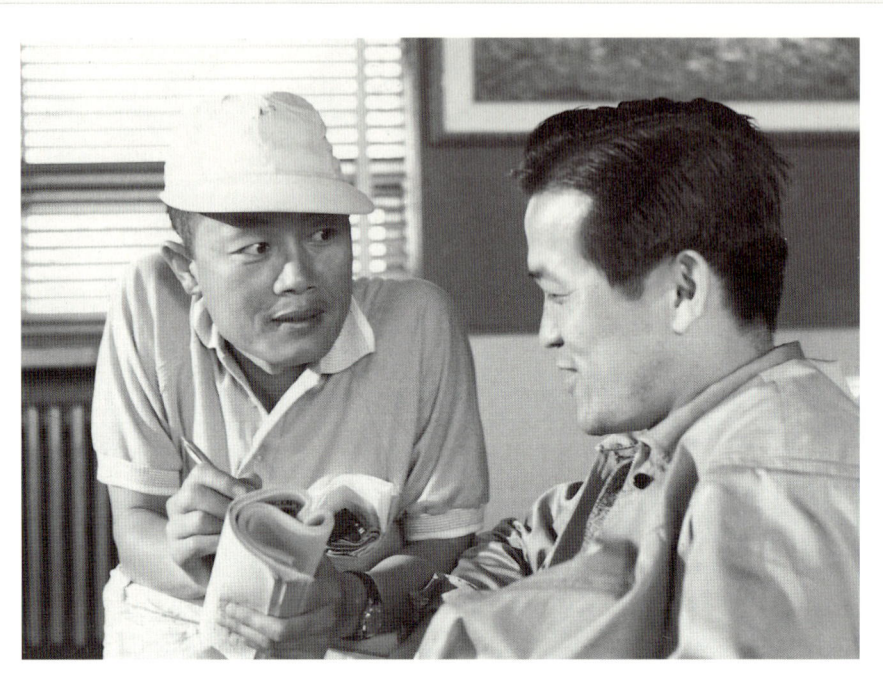

## 김수용 감독과 함께

나의 영화인생은 김수용 감독과 함께하였다는 게 솔직한 고백이다. 나와 김수용 감독의 기념비적인 작품으로 평가되는 「저 하늘에도 슬픔이(' 65)」가 장안의 화제를 모으면서 개봉되자 사람들은 기획자 최현민, 영화감독 김수용, 시나리오작가 신봉승의 세 사람을 묶어서 일본어의 '세 마리의 까마귀三羽鳥' 라는 어휘를 빌리면서까지 황금 콤비라고 불렀다.

최현민은 연극연출이 업이었으므로 언제나 연극적인 구성과 시추에이션을 중시하는 본격 작품을 요구하였고, 김수용 감독은 소설가를 지망하는 문학청년이었던 탓으로 영화가 좀처럼 갖추기 어려운 문예성을 강조하는 편이어서 우리 세 사람은 한국 영화의 운명을 짊어진 듯 모든 열정을 쏟으면서 두터운 우정을 쌓아 올리곤 하였다.

「본문」 중에서

●

## 조선 도공 14대 심수관

그는 어느 모로 뜯어보나 그 골격부터가 한국 사람이었다. 심수관 씨의 피에는 단 한 방울의 일본 사람의 피도 섞이지 않았다. 비록 국적이 일본이요, 오사코 게이키치라는 일본 이름을 쓰고 있다 해도 그의 외모가 한국인의 모습이어야 하는 것은 지극히 당연한 일이다. 4백여 년 전, 정유재란 때에 심당길이 전라도 남원에서 포로가 되어 일본 땅으로 끌려온 이래, 13대 심수관에 이르기까지 일본인 여성과 결혼한 일은 난 한 번도 없다. 나만 14내인 지금의 심수관 씨만이 일본인 여성(나쓰코·夏子)을 아내로 맞았을 뿐이라면 알 만한 일이 아닌가. 여기서 먼저 밝혀 두고 갈 일은 '심수관'이라는 이름이다. 처음으로 일본 땅으로 잡혀 온 초대는 심당길이었고, 2대가 심당수, 3대가 심도길, 4대가 심도원, 5대가 다시 심당길, 6대가 심당관, 7대가 심당수……, 이런 식으로 11대 심수장까지가 서로 다른 이름을 쓰다가, 12대에 이르러 지금의 심수관이 굳어지면서 13대, 14대, 15대로 습명되고 있다.

「본문」중에서

### 은사 황순원 교수님의 고희연

은사 황순원 교수님은 말수가 적은 편인데도 유머의 구사는 발군이어서 늘 주위를 웃기시
곤 하였다. 서울 프레지던트호텔에서 은사님의 고희연이 열렸을 때는 한국 문단이 모두 동
원되었을 정도의 대성황이었다.

이날도 은사님은 모든 자리를 고르게 도시면서 내객들을 웃기셨다. 무슨 말씀의 뒤끝인지
기억에 없으나, 제자인 극작가 신봉승, 소설가 김광식, 역시 제자 시인 박이도, 시인 황금찬
선생 등이 파안대소를 쏟아내고 있다.

### 은사 황금찬 선생님의 고희연

은사 황금찬 선생님이 고희를 맞으실 때 내가 기념문집 발간의 책임을 맡았다. 그리하여 『시인 황금찬('88)』이라는 알토란과 같은 문집이 간행되었다. 세종문화회관에서 성대한 헌정식을 갖기로 하면서 마음 한쪽이 비어 오는 허전함도 맛보게 되었다. 그날 황 선생님은 가슴에 꽃을 달고 입구에서 하객을 맞으실 것이지만, 한복으로 곱게 단장하시고 선생님 곁에서 미소 짓는 사모님의 모습을 볼 수가 없어서다. 무엇이 우리를 이토록 슬프게 하는 가. 어찌 사모님뿐이랴. 가족석에는 따님 애리도 없을 게 분명하다. 친지들이 웃고 있을 하객의 물결에는 그토록 가까이 지내시던 박목월, 주태익, 이범선 선생도 아니 계실 것이 아니겠는가.

그런 허전함 속에서 나는 기념문집을 헌정하였다.

「본문」 중에서

●

## 정주영, 신상옥, 저자

1977년이던가. 나는 정주영 현대그룹 회장에게 영화를 한 편 만들면 어떻겠느냐고 제안하였다. 물론 울산에 세워진 현대조선의 건립 과정을 취재하면서 느낀 내 감동적인 감회를 한 편의 영화에 담으면 우리나라가 산업사회로 진입하는 과정도 알리게 될 것이고, 자라나는 청소년들에게는 희망과 용기를 북돋우는 획기적인 작품이 될 것이라는 내 설명에 정주영 회장이 쾌히 응하게 되었다.

"합시다. 그거 얼마쯤이면 됩니까?"

아무튼 나는 당시로는 꽤 많은 7천만 원을 지원받기로 약속받고, 신상옥 감독에게 그 뜻을 전했다.

「본문」 중에서

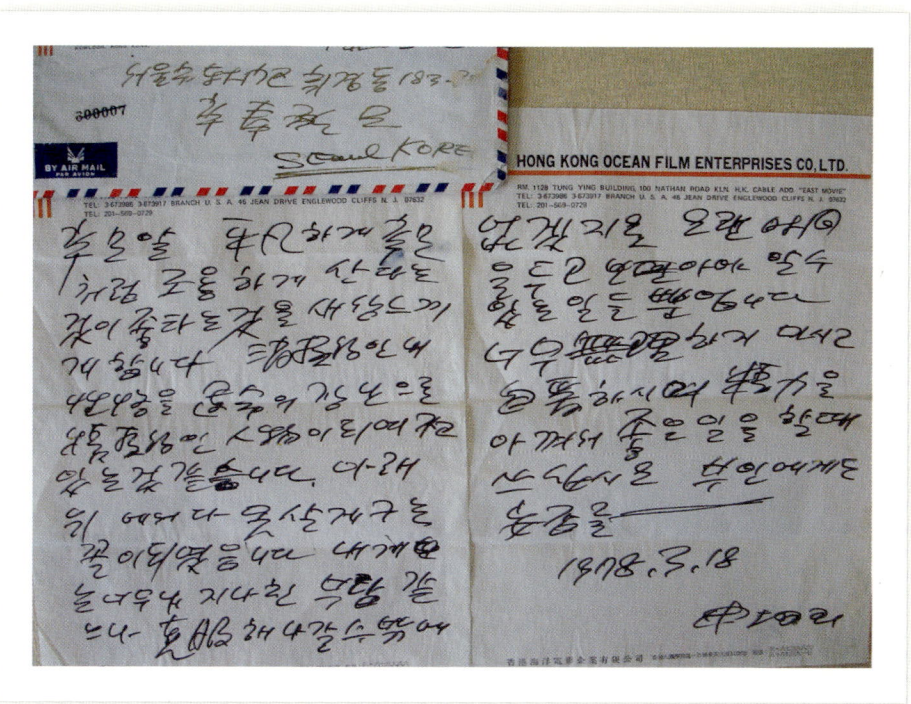

## 신상옥 감독의 편지

극영화 「사나이들」은 정주영 회장과 신상옥 감독의 소통 부족으로 햇볕을 보지 못했다. 그후 신상옥 감독은 홍콩에 머물면서 상처받은 심회를 달래고 있더라는 소식이 들리더니, 느닷없이 홍콩발로 된 편지 한 통이 날아들었다.

나는 이 편지를 읽으면서 불현듯 불길한 생각이 들어 몸을 떨었다. 신상옥 감독은 남에게 편지를 쓸 만큼 세심한 사람이 아니었다. 더구나 자신의 심회를 마치 유서에 남듯 보로하다니, 전에 없었던 일이고도 남아서였다.

그리고 꽤 오랫동안 신상옥 감독의 소식은 들려오지 않았다.

「본문」 중에서

●

## 예술원 회장실에서

은사 조병화 선생님은 나를 부를 때 언제나 "나의 청춘, 봉숭아!" 라고 하셨다.

"선생님, 저도 이젠 70이 넘었습니다."

"너는 팔십이 되어도 '봉숭' 이다."

참 아름다운 사제 간의 유대라고 나는 만족해 하였다.

나는 영광스럽게도 조병화 선생님이 예술원 회장으로 계실 때 예술원 회원으로 선임되었다. 처음 원장실로 들어설 때 다른 여러 분의 회원들이 계셨는데도 "오, 나의 청춘 봉숭이 왔고 나." 라고 큰 소리로 반가워하시면서 함께 계시던 다른 회원들을 놀라게 하시더니, 손수 예 술원 배지를 달아 주시면서 기뻐해 주셨다.

「본문」 중에서

●

## 예술원 세미나를 마치고

대한민국 예술원에서는 해마다 5월에 회원 세미나를 개최한다. 두 분의 회원이 전공 분야의 주제를 발표하는 소중한 시간을 거치고 나면 간단한 토론이 진행되고, 곧 자유분방한 회식 시간으로 들어간다. 평생을 예술 분야 외길에 종사한 데서 얻어진 식견 있는 담론은 그 자체가 인생이요, 예술이다.

무용가 김백봉, 연출가 이원경, 연기자 장민호, 극작가 이근삼, 극작가 신봉승, 화가 오승우 선생이 포즈를 취했다. 장소는 경기도 금곡에 있는 화가 권옥연 선생의 박물관이다.

### 최금동 선생 문학비 제막

최금동 선생께서는 1936년, 동아일보사에서 현상공모한 시나리오 모집에서 「애련송」이 당선됨으로써 시나리오작가로서의 활동을 시작하셨다. 그때 나는 4살이었다.

평생을 민족주의에 일관된 창작 시나리오만을 고집한 대원로 최금동 선생과 함께한 나의 작단 생활은 영광된 일이었고, 작고하신 최금동 선생의 문학비를 건립할 때 비문을 쓴 것 또한 나에게는 분에 넘치는 일이 아닐 수 없었다.

사진은 백경 최금동 선생의 문학비 제막식(전남 신지도)에서 선생의 작품 세계를 말하고 있는 저자.

「본문」 중에서

### 신봉승 고희 문집 출판기념회

2002년, 몸도 마음도 모두가 청춘인데 70세가 되었단다.

세월이 달라지기는 했어도 '인생 70은 고래희(古來稀)'라는 말도 있지를 않던가. 『월간 에세이』 원종성 회장이 고희 문집 『학생부군과 백수건달』을 엮어 주었다. 출판기념회는 고향인 강릉에서 하기로 하였다. 참석 인원만도 5백여 명, 대개가 서울에서 오신 손님들이었다.

차범석 예술원 회장께서 멀리에까지 달려와 애정 넘치는 축사를 해 주셨다. 나와 차범석 회장과의 인연은 반세기 동안에 걸쳐 내왕되었다. 1962년 나는 명동에 있던 국립극장 기획과의 말단 공무원으로 있으면서 선생의 대표작 「산불」이 초연될 때 원고 심부름을 하기도 했다.

「본문」 중에서

●

## 초당 신봉승 예술기념관

2004년, 강릉시립중앙도서관 3층에 〈초당 신봉승 예술기념관〉이 개관되었다. '문학과 역사
의 만남' 이라는 주제로 나의 50년 작단 생활을 한눈에 살필 수 있게 배려된 아름답고 보람
찬 공간이다. 고향이 내게 베풀어 준 가장 큰 은혜라는 생각이 들 때마다 뿌듯한 감회에
젖곤 한다.

그동안 내가 만년필에 찍어서 쓴 2백여 개의 초록색 빈 잉크병과 집필 때만 걸쳤던 팔꿈치
에 커다란 구멍이 나 있는 점퍼 앞에서 사람들의 발길이 머물곤 한다.

한 작가가 걸어 온 치열한 삶과 노고가 다음 대를 이어 갈 또 다른 젊은 세대에게 고스란히
전해졌으면 하는 것이 나의 바람이다.

### 서울을 사랑하는 문학인들의 모임 (경복궁)

태반의 문학인들이 서울에서 살고, 서울에서 작품 활동을 하지만, 실상 서울에 대해서는 별로 아는 것이 없다는 자성의 소리가 있었고, 그로 인해 만들어진 것이 〈서울을 사랑하는 문학인들의 모임〉이다.

오랫동안 역사드라마를 써 온 탓에 서울의 역사와 서울의 문화에 대해 소상할 것이라는 지레 짐작으로 내가 이 모임을 대표하게 되었다. 나는 계절이 바뀔 때마다 경복궁, 창덕궁 등 조선왕실의 궁원을 돌면서 많은 문학인들에게 조선왕실에 대한 은밀한 내면을 들려주곤 하였다. 물론 문학인들의 큰 호응이 있었다.

## 임영웅과는 언제나 딱 한 번

생각해 보면 임영웅과 나의 만남은 언제나 '딱 한 번'으로 이어지는 신뢰의 연결고리가 있었질 않았나 싶다. 임영웅은 조선일보 문화부 기자 시절에 딱 한 번 격려의 엽서를 보내 주었고, 대한일보 문화면에 딱 한 번 칼럼을 크게 실어 주었고, 동아방송에 딱 한 번 라디오드라마를 쓰게 해 주었고, 「KBS무대」에서도 딱 한 번 단막드라마를 쓰게 해 주었다.

지금은 예술원의 같은 분과에서 자주 만나게 되고, 회의를 마치고 돌아갈 때면 대개는 임영웅이 운전하는 자동차의 앞자리에 앉게 된다. 그렇게 가깝게 앉아 있으면서도 잡담을 삼가고 꼭 필요한 얘기만 하게 되는 것이 옛날과 변함없는 임영웅과의 관계다.

「본문」 중에서

## 정연희 여사의 고희연

내가 정연희 여사를 처음 만나서 알게 된 것은 1950년대의 후반 명동 시절이다. 그때 나는 초등학교 교사 노릇을 때려치우고 대학에 진학하였기에 나이 든 학생이었다. 그 무렵 이화 여자대학교 국문과의 학생이었던 정연희 여사의 모습은 차돌로 깎아 놓은 듯한 미모를 자랑했다. 음악다방 '돌체'와 같이 젊은 학생들이 많이 모이는 곳에 정연희 여사가 나타나면 모든 남학생들은 일단 시선을 그쪽으로 던지면서 주목을 해야 할 성도였다.

이젠 70을 훌쩍 넘긴 우리가 그때의 얘기를 뇌까리게 되면 정연희 여사가 태연이 말한다.

"그때 연애하자고 했으면 지금쯤 같이 살 게 아냐……?"

"이런 젠장, 퇴짜 맞을까 봐 겁나서 못했지."

이 얘기는 농담 같다가도 진담이요, 진담에 실린 농담이기에 폭탄과도 같은 웃음을 터져 나오게 한다.

「본문」 중에서

## 우리 시대의 마지막 큰 어른 차범석 선생

'큰 어른'이라는 말에 담겨진 여러 요인들이야 얼마든지 있겠지만 옳은 일은 반드시 옳다고
하고, 옳다고 생각한 일은 반드시 행동으로 보여 주신다는 점에서 감동이 더해진다. 〈중략〉
차범석 선생의 공덕을 기리는 모임인 〈평균회〉에 차범석 선생을 모시고 격의 없는 술자리
를 즐기곤 했다. 〈평균회〉에는 영화감독 김수용, 김기덕, 연출가 임영웅, 화가 이만익, 김대
화 내외분, 언론인 손기상, 소설가 이세기, 문화행정의 이종덕, 무용가 조흥동, 최청자, 극단
〈신시〉의 대표인 박명성, 김호동 등으로 구성된 말석에 나도 낀다. 〈중략〉
2006년 6월 10일. 국립극장 달오름 극장에서 엄수된 차범석 선생의 영결식은 참 아름다운 모
임이었다. 우리 사회에 지대한 공헌을 한 큰 어른을 떠나보내는 마지막 모임이 숙연한 가운
데서도 아름답게 느껴졌던 것은 바로 차범석 선생의 인품 때문이라고 나는 확신한다.
차범석 선생을 이승으로 떠나보낸 다음에도 〈평균회〉는 계속되고 있다. 아니 더 알차게 차
범석 선생의 공덕을 기리는 모임으로 승화될 것이라는 게 회원들의 다짐이다.

「본문」 중에서

## 금혼을 맞은 부부

우리 부부도 어언 금혼식을 맞게 되었다. 그것이 비록 서양의 풍속이라고 하더라도 서로 남남이었던 두 사람이 만나 장장 50년을 탈 없이 함께 살았다면 대견한 노릇이 아닐 수 없다. 아내는 스물네 살에 내 곁으로 와서 시부모의 공경과 참으로 긴 세월 동안 그분들의 병구완에 시달렸고, 가난할 때 얻은 삼 남매를 훌륭하게 키워 냈으면서도 아무 공치사도 바라지 않는 겸손한 공헌에 대하여 나는 무엇으로도 보답할 길이 없다.

시인 정지용의 「향수」에 나오는 '아무렇지도 않고 예쁠 것도 없는 사철 발 벗은 아내' 라는 숭늉 냄새 물씬한 이 구절이 정말로 실감 나는 요즘이다.

돌이켜 생각하면 실패보다는 성공 쪽이 더 실했던 삶이기에 '남편을 알고 싶다면 그 아내를 연구하라' 는 프랑스의 속담은 우리 부부의 경우에도 잘 통용될 것으로 안다.

『이은주 사진집』 중에서

## 2. 경사가 나면
## 청사초롱을 밝혀 들고

내 문필의 시작은 시에서 비롯되었으나,

잠시 문학평론 쪽에 관심을 두었던 것은

조연현 선생의 인도가 있었기 때문이다.

그 짧은 기간의 문학평론 경력 때문에 친구들은

자신의 책을 내면서 작품의 해설이나,

발문을 청하는 경우가 있었다.

나로서는 무척도 영광스러운 일이기에

경사가 난 집에 청사초롱을 내다 거는 심정으로

정성껏 불을 밝혀 드렸다.

그런 소중한 글들이 쌓이고, 모아지는 보람은

내 삶의 동반으로 점철되는 기쁨이었다.

# 고전을 넘나드는 맑은 에세이

## 원종성元鍾盛 회장의 수필문학

•

우리 주위에는 맨주먹으로 큰 기업을 일으킨 분들이 많다. 나는 문필에 종사하면서도 그런 분들과 교분을 두터이 할 수 있는 행운이 있었다. '현대'의 정주영 회장, '포철'의 박태준 회장, '풍산'의 류찬우 회장, '대농'의 박용학 회장, '삼양'의 전중윤 회장과 같은 창업 일세대가 겪은 참으로 엄청난 시련을 육성으로 들으면서 현장을 확인할 때면 언제나 감동과 행복감으로 온 가슴이 벅차오르곤 하였다.

성공한 기업가에게는 스스로 터득하여 간직한 일가견—家見이라는 게 있다. '일가견'의 사전적인 의미는 '……일정한 체계의 전문적 견해'가 되겠지만, 실제로 겪어 보면 그렇게 간단히 정리될 수 없는, 아무도 넘볼 수 없는 불꽃과도 같은 카리스마로 존재한다. 그것은 경제학, 경영학과 같은 이론이 아니면서도 행동의 척도를 가늠하는 신념과 같은 것이어서 존경하는 마음을 우러나게 한다.

　우리가 살던 가난한 땅에 고층빌딩이 들어서게 되면서 엘리베이터의 필요성을 절감하게 되었을 때, 30대의 맨주먹인 원종성 회장은 '동양엘리베이터(현 티센크루프엘리베이터코리아)' 회사를 설립하면서 대기업과의 전쟁에 돌입한다. 실로 사생을 결단해야 하는 박해를 이겨 내고서야 세계의 기업으로 우뚝 설 수가 있었다.

　나와 원종성 회장과의 인연은 기업인으로서가 아니라 그가 지성을 갖춘 에세이스트essayist라는 점이 선행하였던 탓에 사업 현장에서 겪은 원종성 회장의 불꽃과도 같은 카리스마는 인간적인 사귐이 깊어지고서야 내 가슴에 또 다른 감동으로 자라서 꽃피게 하였다.

> 노자老子는 절제된 마음을 보물로 간직하고 살았던 모양이다. 이번 작업을 마치고 나니 마음이 아늑하고 편하다. 그 이유를 따져 보니 내 마음 안에 보물단지를 하나 묻어 둘 수 있었던 까닭이다. 보물이란 만져지고 잡혀지고 보여지는 것일 줄 알았는데 마음 한쪽을 훌훌 털어 내고 난 그 '비움' 자체가 보물이 될 수 있다는 것을 새삼 알게 되었다.

> 원종성 대표작 선집 『노자의 세 가지 보물』의 「머리말」에서

　원종성 회장은 성공한 기업가의 한 사람이면서도 수필을 하나의 도락道樂이나 취미의 수준으로 쓰는 것이 아니라, 삶의 표준으로 혹은 삶의 식견으로 간직하고자 하는 진솔한 성정性情을 담고 있다. 그 아름답고 진솔한 성정은 마침내 자신뿐만이 아닌 이 땅의 모든 글 쓰는 사람들에게 격조 높은 광장을 제공해 주게 되었다.

　원종성 회장은 수필잡지 『월간 에세이』를 꼬박 20여 년간 발행하면서 단

한 권의 결권도 없이 오늘에 이르고 있다. 그는 자신이 창업한 기업의 회장 실보다 『월간 에세이』의 주간실에 머무는 시간이 더 많다. 그가 에세이스 트로서의 소임과 책임을 다하려는 노고는 『월간 에세이』가 간직하고자 하는 품위와 엄선된 내용만을 고집하는 안목만 보아도 그의 수필이 지향하는 바가 무엇인지를 알 수가 있다.

> 앞을 보고 달리는 것만이 인생이 아니다. 먼 산마루를 단숨에 올라가 달려온 산비탈을 위에서 훑어 내려 보는 노루의 조망처럼 인간도 산마 루에서 인생의 맨 아래층인 유년 시절을 조망하는 것은 살아온 열락悅 樂의 숨결이라면 숨결이다. 내 유년 시절은 도시의 공간이 아니라 첩 첩산중의 산골이어서 얼마나 다행인지 모른다. 도시에서 유년 시절을 보낸 사람의 회향廻向이란 콘크리트로 범벅된 잿빛 속의 도시 풍경을 벗어날 길이 없을 것이다. 알고 보면 도시란 모노크롬의 화편에 불과 하다. 그러나 산중이란 자연이 보여 주는 총 천연색의 풍광 속에서 철 따라 무대가 살아서 숨을 쉰다. 그 속에서 살았던 한 소년이 이제 노년 의 망막 속으로 황홀하게 다가온다. 그 황홀한 만남의 순간을 담을 수 있는 것은 행운이며 행복이다.

「황홀한 회향」의 일부

원종성 회장의 수필을 보다 세밀히 들여다보면 우리의 지난 일古禮과 오 늘의 일을 진지하게 비교하면서 흐트러진 삶의 방향을 제시히는 것으로 특 징지울 수가 있으며, 또 이 시대의 양상을 후대에 전하는 역사기술歷史記述 과도 일맥상통한다. 그러므로 원종성 회장의 수필이 간직한 진원을 살펴보 기 위해서는 우리나라의 수필론을 잠시 더듬어 볼 필요를 느낀다.

'붓 가는 대로 쓴 글'을 수필이라 한다는 말은 수필을 한자로 적을 때 생겨나는 착각일 수도 있다. '수필隨筆'이라고 적어 놓고 글자의 뜻만을 살피면 '붓을 따르다'의 뜻이 되고, 또 이 말을 부추기는 글이 고등학교의 국어 교과서에 오래 등재되어 있었던 탓에 유독 우리나라에서만 아무 제약 없이 일상의 신변잡기를 적은 글도 수필이라는 식의 잘못된 생각을 상당 기간 동안 팽배하게 하였다.

이에 비한다면 서양에서의 수필은 'Essey'라 일컬어지고, 본격적인 논설이나 보고서가 아닌, 소론小論쯤으로 정의하면서 그런 종류의 글이라도 반듯한 내용이 담겨 있어야 한다고 생각하였기에 수필의 기원을 엄격하게 살펴서 정립하였다. 일테면 프랑스에서는 몽테뉴의 『수상록』, 영국에서는 베이컨의 『수상록』, 램의 『엘리아 수필집』 등을 거론하는 것은 소시민들의 철학과 여유, 그리고 신변적인 사안이라도 필자의 개성적인 표현을 빌려서 인생의 참된 모습을 묘사하고, 영국적 유머를 중시해야 한다는 일종의 틀을 제시한 것이나 다름이 없다.

이 같은 서양 이론에 비하면 조선시대의 수필은 서양에서 거론하는 수필의 역사를 훨씬 앞지르고 있다. 그 실례로 『대동야승大東野乘』은 조선왕조가 창업된 때로부터 약 250년간에 걸쳐서 명망 높은 선비들이 저술한 59종이나 되는 문집을 채집採輯한, 문자 그대로 당 시대의 풍속과 인정을 집대성해 놓은 방대한 내용의 수상집총서隨想集叢書라고 한다 해도 아무 하자가 없다.

성현成俔 선생의 『용재총화慵齋叢話』, 서거정徐居正 선생의 『필원잡기筆苑雜記』, 이이李珥 선생의 『석담일기石潭日記』 등 당 시대 최고의 명사들이 쓴 수상집이 『대동야승』의 중심 기둥이라면 그것이 곧 조선시대의 수필이 세계 최고의 역사를 갖고 있음을 입증하는 것이나 다름이 없다.

성현, 서거정, 이이, 허봉許篈, 어숙권魚叔權 같은 당대 지식인들은 문필을 업으로 하는 전업 작가들이 아니었다. 그들 또한 원종성 회장이 기업에 매달리면서도 온전한 삶을 추구하는 방법으로 수필 쓰기에 몰두하고 있는 것처럼, 정무政務에 시달리면서도 혹은 지성으로 학문을 궁구하면서도 자신이 살고 있었던 시대와 시대가 간직하고 있었던 갖가지 사연들을 정직하게 적었던 탓에 비록 개인적인 기술이라고 하더라도 때로는 관찬사료官撰史料의 가치를 능가하는 역사성을 지닐 수밖에 없다.

'대동야승'이라는 명칭은 영·정조시대의 저술가이자 조선근대사 연구의 선구자로 평가되는 이긍익李肯翊(1736~1806)이 편찬한 『연려실기술燃藜室記述 별집別集』 제14권 야사류野史類 속에 처음으로 보이는데, 같은 책의 각기사의 아래에도 총집의 원전原典을 밝혀 놓은 것을 보아서도 담긴 내용의 신빙성을 헤아릴 수가 있다. 다시 말하면 정확하게 쓰여진 수상문의 내용은 후세의 역사가 된다는 사실을 입증하고 있다. 이른바 야사의 총집이랄 수 있는 『연려실기술』의 모든 내용이 개인의 수상을 적은 글에서 발췌되었다는 사실에 각별히 유념할 필요가 있겠다.

엄격하게 지적한다면 원종성 회장의 수필은 자신이 겪었던 시대성, 시대의 의미를 예리한 안목으로 짚어 가지만, 표현하는 방식은 언제나 미소 짓게 하는 유머나 해학에 담아내는 문학성을 확립하고 있다. 그러므로 원종성 회장의 수필을 기업인의 여기餘技로 보려는 시각에 대해 나는 단호히 반대한다.

• • •

2002년에 상재된 원종성 회장의 대표작 선집 『노자의 세 가지 보물』은 위에서 거론한 구체적인 사례를 명료하면서도 담백한 문장에 담아내고 있다. 제1부에 함축된 10편의 수필은 성찰의 의미를 되새겨 보게 하는 귀중한 내용들이라, 때로는 성찰을 매개로 하여 현대의 가치관을 아주 통렬하게 희화하기도 한다.

원종성 회장의 문장은 화려한 수식을 거부한다. 그러나 현실을 직시하는 통찰력과 우화적인 수법으로 해학적인 결말을 도출하는 장기를 거침없이 발휘한다. 그것은 '수필'이라는 개념보다 '에세이' 쪽에 더 어울리는 형이상학적인 개념을 아주 쉽게 풀어서 독자들의 감동과 동의를 얻어 내는 필력이 있기 때문에 가능하다.

> 마음속은 무엇이든 담아 둘 수 있는 창고이다. 그런데 거기에 담아 두는 모든 것들은 모두 그림자로 변해 버린다. 따라서 우리가 무엇을 안다거나 생각한다거나 아니면 느낀다는 것은 우리 자신이 결국 그 창고 속으로 들어가 그 속에 있는 그림자들을 만나 보는 경우에 해당된다.
>
> 「마음속 그림자들」의 일부

이렇게 되면 비유比喩의 문제가 아니라 사유思惟의 문제로 풀어 갈 수밖에 없게 된다. 문학 혹은 수필의 영역을 내왕하면서 사유의 범주 안으로 들어서게 되면 대개 난해한 쪽으로 기울게 되기 십상인데도 원종성 회장의 수필은 그 난해함을 극복하면서 독자의 곁으로 다가선다. 그러므로 독자들은 원종성 회장의 수필을 읽으면서 잃어버렸거나 아주 멀리 떠나보냈던 생각의 편린들을 다시 불러들여서 곱씹게 된다. 그것은 독자들을 편하게 이끌면서도 깊은 생각을 자극하게 하는 수사력修辭力이 있어야만 가능하다.

한편, 성공한 기업인은 작은 일은 작은 대로, 큰일은 큰일대로 사력을 다해 밀고 나가는 집념이 있어야 한다. 그 집념이 성공의 모태이기 때문이다.

> 기업을 운영하는 것은 자칫 나를 잃기가 십상이요, 남의 샅바로 씨름을 하는 경우와 비슷할 때도 있다. 나를 잃게 되는 것은 성찰의 시간을 갖기 어렵다는 말과도 같다. 회사와 공장을 오가는 자동차에서는 '경영'이라는 개념이 뇌리를 떠나지 않고, 해외로까지 빈번하게 나들이를 하다 보면 정말로 내 자신을 뒤돌아볼 짬이 없다. 그러니 마음에 쌓여 가는 지식 또한 보잘것없어질 수밖에 없다.
>
> 「마음사리와 선문답」의 일부

원종성 회장이 토로하는 이 심회를 어찌 '붓 가는 대로 쓴다'라는 우리식 수필론, 신변잡기류의 글이라고 하겠는가.

제2부에 담긴 10편의 에세이를 살펴보면 장자莊子와 노자의 숲을 자유롭게 오가는 원종성 회장의 도량 넓은 심회를 살필 수가 있다.

'장자의 능청'이라는 소제목을 붙인 연작의 형식을 빌려서 고전의 내용이 후대의 삶에 미치는 영향과 그것이 실천하기 어려운 연유를 알기 쉽고 읽기 편하게 기술하고 있으면서도, 편 편마다에 그렇지가 못한 현실의 우화寓話를 삽입하여 독자들로 하여금 미소 짓게 하면서두 찌르는 듯한 교훈을 문학적인 향기에 담아서 소화하게 한다.

> 태어난 그대로가 가장 아름다운 것을 안다면 성형외과는 생겨나지 않았을 게다. 남은 미인으로 보이는데, 나는 추하게 보인다고 생각하는

사람이 많으면 많을수록 성형외과는 성업을 누리게 마련이다. 장미는 장미대로 아름답고 호박꽃은 그것대로 아름다운 이치를 사람들은 모르지만, 자연은 그대로 두면 가장 아름다운 것임을 사람에게 일깨운다. 호박꽃을 아름답게 하려고 장미로 둔갑시키는 일을 자연은 한 적이 없는 까닭이다.

「아름다운 것과 추한 것」의 일부

'노자' 의 철학이 원종성의 에세이에 녹아 흐르면 누구에게나 성찰을 자극하게 하는 글이 된다. 따라서 독자들은 원종성 회장의 에세이를 읽으면서 멀리 떠나 있거나, 잠시 잊고 있었던 인간 본연의 가치관을 가까이로 불러 성찰의 계기를 삼게 된다. 그렇다면 '고전' 이 꼭 규범이어야 하는가, 원종성 회장의 수필은 이 점에 대해서는 명확하게 선을 긋고 있다.

노자가 여의도 증권거래소에 한 번만 와서 본다면『도덕경道德經』에서 한 말은 모조리 거짓말이 되었다고 낙담할 것이며, 특히 천 리 길도 한 걸음부터라는 말은『도덕경』에서 삭제할지도 모른다. 즉 '천 리의 길을 가더라도 한 발짝부터 시작된다千里之行 始於足下.' 라는 말이 지금의 세태에 무슨 소용이겠는가.

「세 가지 보물 이야기」의 일부

비록 원종성 회장의 수필이 삶의 진솔함과 따뜻함을 소중히 한다고 하더라도 오늘 우리가 겪고 있는 '빨리빨리' 나 '한탕주의' 에 대한 우려까지도 분명히 짚고 있어 글에 대한 신뢰가 더해진다. 또 문학이 아름답고 가치 있어야 한다는 점에서 원종성 회장의 수필은 그 표준에서 어긋나지 않고 있다.

제3부라 하여 다를 것이 없다. 이번에는 장자가 아닌 '논어論語의 충고'라는 소제목의 연작을 빌려서 삶의 가치가 무엇인가를, 온전한 삶이 얻어내는 현실에서의 득실을 아주 명쾌하게 살피고 있다. 바로 이 점이 원종성 회장의 수필이 에세이라는 서양적인 의미에서의 '소론小論'임을 잘 말해 주고 있다. 주로 공자의 가르침을 적은 『논어』를 중심에 놓으며 우리의 현실 인식이 얼마나 문제투성인가를 적나라하게 지적하고 있으면서도 신문에 많이 실리는 이른바 시사 칼럼과는 전혀 다른 맛을 느끼게 한다. 문학의 힘이랄지, 아니면 수필가로서의 원종성 회장이 추구하는 화두가 무엇인지를 알게 한다.

> 극기克己를 하자면 마음속을 마치 재판장처럼 차려야 한다. 나는 나에 대해서 검사가 되어야 하고 동시에 나는 나에 대해서 판사가 되어야 한다. 내가 나를 변호하려고 거기에다 변호사를 더한다면 논어의 극기는 가망 없게 되어 버린다. 이 얼마나 매섭고 사정없는 논고와 판결을 요구하는 일인가.
>
> 「나를 낮춰야 나를 안다」의 일부

고전의 내용을 원용하여 쓴다 하여 그것이 곧 고전이 되는 것은 아니다. 아무리 삼강三綱을 주자학의 근본으로 보고자 해도, 상하의 관계, 부자간의 관계, 그리고 부부간의 관계는 이미 관행이나 현실에 와서 머물고 있기에 고전이 되지를 않는다. 그래서 원종성 회장의 수필은 고전적인 맛을 풍기면서도 완벽하게 현실의 문제와 직결되고 있음을 명료하게 보여 준다.

····

원종성 회장의 수필은 이른바 '수필론'의 전범典範과도 같은 기법으로 사람들의 방자함과 오만함을 현실의 기준으로 돌아보게 하고, 오늘 우리가 살고 있는 갖가지 모순점을 문학적인 방법으로, 아니 수필의 정도正道에 담아서 용해하고 있다.

수필이 신변잡기의 테두리를 벗어나지 못한다면 우리의 수필문학은 암담해질 수밖에 없다. 그러면서도 우리의 수필문학이 '붓 가는 대로……'라는 구태에서 헤어나지 못하고 있는 현실에서 원종성 회장의 수필은 사회비평적인 요인들을 폭넓게 간직하고 있으면서도 날카로운 비유와 너그러운 유머에 담고 있기에 독자들과의 교감을 깊게 한다.

수필문학의 정도를 빌려서 오늘 우리의 문화적인 현실과 아울러 삶의 양상을 현실의 여러 각도에서 살피면서 '마음의 평정'을 이루게 한다면 그것이 문학의 본질에서 어긋하지 않으면서도 수필이 지녀야 할 여러 요인들을 완벽하게 갖추고 있음이 아니겠는가.

그러므로 지금까지 이 글에서 써 온 '원종성 회장'이라는 호칭도 당연히 '에세이스트 원종성'으로 정정하여야 하는 것이 내 소임이 아닐까 생각된다.

# 『물은 하나 되어 흐르네』

## 강민姜敏 시인의 문학적 연대기

●

진솔한 삶이 진실한 시를 빚어낸다. 그러므로 시에는 시인의 삶이 투영되게 마련이다. 여기에는 의식적인 것과 잠재적인 것이 모두 포함된다. 강민의 시를 읽으면서 느껴지는 소회所懷는 전쟁과 분단과 독재, 그리고 군사문화로 대변되는 어둡고 답답했던 시대의 문학적인 연대기를 읽고 있다는 착각이다.

분단된 국토에서 이데올로기로 갈라진 형제들이 서로 방아쇠를 당기는 전쟁이 한창일 때 강민은 공군사관학교의 생도였다. 그는 획일화가 강요되는 사관생도의 생활에 적응하지 못했다. 조직적인 군사훈련과 고도의 이학적理學的인 학문을 요구하는 사관학교의 교실에서 혹은 연병장의 피땀 나는 훈련의 와중에서도 문학에 뜻을 두고 시집을 읽고 있었던 리버럴리스트liberalist 강민은, 어쩌면 더 쉽게 장래를 보장받을 수 있었던 사관생도의 특혜를 포기하기로 결심한다.

　그는 우여곡절을 겪으면서 공군사관학교의 자퇴를 강행하고, 동국대학교 국문학과의 학생으로 변신하면서 시인의 길로 들어선다. 그러나 초토화된 서울의 거리와, 노모를 모시는 가난과의 투쟁은 그를 언제나 실의에 젖게 했기에 그는 고통을 동반한 방황 속으로 뛰어들 수밖에 없었다.

　　서러웠다. 불행하다는 모두의 소원이 여기 버려진 들판 끝에서 피리
　　소리처럼만 쏟아지는 달빛과 칼끝 되어 몰아치는 바람에 떨고 있었다.

　「실의의 들판에서」의 3연


　　지금은
　　가열했던 싸움터를 지나, 여름을 태우고
　　산울림하는 그리움과 공포와
　　조기弔旗를 흔들며 외치는
　　허공의 하이얀 손

　「가을」의 2연


　　그래서 나무는 생각한다.
　　끝내는 서리 내려 꽃이 지고 잎이 지고 수액樹液을 잃은
　　그 몸에 찍힌 숱한 지난날의 상흔傷痕을

　　갈수록 끝없는 실의의 들판에서
　　매몰찬 바람을 맞아
　　아, 무슨 때문인가 흐느끼는 가지 끝에 맺히는 이슬을

　「먼 편력의 길 위에서」의 1·2연

50년대의 실의와 좌절은 강민의 시심詩心에까지 상처로 남을 수밖에 없었다. 그것은 지워지기 어려운 삶의 앙금인지도 모른다. 그의 시에 첫 번째의 변화를 자극한 것은 4·19혁명이다. 강민은 독재를 혐오한다. 그와 마주 앉아서 소주잔이라도 기울이다가 보면 그와 같은 소신이 거침없이 드러나는 경우를 허다하게 경험할 수가 있다. 4·19혁명은 독재에 항거하는 피끓는 젊은이들의 희생을 동반했다. 그들의 영혼은 많은 시인들의 뇌리를 맴돌기 시작했다. 떠나가야 할 영혼들이 구천을 맴돌고 있게 한 현실은 강민에게도 큰 고통이 아닐 수가 없었다. 그는 한동안 4·19로 희생된 젊은이들의 묘역을 찾아가서 맴도는 영혼들과의 대화를 시도했다.

> 어느 아침
> 차라리 한 잎의 꽃이고저
> 한 방울의 이슬이고저
> 길가의 잊혀진 돌이고저
> 기도는 익어서
> 하늘 끝에 머물러도
> 당신은 먼 하늘의 그리움일 뿐
>
> 이승과
> 저승의 거리만큼
> 그렇게 먼 곳에 계시었습니다.
> 당신은

「당신은」의 마지막 두 연


강민의 시심을 허허하게 했던, 그리고 그들의 희생으로 민주주의가 꽃

피리라던 간절한 염원은 5·16군사쿠데타로 산산조각 나고 만다. 새로운 독재로 등장한 군사정부는 지식인들의 손발을 묶고, 전도된 가치관에 익숙해지기를 강요한다. 떠도는 4·19의 영혼들과 대화를 할 수 있다는 것은 적어도 강민에게는 위안이고도 남았다. 이때부터 그는 나어린 아들과 딸의 손을 잡고 수유리로 간다. 그리고 어린 핏줄들에게 정의로운 삶의 실체를 깨우쳐 준다. 그러면서도 염원과 현실의 괴리를 뼈아프게 감지한다. 강민의 시에 두 번째의 변화가 온 것은 그 때문이다.

동족상잔의 전쟁으로 목숨을 잃은 젊은이들, 4·19혁명으로 희생된 꽃다운 청춘들, 군사독재로 투옥된 많은 친구들은 강민의 주위에 공허한 빈자리를 만들어 놓은 채 모습을 감춘다.

> 뜨락엔
> 화사한 꿈
> 고요히 밟고 오시는
> 은은한 님의 소리
> 동녘 하늘 트는
> 밝은 해돋이
>
> 「연가戀歌」의 2연


> 새는,
> 죽지 않은 새는
> 굳건한
> 의지의 나무를 잊지 못한다.
>
> 「새는……」의 3연

먹구름 덮인 하늘 아래
짓눌린 아우성이
먼 아침의 형지刑地로 유배된 시간

그러나,
오늘도 해는 솟아요.

「유형지에서」의 마지막 두 연

　강민은 '유형지' 라는 비유로 자신의 혹독한 아픔을 다독이고 있으면서도
님이 다가오는 은은한 소리로 해가 뜨리라고 믿었고, 죽지를 잃은 새도 굳
건한 의지의 나무를 잊지 않는다는 신념으로 유형지에도 해가 뜬다는 희망
을 버리지 않았다. 그러나 혼돈의 시대를 살아가야 하는 대부분의 지식인
들이 그랬던 것처럼, 그도 무력해진 자신의 처지는 안타깝기만 했다.

그것은
내가 없다는 것이다.

그이는 있는데
내가 없다는 것이다.

조국은 있는데
내가 없다는 것이다.

'비전' 은 있는데
내가 없다는 것이다.

「부재不在」의 앞부분

강민에게 비록 힘은 없었지만 비전은 있었다. 그가 바라고 있는 것은 전쟁과 독재로 인해 희생된 영혼들을 진혼하기 위해서라도 힘없는 대다수의 서민대중들이 안심하고 살 수 있는 정의로운 사회가 구현되는 것이었고, 분단된 조국이 하나로 되는 통일이었다. 그러나 유신이라는 장벽은 또다시 그를 좌절하게 했다. 이때부터 강민의 의식에는 콘크리트 장벽이라는 장애요소가 자리 잡게 된다. 그가 기다리는 님도, 정의로운 사회도, 그렇게 염원하는 통일의 꿈도 장벽 너머에 있었기 때문이다.

> 콘크리트의 담벽은 너무도 단단하구나.
>
> 「어느 일요일에」의 1절

> 콘크리트의 황폐한 들판에 일그러진 시계는 어둠을 가리키는데
>
> 「어느 늙은 시민이 그 아들에게 해 준 이야기」의 1절

> 어두운 콘크리트 벽에도 함빡 웃음꽃을 피우네요.
>
> 「아침」의 1절

강민은 서울에서 태어났다. 그러므로 그의 몸은 고향에서 살고 있는 것이 분명했지만, 그의 의식을 가로지른 장벽 너머에 그가 지향하는 고향을 설정한다. 강민의 시에 백두산, 묘향산, 압록강, 대동강과 같은 북쪽의 산하가 한라산, 한강, 낙동강과 조금도 다르지 않은 이미지로 등장하는 것은 그곳들이 통일을 염원하는 이상촌임이 분명하지만, 그렇게 설정된 시골 마을에 그토록 애써 섬겼던 어머님이 살고 있기 때문이기도 하다. 그는 가난에 시달리면서도 자신을 보살펴 주신 어머니를 끔찍이도 섬겼다.

아, 꿈에도 못 잊을
그 고향엔
지금도 찌그러진 판잣집 아래
내 늙으신 어머니의 한숨만이
흐린 전등갓을 맴돌고,
어린 동생은
새벽 장에 들고 나갈
목판을 챙기고 있겠지요.

「어떤 일기」의 2연


오늘은 무슨 집회
저 나름의 애국을 위해
이웃집 대학생은 집을 비웠는데
노모는 말없이 마당을 쓸고 있다.

「소묘素描 · Ⅱ」의 3연


  강민이 체험한 가난은 핍박의 의미와 동일하다. 또 그것은 힘 있는 자들의 착취와도 연결된다. 그는 마닐라 교외에 있는 '톤도'에서도 독재에 시달리는 가난을 목격한다. 즐비하게 늘어선 판자촌을 바라보면서 그는 암담하기만 한 조국의 현실을 자연스럽게 떠올린다. 아니, 떠올린 것이 아니라 박해에 시달리는 필리핀 서민들이 괴로움까지도 함께하고 있다. 그것은 억사인식의 채찍으로, 그의 아픔을 되살려 놓은 것이나 다를 바가 없다. 독재에 대한 그의 혐오는 조국의 현실에만 국한된 것이 아니었다.

  간밤엔 또 어느 꿈이 죽었는가.

간밤엔 또 어느 꽃이 시들었는가.
시끄럽게 울리던 대문 소리
구두 소리 자동차 소리
소리 소리 소리
그 소리들 멈춘 시간에
또 어느 아낙네 가슴 쥐어뜯으며
통곡했는가.

「간밤엔 : 1981년 마닐라 톤도에서」의 1연

인도의 시성詩聖 타고르는 "역사란 박해받는 자의 승리를 참을성 있게 기다린다."라는 탁견을 피력했다. 그가 말한 참을성은 시인 강민의 좌절과 분노로 연결된다. 그는,

차라리 먹장구름 몰려와
천둥 번개로 휩쓸어 버려라.
황량한 마을
눈뜨지 못하는 마음

「유월」의 마지막 연

이라고 탄식하면서도 자신이 끝까지 간직하고 있어야 할 꿈만은 잊지 않는다.

꿈을 꾼다.
흩날리는 꽃잎
몰아치는 광풍
일어서는 물기둥

사내는 비로소 아네.
그 슬기, 피울음,
그 인종忍從,
모두가 잠든 서울의 밤에…….

「서울의 밤」의 마지막 연


　강민의 밤은 우울하기만 한 것이었지만 동트는 여명을 감지하게 되면서
는 허허하게 비어 있던 자신의 주위로 다시 모여 오는 발자국 소리를 듣게
된다.


당신들의 땀으로
길이 열리고
꿈이 영글고
새벽은 동터 오겠지.
당신들의 땀으로
수목이 자라고
강물은 흘러 바다로 가고
아이들의 웃음꽃 피겠지.
당신들의 땀으로
그들은 비만하고
하늘과 땅을 누비고 파헤치고
풍요를, 안락을 누리겠지.
아, 오늘도 청명한 푸른 하늘 밑
당신들은 땀만을 흘리겠지.

「무제」의 전문

강민이 애처로워하는 '당신'은 여린 한국의 창호지에서 시정으로 달려 나온 사자였고, 못난 놈, 잘난 놈을 보다 못해 뛰쳐나온, 사납지만 착하디 착한 호랑이었다고 그는 믿고 있다. 또 그들의 짧았던 생애를 후회하지 않는 것이 강민의 여린 가슴에 상처로 남는다.

이 땅의 많은 시인들에게 그들이 무리 지어 가고 있는 흐름이 보이는 것처럼, 강민에게는 그 흐름이 언제나 소중하고 아름답다. 그것은 염원이기도 했다. 강민은 노래한다.

물이야 막힌들 못 흐르랴.
잠시의 고임 뒤엔 넘쳐서 흐르지.
영산 · 낙동 · 금강
한수 · 살수 · 두만 · 압록
막아도 막아도 물은 넘치고
물은 하나 되어 흐르네.

「물은 하나 되어 흐르네」의 마지막 연


강민은 별의별 사람들이 모두 모여 있는 문단이라는 곳에 발을 들여놓은 지 거의 30여 년의 세월을 보내고서야 첫 시집을 상재할 만큼 과작의 시인이다. 그러나 그의 따뜻한 마음 씀에서 우러나는 우정의 강물에는 수를 헤아릴 수 없는 많은 문인들이 빠져 들었다. 그것이 문학의 방법이냐 아니냐는 차치해 놓고라도, 강민의 첫 시집을 읽으면서 느끼는 문학적 현대사의 연대기는 우리들의 가슴을 아프게 한다.

친구여, 시인이여!

새 환력還曆의 시작을 활기차게 하시라.

# 중공과 중국과의 거리

## 이계향李桂香 여사의 용감한 도전

●

중국이라는 거대한 땅덩이와 거기에 사는 12억이 넘는 중국인은 과연 우리에게 어떤 존재일까. 따지고 보면 우리는 그 광대한 땅덩이에 작게 빌붙은 반도라는 지정학적인 형상 때문에 역사 이래 그들로부터 당한 수모와 고초는 이루 헤아릴 길이 없을 만큼 참담하였다.

더러는 일제치하 36년간의 고통에 울분을 참지 못하여 그들의 속박에서 벗어난 지가 그 속박의 세월보다 훨씬 더 긴 반세기가 지났는데도 아직 '압박과 설움에서 해방된……'을 노래하듯 입에 담고 있지만, 실상 중국이 우리에게 덤터기를 덮어씌운 속방屬邦의 개념, 그 치욕의 1천 년을 감안한다면 어찌 그 통분함을 한시인들 잊을 수가 있으랴만……, 어쩐 일인지 우리는 중국에 대한 감정은 엄청나게 너그러운 편이어서 6·25 이후 오랜 시일을 적대국으로 대하였으면서도 막상 국교가 정상화되면서는 가장 가까운 나라로, 혹은 서로가 장구한 세월 동안 형제 국으로 지낸 것처럼 빠르게 친해지고 있는 듯 보이는 것이 오늘의 현실임을 아무도 부정하지 못하리라.

1988년이면 아직 중국과 수교하기 전이었고, 그때 우리는 중국을 '중공中共'이라고 부르면서 그 내부를 '죽竹의 장막帳幕'이라 하여 '철의 장막'보다는 조금 부드럽거나, 아니면 에드가 스노의 『중국의 붉은 별』에 의해서 더 소상히 알게 된 '모택동'이라는 끈질기고 새빨간 지도자가 소련과 다른 중국식 공산주의를 뿌리내리게 하고 있을 것이라는 정도의 지식이 고작일 무렵, 이계향 여사로부터 『중공中共에 다녀왔읍니다』라는 기행문집을 받게 되었다. 그때 나는 들끓는 호기심을 견디지 못하여 단숨에 독파하면서 아직은 가려진 장막의 나라인 중공을 바라보는 저자 이계향 여사의 다채롭고 따뜻한 시각에 엄청난 매력을 느꼈던 기억이 지금도 생생하다.

이계향 여사는 「책을 내면서」라는 이른바 서문격인 글에 다음과 같이 적었다.

> 얼마나 많은 글자들이 알아볼 수 없도록 약자화略字化됐던지 한시漢詩와 한문漢文에 유별한 관심을 가져 왔던 저는 하다못해 간판 하나도 제대로 읽지 못할 때가 많아서 무척 안타깝고 답답했습니다.
>
> 아시다시피 한자의 발생은 중국이었고 그 기원은 적어도 3천 년 이전으로 잡습니다. 원래는 한자의 총수가 5만이 넘는다고 합니다만, 우리나라 『최신홍자옥편最新弘字玉篇』에는 2만 자가 실려 있었고, 일반적인 실용자수는 약 1만 자 내외가 된다고 했습니다. 실용자수 1만 자에서 2천 자 이상이 약자로 개혁이 됐으니 눈에 익은 한자 사이사이에 수두룩하게 섞여 있는 낯선 약자를 볼 때마다 저는 그만 기가 질려 버리곤 했답니다.
>
> 『중공에 다녀왔읍니다』의 「책을 내면서」에서

그리고 우리가 자주 접하는 한자 중에서 가장 심하게 변해 버린 40자를 예를 들어 놓았는데, 물론 들어서 아는 글자, 보아서 알 만한 글자 들도 있었지만, 대부분의 글자가 마치 혁명의 도구로 전락한 듯한 인상을 받을 정도여서 한자와 한문으로 된 전적典籍이 낯설지 않았던 필자로서도 문집의 내용이 새롭게 전개될 것이라는 본문에 관심을 갖지 않을 수가 없었다.


• •

아무리 그래도 기십 년을 문필에 종사하면서 살아온 필자의 처지로 기행문을 처음 읽는대서야 말이 되지를 않듯, 세계 각지를 여행하면서 적은 갖가지 기행문은 말할 것도 없고, 때로는 우리의 선현들께서 적은 기행문을 꽤나 보아 온 터이지만, 저자인 이계향 여사의 사물을 보는 시각이나 안목, 그리고 역사인식은 나무랄 데가 없어서 기행문의 전범典範을 대하였다는 것이 그때의 솔직한 독후감이었다.

> 중공은 56개 국 사람들이 모여 통일된 다민족 국가를 형성하고 있었다. 하지만 10억 인구 중에서 94퍼센트나 되는 절대다수가 한족漢族이었고 겨우 나머지 6퍼센트가 소수민족이었다. 6퍼센트라면 고작 10억에서 6천만에 불과했다.
> 그 가운데서 조선족·몽고족·만족滿族·회족回族·장족藏族·위구르족維吾爾族·쫭족壯族·이족彝族·묘족苗族·뚱족侗族·바이족白族·부이족布依族 등등을 크게 꼽을 수가 있었는데 모두가 조선족처럼 변경에서 살고 있었다.
>
> 『중공에 다녀왔읍니다』의 「백두산白頭山 가는 길」 일부(103~104쪽)

위에 적은 인용문은 중국을 알기 위한 필수적인 조건이다. 다시 말하면 중국인을 구성하고 있는 소수민족의 형편을 알지 못하고서는 이른바 그들의 정치단위인, 예컨대 '신강新疆 위구르자치구'와 같은 중국식 지방정치의 형태를 이해할 수가 없다는 뜻이며, 그것을 정확하게 이해하고서만이 우리 동포인 조선족이 처한 위치를 알게 될 것이기 때문이다. 따라서 저자인 이계향 여사는 기행문이 갖추어야 하는 일반적인 조건을 충족하는 것으로 독자들의 이해를 넓히고 있다.

> 중공의 국토 면적이 9백 59만 6천 평방킬로미터인 데 비해 미국이 9백 36만 3천 평방킬로미터로서 국토의 크기로 본다면 별 차이가 없었다. 그러나 중공의 인구 10억에 비해 미국은 2억 2천 7백만밖에 안 됐고, 중공의 15억 헥타르에 이르는 농토에 비해 미국은 겨우 4억 7천 헥타르에 불과하다는 점이었다.
> 하여간 중공의 8억 농민 중에서 연변의 농민이 약 94만 명이었고, 농토 면적은 35만 8천 3백 헥타르였으며, 그 가운데 우리 조선족이 절반 이상을 차지하고 있다고 했다.
>
> 『중공에 다녀왔습니다』의 「목단강牧丹江」 일부(139쪽)

기행문집 『중공에 다녀왔습니다』가 간행된 1988년 무렵은 뉴밀레니엄이니, 대망의 21세기가 한자 문명권과 앵글로색슨 문명권의 '문명충돌'의 시대로 전개될 것이라는 등의 문명전개론이 상론되지 않을 때인데도 저자인 이계향 여사는 미국과 중국의 국토와 인구를 비교해 보면서 21세기의 문명사적인 흐름을 예견하고 있었고, 조선족의 미래를 점쳐 보려는 생각의 깊이를 드러내 보였다.

뿐만이 아니다. 이계향 여사는 자신이 돌아보고 있는 중국 문화유적의 현장에서는 언제나 우리 역사와의 연관성을 염두에 두고 있다. 이 여사가 상당기간 동안을 미국에 거주하면서 그만한 자료를 수집하거나 뇌리에 새겨 둔다는 것은 결단코 쉬운 일일 수가 없다. 예컨대, 심양에서는 병자호란 때 이른바 전범으로 끌려가 조선 선비의 기개를 펼쳐 보이면서 장렬히 순사한 삼학사三學士를 비롯한 소현세자昭顯世子의 비극을 가슴 저린 심정으로 토로한다던가, 북경의 자금성紫禁城에 이르러서도 중국 문화에만 심취되지 아니하고 우리 역사와 연관하여 그쪽의 문물을 살피고 있는 역사인식의 실상을 명료하게 보여 주는 다음 문장은 참으로 놀라운 탐구가 아닐 수가 없다.

> 나는 자금성을 구경하면서 그 옛날 영락제永樂帝가 사랑했던 현비賢妃와 여비麗妃가 거처하던 곳이 어디였을까 하고 여기저기를 기웃거렸다. 이 두 여성도 우리 조선 출신의 공녀貢女였기 때문이었다.
> 〈중략〉 그는 그 많은 다른 민족 출신의 후궁들을 다 물리치고 조선에서 새로 공녀로 바친 한확韓確의 여동생을 여비麗妃로 봉하고 총애하였다. 〈중략〉 영락제가 죽은 현비의 오빠 권영균權永均과 여비의 오빠 한확에게 각각 '광록시소경光祿寺少卿'이라는 중국의 벼슬까지 내리고 항상 당신 곁에 가까이 두었다는 점.
>
> 『중공에 다녀왔습니다』의 「북경의 자금성」 일부(189~190쪽)

위의 인용문에 담겨진 한확과 여비에 관한 내용은 역사를 전공하는 사람들에게는 잘 알려진 사료지만, 일반인들에게는 생소한 것인데도 이계향 여사는 참으로 적절한 장소에 적절하게 설명하는 것으로 책의 내용을 풍요롭게 하고 있다. 평생을 그런 일에 종사한 필자의 견해를 사족 삼아 적어 본다면, 저자의 해박한 역사지식은 철저하게 조사하고 그것을 기록해 둔 것이 분명하기에 그 노고에 머리가 숙여진다고 말할 수밖에 없다.

●●●

　종횡무진이라는 말이 있다. 이계향 여사의 『중공에 다녀왔읍니다』야말로 종횡무진의 백미가 아닐 수 없다. 위에서도 사료의 조사와 정리에 관한 의견을 피력하였지만, 책 전편에 넘치게 인용되는 한시의 선택도 종횡무진이라는 말로밖에 달리 설명할 길이 없을 만큼 다양하고 정교하다.

　중국은 한자의 종주국이요, 장구한 세월 동안 그 문자로 시를 써서 남긴 탓으로 그야말로 한시의 보고요, 그 한시로 인해 중국의 문화와 전통과 생활을 살필 수가 있는 것은 당연하다. 이계향 여사는 스스로 '한시와 한문에 유별한 관심'을 가져 왔다고 기술하고 있지만, 설혹 그렇다고 하더라도 그 많은 한시 중에서 여행과 인정人情에 관한 것만을 선별하여 적절하게 인용하고 있는 것도 참으로 놀랍고 감탄할 일이 아닐 수가 없다.


　　　道路本無限　　길은 본래 무한한 것
　　　又應何處逢　　우리 언제 어디서 다시 만나리.

　　　방간方幹


　　　浮雲遊子意　　뜬구름은 나그네 마음
　　　落日故人情　　지는 해는 옛 친구의 정

　　　이백李白


　　　來莫可拒　　　오는 사람 막지 말고
　　　往莫可追　　　가는 사람 붙잡지 말라.

　　　맹자孟子

얼마나 아름다운가. 타관 객지 머나먼 곳을 떠돌면서 위에 인용한 시구를 중얼거리면서 음미할 수 있다는 것은 운치를 아는 사람만이 누리는 특권이 아닐 수가 없다. 이계향 여사는 그 특권을 누리면서 중국을 돌아보고 있었음이 분명하다.

千里逢迎　　천 리 먼 곳에서 찾아와 서로 만나니
高朋滿座　　훌륭한 벗들이 자리에 가득하도다.

왕발王勃의 「등왕각서藤王閣序」


有客無酒　　손님이 왔는데 술이 없고
有酒無肴　　술이 있을지라도 안주가 없고나.

소동파蘇東波의 「후적벽부後赤壁賦」


아름답고 정겨운 시편들을 적절히 인용하여 음미하던 이계향 여사는 마침내 만리장성에 이르러서는 당나라 시인 왕한王翰을 비롯하여, 위나라 시인 진림陳琳을 거치면서 다시 당나라 시인 이화李華의 「조고전장문弔古戰場文」을 인용하고 있다.

지금까지 저자는 아름답고 정겨운 시의 운치를 흥얼거리고 있었으나, 지상의 구조물로 달나라에서도 보인다는 만리장성에 이르러서는 문명비평적인 시각으로 저자의 역사인식을 명확하게 드러내 보이고 있다.

秦起長城　　진시황은 만리장성을 쌓고
竟海爲關　　바다 끝까지 관소를 만들어

| 荼毒生靈 | 백성들을 고통스럽게 하고 |
|---|---|
| 萬里朱殷 | 만 리를 백성들의 피로 물들였네. |

정말로 종횡무진의 백미가 아닐 수 없다. 이계향 여사는 스스로 '수사학을 모르는 둔필鈍筆'이라고 겸손한 말을 적었지만, 다음의 문장을 읽으면서는 고도의 수사학을 구사하는 탁마된 예필銳筆임을 입증하게 된다.

> 아아, 저 천지天池를 나는 어째야 할까.
> 저 꿈같은 빛깔. 저 태초의 살결. 산정山頂이 무너지며 피어오른 신비의 꽃. 전혀 비천卑賤한 혈통이 섞이지 않은 선국仙國의 출신.
> 천상天上의 선관仙官인가, 옥경玉京의 선녀仙女인가.
> 〈중략〉
> 참으로 절세의 기관奇觀이요, 위관偉觀이요, 미관美觀이었다. 나는 그 이상 깨끗하고 신비롭고 장엄한 아침을 본 적이 없었다.
>
> 『중공에 다녀왔습니다』의 「백두산 천지」 일부(119~120쪽)

백두산을 우리의 영산이라고 부르는 데는 아무도 주저함이 없다. 그러므로 장백산長白山이라고 불리는 중국 쪽에서 오르면서도 가슴이 두근거리고, 글을 아는 사람들은 무엇인가를 적어서 조국과 민족을 입에 담아 보는 것도 인지상정일 것이리라. 그렇다고 하더라도 백두산 천지를 상찬하는 저자의 진솔한 심회는 아름답기 그지없질 않은가.

••••

　이계향 여사의 기행문집 『중공에 다녀왔습니다』는 필자에게 여러 가지 생각을 곱씹어 보게 하는 많지 않은 책 중의 하나가 분명하여 불현듯 떠오를 때가 많았다. 그러므로 지금도 손길이 쉽게 닿는 서가에 자리 잡게 되었다.

　그리고 몇 해 후, 필자는 중공이 아닌 중국을 여행하게 되었다. 그때 필자는 이계향 여사의 이 기행문집을 다시 읽었다. 그리고 이계향 여사가 거닐었던 그 대륙의 문화유적지를 세세히 살펴보면서 『중공에 다녀왔습니다』에 적힌 내용과 사물을, 역사를 직시하는 이계향 여사의 시각이 얼마나 건전하고 정확한 것인지에 대해 다시 확인할 수 있었던 것은 큰 기쁨이었다.

# 역사를 대신할 인물평전

## 황문평黃文平 선생님 고맙습니다

●

　나와 황문평 선생과의 인연은 국내가 아닌 외국에서부터 시작되었다. 물론 황문평 선생과는 면식이 없었던 시절이었고, 또 황문평 선생이 참석하지 않은 자리에서 더구나 외국인의 소개로 알게 되었다면 기막힌 사연이 아닐 수 없다.

　1967년으로 기억된다. 나는 그 어려운 때 대만, 홍콩, 마카오, 동경, 경도 등지를 여행할 수 있는 행운을 잡았다. 그때는 여권을 내기가 하늘의 별 따기여서 이무니 해외여행을 떠날 수기 없었던 시절이리, 공식적으로는 1백 달러만 휴대할 수가 있었으나 그나마 은행에서 환전하는 것이 아니라 신세계 백화점 뒷골목의 암달러 장수에게 은밀하게 바꾸어야 하는 정말로 호랑이 담배 피던 시절이었다.

　첫 기착지인 타이베이臺北에서 있었던 일이다. 그쪽 영화인들이 마련한 만찬에 초대되어 갔을 때, 대만의 영화수입업자 한 사람이 내 곁으로 다가와 앉으면서 필담筆談을 청했다. 나는 중국어를 할 줄 몰랐고, 그쪽은 우리 말을 할 수가 없으나 서로가 한자를 읽을 수가 있었기에 필담이라면 서툰 대로 의사소통을 할 수가 있었다. 그쪽에서 먼저 적었는데, '홍포결사대紅布決死隊'를 아느냐고 물었다. 나로서는 처음 듣는 말이라 모른다는 뜻으로 '부지不知'라고 썼다. 그는 다시 '황문평 작곡黃文平 作曲'이라고 쓰고, 유창한 휘파람으로 영화주제가「빨간 마후라」를 불어 대면서 엄지손가락을 쫙 펴 보였다.

아, 그제야 나는 뇌리에 잡히는 게 있었다. 신상옥 감독이 만든 한국 영화「빨간 마후라('64)」가 대만에서 개봉되어 좋은 반응을 얻었다는 신문기사를 읽었던 기억이 살아났기 때문이다. 그렇다고 하더라도 처음으로 경험하는 해외여행의 첫 기착지에서 더구나 같은 직업에 종사하는 외국인 예술가와 함께 내 나라에서 만든 영화를 거론하고, 그 영화음악(주제가)을 휘파람으로 불며 엄지손가락을 펴 드는 모습을 지켜보면서 나는 대중예술의 힘이 얼마나 큰 것인지를 처음으로 알았고, 또 내 나라에 대한 황문평 선생의 공헌에 가슴이 뿌듯해지는 감동을 받았다.

1967년 무렵의 대한민국은 가난하고 무력한 이미지의 나라였고, 내다 팔 수 있는 생산품이 전무한 나라였다. 이런 판국에 우리가 무조건 소중하다고만 여겼던 순수예술이라는 개념의 문화가 해외로 나간다는 것은 상상하기조차도 어려웠다. 그런 열악한 조건에서 신상옥 감독이 만든「빨간 마후라」가 대만의 여러 도시를 강타할 수 있었던 탓에 황문평 선생이 작곡한「빨간 마후라」가「홍포결사대」라는 새로운 이름으로 대만 사람들의 큰 사랑을 받고 있었다는 사실이 무엇을 의미하는가.

소위 '대중예술'이라는 이름 때문에 거기에 종사하는 사람들의 의식수준까지도 얕잡아 보던 시절, 별것 아닌 지식인들까지도 대중예술에 종사하는 사람들을 '딴따라'로 분류하여 비하하는 것을 무슨 특권처럼 여기던 시절인데도 한국 영화는 동남아 시장을 휩쓸었고, 영화에 삽입된 노래들이 현지의 사람들에게 애창되고 있다는 사실이 그때의 나에게는 무척도 신선하고 경이로울 뿐이었다. 그런 물결을 타고 신영균, 문희가 주연한 우리 영화 「미워도 다시 한 번('68)」이 또 한 번 대만의 온 천지를 눈물바다에 잠겨 버리게 한 것도 따지고 보면 「홍포결사대」가 닦아 놓은 길이 있었기에 가능했던 일이다.

설렘과 감격으로 점철된 첫 해외여행을 마치고 돌아와서 곧 황문평 선생을 찾아뵙고, 대만에서 경험한 갖가지 사연들을 말씀 올리게 된 것을 계기로 나는 비로소 이 땅의 대중예술과 대중예술을 개척한 선각의 면면들이 황문평 선생의 열정 어린 사랑으로 예술가의 반열에 들어서기 시작하고 있다는 사실을 어렴풋이라도 알게 되었다.

• •

대중문화와 순수문화를 철두철미하게 분리하여 놓고, 대중문화는 아무 쓸모없는 일시적인 것이요, 순수문화만이 오래 남아서 존경받을 수 있다는 식의 낡은 개념을 무슨 보도처럼 휘두르는 것이 당시의 풍조였고, 그런 풍조를 부기 삼아서 대중예술과 대중예술에 종사하는 사람들을 비히히고 욕보이는 것을 다반사로 여기는 우리 풍토에 대한 황문평 선생의 저항은 눈물겨운 것이었다 해도 과언이 아니다.

일본을 대표했던 엔카演歌(대중가요)의 여왕, 미소라 히바리美空ひばり가 세상을 떠났을 때, '요미우리 신문'을 비롯한 '아사히 신문' 등 일본 굴지의

유명 일간지는 일제히 그녀의 죽음을 애도하는 사설을 게재하였는데, 그 내용 또한 파격적인 상찬 일색이었다.

2차 세계대전이 일본의 패전으로 끝났을 때 일본의 사정은 말이 아니었다. 도시는 폐허나 다름이 없었고, 먹을 수 있는 것은 아무것도 없었다. 겨우 비바람만 가리는 움막, 판잣집에 살면서 먹을 것을 구해 떠도는 패전국의 국민들의 참담한 모습을 어찌 말로 다 형언할 수가 있을까. 바로 그러한 고통의 시대에 혜성같이 나타난 어린 가수 미소라 히바리의 노래는 황폐해진 일본인들의 심신에 용기와 위안을 주는 희망이나 다름이 없었다. 그녀의 노래가 있었기에 일본 국민들이 다시 일어나 오늘과 같은 부국을 이룰 수가 있었다고 격찬을 하면서, 그러기에 모든 일본 국민이 함께 그녀의 죽음을 애도하자는 내용이었다.

미소라 히바리의 죽음을 애도한 것은 신문만이 아니었다. 공영방송인 NHK를 비롯한 여러 민간방송사는 정규프로그램을 모두 접어 둔 채 온통 그녀에 관한 특집 프로그램으로 하루해를……, 아니 일주일을 보내곤 하였다. 그리고 그녀의 장례식은 그녀를 아끼던 팬들의 눈물 속에서 아름답고도 장중하게 거행되었다.

우리나라에도 일제치하에서 신음하는 동포들에게 위로와 용기를 담은 노래가 있었고, 참혹했던 6·25의 전란으로 극심한 고통에 시달리던 국민들에게 위안과 희망 그리고 비분과 용기를 일깨워 주었던 많은 대중예술가들의 피땀 어린 노고가 있었음을 부정할 수가 없다. 그러나 그분들 모두는 '딴따라'로 냉대를 받으면서 세상을 떠나야 했고, 변변한 장례식도 치르지 못했다. 일본에서 있었던 일과 비교해 본다면 이 땅의 지식인들이 얼마나 잔인한 편견의 칼날을 휘두르고 있었는지를 짐작하고도 남는다.

황문평 선생은 이같이 편협하고 옹졸한 행태에 동의하지 않았다. 동의하지 않는 것으로 끝내는 것이 아니라, 이 땅의 민중들과 고락을 함께해 온 대중예술 종사자들의 정확한 행적과 공로를 찾아서 국민들의 것으로 남기기 위한 작업에 몰두하였다. 황문평 선생은 이론가이기에 앞서 정규 음악 교육을 받은 작곡가이기에 이른바 순수지향의 예술가의 길이 열려 있었음에도 불구하고, 대중예술의 핵심일 수밖에 없는 대중가요의 질을 '세미클래식'이 의미하는 수준까지 끌어올리려는 작업에 매달렸다. 그런 일련의 작업을 진행해야 하는 황문평 선생의 가요곡은 자연히 트로트곡 일변도가 아닌 다양한 형태로 나타났다.

1948년 한국 최초의 뮤지컬영화 「푸른 언덕」의 주제가를 비롯하여 「꽃 중의 꽃」, 「빨간 마후라」, 「호반의 벤치」 등은 격조를 갖춘 곡이면서도 지금까지 애창되고 있으며, 영화·드라마 주제가 250여 곡과 뮤지컬 600여 곡을 작곡하면서도 순수와 대중 사이의 간격을 좁히고자 하는 노고를 멈추지 않았다. 그러면서도 한국 대중음악사를 정리한 『노래 100년사('81)』, 『가요 60년사('83)』 등의 저작도 남겼다.


● ● ●

이번에 상재되는 황문평 선생의 『인물로 본 연예사—삶의 발자국('98)』은 우리 국민들의 애환과 함께 흘러 온 대중문화의 역사를 인물평전의 형식으로 징리하였기에 대중문화사大衆文化史적인 가치를 부여해도 모자람이 없다.

이 책에는 가요, 연극, 영화, 연예 분야를 망라한 80여 명의 예술가들의 고독한 생애와 빛나는 업적이 생생하게 그려져 있다. 대부분 황문평 선생과 동시대를 살면서 해당 분야에서 첫손에 꼽히던 선각자들의 행적이기에 황문평 선생이 육성으로 전하는 귀중한 자료집으로 평가되어 마땅하다.

이 책에 실린 선각자들의 고행에서 비롯된 아름다운 행적은 불행하게도 국가나 사회로부터 응분의 예우를 받질 못한 채 잊혀지는 지경에 이르렀고, 때로는 비천한 냉대까지를 감내하면서 비극적인 생애를 마감해야 하는 경우도 허다했다. 불행하게도 동시대를 함께 산 사람들로부터 소위 '딴따라' 라는 저급한 부류로 평가되었기 때문이다.

대중들의 아픔을 노래하고, 대중들과의 고통을 함께하면서 선각의 길을 열어 온 우리의 대중예술가 1세대들은 살아서의 통한을 안고 유명을 달리했지만, 그분들이 남긴 주옥같은 작품들은 우리들의 가슴에 남아서 물결치고 있어도 그분들의 영혼은 위로받질 못했다. 가슴 아픈 아이러니가 아닐 수 없다.

황문평 선생은 이 책에서 우리가 경험한 그 이율배반적인 아이러니를 명쾌하게 반증하고 있다. 그들이야말로 진정한 우리네 대중들의 동반자였고, 그들이 있음으로써 우리의 애환이 헛되지 않았음을 확연히 보여 주고 있어서다.

이제야 우리는 개화 이후의 격동기부터 현대에 이르는 대중예술의 문화사적인 흐름을 사회사적인 관점에서 정확하게 살펴볼 수가 있게 되었으며, 또 그 소중한 내용들을 자랑스럽게 간직할 수도 있게 되었다.

이 땅의 대중예술을 개척한 고독한 선각자들의 피땀 어린 노고를 역사의 표면으로 옮겨 적은 황문평 선생의 노고에 경의와 감사를 함께 전해 올릴 뿐이다.

# 세한도를 마주한 심상

## 이운성李雲成 사백詞伯의 시를 읽으며

●

　문화인류학文化人類學이라는 낯선 학문을 이 땅에 뿌리내리게 한 주역 중의 한 사람인 한양대학교 이희수 교수가 깨끗하게 정리된 아버님 이운성 사백의 시고詩稿를 건네주면서 뭔가 소회所懷를 적어 주었으면 좋겠다고 청한다. 나로서는 거절할 수 없는 노릇이다. 이희수 교수와의 정분으로 보아서도 그렇고, 이운성 사백과의 극적인 만남도 내게는 뜻 깊은 추억으로 남아 있기 때문이다.

　이운성 사백과의 첫 대면은 우리나라의 역사와 관계가 깊은 일본의 여러 지역을 찾아가는 역사남방의 사리에서였다. 규슈九州 북단에 있는 기리쓰唐津의 언덕에서 노을 진 현해탄을 바라보며 도요토미 히데요시豐臣秀吉의 조선침공을 이야기하는 동안 그분의 과묵이 단호함을 전제로 하고 있다는 사실을 비로소 알게 되었고, 나와는 1950년대의 후반 서로 앞서거니 뒤서거니 문단에 나온 동시대의 문우文友라는 사실도 알게 되어 각별한 친근감을 갖게 되었던 터이다.

이운성 사백은 시선집詩選集의 첫머리에 적은 머리글에서 문학의 길에 들어서게 된 동기와 그 후 반세기 동안 시를 쓰면서 겪었던 갖가지 사연들을 아주 진솔하고 세세하게 적어 놓고 있다. 화자 스스로 자신의 시력詩歷을 시대적인 배경과 그 변화의 양상에 곁들여 소상하게 밝히면서 자신의 시가 형성되던 시대상과 시작詩作의 과정은 물론, 정신적인 편력遍歷까지를 솔직하게 토로했다면 화자가 아닌 다른 어떤 사람도 그의 시를 논하는 것은 그야말로 사족蛇足을 적게 되기 십상이다. 그런 사정을 잘 알면서도 이 글을 적어야 한다면 상당한 위험부담을 안아야 한다.


• •


시인이 시를 빚어내고 다듬는 일에 왕도가 있을 까닭이 없다. 시어詩語의 선택(말)에만 의지하려는 시인도 있고, 더러는 시어와 시어의 행간이 빚어내는 새로운 시적인 정서를 만들어 가는 시인도 있다. 어느 쪽이던 첫 출발은 시어의 선택에서 시작된다.

이운성 사백의 시를 읽으면서 느껴지는 첫 번째 소회는 매우 엄격하다는 전체적 분위기다. 시어의 선택이 그렇고, 시어의 배치가 그렇고, 시 전체를 아우르는 격조가 또한 그렇다. 이운성 사백이 선택하는 시어는 지나치게 깔끔하여 군더더기가 없다. 그 엄격함 때문에 문득 '세한도歲寒圖'와 마주앉아 있는 깔끔하고 깐깐한 선비의 심상心象을 떠올리게 되었다.

'세한도'는 추사 김정희秋史 金正喜의 대표적인 문인화이면서 지금은 이 땅의 지식인들이 마음에 그리는 선비의 세계이자 시의 세계로 평가되고 있다. '세한도'는 김정희가 59세 때인 1844년 제주도 유배 당시 지위와 권력을 잃어버렸는데도 사제 간의 의리를 저버리지 않고 그를 찾아온 제자인 역관 이상 적李尚迪의 인품을 소나무와 잣나무에 비유하여 그려 준 것이라고 전해진다. 가로로 긴 지면에 가로놓인 초가와 지조의 상징인 소나무와 잣나무를 매우 간 략하게 그린 작품으로, 그가 지향하는 강직한 선비의 기개를 잘 보여 준다.

이 '세한도'에는 김정희 자신이 쓴 발문이 적혀 있어 그림의 격을 한층 높여 주고 있다. "날이 차가워진 다음에야 소나무와 잣나무가 늦게 시듦을 안다歲寒然後知松柏之後凋也."라는 『논어』의 한 구절을 빌려 '세한도'라는 화 제를 달았다.

아아! 비바람
다시 들이치더니
간밤에는 비단결을 째는
날카로운 비명에
온몸에 소름이 돋았다.
먼 바다를 미치게 한
어두운 포효咆哮가
마음대로 설치다가
내일을 향해 훌쩍 떠났네.

그리하여 외로운
세한歲寒의 소나무는
어제와 오늘, 오늘과 내일의
운세를 짚어 보며
밋밋하게 언덕을 지키는
시간을 나이테로 휘감는다.

「세한의 소나무 1」의 3·4연

실제로 이운성 사백은 '세한도'에서 느껴지는 사유思惟를 연작으로 쓰고 있다. 그가 '세한도'와 마주 앉아 선비의 기질과 행실을 말하고 있다면 세속의 일과는 다소간의 거리가 있게 마련이다. 그 세속과의 거리가 그의 시를 있게 하는 조건이 된다. 이운성 사백이 시어를 선택하는 엄격함이 바로 세속과의 거리를 말하고 있다. 세속과의 거리를 두고 시어를 선택한다면 얼마간 도도하고 고답적인 사유를 조건으로 할 수밖에 없다.

도도하고 고답적인 사유를 '조선 선비의 기개'로 본다 하여 큰 하자는 없을 것으로 본다. 조선 선비는 의롭지 않은 일, 접근해서는 아니 될 대상과는 일정한 거리를 두고 살았다. 그러므로 이운성 사백의 시는 얼핏 깡마른 것 같지만, 실제로는 형형한 빛줄기를 뿜어내고 있다. 그게 조선 선비의 기개이기에 '세한도'와 마주 앉아서 담론을 주고받을 수가 있었으리라고 짐작되는 소위다.

들 찔레에 혹했던가.
온실에 날아든 나비는
소복을 했다.

깊은 산에 메아리가 지는
부엉이의 서러움에
몸을 떨었는가.
하얀 분가루가 묻은
날개는 자꾸 청산의
먼지를 쓸어내리고 있다.
......
......

진달래가 이울어진다.

계절을 원망하며

속절없이 휘몰아 가는 미친바람

저만치서 기폭은 펄럭이지만

꿈이 죽어 가는 잠에 취하여

소복을 한 나의 나비는

끝내 일어나지 못하는가.

「계절을 잃은 나비」의 1·2연과 마지막 연

이 시가 쓰여질 무렵인 1950년대의 후반은 사르트르의 『구토』, 까뮈의 『이방인』으로 대표되는 이른바 실존주의實存主義라는 새로운 사조의 물결이 이 땅의 지식인들을 동요하게 하였고, 비키니 섬에서 있었던 핵폭탄 실험으로 거북이 떼가 방향감각을 상실했다는 화두가 6·25로 인한 정신적 황폐와 절묘하게 맞아떨어지면서 뭔가를 잃어버린 듯한 상실감을 채우는 일, 그리고 새로운 시대로의 전환이라는 염원이 시나 소설의 주제가 되던 시절이었다.

온실에 날아든 소복한 나비가 상징하는 상실의 의미는 너무도 처절하다. 산에 살면서 들었던 부엉이 소리, 산울림도 이젠 아무 소용없는 그리움일 뿐이지만, 소복한 나비는 하얀 분가루가 묻은 산촌(고향)의 먼지를 쓸어내리고 있다.

마지막 연에 이르러,

진달래가 이울어진다.

계절을 원망하며

속절없이 휘몰아 가는 미친바람

저만치서 기폭은 펄럭이지만
꿈이 죽어 가는 잠에 취하여
소복을 한 나의 나비는
끝내 일어나지 못하는가.

방향감각을 상실하고 온실로 날아든 소복한 나비는 끝내 일어나지 못하는가. 당시의 절망감, 좌절감이 절절하게 나타나 있다.
여기서 나는 문득 김종길 선생의 시론 한 구절을 떠올리게 된다.

시인에게 시대와 현실에 대한 각성과 의식이 있고 그것을 자신의 절실한 체험 속에서 발견할 수 있을 때, 그는 훌륭한 시의 제재를 발견하게 된다.

「우리에게 시란 무엇인가」에서

전쟁의 상처를 아우르던 1950년대가 마감되면서 당 시대의 지식인들은 4·19라는 새로운 시대의 의미를 새기게 되고, 아무리 무시무시한 독재도 지식인의 힘으로 쓸어 넘길 수 있다는 환희에 젖게 된다. 그러나 젊은 지성인들이 흘린 뜨거운 피가 있었기에 지식인들은 노상 환희에만 젖어 있을 수가 없었다. 그 화산과도 같았던 환희는 젊은이들이 흘린 선연한 피를 전제로 하였기에 무너진 독재자에 대한 분노도 함께 할 수밖에 없었다.
그 환희도 분노도 오래가지 못했다. 곧 이어지는 5·16군사정변으로 허망하게 끝나고 말았기 때문이다. 하지만, 4·19에서 5·16에 이르는 1년 동안은 당시의 지식인들이 겪고 체험했던 가장 아름다운 시절이라 해도 과언이 아니다.

우리들의 과원果園에서
꽃망울 하나 둘
푸른 누리를 향해
터진 소리는
사랑하는 강산에
합창이 되어
순명純明한 피가 흐르는
사슴의 가슴들을
메아리쳤다.
……
……

이토록 흐르는 눈물을
괴는 마음으로
숨을 사렸던 온갖 것들이
강물처럼 우쭐대며
달려오는데
빗 무늬 쏟아지는 이제
꽃이 지는 사월의 언덕에서
우리들은 뿌듯한
가슴을 가꾸고
잃어진 하나하나를
기억해야 하는
숨을 돌린다.

**「초원에서 뛰노는 사슴」의 첫 연과 마지막 연**

이운성 사백은 이 무렵의 일을 스스로 이립而立이 지난 나이로 시에 매진

하는 것이 만시지탄晩時之歎이라고 적었지만, 같은 시대를 시를 쓰면서 살았던 나의 경험으로는 당시의 여러 흐름이나 조건이 나이를 생각할 만한 정신적 여유가 없었던 것으로 기억된다.

이운성 사백은 고민한다. 그의 고민은 지금 읽어도 시론적詩論的인 고백으로는 아무 하자가 없다. 아니 아무 하자가 없는 것이 아니라 오늘의 젊은 시론가들에게 들려주고 싶은 마음이 간절하다.

> 내 체질에서 우러나는 절실한 나의 언어! 자기 지분의 음성을 갖지 못하고 자기 시의 개성을 갖추지 못한 채, 마치 장님들의 수화手話처럼 소리 없는 시를 써 왔다는 것을 절실하게 깨닫게 해 준 것이다. 그리하여 예술의 형식은 바뀌어도 그 본질은 바뀌지 않는다는 평범한 이치 하나를 간직한 채, 나만의 개성 있는 목소리를 내기 위해 몸부림치는 심정으로 시를 써야 하겠다는 다짐을 하였다.
>
> 『세한의 소나무('05)』의 「책머리에」에서

이운성 사백의 번민이나 몸부림은 시를 빚는 과정에서만 나타나는 것이 아니다. 그의 시에 나타나는 엄격성과 시어에 대한 절제는 그 자신의 성정性情일 것이라고 나는 확신한다. 이 대목은 그의 시를 읽고 얻은 나의 완전한 추측이지만 나는 이운성 사백이 간직하고 있는 사유의 세계가 한 치의 빈틈도 용인하지 않고 있음을 도처에서 찾아낼 수가 있었다.

우리는 한때 시의 성향을 분석하면서 '주지적 서정主知的抒情'이라는 용어를 즐겨 쓴 시절이 있었다. 이운성 사백의 시를 읽으면서 그의 서정이 주지적이라는 사실을 알아내는 일은 조금도 어렵지 않았다. 이운성 사백의 깐깐한 성정, 꼼꼼한 배려, 빈틈없는 발로가 그의 시를 주지의 세계에 머물게 한다.

> 울음 삼킨 목구멍에
> 피가 번진 내 사랑은
> 새벽녘에 시나브로
> 떨어지는 별과 같네.
> 순결한 이름들이
> 저절로 숨을 돌리는
> 어디에선가 가냘프게 부르는
> 안 골짜기 한숨 소리가
> 아니겠는가.

「지렁이의 연가 3」의 1연


> 드디어 비바람이 온통 바다 같은 몸부림으로
> 하늘과 땅 사이를 넘나드는
> 혼미昏迷가 어둠처럼 밀려오면
> 오늘 핀 꽃향기도 메아리 같은 사랑스런 손짓도
> 의식할 줄 모르는 답답한 새여!

「새」의 3연


앞에 인용된 시에 나타나는 '안 골짜기의 한숨 소리' 기 그의 주지적인 세계를 형성하는 원천이다. 그 한숨 소리는 왜 가냘프게 들리는 것일까. 현실세계와의 거리가 까마득히 먼 곳에 존재한다면 당연히 그렇게 들릴 수밖에 없다. 이운성 사백은 그 혼미를 책망하고 있다.

뒤에 인용된 '혼미의 어둠'을 모르는 새가 이운성 사백의 주위를 둘러싼 현실이다. 그 현실이 답답한 것은 화자의 세계가 그 혼미와 방만을 용인할 수가 없기 때문이다. 이것이 그의 겸손이 아니라 엄격함임을 안다면 그의 시가 우리 곁으로 뜨겁게 다가오지 않겠는가.

● ● ●

새는 하늘 높이 날아다닌다. 사람들은 그런 새들에게서 자유를 유추하기도 하고, 평화와 희망에 비유하기도 한다. 파랑새의 전설은 세계의 사람들에게 끊임없는 희망을 주어 오지를 않았는가.

이운성 사백의 시에는 새에 관한 사유가 많다. 푸른 하늘을 자유롭게 날아다니는 새들에게는 느껴지지 않지만, 그것을 바라보는 사람들에게는 선망의 대상이다. 사상의 경계, 나라의 경계, 파당의 경계, 순수와 참여의 경계 등 서로를 갈라놓는 경계의 의미를 뛰어넘지 못해서 시달리는 사람들에게는 새들의 비상이 희망이 아닐 수 없다.

그러나 새들은 다르다. 그들은 그냥 날아다니는 것으로 만족할 뿐이다. 그런 새들을 바라보는 사람들의 시각과 사유는 무척 다양하다. 새를 대상으로 새로운 이미지를 만들어 낼 수 있는 능력이 있기 때문이다. 그 능력이 때로는 음악이 되고, 또 때로는 그림이 되고 시가 되지만 표현되는 형태는 화자 개인의 사유에 의해 정해질 수밖에 없다.

> 맑고 빛나는 눈매에
> 어느새 초점을 잃은
> 새 한 마리가 출구를

찾지 못해 헤맨다면
불운不運을 울부짖는
슬픈 메아리
그 가련한 호소를
어찌하렵니까.

「가슴의 문을」의 2연


빨간 노을 끝을 헤매 도는
날개 지친 새들의
파닥임은 애처롭다.
폐허 위에 나뒹군
비둘기의 죽음을
애도하는 어둠이 운다.

「깃발」의 5연 일부


　이운성 사백의 새는 화자가 살고 있는 현실을 그대로 반영한다. 화자가
겪은 애증의 이미지, 화자의 주위를 맴도는 방황과 미망迷妄의 세계가 새를
매개로 전개된다. 때로 실존적인 고뇌가 미망에서 깨어나지 못하는 새들에
게 전이되어 카타르시스의 과정을 밟아 가기도 하지만, 그 결과는 어느새
자신의 비감으로 옮겨 와서 잠기기도 한다.

　이운성 사백의 존재론은 스스로의 검증에 의해 엄정하게 정회淨化된다.
그 검증의 척도가 조선 선비에게 주어졌던 역사인식이다. 역사인식은 막된
혼돈을 용인하지 않는다. 그러므로 이운성 사백은 시를 빚어내는 그 작업
을 스스로 검증하고 또 검증한다.

해거름 녘에
따뜻하게 깃을 접은
어미 새는
누군가를 기다린다.

「기다림」의 1연


분명히 있었던 것이
없어진 것으로 되는 시간에
간절히 아쉬운 정감은
온몸에 퍼지고
옛날에 날려 버린 카나리아의
서러운 사연을 빌리어
인연이 떠나 버린 허전한
자리에 우두커니 서 있다.

「유실遺失」의 2연


화자의 내면의식은 끊임없이 흐른다. 그 흐름은 언제나 정돈되어 있다. 이 정돈이 화자의 역사인식임은 앞에서 지적한 바와 같다. 이운성 사백은 흐트러지는 것을 용인하지 않는다. '세한도'와 마주했을 때의 경건함이 작용되기 때문이다.

이운성 사백의 새는 때로 존재에 대한 탐구로 변신한다. 엊그제까지 미망의 새로만 보였던 것들이 오늘은 생명에 대한 집착을 보이면서 새로워지고, 내일은 또 다른 언어로 새로운 이미지를 창출한다. 새는 하늘을 날면서 경계를 허물 수 있기에 사유의 폭이 넓어지는 것은 당연하다. 그리하여 이승과 저승의 경계까지도 허물 때가 있다.

산부리를 돌아 나가는
이상한 새 떼들의
날개일까.
가없는 허망을
눈감고 돌아오는
고요한 메아릴까.

「하얀 조각구름」의 2연


파랑새여
푸른 가지 사이로
거침없이 넘나들며
얼마간 무료하게 쉬다가
가없는 연기가 되어
사라져 간 산 너머
흰 구름이 고향인
다정한 파랑새여.

「슬픈 나무」의 4연


　앞에 인용된 「하얀 조각구름」은 어느 고승의 다비茶毘를 노래한 대목이다. 시신은 불길 속에 잠기고 하얀 연기가 치솟아 오르면서 조각구름과 만난다. 뒤에 인용된 「슬픈 나무」는 친구의 죽음을 노래한 시다. '서산에 노을이 지면 슬픈 나무는 비로소 파랑새의 마음을 안다.' 라고 이어지는 화자의 심상은 엄격한 가운데서도 실로 종횡무진으로 뻗어 나가고 있음을 본다.

・・・・・

이운성 사백이 스스로 밝히고 있듯 시업詩業에 뜻을 두고부터 실로 엄청난 시대적인 변화를 헤쳐 나가면서 동시에 정신적인 시달림을 당해야 했다. 동족상잔으로 일컬어지는 6·25의 발발과 휴전에 이르는 전 과정을 몸으로 체험해야 했으며, 4·19로 인한 독재정권의 붕괴, 그리고 민중의 힘이 분출하는 환희를 경험한다. 그리고 5·16으로 인한 군사독재와 유신체제를 겪으면서 숱한 젊은이들의 희생과 옥고獄苦도 지켜보지 않으면 안 되었다.

그와 같은 격동의 흐름은 때로 옳지 않은 것들을 득세하게 한다. 그것이 비록 일시적인 현상이라 하더라도 역사인식을 갖춘 선비의 기개에는 좌절감을 안겨다 줄 수밖에 없다. 그 좌절감은 군사독재에서 유신독재로 이르면서 점차 도를 더해 가는 것이지만, 선비의 관점은 그와 같은 특정 사안이 빚어내는 가치관의 혼돈과 부패의 양상 등에서 더 큰 좌절감을 느끼게 된다.

> 때로는 애매한 안개이듯
> 혹은 투명한 아침이슬이듯
> 절망인지 희망인지를
> 시끄럽고 허망한 세월 속에
> 가두어도 보았지만
> 매캐한 최루탄은 눈이 따가웠고
> 칼칼한 아황산가스엔 주눅이 들어
> 끝내 찬란한 금빛과
> 순결한 몸짓을 잃어버렸네.
>
> 「녹슨 만년필」의 5연

얼핏 보기에는 사유의 혼란으로 느껴지지만, 실상은 '매캐한 최루탄은 눈이 따가웠고'와 '칼칼한 아황산가스엔 주눅이 들어'로 이어지는 비유는 화자와 독자가 겪고 있는 시대의 의미가 단절 없이 이어져 있음을 보여 준다.

세태는 시인의 의지와 상관없이 추하게도 흐르고, 어둡고 침침하게도 흐른다. 그러한 양상은 주위를 둘러싼 불협화음이 고통이 되어 다가오게 된다. 그러므로 화자가 생각하고 바라는 선비의 세계로 이입되는 과정이 너무 느리게 진행되고 있다고 느끼게 된다. 화자는 동양의 고전을 통하여 혹은 역사의 흐름을 통하여 그것이 언젠가는 제자리를 잡아 줄 것임을 알고 있다. 결국 검고 휘어진 현실의 사정이 화자의 의지를 자극하게 되고 반영하게 된다.


흘러내리는
선연한 빛깔
서럽도록 아름다운
구슬 같은 액체여
사랑하는 것을 위하여
나를 버리면
참담하지만 조용하게
폭신한 풀밭에도
누울 수 있으리라.

버림받은 아이가 되어
두견새 피울음에
화답하고
아득히 돌아오지 않는 기별을
바람에 띄울 수 있으리라.

너는 기뻐서
향긋한 내음을 짓는데
나는 슬퍼서
진달래의 몸짓처럼
봄을 앓는다.

「투영投影 3」의 전문

　화자의 심상에는 보다 명료하게 다듬어진 미래를 그려 보려는 욕구가 있
다. 노자老子나 공자孔子의 사유도 결국 어둡고 침침한 현실에서 탈출하여
밝고 아름다운 이상의 세계를 구축하기 위해 나름대로의 목소리(말)를 펼쳐
낸 것이라 하겠다. 그 개성 있는 목소리가 바로 시의 원형이다. 그러므로
좋은 시는 이념에 경직되어서도 아니 되고, 현실을 비판하는 생경한 목소
리가 되어도 감동의 여지는 줄어들게 마련이다.
　이운성 사백의 시업(이 시집으로만 살피면)은 1991년 2월 중순에 쓴 「그래도
눈 덮인 산촌에는」에서 멈추어진다. 이 작품의 말미에 적은 메모를 읽으면
화자의 시업이 어떻게 흘러왔는지를 확연하게 알게 된다.

　　시는 만물을 사랑스럽게 변용變容시키며, 알몸으로 잠자는 미美를 드러
　　내는 것이라고 갈파한 토마스Thomas의 말이 그렇게 기특할 수가 없었다.

　그렇다. 화자의 의지가 확실하게 드러나는 대목이다. 이운성 사백의 시
업은 '만물을 사랑스럽게 변용시키며, 알몸으로 잠자는 미를 드러내는' 작
업이었다.
　나는 '세한도'와 마주 앉아서 선비의 기개를 심상에 비쳐지는 이미지로

주고받고 있는 이운성 사백의 모습을 상상해 본다. 그 모습이 너무도 아름답고 경건하다. 조금은 깡마르게 보이면서도 눈빛이 형형한 선비는 딱 한 번 자신의 모습을 형상화해 보고 있다.

조금은 시들었지만
그래도 단정한 옷매무새
서리 내린 들길을 가로질러
사뿐거리는 발걸음이 매섭다.

을씨년스런 늦은 가을에
친정 나들이하는
아낙네의 입김이라
박가분朴家粉 냄새는
십 리 밖에 풍기고

치맛자락 스치는 소리에
묻은 한기가
잠깐 비친 석양 사이에서
숨을 죽인다.

그 옛날 동쪽 울타리에서
샛노란 꽃잎을 따며
운치를 마시던
팽택彭澤의 원님은
영창문映窓門을 닫아걸고
불씨를 다독거릴 시간이다.

「한국寒菊」의 전문

시인의 말은 때로 미래를 내다보게 하고, 또 때로는 선악의 구분을 확실하게 한다. 그런 양상이 시에 용해되어 있어야 좋은 시를 쓰게 된다. 그러므로 시인에게는 마음가짐처럼 중요한 것은 없다. 마음먹기에 따라 생각이 달라지고, 그 달라진 생각을 통해 마침내 자기만의 목소리를 토해 내게 되기 때문이다.

선비의 표상인 '세한도'와 마주 앉아 있는 이운성 사백의 시어는 빈틈을 보이지 않을 만큼 정제되었고, 어떤 경우에도 지나칠 만큼 절도節度를 지키면서 시를 다듬어 온 흔적이 역력하다.

나는 이운성 사백의 시를 읽으면서 화자의 삶 또한 시와 같이 절제되고 정제되었을 것이라고 확신할 수밖에 없다.

# 시와 영화비평 그리고 우정

## 김종원金鍾元 시인과의 반세기

●

시인이 쓴 산문에는 시의 흔적이 묻어난다. 시인이 쓴 평론에는 시적인 응축미가 살아 있고, 시인이 쓴 영화평론에는 시와 영화의 이미지가 교감된다. 영화가 제7의 예술로 문학, 음악, 건축, 미술 등의 기존 예술과 어깨를 나란히 하게 되면서 특히 시와의 교감이 두드러지게 된 것은 두 분야가 공히 이미지image를 축으로 성립하는 예술이기 때문이다.

영화평론가 김종원은 1957년, 박남수 · 박목월에게 시 「종鐘」, 「병瓶의 자세」가 추천되어 『문학예술』지에 게재되면서 시인으로 문단에 나온다. 약관 20세의 나이로 기성 시단에 이름을 올린 지 2년 뒤인 1959년에 영화평론이 『시나리오 문예』지에 발표되는 것으로 빠른 변신을 예고한다. 시인이 쓴 영화평론에 시의 흔적이 묻어나는 것은 당연하다. 시인 김종원이 쓴 초기의 영화평론은 제목부터가 시적 분위기를 물씬하게 풍긴다. 영화 「금지된 장난

('52)」과 「십대의 반항('59)」을 언급하면서는 「현실과 앙가주망의 계곡('59)」이라 했고, 감독론을 쓰면서는 「패배한 안티고네('62)」라는 큰 제목 안에 '흙탕 위의 엘레지' 라는 작은 제목으로 영화감독 유현목을 논하고 있다.

시인 김종원이 영화에 접근하는 방식은 외양적인 것보다 내면에 담긴 정서나 이미지를 살피고자 한다. 그러므로 그의 평문은 설익은 것을 아무렇게나 쏟아 내는 것이 아니라, 가슴속에서 충분히 삭인 결과를 응축된 문장에 담아낸다.

> 〈1〉 공습의 위협 속에서도 죽음의 공포를 알지 못한 채, 애견 조크의 뒤를 쫓는 다섯 살의 순진한 소녀 폴레트(「금지된 장난」)와 혼자만 행복할 수 없는 현실 속에서 십대의 절박한 인간 사랑의 갈구를 사회에 대한 레지스탕스로 나타낸 길남(「십대의 반항」). 전쟁을 배경으로 한 이 두 세계에는 동심과 그 상황이 대조적으로 나타난다. 전자는 나치스에 의해 점령된 파리의 어느 농촌을, 후자는 6·25동란을 겪은 서울의 뒷골목을 그 무대로 하고 있다.

> 〈2〉 탁류에 떠 몰리는 물거품의 의지(「젊은 사자들」), 그것은 전쟁의 위기에서 벗어나려는 인간의 한 표상이다. 다시 말하면 형체 없이 타오르는 석등의 불꽃과 같은 원색적인 욕망(「지상에서 영원으로」)이기도 하다. 그 위기는 위기만으로 그치는 것이 아니다.

위의 두 문장은 시인 김종원이 영화평론가로 데뷔할 당시의 다부지면서도 당차게 써낸 평문인데, 영화로의 접근이 시적이고 응결의 강도가 또한 시적임을 잘 보여 주고 있다. 〈1〉은 1959년 『시나리오 문예』지에 발표된 「현실과 앙가주망의 계곡」으로 전후의 문제작으로 평가된 「금지된 장난」과

김기영 감독의 「십대의 반항」을 논한 대목이고, 〈2〉는 1960년 같은 잡지에 실린 「파편에 뿌려진 휴머니티의 포말泡沫」이라는 제목으로 역시 전후 영화의 문제작으로 평가되는 「지상에서 영원으로('53)」와 「젊은 사자들('58)」을 분석한 글이다.

시인 김종원이 영화평론가로 전환하던 시기인 1950년대 후반의 한국은 모든 예술 분야가 황무지에 버려진 상태에서 새로운 도약의 길을 모색하고 있었던 혼돈의 시대나 다름이 없었다. 특히 한국 영화는 바닥을 헤매고 있을 정도로 모든 면이 열악하였어도 수입되는 외국 영화는 전후의 문제작들이어서 젊은 애호가들을 때로는 안타깝게 하고, 때로는 격분하게 하던 양극단의 시절이나 다름이 없었다. 영화평론 분야도 다를 것이 없어서 일간 신문사의 영화 담당 기자들이 새로 나온 영화를 소개하는 글이 영화평론으로 행세하던 시절이었다.

젊다고 하기보다 아직 어리다고 해야 할 시인 김종원이 영화평론이라는 분야에 뛰어든 것도 획기적인 일이었지만, 시인이 한 편의 영화를 시에 비유하면서 구사하는 응축된 문장은 우리 영화평단의 새로운 지평을 여는 것이나 다를 바가 없었다.

시인 김종원의 영화평론은 새롭게 소개되는 영화들에 대한 '작품론'에서도 시적인 비유를 소중히 하지만, '작가론'에 이르게 되면 준엄한 문장으로 자신의 의사를 분명하게 밝혀 놓는다.

〈1〉 신의 오발은 아직까지도 인간의 세계에 가해지고 있다. 폐허에 쫓겨 귀로에 선 인간들, 그들은 무엇인가에 쫓기지 않으면 안 되었던 것일까. 피해받은 인간의 편에서 악수하고 위로하려는 감독이 있다면 그는 유현목이다. 그의 분신이기도 한 「오발탄('61)」이나 「인생차압('58)」,

「아낌없이 주련다(ʼ62)」의 연인들은 소외된 인간이 의지하려는 도피의 대상들이다.

⟨2⟩ 시의 경지로 끌어올린 관능은 이미 육체가 아니다. 그 자체가 바로 악기이다. 여기에 에로티시즘의 미학이 존재한다. 이 수준에 이르면 언제 옷을 벗느냐 하는 것은 그리 문제가 되지 않는다. 그 행위가 어떻게 이루어지느냐가 중요할 뿐이다.

⟨1⟩은 1960년대의 한국 영화를 대표하는 유현목 감독의 작품을 아우르는 내용의 일부이고, ⟨2⟩는 1979년 칸 영화제 작품상(「시베리아드」) 수상자인 러시아 출신 신예감독 안드레이 콘찰로프스키의 「마리아스 러버(ʼ84)」에서 상반된 두 사랑의 타입을 분석한 문장이다. 즉 '열린 채 억제된 육체의 고통'(마리아)과 '닫혔으나 열망하는 상념의 고통'(이반)으로 갈등하는 심리적인 변화를 독특한 의식의 이미지를 빌려 투영해 나가고 있음을 지적하면서 앞의 것이 '소유의 현실'을 강조했다면 뒤의 경우는 '과거의 음미'에 집착했다고 명쾌하게 설명하고 있는 「관능 농축시킨 의식의 이미지(ʼ84)」의 일부이다.

시인 김종원의 '작가론'은 준엄하다. 그는 기회 있을 때마다 예술가의 자질을 강조하는 것으로 창의성 높은 작품을 만들어 주기를 강권한다.

예술작품은 어디서나 줍는 습득물이 아니다. 예술은 '없음'에서 비롯되는 '있음'의 미학이다. 그래서 작가는 항상 빛을 추구한다. 작가는 밝은 것보다 어둠에 익숙해지도록 길들여져 있다. 빛은 어둠 속에서 더욱 빛을 낸다. 어둠은 빛의 모태이기 때문이다.

1982년에 쓴 「창작의 자유와 작가정신」에 담겨진 내용의 일부다. 시인 김종원은 한국 영화를 사랑한다. 그리고 한국의 영화작가를 더 사랑하기에 직설적인 충언도 아끼지 않는다. 이 또한 시인 김종원이 영화평론을 쓰는 소위이기도 하다.

> 흔히들 한국 영화에는 작가의식이 없다고 말한다. 한마디로 작가정신이 빈곤하다는 뜻이다. 이러한 현상은 최근에 이르러 한층 심각한 당면 과제로 떠오르고 있다. 그러함에도 불구하고 영화계는 이 점에 대해 별다른 관심을 기울이는 것 같지가 않다. 주제보다는 시류를 탄 상업성에 요행을 거는 고질적인 병폐의 악순환이 되풀이되는 한 한국 영화의 앞날은 어두울 수밖에 없다. 작가정신의 상실은 곧 예술로서의 영화에 대한 조종弔鐘을 의미하기 때문이다.

1979년에 쓰여진 「작가의식이란 무엇인가·시대정신과 인간탐구」에 담겨진 내용이다. 이 글이 쓰여진 지 햇수로 꼭 25년이 흘렀지만, 오늘의 한국영화, 한국의 영화인들이 읽는다 해도 가슴 저리는 대목이 아닐 수 없다.

• •

내가 시인 김종원을 처음으로 기억하는 것은 1957년, 문예지 『문학예술』을 통해서였다. 그해 나도 문예지 『현대문학』에 첫 추천을 받은 시인 지망생으로 시골 초등학교의 교원이었다. 당시는 문학 인구도 많지 않았고, 문예지도 위의 두 가지밖에 없었으므로 시인이나 소설가를 지망하는 사람들이 어디에 사는 누구인지를 서로가 빤하게 알고 있었던 시절이기도 했다.

나는 시인을 지망하면서도 시나리오를 공부하고 있었던 탓에 격월간지 『시나리오 문예』를 구독하다가 시인 김종원이 영화평론을 쓰면서 '컷'을 그리고 있음을 알고 적이 놀랐던 일이 지금도 생생하다. 시인도 영화평론을 쓰는구나, 하는 생각으로 나도 영화평을 써서 『시나리오 문예』지에 투고를 하였는데 '독자투고란'에 실리게 되었다. 이때의 일을 시인 김종원은 다음과 같이 회상하고 있다.

　　내가 신봉승 선생을 처음 만난 것은 4·19학생혁명의 소용돌이 속에서 민주당 정부가 들어서고 안정을 찾아가던 1960년 가을 무렵이었다. 그런데 신 선생과의 인연의 고리는 영화에서도 이어지고 있었다. 1960년 1월 초순이었다. 1년 전부터 발간 중인 격월간 영화 전문지 『시나리오 문예』의 연재원고(작품연구) 2회분을 전달하기 위해 사무실을 방문했을 때, 뒷날 시나리오작가가 된 최인수 편집장이 독자가 투고한 것이라며 한 편의 원고를 보여 주었다. 「작가의 정신과 모럴」이라는 평론이었다. 신취영辛翠影이라는 독자가 쓴 것인데 읽어 보니 보통 글이 아니었다. 당시 우리나라 대표적인 감독의 근작에 대해 언급한 것으로 매우 비판적인 내용을 담고 있었다.
　　김기영의 역작으로 꼽히는 「십대의 반항」에 대해 작품이 갖는 사상이 지극히 피상적이라고 전제한 뒤 전쟁을 겪고 난 민족에게는 보다 흐뭇한 시정신이 요구된다고 주문하고, 유현목 감독의 「구름은 흘러도('59)」에는 관찰의 소홀함을 들어 비판했다. 즉 영화의 배경에 서 있는 수양버들이 흔들리지도 않는데 비바람이 여주인공(말숙)의 우산을 후려갈기는 것은 어인 일이냐고 꼬집었다. 나는 이 글을 게재하기를 권했다. 결국 「작가의 정신과 모럴」은 1960년 3월 『시나리오 문예』지 제5집에 '독자논단' 형식으로 발표되었다. 신취영이 보낸 「영화 '흙' 연구」도 다음 호에 빛을 보았다. 그로부터 한 달쯤 되었을까, 박스용

글과 지면을 장식할 컷을 넘기려 『시나리오 문예』지 편집실에 들렀을 때 우편물에서 우연히 한 통의 엽서가 눈에 잡혔다. 능란한 또박 필체로 지면을 할애해 주어서 고맙다는 내용이 적혀 있었는데 인사 끝머리에 '강릉 신취영奉承' 이라고 밝히고 있었다.

나는 놀라지 않을 수 없었다. 신취영이 신봉승(?), 그렇다면 문단에 이미 등단한 기성문인이 아닌가. 처음부터 본명을 밝혀 주었다면 인색하게 굳이 '독자투고'로 취급받지 않아도 되었기 때문이다. 지금도 아쉽게 생각하는 일이다.


그리고 얼마 후, 나는 교직을 그만두고 서울로 이주하였다. 아직 전쟁의 상처가 가시지 않은 명동이었어도 젊은 예술인들이 대거 몰려와서 낭만과 광기가 뒤엉키게 하는 멋진 거리였다. 나도 그 거리에 뛰어들었다. 물론 시인 김종원도 바로 그 거리에 있었다. 우리는 『시나리오 문예』지가 맺어 준 인연으로 곧 의기가 투합했다. 그리고 얼마 후 나는 시나리오 「두고 온 산하」가 국방부에서 모집하는 현상공모에 당선되어 문학과 영화를 겸업하는 신인으로 각광받기에 이르렀고, 시인 김종원은 내 후견인이 되어 수많은 영화계의 인사들을 소개해 주었다.

시인 김종원과 나는 다 함께 시를 쓰는 영화인이라는 끈끈한 우정으로 의기를 투합하면서 미구에 새로운 영상시대가 열릴 것이라는 확신을 키우면서 함께 뜻을 모을 수 있는 동지는 물론, 동아리와 같은 결속된 모임을 만들기로 했다. 명동 한복판 송옥양장점 2층에 있었던 '금문' 다방에서 동인회를 만들자고 발의되었고, 역시 선술집을 돌면서 마음을 모아 동인회의 이름을 〈네오 드라마〉로 정했다. 물론 '네오'는 전후 이탈리아 영화의 한 경향이었던 네오리얼리즘에서 따온 '새로운' 이란 의미였고, '필름' 이라는 말보다 '드라마'라는 용어가 삽입된 것은 지금 생각해도 이채롭다.

우리의 선언에 동조하는 젊은 문인들은 뜻밖으로 많았고, 언론인, 영화인 들까지도 큰 관심을 보였던 탓에 동인의 구성은 다양하고 다채로웠다. 시인으로 참가한 사람이 시집 『4월의 화요일('62)』로 장안의 지가를 높이고 있던 박봉우, 시 「콜라」로 민족시의 한 형식을 제시했던 신기선, 그리고 강민, 송혁, 김일(김희로) 등이었고, 문학평론가 김상일, 영화감독 조운천, 언론인 최재복, 김승환을 포함하여 10여 명이었다.

〈네오 드라마〉 동인회의 활동은 2년 남짓 계속된 것으로 기억된다. 점차 젊은 동인들의 진로와 직장이 확보되면서 모임이 뜸해지기 시작했다. 무척도 아쉬운 노릇이었지만……, 그래도 지금까지 시인 김종원과 나는 초지일관 그토록 우리가 열망했던 영상시대의 한가운데 서 있는 것이 무척도 자랑스럽다.

시인 김종원이 시업보다 영화평론가로서의 대업을 이루어 가면서 나와 만나는 일은 자연스럽게 잦아질 수밖에 없었다. 영화평론가 이영일이 주도하던 월간 『영화예술』지의 편집실은 을지로 3가의 2층 건물에 세 들어 있었다. 시인 김종원은 『영화예술』지에 영화평론을 쓰면서 '컷'을 그렸고, 심지어 영화광고의 디자인까지 맡아 했다. 나는 '시나리오작법'을 연재하고 있었던 탓으로 우리는 매일 만나서 형제만큼이나 친한 사이가 되어 갔다. 뿐만이 아니다. 서로가 명성을 갖추면서는 대종상이나 청룡영화상의 심사위원으로도 자리를 함께하였고, 공연윤리위원회의 심의위원 등과 같은 공적인 일을 함께하면서도 언제나 뜻이 같을 만큼 의기가 투합하였다. 그런 세월이 어언 50년, 반세기 동안을 뜻을 같이하면서 둘 모두 머리에 하얀 서리를 이게 되었다면 아름다운 세월이라 해도 탓할 사람은 없을 것이리라.

● ● ●

　시인 김종원의 영화탐구는 단순한 영화평론의 범주에서만 머물지 않는다. 그가 구사하는 '작품론'은 짧은 단평보다 긴 논문형식을 갖추어 나갔고, 그가 추구하는 '작가론'은 수박 겉 핥기식이 아니라 내면으로 파고들어가서 분석하는 형식을 취하면서 영화사적映畵史的인 관심으로 발전해 갔다.

　춘사 나운규의 대표작 「아리랑('26)」에 대한 영화사적인 오류를 바로잡기 위한 탐구와 논쟁은 영화사가映畵史家의 임무를 자임한 집요한 탐구의 결과가 아닐 수 없다. 그 집념의 결과, 고희를 맞은 연치로 동국대학교 영화영상학부에 출강하여 석·박사 과정의 연구자를 위한 강의와 논문지도에 임하고, 청주대학교 공연영상학부의 겸임교수로 활동하고 있다.

　또한 영화에 대한 시인 김종원의 시각은 영화의 사회성에 역점을 두게 된다. 「연산일기('88)」는 '비극적인 외디프스 콤플렉스의 시각'으로 보았고, 「경마장 가는 길('91)」은 '쾌락 문화 속에 부각된 지식인의 에고이즘'으로 지적된다. 외화 「차이코프스키('89)」는 '장엄한 구도로 이끌어 낸 치열한 창조적 삶'으로 정의하였고, 「늑대와 함께 춤을('90)」을 보면서는 '대지 앞에 쓴 문명의 반성문'으로 받아들인다.

　이 같은 일련의 시각은 새로운 영화가 가야 하는 진로를 모색할 때 문명적 사회성이라는 관점을 중시하고 있음이며, 이를 위해서 우리 영화작가들에게 치열한 작가의식을 주문하고 있다.

　　　우리의 영화작가들은 괴로워할 줄 모른다. 그들의 작품에는 고뇌의 아픔이 없다. 생활의 때가 묻어나는 뒷골목보다는 포장된 가식의 아스팔트를 즐겨 찾으며, 노동 뒤에 오는 보람의 휴식보다는 호화로운 응접실에서 샴페인에 취하는 겉멋을 사랑한다. 알맹이보다는 표피를, 내용보다 감각을, 측면보다는 정면에 집착하며 저항대신 안일을 꾀하고 정면승부를 피해 타협을 선택한다.

1982년에 발표된 「창작의 자유와 작가정신」에서 발췌한 글이라면 20여 년 전의 발언이다. 그때의 준엄함이 단순한 과거사의 범주에 머무는 것이 아니라 오늘의 한국 영화작가들에게도 현실의 문제로 제기되고 있음은 시인 김종원의 영화평론이 영상예술을 사회적인 안목에서 문제를 제기하는 현재진행형임을 여실히 보여 주고 있음이다.

시인이 쓴 평론에는 시적인 응축미가 살아 있고, 시인이 쓴 영화평론에는 시와 영화의 이미지가 교감된다는 문장으로 이 글을 시작하면서 지난 반세기에 걸친 김종원 시인이 이루어 낸 집념의 작업을 살펴본 셈이지만, 결국 이 글은 그의 큰 업적에 비한다면 지엽말단枝葉末端의 일을 거론한 것밖에 되지를 않는다.

원인은 간단하다. 김종원 시인이 궁구하는 일련의 범주에 나도 하나의 대상으로 있었기 때문이다. 내가 쓴 시나리오와 그 시나리오에 의해 만들어진 영화가 김종원 시인의 비평과 질타의 범주 안에 있었음을 부정할 수가 있을까.

김종원 시인이 쓴 영화평론은 지금도 내 창작 생활에 활력을 불어넣어 주면서 자기 성찰을 촉구하고 있다.

저녁 어스름 썰물의 모래밭에 나타나는 거북이의 외로움을 아는가. 알을 낳기 위해 파도를 피해 엉금엉금 기어 오는 그 기진한 상륙의 의미를. 그리고 파헤친 모래구덩이에 앉아 알을 낳으며 눈물을 뚝뚝 흘리는 그 지루한 산고産苦를 겪었다면 느끼는 것이 있을 것이다. 예술은 그

런 것이다. 그 몇 갑절의 아픔과 괴로움으로 빚어지는 각고刻苦의 결정
이다.

  암, 그렇다마다. 김종원 시인의 준엄한 충고가 지금도 내 가슴속에서 물
결치듯 살아나고 있다면, 우리가 함께한 반세기의 시간이 결코 헛되지 않
았음을 의미한다.

# 민족 분단 · 어릴 때 동무들

## 신기선申基宣 시인의 통일염원

●

불행한 시대를 살아왔던 사람들의 진솔한 고백을 듣고 있으면 가슴이 미어터질 때가 있고, 또 눈물이 콸콸 쏟아질 때도 있다. 시의 세계라 하여 다를 것이 없다. 생판 모르는 사람의 시를 읽으면서도 감동하는 판국에 서로가 정을 주고 살아온 친근한 벗의 시집을 읽으면서 가슴 밑바닥에서 우러나는 정감과 울분을 고스란히 되살려 낼 수가 있음은 당연하지를 않던가.

신기선 사백詞伯은 정직이 지나쳐서 손해를 보는 사람이다. 그는 내게 시집에 넣을 글을 청하면서 "이번 시집을 덮어 버리려 했으나 주변의 귀유를 뿌리치지 못해 발간하게 되었는데, 이런 시들은 형상화하기에 참 어려움이 많았소. 쓴다고 쓴 것이 이 모양이오."라는, 정말로 솔직한 소회를 적으면서 다음과 같이 매듭을 지었다.

이 시집은 통일이 되는 날 쓰레기가 될 것이며, 그저 한 시대를 작으나마 증언하기 위해 노력한 한 시인의 모습이면 좋겠소.

남들은 스스로 통일 운동가라고도 하는 세대인데, 평생을 민족의 수난과 분단의 아픔을 노래하고, 통일의 염원을 정직하고 진솔하게 시에 담아 온 사람치고는 이보다 더 소박하고 정직할 수가 없다.

손님을 태운 비행기는
남쪽으로만
남쪽으로만 가고
비행기는 왜
남쪽으로만 자꾸 가느냐고 묻는
아들의 말을
한강은 이를 외면한 채
그 쓰린 전쟁 이야기도 하지 않고
어둠을 몰고 온다.

아들아 꿈을 꾸어라.
나무를 자꾸자꾸 심고
아빠의 키만큼 자랐을 때
손님을 태운 비행기가
북쪽으로도
북쪽으로도 갈 것이다.

「서부 이촌동」의 3 · 4연

신기선 사백이 한강변 서부 이촌동에 살 때는 여의도 전체가 모랫바람 자욱했던 비행장이었고, 해외를 가든 국내로 떠나든 모든 항공기의 이착륙은 여의도 비행장을 통해서만 가능하였다. 또 공항도 아닌 '비행장'으로 불리던 시절이었다.

신기선 사백은 할머니의 말을 곧잘 입에 담곤 한다. 세상의 이치를 족집게처럼 집어냈다는 것이다. 그럴때면 우리는 황소처럼 선량한 그의 두 눈망울을 보면서 무당기가 있다고 놀리곤 하는데, 그 샤머니즘적인 광기 또한 그의 시에 배어 있는 직관과도 상통한다.

'아들아 꿈을 꾸어라./ 나무를 지꾸자꾸 심고/ 아빠의 키만큼 자랐을 때/ 손님을 태운 비행기가/ 북쪽으로도/ 북쪽으로도 갈 것이다.' 라는 마지막 연의 처연한 예언은 그대로 적중되었다.

그의 어린 아들은 자라서 어른이 되었고, 북한 국적의 여객기가 북한 손님을 싣고 김포공항에 내리는가 하면, 또 우리 대통령을 태운 여객기는 그야말로 손님을 가득 싣고 북쪽(평양)으로 날아가지를 않았는가.

지금 우리는 한 포기의 나무를 심고 그 나무가 아빠의 키만큼 자라기를 기다리는 인내와 염원의 세월을 보냈음을 실감하고 있음을 어찌하는가.


● ●


신기선 사백은 함경북도 청진시 서동에서 태어나 소년시절을 그곳에서 보냈다. 그의 소년시절은 참혹했다. 2차 세계대전이 시작되면서 일본군은 재빨리 싱가포르를 점령하였다. 그 승전을 기념하기 위해 모든 조선 어린이들에게 고무공을 하나씩 나누어 주었다. 그리고 얼마 후 소년, 소녀 들의 머리 위로 B29가 날아가곤 하였다. 그 무렵의 고향은 신기선 사백에게 사무치는 그리움으로 살아난다.

> 별똥이 긋는 밤마다
> 비이십구 폭격기는 날아와서
> 기뢰를 군함에 떨어트리고 밤 별과 가던
> 정어리 짜는 기름 냄새 자욱한
> 옛 청진은 그대로 있는지.
>
> 아이들이 내가 아닌 일본 성씨를 달고
> 싱가포르 함락 때
> 공을 하나씩 선물로 받고
> 적의敵意도 모르고
> 천진난만하게 차고 놀던
> 그 아이들은 육이오 때 죽었는지 살았는지.

「고향」의 4 · 5연

신기선 사백은 그 어릴 때의 동무들과 작별하고 남쪽으로 내려오면서 눈에 어른거리는 고향은 가슴에 묻었고, 깨어 있는 동안은 언제나 이산의 아픔을 되뇌면서 고향을, 고향의 동무들을 그리워하지만 그것은 단순한 그리움이 아니라 민족의 비극으로 연결되는 설움으로 작용하곤 하였다.

'민족의 비극'이라면 거창하게 들린다. 그러나 신기선 사백의 민족의 아픔은 소시민적인 민족주의로 나타날 뿐이다. 그러므로 신기선 사백의 절규와도 같은 분노는 정치연설과도 같은 웅변이 되질 않고, 우리네 가슴을 저미게 하는 시적 그리움으로 승화된다.

남쪽에서 자란 볏짚도
북쪽에서 자란 볏짚도
숯을 달고 고추를 달고
오천 년 동안 호흡을 열어 준
새끼줄이 되어 왔단다.
......
......
백두산 먹구름에
응어리진 볏짚도
한라산 사해四海에
비바람에 쓰게 자란 볏짚도
—호흡을 추진하는 꽹과리 소리
—심장의 고동을 트는 북소리
—모든 것을 뭉쳐 주는 징소리
—짙고 얕은 것을 다듬는 장구 소리에
이어지고 얽히고 이어 온
굵은 우리의
숨 쉬는 새끼줄이 되어 왔단다.

「짚」의 첫 연과 마지막 연

　모두가 같은 핏줄이질 않던가. 그런데도 1천만이 넘는 이산가족들이 눈물의 재회를 하지만, 만나는 사람보다 만나지 못하는 사람들의 슬픔이 더 클 수밖에 없다.

　신기선 사백은 고향에 남기고 온 코흘리개 계집아이들도 그리워한다. 때로는 소꿉장난을 하면서 사귀었거나, 또 때로는 등굣길에서 잠시 눈길을 마주쳤던 그 곱고 예쁜 계집아이들을 '풀물 든 보드라운 내 또래의 북녀北

女’라면서 안타까운 사연을 적고 있는 바로 그 점이 소시민적인 민족주의가 아니고 무엇이랴.

> 땅이 잘리고
> 하늘이 잘리고
> 세계의 길이 막힌 초토가 된 땅에
> 북녀여 아침 쌀 헹구는 소리에
> 연기는 피어오르고 있는가.
>
> 어릴 때 십세 초반의 내 나이
> 내 가슴에 풋내 예쁜 싹을 톡톡 키운
> 풀물 든 보드라운 내 또래의 북녀여
> 여자의 자연 빛 무늬를 되찾자.
> 모진 세월에 잃었던
> 속눈 깊은 소박한 마음을 되찾자.
>
> 이른 여름에도 흰 눈 덮힌 관모봉처럼
> 산 첩첩 거느린 건강한 어머니가 되어라.
> 푸른 옷고름 긴 맑은 강물처럼
> 물젖을 나누어 주는 사랑의 어머니가 되어라.
>
> 「북녀」의 마지막 세 연

정감 넘치고 아름다운 소망은 다시 이어진다.

어릴 때 밤하늘의 별을 함께 헤이면서 북두칠성의 마지막 별을 찾던 소년의 모습은 어떻게 변했을까. 살아 있으면 70객이 되어 가는 늙은이들이 아니던가.

밤하늘의 별을 헤이던
너의 손가락 나의 손가락
북두칠성의 마지막 별을 찾던
우리들의 손가락
별 바다에 꿈을 그리던 나의 손은
어릴 때 꿈을 찾아 늙어 가고
그 순진하던 너의 손가락은
방아쇠에 지문이 지워진
쇠 냄새 나는 손이 되어
어릴 때 꿈을 잊고 있겠지.

「강릉 바다」의 5연

눈물겨우면서도 가슴 저미는 그리움이 아닐 수 없다. 신기선 사백이 스스로 고백하고 있듯 이런 종류의 시를 쓰기란 너무도 어렵다. 치기稚氣가 솟아나 관솔처럼 박히면 소위 말하는 목적시가 아니면 행사시가 되고 정치적인 제스처가 되기 십상인데, 신기선 사백은 따뜻하게 솟구쳐 오르는 속내를 소박하게 적어 놓으면서도 민족적인 긍지를 버리지 않음으로써 이산의 아픔, 통일의 염원을 문학적인 차원으로 승화시키고 있음을 확연히 알 수 있다. 실로 신기선 사백의 시를 읽는 기쁨이 아니고 무엇인가.

● ● ●

신기선 사백은 남쪽으로 내려와 동족상잔의 비극을 겪으면서 동국대학교의 국문과에서 문학수업을 했다. 그리고 1956년 『문학예술』지에 시 「운작雲雀」이 추천되면서 소위 문단이라는 곳에 얼굴을 내밀었고, 지금은 모두 원로가 되었지만 그래도 당시에는 팔팔했던 젊은 문우들과 함께 『60년대 사화집詞華集』의 동인으로 활동하면서 전쟁의 상처가 할퀴고 지나간 폐허의 거리를 헤집고 다녔다.

젊고 발랄했던 신기선 사백은 「흘러간 원죄原罪의 지상地上」, 「상대위법像對位法」 등과 같은 지적인 서정과 자꾸만 뒤틀려 가는 현실인식을 노래하면서도 「태백산맥」, 「무주구천동」 등과 같은 국토예찬을 아끼지 않았으나 그 또한 북에 두고 온 고향 산천에 대한 그리움으로 이어진다.

> 물레 소리로 밤을 지키며
> 백 리 밖 왜적을 쫓던
> 그 할머니와 아들딸은
> 육이오 때 강대국이 쏜 총탄에
> 고사리 손을 꺾고 죽은
> 그 분한 슬픔의 또 하루가
> 우리들의 살을 깊이 저미며
> 밤은 온다.
>
> 「남북의 밤」의 중간 부분

신기선 사백의 뇌리에 투영된 동족상잔의 비극은 그의 시에 울분으로 나타나면서도 표현은 언제나 해학적이며 우화적인 비유에 매달린다. 이 같은 방법은 그가 터득한 시작詩作의 기둥이어서 이른바 소시민적인 민족주의가 정착하기에 아주 안성맞춤이었다.

「이솝 이야기」를 원용한 청개구리의 비유는 얼핏 우스갯소리로 들리지만, 참으로 절절하고 절묘한 비유가 아닐 수 없다.

이솝의 청개구리는
한국에 살면서
장난으로 돌을 던지는 사람들에게
원망의 큰 눈을 껌벅이며
개골개골 목멘 울음을 운다.

「이솝의 청개구리」의 마지막 연


그리하여 얼마나 많은 사람들이 죽어 갔던가. 남쪽의 친구들이 북쪽의 동무들을 죽이고 북쪽의 친구들이 남쪽의 동무들을 무참하게 죽이는데, 그들이 사용한 무기는 모두 우리 것이 아닌 강대국의 것이었다. 폭탄과 포탄과 화염방사기의 불줄기에 아름다운 산천은 초토화되어 그 형색을 알아볼 수 없게 되었고, 불탄 자리에 남아서 구르는 것은 각종의 탄피, 그것뿐이었다.

우리는 그 탄피를 주워 부처를 만들어서 구천을 맴도는 고혼들을 천도하려 하였고, 더러는 종을 만들어 하늘 높이 걸어서 원혼들을 다독이는 소리를 울리게 하였다.


불가마 속에서
파아란 도깨비불을 켜고
이글이글 끓고 있는
살의에 가득 찼던 탄피
……
……
부처여
탄피를 많이 잡수신 부처여
그 속에 눈을 감지 못하고 죽은

동족의 덧없는
아우성을 듣고 있는가.

종이여
그 속에 갈기갈기 찢어져 피투성이로 죽은
남북 아이들의 울부짖음을 듣고 있는가.
……
……

누우런 탄피, 전쟁의 찌꺼기 무서운 찌꺼기
남북에 소낙비처럼 퍼부었던
살인, 살인, 살인을 한 탄피
이제는 평화의 종이 되어 울려라.
이제는 자비와 오욕이 없는 부처로 앉아라.

불가마 속의 이글 대던 탄피의 불은 꺼지고
세계 어느 곳에서나
전쟁이 없는, 탄피가 없는 고운 지구가 되어라.

**「탄피」의 중요 부분**

　평화를 기원하는 절규라고 해야 옳을 것이지만, 신기선 사백의 해학적이
고도 우화적인 비유는 '탄피를 많이 잡수신 부처여'로 나타나 우리를 미소
짓게 한다. 그가 염원하는 것은 고향으로 돌아가자는 단순한 염원이 아니
다. 그것은 우리와 상관없이 우리를 황폐하게 한 동족상잔을 포함하여 모든
분쟁, 전쟁을 정지하게 하여 '고운 지구'를 만드는 평화의지와도 연결된다.
　그리고 더 중요한 것은 시인 자신을 포함하여 많은 사람들의 의식 세계
를 황폐하게 한 우리의 현실인식을 멀리하지 않았다는 점이다.

신기선 사백이 젊음을 버려서 살아온 우리의 현대사는 건국과 동시에 찾아온 일인독재와 역대의 군사정권에 의해 자행된 민중들의 탄압으로 이어졌다. 그 탄압은 잔혹하여 그의 다정한 친구들에게 피멍을 들게 하였다.

신기선 사백의 통일염원은 그러한 압제에서 벗어나 자유를 구가할 수 있는 날로 이어진다.

그러므로 그의 시를 읽노라면 두 주먹을 불끈 쥐면서 함께 분노할 수밖에 없다.


● ● ● ●

신기선 사백이 오래 살았던 서부 이촌동의 서민의 아파트에는 고향을 버리고 남쪽으로 온 피난민들이 많았다. 환하게 트인 한강을 내다볼 수가 있고, 작은 배에 의지하여 고기를 잡는 즐거움이 위안이었으나, 여의도 비행장에서 뜨고 내리는 비행기는 태반이 군용기였고 그 폭음은 피난 온 사람들의 가슴을 찢어 놓곤 했다.

> 햇살을 감는 투망이 번쩍일 때마다
> 비행기는 간간이 가고
> 올라오는 것은 물에 젖은
> 빈 그물
>
> 얼마나 많은 나날이
> 통일을 약속한
> 강대국들의 이야기가
> 빈 그물처럼 올라왔는가.

오늘도
비행기를 이마 위에 띄우고
남북의 물이 어울리는 여울에서
고기 떼를 찾는 투망
되풀이되는 빈 그물에
땀은 강물이 되고
갈망은 멀리 흘러서 간다.

**「한강의 아침」의 중간 부분**

통일이 멀어지는 것은 분단의 고착화를 의미한다.

정권을 유지하기 위해 분단의 상황을 악용하는 것은 남이나 북이나 다를 바가 없었다. 북쪽의 어린아이들은 전쟁놀이를 하면서도 미 제국주의와 남반부 괴뢰를 창으로 찔러야 했고, 남쪽의 소년들은 북괴군은 피를 보고 달려드는 이리 떼라고 배웠다. 그렇게 자란 남쪽의 어른들은 선거철이 되면 북풍北風을 일으켜서 전쟁위협을 고양하여 달라면서 미국 돈을 제공하여 정권을 유지하려 하였고, 북쪽의 지배층은 또다시 북침전쟁이 있을 것임을 경고하는 것으로 백성들의 단합을 유지하였다.

신기선 사백은 이 엄청난 사실이 몰고 올 비극을 이미 30십여 년 전에 시에 담았다. 앞에서 언급한 그의 샤머니즘적인 직관이 참으로 신기할 뿐이다.

오늘은 일요일
숙제장을 든 어린 아들이 묻는 말이
"이북에는 나쁜 사람만 산다지요."
나는 고개를 돌리고 머언 하늘을 바라보았다.

어릴 때 같이 놀던

그 친구도
"이남에는 나쁜 사람만 산다."고
되풀이 가르치고 있겠지.

우리 친구들이 자랄 때
어릴 때 같이 놀던
그 친구들이 자랄 때
우리나라를 우리 커서
찢고 째고
나쁜 사람만 사는 나라라고
서로 이렇게 약속하지 않았다.

「어릴 때 조국」의 중간 부분


분단의 고착화가 철모르는 아이들의 뇌리에 박히는 것은 신기선 사백에게는 못 견딜 노릇이다. 그의 소시민적인 민족주의가 그것을 용납할 수가 없기 때문이다.

시 「두 아이들」은 그와 같은 신기선 사백의 내면을 너무도 선명하게 그려 놓고 있다.

굿다가 잘못 그어 지우고 또 긋는 한 아이
지우개로 지우고 또 지우는 한 아이
한 아이가 지우다 말했습니다.
이렇게 잘 지워지는 삼팔선을
어른들은 왜 못 지우느냐고 투정했습니다.

그렇게 지우면서 지우개는 다 닳아서 쓰레기통에 버려야 했지만……, 두 아이는 종일 삼팔선을 지우고 긋고 또 그어서 지우다가 지도는 구멍이 나고 말았다고 적는다.

함석헌 선생의 명문 「생각하는 백성이라야 산다」의 한 구절을 읽으면서 마치 신기선 사백의 시평을 보는 듯한 착각을 일으키게 되는 것은 정말로 신통하다.

> 6·25싸움의 직접 원인은 38선을 그어 놓은 데 있다. 둘째 번 세계전쟁을 마치려 하면서 로키산의 독수리와 북빙양 곰이 그 미끼를 나누려 할 때 서로 물고 당기다가 할 수 없이 찢어진 금이 이 파리한 염소와 같은 우리나라 허리동강이인 38선이다. 피가 하나요, 조상이 하나요, 말이 하나요, 풍속·도덕이 하나요, 이날껏 역사가 하나요, 이해 운명이 한가지인 우리로서는 갈라질 아무런 터무니도 없다. 이 싸움의 한 원인은 밖에 있지 안에 있지 않다. 우리는 고래 싸움에 등이 터진 새우다.

신기선 사백은 위와 같은 우리가 겪은 민족의 대명제를 단순하면서도 직선적인 시어와 때로는 해학적인 비유를 구사하여 자칫 치기로 남을 수도 있는 목적시의 범주를 말끔하게 뛰어넘는 시적 구사詩的驅使로 독자들의 마음을 통쾌하게 하였다.

• • • • •

평론가 구중서는 신기선 사백의 첫 시집 『맥박('74)』에 다음과 같은 말로 그의 시를 논술하고 있다.

신기선은 사회과학적 지식을 과시하는 사상가풍의 시인은 아니다. 그러나 소박하나마 향수에 근거하는 그의 절실한 민족애가 주제가 되고 타고난 천진과 직관이 활용되었을 때 훌륭한 시들이 쏟아져 나오는 것을 보고 우리는 놀라고 또한 감격하고 있는 것이다.

그러므로 신기선 사백의 시에는 민족의 지혜를 꿰뚫는 슬기로움이 있고, 조국의 아름다움을 더없이 상찬하고 있으며, 분단의 설움을 때로는 울분에 비유하여 토로하고, 이 땅의 모든 사람들이 모두 갈망하는 통일을 노래하고 있시만, 삭위적으로 만들어지거나 일시적으로 불리어지는 애국시 따위와는 차원을 달리한다. 바로 이 점이 그의 '타고난 천진과 직관' 이다.

하늘은 항상 맑은 나라
물은 백자 속빛보다
맑은 나라

이 나라에 검은 물감의 콜라가
뭐냐 말이냐.
변질되지 말자 우리 민족이여.

파아란 단청 깔린 하늘에
돌바닥의 수풀까지 보이는
맑은 물에
호흡은, 호흡은 뿜어야 한다.

삼천만은 흐리지 말자.
검은 색깔에서 모든 것이
흐려지는 오늘에

콜라는 마시지 말자.

맑은 것은 영원한 아름다움이니
순수한 우리 숨결의 하늘과
혼빛이 여울져 그대로 마실 수 있는
찬돌에 끈끈이 씻겨 온 물이
석유보다 많지 않으냐.

아, 때깔 없는 깨끗한 나라
손대지 마라.
끝없이 맑고 아름다운
하늘과 물이 있는 나라
흰 백성의 하얀 옷을 보라.

「콜라」의 전문

　참담하고 어수선했던 우리들의 60년대, 남북 모두는 전쟁의 상처라는 무거운 등짐을 짊어진 채 찌든 가난에서 헤어나지 못하고 있었다. 남쪽의 군사 정부도 민정이니 군정이니 하는 설왕설래를 거듭하고 있었다. 그 무렵 소위 자본주의의 상징이라고 일컬어지는 코카콜라가 이 땅에 상륙했다. 조국 근대화라는 기치를 나부끼며 자본주의의 상징인 코카콜라의 자유판매를 허용한 것은 곧 미국의 문화를 자유롭게 판매하게 한 상징이나 다름이 없었다.
　신기선 사백의 「콜라」가 발표되자 당 시대의 지식인들이 환호한 것은 그 때문이었다.

아, 때깔 없는 깨끗한 나라
손대지 마라.

끝없이 맑고 아름다운
하늘과 물이 있는 나라
흰 백성의 하얀 옷을 보라.

　누가 이 대목을 읽으면서 반미反美의 깃발이라고 하겠는가. 그에게는 '백자 속빛보다' 더 맑고 아름다운 조국의 산천이 한없이 자랑스러웠다. 그러므로 그 맑고 아름다운 조국이 두 동강 나고, 어려서 함께 뛰놀던 동무들이 헤어져서 서로를 향해 총질하는 것이 소름끼치는 전율일 수밖에 없을 뿐이었다. 더구나 분단의 고착화가 정권유지의 방편으로 쓰여지는 현실이 그를 잠 못 이루게 하였음은 말할 나위도 없다.

세상천지 어디에고
파릇파릇한 눈들을 뜨고
짓밟혀도
짓밟혀도
같이같이 모여서
금빛같이 산다.

「잔디」의 마지막 연

　이 대목을 읽으면서는 인도의 양심이며 비폭력 저항으로 인도 국민의 영웅이 되었던 마하트마 간디의 명언이 생각난다.

역사를 보면, 폭군이나 살인광殺人狂의 위정자도 있었다. 한때는 그들이 무적無敵으로 보이지만 결국은 멸망하였다.

● ● ● ● ● ●

신기선 사백은 기필코 고향으로 돌아가야 한다.

어려서 헤어진 북녀가 자애로운 조선의 어머니가 못된 채 죽고 없어도 상관이 없다. 자신의 가슴에 방아쇠를 겨누었던 코흘리개 동무들이 모두 죽고 없어도 좋다. 다만 돌아가 백자 속빛보다 더 맑은 조국 산천을 호흡하는 것으로 평생의 염원을 달래면 그만이다.

신기선 사백은 고향으로 가는 길을 알고 있다.

> 동서남북
> 창호지 창살 ㄱ, ㄴ, ㄷ, ㄹ, 길은
> 초록 물 쑥꽃 쓴 내음 타고
> 아침 햇살 찰찰 고운 빛 타고
> 하얀 울음이 푸르게 흰
> 한 핏줄이 모여 가는 한길이더라.
>
> 「길」의 2연

그의 염원은 언제나 순박하고 단순하였다. 그 순박하고 단순한 시인의 염원은 전쟁과 독재에 짓밟히면서 넝마와 같이 뒤엉키며 찢어질 수밖에 없었다. 그러나 신기선 사백은 창호지 창살문을 보면서 민족이 살아남아서 함께 얼싸안고 환호하는 곳이 어디며, 그 환호하는 땅으로 가는 길을 꿰뚫어 보고 있었다면 그의 순박함과 단순함이 얼마나 눈물겹고 처절한 것이었던가.

> 맑은 제 물 냄새
> 맑은 제 모랫벌에서

기뻐서 기뻐서 알을 낳고 죽는
고향을 알고 있는 물고기

「연어 떼」의 마지막 연

이젠 처음의 화두로 다시 돌아가야 할 시간이다. 그가 내게 던진 화두는 너무도 정직하고 솔직하였음을 이 글을 시작하면서 적어 둔 바가 있다.

이 시집은 통일이 되는 날 쓰레기가 될 것이며, 그저 한 시대를 작으나마 증언하기 위해 노력한 한 시인의 모습이면 좋겠소.

신기선 사백의 이 시집이 어찌하여 통일이 되는 날 쓰레기가 된다는 말인가. 그의 소시민적인 민족주의가 모여서 이 땅의 통일을 이루는 근간이며 활력이 되었음을 의심할 사람은 없다.

이 땅의 많은 지식인들이 독재에 대한 저항을 입에 올리면서 우국지사연하고 있을 때, 한두 번 감옥에 갔다 온 것을 무슨 훈장처럼 내우고 있을 때, 신기선 사백은 어리석게도 이 시집에 담긴 처연한 목소리를 우화에 비유하면서 우화처럼 살아왔다.

얼핏 어리석음으로 보이는 그의 정직이 모여서 오늘을 열었고, 그의 우화 같은 비유를 바탕으로 한 소시민적인 민족주의가 비로소 우리를 밥술이나 뜨게 하였다는 사실을 모른다면, 그것이 바로 위선이라고 나는 확신한다.

# 큰 성찰 『우리가 살아온 20세기』

## 최정호崔禎鎬 교수의 역저를 읽으며

●

　이제 반년 남짓 지나면 새 천 년 대가 시작되고, 다시 일 년이 지나가면 대망의 21세기로 진입한다. 살아서 천 년 대가 바뀌는 감격을 경험하고, 한 세기가 교체되는 변혁을 체험할 수 있게 해 준 천지신명의 배려를 진실로 감사히 여기던 중에 최정호 교수의 현대사 산책 『우리가 살아온 20세기('99)』를 읽게 되었다.

　일제의 식민치하에서는 썩고 찌든 대두박大豆粕으로 끼니를 이으면서 소년시절을 보냈던 참담함과 광복 후의 혼란은 차치하고라도 동족상잔의 비극을 포연砲煙이 자욱한 전쟁터의 한복판에서 겪어 내야 했던 참혹함, 그리고 오랜 군사독재의 독단과 전횡에서 기인된 가치판단의 혼란을 온몸으로 겪어 내야 했던 동갑내기의 한 사람인 최정호 교수는 우리가 살아온 20세기를 뒤돌아보는 회고의 책머리에 다음과 같이 적고 있다.

이것은 어디까지나 '한' 개인의 시각에서, 한 개인이 체험한 20세기에 관한 주관적인 기록이다. 그러나 20세기는 두말할 것도 없이 그를 같이 체험한 '모든' 동시대인의 세기이다. 따라서 아무리 '주관적'인 회고의 기록이라 하더라도 동시대인이 같이 체험한 '객관적'인 사실 그 자체로부터 자유로울 수는 없다. 하물며 '사실'을 부정하거나 왜곡할 수는 없다. 비록 사사로운 회고록이라고 하더라도 동시대인의 피드백을 소중히 생각하고 있는 연유다.

'나라 잃고 반세기, 국토 동강 나고 반세기'로 집약되는 우리의 불행하고 암울했던 20세기는 어떤 경우에도 다시 되풀이되어서는 안 된다. 이 절체절명의 명제를 이끌어 가기 위해서는 우리의 불행했던 20세기를 함께 살아온 모든 지식인들이 자신의 분야에서 겪었던 불행했던 일, 참혹했던 일, 혹은 비분과 감격이 교차했던 일 들을 진솔하게, 때로는 속죄하는 마음으로 뒤돌아보는 성찰의 기회를 마련해야 한다. 그런 점에서 우리 것만이 아닌 이름 그대로 세계가 체험한 20세기를 진술하면서도 흥미진진하게 엮어 준 최정호 교수의 체험적인 현대사 『우리가 살아온 20세기』가 시사하는 바는 참으로 크다.

후기산업화사회의 마지막을 살면서 미지의 '정보화사회'를 입에 담았듯이, 21세기로 들어서면 또 그 다음 시대로 밀려올 '환경친화사회'를 거론하지 않을 수가 없을 것이다. 바로 거기에 우리 한민족이 나아가야 할 진로가 있음은 말할 나위도 없다. 그러므로 우리가 겪었던 20세기를 정확하고 정직하게 뒤돌아보는 것이 오늘의 역사인식을 이루는 모태일 것이다.

한 시대가 '역사history'로 기록되기 위해선 흥미 있는 줄거리가 있고 클라이맥스가 있고 중심적인 인물들heros이 있어야 한다. 그래야만

'이야기history'가 된다. 그러나 이야기로 듣는 것이 아니라 그 시대를
직접 산 보통 사람들의 체험이란 별스런 중심이나 절정, 별난 주인공
이나 줄거리가 있는 것도 아닌, 그저 지저분하고 지루한 일상성의 세
계요, 그러한 일상성의 끝이 보이지 않는 반복이다.

『우리가 살아온 20세기』의 본문 146쪽


그러므로 최정호 교수는 첫째 산업사회로 불리는 20세기의 밑그림을 그
리고 그것을 사상석인 영역으로까지 끌어올린 사람들heros의 이야기와 둘
째 그들이 남긴 회고록을 토대로 시대적인 배경을 살피고 있으며, 셋째 저
자인 최정호 교수가 그들과 직접 만나면서 체험한 이야기들을 해박한 지식
과 설득력이 있는 문장으로 우리에게 세계의 현대사를 읽게 하고 있다.

유태인 학살의 주범 '히틀러', 아메리카니즘의 '루스벨트', 볼셰비키 혁
명의 '레닌', 민족자존의 '윌슨', 삼민주의의 '손문'을 비롯한 중국공산당
의 '모택동', 대륙을 잃은 '장개석', 대영제국의 자존심을 세운 '윈스턴 처
칠' 등 격동기의 중심에 섰던 사람들은 말할 나위도 없고, 인간의 마음에
관한 현대의 모든 견해의 근원을 제공한 '프로이드'와 같은 학자들, 그리
고 비폭력 투쟁의 '마하트마 간디', 만주제국의 허수아비 '부의' 등 이렇게
적어 가자면 끝이 없겠지만, 그 이름만 들어도 가슴이 설레는 사람들의 발
자취가 곧 20세기의 흐름이라는 첫 번째의 패턴과 두 번째의 방법으로 기
술된 회고록을 통한 현대사의 음미도 다양하여 예컨대 루트비히 마르쿠제
의 자서전 『나의 20세기』, 히틀러의 『나의 투쟁』, 카를 뢰비트의 『1933년
전후 독일에서의 나의 삶』, 레이몽 아롱의 『무한전쟁』, 전후 일본을 재건한
요시다 시게루吉田茂 총리의 『회상십년』 등의 내용을 살피면서 20세기를 음
미하려는 시각 또한 나무랄 데가 없지만, 그러한 일련의 작업을 보완하기

위해 저자는 작곡가 펜데레츠키, 철학자 카를 뢰비트, 한스 게오르크 등 자신이 접촉했던 세계의 석학과 예술가 들의 인상과 대화록까지 제시하고 있다. 실로 다양하고 다채로운 방법이 아닐 수 없다.

　이러한 세계의 현대사를 살피면서 특정 시기의 이슈가 되었던 사건, 행사, 혁명, 산업 등과 같은 격동적인 변화의 의미를 해당 인물들의 활동과 면밀하게 연계하여 살피면서 20세기의 흐름을 읽는 저자의 폭넓은 안목과 그 흐름 속에서 몸부림친 우리의 20세기(우리의 현대사)도 소홀히 하지 않는 치밀함 등 최정호 교수의 『우리가 살아온 20세기』는 우리 시대의 값진 저작이 아닐 수가 없다.

　19세기 후반의 대항해시대가 전개되면서 세계의 열강들은 식민지의 확장에 혈안이 된다. 그러한 국제정세에 대항할 수 없을 만큼 국운이 쇠진하였던 대한제국은 '을사늑약乙巳勒約'이 강제 체결되면서 「시일야방성대곡是日也放聲大哭」의 장지연을 비롯한 민영환 등 반일저항적인 인물이 명망을 떨치는가 하면, 뒤를 이은 소위 '한일병합'의 경술국치庚戌國恥를 당하면서는 매국오적과 같은 친일세력을 양산하였고, 1945년 주권을 회복하면서는 이승만, 김일성으로 양분된 남북 이데올로기의 대립, 신탁통치의 찬반, 국토의 분단, 동족상잔 등의 근인近因과 원인遠因을 국제적인 시각에서 읽고 또 철저하게 분석하고 있기에 세계의 현대사에 투영된 우리의 20세기를 깊이 있게 살필 수가 있다.

　또 그것은 정치적인 사안에만 국한된 것이 아니라 최남선, 이광수, 이상, 정지용, 윤이상, 박경리 등 이 땅의 예술을 이끌어 온 수많은 사람들의 여정도 어김없이 살펴보고 있음은 최정호 교수의 『우리가 살아온 20세기』가 얼마나 해박하고 폭넓은 시각을 포용하고 있는지를 알기에 부족함이 없다.

　끝으로 사족蛇足 두 가지, 적절하게 구사되는 각종 계수의 인용이 내용의 이해를 돕는다. 예컨대 1900년 세계의 인구와 인구분포는 어떠했는지, 1937년 7월에 있었던 독일의 선거에서 나치당의 득표수는 얼마였었는지, 20년대의 경제공항일 때 월스트리트의 증권시세는 어떠했는지……, 물론 관련된 문건을 섭렵하면 당연히 알 수 있을 것이라고 생각하기 쉽지만, 그것이 말처럼 그렇게 간단한 것은 아니다. 그러므로 다채롭게 제시된 그런 수치들이 산업사회로 분류되는 20세기의 변화를 더욱 실감하게 한다. 또한 가지, 저자는 우리에게 너무도 익숙한 간지(干支: 무슨 생, 무슨 띠)를 서양의 유명 인물들에게 적용하여 그들에 대한 친근감을 더해 주고 있다.

최정호 교수의 현대사 산책 『우리가 살아온 20세기』는 물론 역저라는 상찬을 넘어서, 20세기를 함께 살아온 모든 지식인들이 때로는 진솔하게 혹은 속죄하는 마음으로 함께 살아온 20세기를 뒤돌아보는 성찰의 기회를 마련해야 하는 책무의 선봉에 섰다는 점에서 더욱 귀중한 저작이고도 남는다.

# 시인이 쓰는 문자의 영상구조

## 김지헌金志軒 시나리오의 문학성

●

　김지헌 시나리오의 진수가 무엇인지를 묻는 사람이 있다면 문학성 짙은 영상언어의 창출과 인간의 내면에서 우러나는 다이얼로그의 구사력이라고 정리하는 것이 정도일 것 같다. 그것은 김지헌 시나리오에 구사된 시적인 문장과 수많은 인물들의 성격이나 화술(언어구사)을 살펴보면 간단히 입증할 수가 있다.

　김지헌 시나리오가 지향하는 스크린 위의 영상은 시적인 아름다움을 견지하고 있으며, 그의 시나리오 속에서 살아 움직이는 인물들은 대개가 진솔하고 때 묻지 않은 삶을 구가하고 있으면서도 현실에 대해서는 냉혹하리 만큼 차가운 눈빛을 굴리고 있다. 그것은 시나리오작가 김지헌의 현실인식과 문학적인 체험이 그의 시나리오의 구석구석에 이르기까지 철저하게 용해되어 있기 때문이다.

김지헌 시나리오에 용해된 문학성을 분석하고 음미하기 위해서는 먼저 그의 문학적 체험을 살펴보는 것이 도리겠지만, 그에 앞서 김지헌의 영화론映畵論부터 검증하는 것이 이해의 폭을 넓히는 지름길이 되지 않을까 싶다.

> 하나의 소재를 극화하여 배우를 등장시켜, 영화의 기술적 제작 과정을 거쳐 작품이 만들어져 나왔다고 해서 다 영화라고 할 수는 없다. 적어도 오늘의 영화란 이야기의 전달을 제일의第一義로 하는 인습적 패턴에서 벗어나, 작가의 개성적 체험을 통해서 영화언어의 수단을 빌려 부조리한 현실 속에서 살아가는 인생의 진실을 표현해야 한다.
> 이때 이것을 표현하는 작가의 개성적 재능은 물론, 인간의 의식의 내적인 변화와 현실의 다목적 상황을 투시하는 냉철한 작가의 눈이 살아서 관객과의 사이에 긴장관계를 형성하며 비평의 역할을 다할 때, 비로소 참다운 가치를 지닌 영화라 할 수 있다.
>
> 조선일보에 게재된 그의 '칼럼' 중에서

김지헌이 쓴 수많은 시나리오의 내용이나 기법은 앞에 인용한 그의 영화론에서 조금도 어긋나지 않고 있다.

영화예술에 임하는 김지헌의 구도자求道者적인 태도는 신의 절체절명을 훼손하지 않으려는 장인정신匠人精神의 결정체라고 보아도 무방하다. 그러므로 김지헌 시나리오의 현실인식과 문학적인 특성은 그의 구도자적인 영화론에서 한 치의 벗어남도, 일그러짐도 없으며 신통하게도 그의 시나리오를 영상화하는 감독까지도 문학적인 향기가 곁들여진 영상언어를 구사하게 된다.

．．

김지헌 시나리오의 문학적인 특성을 검증하기 위해서는 시인 김최연金最淵을 거론하는 것이 순서다. 물론 시인 김최연과 시나리오작가 김지헌은 동일 인물이다.

1953년의 서울(특히 명동)은 무너진 건물의 벽채가 유령처럼 덩그렇게 떠 있었고, 검게 그으른 벽돌 위로 전깃줄이 얼키설키 엉켜 구르는 문자 그대로 황폐한 거리였다.

문학의 세계를 목숨보다 소중히 여기던 시인과 소설가 들은 전쟁에 지친 심신을 이끌고 그 황폐한 거리로 나와 술잔을 돌리면서 영혼과의 대화를 시도하는 문학적인 열정을 불태우곤 하였지만, 그들에게는 자신의 분신으로 태어나려는 노래를 형상화할 수 있는 지면紙面이 없었다.

휴전 직후의 혼란과 황폐, 그 문화 불모지에 문학평론가 조연현 선생을 주간으로 하는 월간 문예지 『현대문학』이 창간되었다.

김최연은 그 『현대문학』지 1956년 2월호에 미당 서정주 선생의 다음과 같은 파격의 찬사를 받으면서 시인으로 문단에 데뷔한다. 직업은 중앙일보(지금의 중앙일보가 아님)의 기자였다.

〈전략〉 보시는 바와 같이, 김 군의 「무제無題」가 갖는 불유不遺의 감동은 첫째 시의 소재로서 우리가 너무 등한히 했던 부분들에 많이 불을 밝히는 것이고, 「달」은 그 독특하게 생동하는, 무슨 향미로운 과액果液의 질을 상상케 하는 감성의 질도 질이려니와, 딴 것 다 그만두고 그 착색着色만 가지고 보더라도 재래 한국 시의 어떠한 「달」들보다도 함축된 것이다. 이런 감동상의 신개지新開地, 신생면新生面 들의 개간은 그가 「종鐘」 이후 쉬지 않고 모색한 피나는 노력의 결과로서, 이런 그의 신점령의 영역들이 차츰차츰 의미해 나올 것에 대한 선자選者의 기대는 작은 게 아니다.

이만한 상찬이면 최상의 추천사推薦辭라고 해도 과언이 아니다. 그것을 입증하기 위해서는 추천된 김최연의 시를 살펴보는 것이 최선일 것이지만, 지면 관계로 전문을 소개하지 못하는 것이 아쉬울 따름이다.

오늘은
익어 가는 열매마다 하나씩
그리웠던 빛깔을 지녀 주시고
가까이 우러르는 마음마단
당신의 얼굴같이 생긴

원圓을 그어 주십시오.

그리고, 당신은……
우리의 숱한 이웃들이
밤을 더듬어 온, 여기
아, 향불처럼 켜진

너무도 빛나는 축복입니다.

「달」의 후반부


달을 보고 거기에 염원을 담아 보는 시인 김최연의 감회는 각별하다. 달은 문학의 소재로서 수많은 시인, 묵객 들의 가슴을 넘나들었지만 대개는 그리움과 외로움 그리고 이별을 노래하게 하였다. 그러나 김최연의 달은 숱한 이웃들의 진솔하고 아름다운 삶에 향기 넘치게 하는 등불이었으며 또 그것을 빛나는 축복이라고 비유한다. 그러므로 김지헌 시나리오에 등장하는 사람들은 모두 그런 달을 쳐다보며 발복發福을 염원하게 된다.

김지헌은 한때 미국에서 살았다. 그때의 경험을 바탕으로 쓴 시나리오 「별의 유역流域」은 제목부터가 시적이다. 미국이라는 낯선 땅으로 밀려난 각양각색의 한국인들의 황량해진 정서를, 김지헌은 「별의 유역」을 통해 정말로 따뜻하게 감싸 주면서 독자들로 하여금 눈물겨운 감동을 솟아나게 한다. 특히 술집에서 일하는 민수라는 청년을 아마추어 천문학도로 설정하고 별들을 관찰하게 하고 있는데, 그것은 추천시 「달」에서 보여 주는 김최연의 발원과 일맥상통한다.

광학기기를 파는 가게 주인이 민수에게 들려주는 별의 의미는 작가의 구도적인 심중을 더욱 구체화하고 있다.

> 주 인　"놀랍군. 근년에 별을 보는 취미를 가진 젊은인 처음 봤어.
>         (탄식조로) 불행하게도 이 시대는 별이 죽은 시대야. 도시의
>         하늘에서도 인간의 마음속에서도 저 신비의 별은 이미 죽었
>         어……."

달을 향불 켜진 축복으로 보았던 시인 김최연의 심상心象은 시나리오작가 김지헌의 영상언어로 고스란히 이어지고 있음에 우리는 주목해야 한다. 바로 이 연결이 김지헌 시나리오에 진하게 용해된 문학성의 출발점을 이루고 있다. 여기서 다시 한 번 그의 시를 인용해 보자.

> 가령 이것은 오늘, 이슬과 별. 나비와 땅. 그리고 하늘과 나……. 내가
> 멍멍히 앉았던 바람 부는 자리며, 뜻 없이 지껄였던 말들이 하나씩 빗
> 방울이 되어 일시에 쏟아져 내리고 또 그것이 지금 해일海溢처럼 달아
> 올라서 무변無邊히 쓸려 나아가는 바닷소리……, 들끓어 아우성치는

이 바닷소리 속에 그 언덕 같은 내 육신이 덤덤히 잠겨 간다면, 이런 때 우리는 나 밖에 또 뉘의 이름을 불러 구원을 바랄 것인가.

「무제」의 3연

앞에 인용한 「달」의 염원은 김지헌 시나리오에 함축된 문학적 영상미를 상상하는 데 부족함이 없고, 뒤에 인용된 「무제」의 일부는 김지헌의 인간을 감싸 안는 발원이 얼마나 진솔한가를 보여 주는 좋은 예가 아닐 수 없다.

● ● ●

시인 김최연이 『현대문학』지를 통해 문단에 데뷔한 지 2년 뒤인 1958년, 조선일보 신춘문예의 시나리오 부문 당선작으로 김지헌의 「종점에 피는 미소」가 선정되었다.

김지헌 영상미학映像美學의 시대는 이렇게 열렸다.

사람들은 영화예술의 인접예술을 말할 때, 등장인물의 대화에 힘입어 극적인 갈등이 진행된다 하여 영화가 연극과 같은 영역에 속한 것이라고 속단하는 경우가 많지만, 영화예술과 가장 인접한 예술 분야는 시詩일 것이다. 그 까닭은 '이미지image' 라는 용어를 시와 영화예술이 가장 소중히 하고 있기 때문이다. 그러므로 김지헌 시나리오는 문학적인 이미지를 스크린 위의 영상으로 형상화해 주기를 요구한다.

「젊은 표정('60 · 감독 이성구)」에서의 신선하고 아름다운 영상은 스토리 텔링이라는 구각舊殼에서 벗어나지 못하고 있었던 당시의 영화계에 충격을 안겨 주기에 충분한 것이었고, 재일동포 소녀의 일기를 영화화한 「구름은 흘러도('59 · 감독 유현목)」는 가난에 찌든 광산촌 아이들의 어둡고 참담한 삶을 밝고 아름다운 영상에 담아서 관객들의 가슴에 큰 감동을 안겨다 주었다.

그리고 김지헌 영상언어의 백미이자, 외국어(일본어)로 번안되어 수출된 한국 시나리오 제1호로 꼽히는 「만추晩秋('66·감독 이만희)」는 우리 영화의 고전으로 평가해도 조금도 무리가 아니다.

김지헌 시나리오가 스크린 위에 그려지는 영상언어로 옮겨지면 때를 가리지 아니하고 언제나 아름답고 신선하다는 평가를 받는다. 아무리 감독이 바뀌어도 그 결과에는 변함이 없다. 그것은 그의 시나리오에 시적인 감성이 살아서 꿈틀거리고 있기 때문이다.


### S# 100 · 삭도(索道) 철탑이 있는 다릿목(아침)


〈전략〉

말숙, 기쁨에 못 견디어 목에 걸었던 꽃다발을 벗어 하늘 높이 던져 올린다.

그 꽃다발이 때마침 삭도를 타고 흐르는 바케쓰에 담겨져서 하늘로 치달아 오른다.

그것을 행복한 얼굴로 쳐다보던 동석과 선희, 지긋이 손길을 마주 잡는다.

바케쓰를 우러르는 기쁜 얼굴들.

지희의 소리 "말숙아, 저 꽃 웃고 있지?"

바케쓰에 방긋거리는 꽃다발이 실려 가는 하늘 위로 아침 볕에 빛나는 흰 구름이 한 송이 한가롭게 흘러간다.

〈끝〉

「구름은 흘러도」의 마지막 장면

김지헌 시나리오는 문학성을 바탕으로 쓰여지고 있다. 그의 시나리오를 영상으로 옮기기 위해서는 먼저 그의 시를 읽어 본 다음에 시나리오에 쓰여진 지문이나 대화와 비교해 본다면 그가 원하는 영화언어가 어떤 것인지를 명확하게 이해할 수가 있다.

● ● ● ●

김지헌 시나리오의 또 하나의 특성은 작가의 현실인식이 작품 속에 진하게 반영되어 있다는 점을 들 수가 있다. 따지고 보면 작가의 현실인식이 작품에 반영되어야 하는 것이 당연한 것처럼 느껴지지만, 아이러니하게도 현실적인 사정은 그렇지가 못해서 좋건 싫건 작가의 삶과 함께하였던 시대상황이 꼭 작품 속에 반영되라는 법은 없다. 그러므로 작가의식을 날 세운 작가란 그리 쉽게 얻어지질 않는다. 그 까닭은 너무도 자명하다.

영화가 기업과 예술이란 두 개의 머리를 갖고 있는 '샴 형제'와 흡사하기 때문이다. 그런 까닭으로 작가의식을 끝까지 고집한다던가 아니면 작품 속에 담겨진 현실인식이 지나치게 강한 경우 제작자 쪽에서 환영하질 않는 경우가 허다하다. 다른 말로 바꾸면 힘들여 쓴 시나리오가 영상으로 옮겨지질 못하고 읽을거리로 남게 되는 경우도 있다는 뜻이 된다.

시나리오작가 김지헌은 그런 점에서 도도하다.

그는 자신이 쓴 시나리오가 사장되는 경우가 있더라도 이른바 상업주의와 타협하기를 거부할 줄 아는 흔치 않은 작가 중의 한 사람이다. 그러므로 김지헌을 잘 아는 동료나 후배 들은 그가 시나리오의 문학성을 소중히 하는 작가라고 존경의 뜻을 보내기를 주저하지 않는다.

그런 점에서 김지헌의 시나리오 중에는 영화화되지 않은 수작들이 많다.

6·25라는 미증유의 동족상잔을 겪으면서 우리의 핏줄과는 아무 상관이 없는 흑인 아이들이 태어나서 수많은 사람들의 가슴에 한을 심었던 전후의 비극을 리얼하게 그려 낸 「내 고향으로 날 보내주」, 산간벽지에서 화전을 일구는 무식꾼인 돌이가 타의에 의해서 체험하게 되는 전쟁의 비정함을 그린 「돌이의 전쟁」, 그리고 한국판 「패왕별희」로 불리어 마땅한 어느 가인歌人의 처연한 삶을 그린 「1894년-민초의 노래」, 미국 땅으로 밀려난 한국인 젊은이들의 방황과 고독 그리고 절규를 뜨거운 가슴으로 감싸 안은 「별의 유역」 등은 모두가 김지헌 시나리오의 진수에 속하는 것이며, 작가의 현실 인식이 진하게 반영된 작품들이다. 그러나 한결같이 영화화되지 않은 채 읽을거리의 시나리오로 남아 있다는 사실에 동료 작가의 한 사람으로 연민의 정을 느끼게 된다.

그야 처음부터 레제시나리오로 쓴 작품이라면 영화화되지 않는다 하여 마음 상할 것이 없겠지만, 위에 거명한 시나리오는 영상으로 옮겨질 것을 전제로 쓰여진 것이기에 시나리오작가 김지헌의 작가의식을 엿볼 수가 있다.

위에서 거론한 시나리오가 모두 김지헌의 투철한 작가의식이 반영된 시대성 짙은 작품들이지만, 거기에 등장하는 사람들의 삶은 대개가 진솔하고 따뜻하게 그려져 있다. 그러기에 등장인물들이 주고받는 다이얼로그는 리얼하고 유머러스하다. 바로 이 점도 김지헌 시나리오가 지닌 가장 큰 강점이다.

「내 고향으로 날 보내주」에서 흑인 2세인 복남과 할머니가 주고받는 다이얼로그를 살펴보면 간결하면서도 유머러스하고 또 인간적인 정이 넘쳐 흐르고 있음을 볼 수가 있다.

## S# 8 · 동 · 안방

〈전략〉

할머니 (따라 웃다가) "아니 너 이게 왜 뜯어졌니?"

복 남 반쯤 뜯어진 자기의 어깨를 내려다본다.

복 남 "짜식들이 내 바질 벗기구선 자지도 깜둥이라고 놀려 먹잖아!"

할머니 "뭐? 바질 벗겼어? 어, 어느 놈들이?"

복 남 "할머니! 나 어머니가 까마귀 고기 먹구 낳아서 까맣지? 정말이지?"

할머니 (괴롭게) "응…… 널 배에 넣구서 까마귀 고기를 먹었단다."

복 남 "에이, 하필 어머닌 왜 까마귀 고길 먹었담! 흰 닭고기나 먹지……."

할머니 "좀 검으면 어떠냐? 사내자식 살갗이 계집애들 같아서야 쓰나? 무쇠처럼 좀 거무틱틱해야 불품도 나지."

〈하략〉

가족이라는 개념에서의 공동체의식이 살아서 움직이고 있는 아름다운 정경을 보는 것 같다. 흑인 손자를 달래는 할머니의 심기가 무척 정겹게 그려져 있는 것이 김지헌 시나리오에서 사용되는 다이얼로그의 일상성이며, 인물의 캐릭터를 살려 주는 매력이 또한 그의 시나리오 작술의 강점이다.

「1894년-민초의 노래」에서는 불품없는 신분으로 태어나 핍박과 멸시만으로 살아온 현명이 사랑하는 사람인 매향을 따라 광대패(남사당)로 들어가 가인의 꿈을 키우게 되는데, 그가 난생 처음으로 인간의 따뜻함과 이웃의 소중함을 감지하는 장면을 살펴보기로 한다.

## S# 29 · 어느 개울가 (달밤)

달빛을 반사하며 흘러내리는 맑은 개울물.
현명과 매향, 나란히 걸어온다.

현 명   "······아버님은 어딜 가신 겁니까?"
매 향   "(얼버무리듯) 별일 아닙니다. (화제를 돌리듯) 광대패 생활
        해 보시니까 어떻습니까?"
현 명   "생각했던 대롭니다."
매 향   "어떻게 생각을 했었는데요?"
현 명   "자유롭고 멋있고, 인간의 따스함이 있을 거라고 생각했지
        요."
매 향   "······.(미소 짓는다.)"
현 명   "(가슴 벅찬 소리로) 남에게 칭찬을 들은 것도······."

하다가, 자기 격정에 못 이겨 물가로 가 손을 짚고 엎드리며 개울물에 자기
얼굴을 비춰 본다.

매 향   "뭘 하세요?"
현 명   "내 얼굴을 비춰 보는 겁니다. 사람다워진 내 얼굴이 어떻게
        달라졌는가."
매 향   "어떻게 달라졌어요?"
현 명   "(들여다보며) 빤짜이는군요."

달빛을 받는 현명의 얼굴이 비친 수면이 반짝이고 있다.
가슴이 뭉클해지는 매향, 측은한 눈으로 물가에 엎드린 현명을 바라보다
다가가 위로하듯 현명의 어깨를 어루만져 준다.

현명, 고개를 쳐들며 매향을 본다.

두 사람의 눈이 야릇하게 빛난다.

달빛을 받는 매향의 얼굴은 요염하도록 아름답다.

　　〈하략〉


두 사람은 이렇게 가까워지지만, 기약 없는 이별을 하게 된다. 매향은 최부사(현명의 상전)에게 끌려갔다가 대궐로 보내졌기 때문이다. 현명은 매향을 찾기 위해 명창이 되고자 온갖 고초를 자초한다. 명창이 되어 임금 앞에서 노래를 부른다면 매향을 찾을 수가 있을 것이라고 믿었기 때문이다.

현명에게 소리를 가르치게 된 신일도가 현명의 생각이 잘못되었음을 꾸짖는 대목은 민초들의 자존심이 무엇인지를 강하게 대변하고 있다.


### S# 77 · 신일도의 사랑채 안(저녁)

　　〈전략〉

신일도　(등잔불을 제자리에 놓고는 앉으며 현명을 쳐다본다.)

현　명　"그 까닭을 모르고서는 소인은 하직을 할 수가 없습니다."

　　　　(하며, 가르침을 구하듯이 두 손을 앞으로 내어 짚는다.)

신일도　"(이윽히 보다가) 소리는 임금님의 것이 아니여!"

현　명　"……?(고개를 쳐든다.)"

신일도　"지체 높고, 잘 먹고, 호사하는 사람들의 것이 아니여."

현　명　"그러면……?"

신일도　"소리는 지체 낮은 우리들 천민의 것이여. 우리들 천민의 슬픔, 고통, 한이 삭고 익어서 목청으로 우러나오는 것이 소리여."

현　명　"……!"

신일도   "그런데 이러한 소리를 국창이라는 이름으로 임금님께 팔아서 벼슬을 얻고, 천 냥, 만 냥 돈을 얻어 거들먹거리는 자들이 있으니, 이 어찌 통탄할 일이 아니냐."

현 명   "……."

신일도   "소리꾼이 찾을 바는 지위가 아니여. 돈이 아니여. 여색이 아니여! 오직 참소리를 알아듣는 귀여. 더불어 풀어헤치고 흥을 나누는 사람의 뜨거운 가슴이여."

〈하략〉

시나리오작가 김지헌이 지향하는 현실인식의 진수가 무엇인지를 선명하게 알 수가 있다.

김지헌의 시나리오는 세련된 영상언어로 꾸며져 있으며 또 그의 작가의식은 시나리오가 문학이기를 주장하는 웅변과도 일맥상통한다. 그리고 흐르는 시대인식을 외면하지 않는 지식인의 사명감이 있다.

나는 김지헌과 앞서거니 뒤서거니 『현대문학』지에 시가 추천되어 문단에 나왔고, 시나리오 또한 그와 더불어 격동의 시대를 헤치면서 써 왔다. 그때 우리는 주먹을 불끈 쥐면서 뜨거운 가슴에 다짐하였던 말이 있다. 물론 그 다짐은 아직도 효력이 왕성하여 김지헌도 동의할 것이라고 믿어 의심치 않는다.

좋은 시나리오에서 나쁜 영화가 나올 수는 있지만, 나쁜 시나리오에서는 결단코 좋은 영화가 나오질 않는다.

# 여성들의 삶을 위한 아름다운 저항

## 여성 영화감독 홍은원洪恩遠의 시나리오

영화작가는 영상映像이라는 정선된 언어言語를 몽타주montage라고 일컬어
지는 영화문법映畵文法에 따라 자신의 철학과 사상을 표현한다. 그러므로
문학이나 미술, 혹은 음악과 마찬가지로 영상작가에게도 그 작가만이 향유
할 수 있는 작가 세계가 있어야 하지만, 영상예술의 특징상 그것이 말과 같
지를 않아서 남들로부터 인정받을 만한 작가 세계를 구축하기가 여간 어렵
지 않다.

영화감독 홍은원은 여성이다. 구태여 여성임을 강조하는 것은 영상작기
의 영역이 남성들에 의해 독점되어 있는 현실이기 때문이다. 그러나 세계영
화사를 들쳐 보노라면 미국 남가주대학의 영화학 교수 클라라 베란저Clara
Beranger, 『시나리오 강화』를 쓴 시나리오작가 프랑세스 마리온Frances Marion
등과 같이 걸출한 여성 시나리오작가가 있었던 것처럼, 홍은원 감독도 시나

리오작가를 겸한 여성 영화감독이었다는 점에서 주목의 대상이 된다.

우리나라의 영화계에 여성 감독으로 등록된 첫 번째 케이스는 1955년 「미망인」으로 데뷔한 박남옥이다. 그리고 7년 뒤인 1962년에 화제작 「여판사女判事」로 두 번째의 여성 감독 홍은원이 등장한다. 물론 두 사람의 뒤를 이어 황혜미, 최은희 등의 여성 영화감독들의 활약이 있었으나, 앞서 설명한 것처럼 자신들만의 독특하고도 개성적인 영상 세계를 이루어 내기는 쉽지가 않았다. 그러면서도 우리가 홍은원 감독에게 주목해야 할 점은 그녀가 오직 영화감독의 영역에서만 머문 것이 아니라, 시나리오작가를 겸하고 있었다는 점이다. '좋은 시나리오에서 나쁜 영화가 나올 수는 있어도, 나쁜 시나리오에서는 절대로 좋은 영화가 나오지 않는다.' 라는 말은 홍은원 감독의 영상 세계를 살피는 데도 적절한 척도가 된다.

여성 영화감독 홍은원이 태어나고 성장한 배경과 영화계로 입문하게 된 동기를 영화평론가 호현찬의 글에서 옮겨 본다.

> 조부인 홍철주洪澈周가 조선조 말 형조판서, 구한말 한성부판윤漢城府判尹(지금의 서울시장)과 전보국 총판電報局總辦(지금의 정보통신부장관)을 지낸 풍산 홍문의 유서 깊은 명문의 핏줄을 받은 홍은원 감독은 1922년 순천에서 태어났다. 당시 은행가였던 아버지 홍우만洪佑晩이 호남은행을 창단하기 위해 전라도 지방으로 부임했던 관계로 오빠인 홍승업만이 서울의 본가에서 태어나고 광주에서 언니가, 순천에서 홍 감독이, 그리고 목포에서 남동생이 태어나게 된 것인데 남동생의 탄생 직후 다시 상경, 언니와 함께 안동유치원을 거쳐 서울 재동공립보통학교, 그리고 명문 경기여고를 마치게 된다. 이들 4남매의 교육은 일찍이 신여성으로서 교육자이자 독립사상가였던 어머니의 영향을 많이 받게 되

었다.

그 후 일본 출판계인 '마루젠丸善'이라는 유명 서점 서적부에 입사하였다가 1940년 5월 언니를 따라 만주로 건너간 후 만주 신경新京음악단 성악부에 입단, 합창단원으로 노래를 불렀다고 한다. 문학소녀였던 그녀가 이제 음악소녀가 된 것이다. 그때 만주영화사에 자주 드나들면서 영화라는 매체에 매료되었다.

그녀의 자전기自傳記를 보면 경기 고녀 시절 때부터 극장에 자주 가서 특히 프랑스 영화에 푹 빠졌다고 한다. 「여인들만의 도시('35)」, 「무도회의 수첩('37)」, 「망향望鄕('37)」 등 프랑스 영화를 보면서 소녀시절을 보냈다고 하니 후일 영화계에 뛰어든 것은 결코 우연한 일이 아니었던 것 같다.

신경음악단에서는 노래 솜씨가 뛰어나 오페라의 여주인공과 합창단의 솔로 싱어까지 해냈다고 한다.

여름휴가로 잠시 서울에 귀국했던 때 영화음악을 하던 김준영 씨의 소개로 최인규 감독을 만난다. 당시 최인규 감독은 가장 촉망을 받던 감독이었다. 마침 최인규 감독이 연출하려는 「태양의 아이들('44)」이란 각본을 건네받고 배우가 되라는 권고를 받았으나, 시나리오를 읽고 난 후 신통치 않게 생각되어 그대로 만주로 돌아갔다고 한다. 최 감독과의 재회는 1946년으로 다시 이어진다. 1945년 광복이 되자 홍은원은 구사일생으로 만주를 탈출 북한을 기처 귀국했다.

귀국 후에는 중앙방송국(현 KBS) 합창단 멤버로, 또는 시 낭송으로 활약하다가 1946년 최인규 감독을 다시 만나게 된다. 이 자리에 동석한 사람은 『순애보殉愛譜』의 작가 박계주와 영화 「자유만세('46)」의 여주인공 역 황려희, 그리고 한국 최초의 여성 감독이 된 박남옥 등이었다고 한다. 1947년 마침내 최 감독의 간곡한 권유로 「죄 없는 죄인」의 연출부에 합류하게 된 후 스크립터의 일을 시작하게 되었다.

「홍은원과 그 시대」에서


• •

1954년, 비로소 어둡고 답답했던 전란의 터널에서 빠져나온 한국 영화는 활기를 찾게 된다. 홍은원은 다시 영화계로 돌아온다. 「여군('54 · 조정호 감독)」, 「불사조의 언덕('55 · 전창근 감독)」, 「단종애사端宗哀史('56 · 전창근 감독)」, 「백치白痴 아다다('56 · 이강천 감독)」, 「사랑('57 · 이강천 감독)」, 「수정탑('58 · 전창근 감독)」 등의 조감독과 스크립터를 겸하면서 마침내 치프 조감독이 된다. 한국 영화의 경우 촬영 현장은 언제나 남자들의 독무대이곤 했다. 하중이 무거운 영화기재를 다루기 위해서는 욕설이 난무하고, 냉방기가 없었던 여름 촬영장은 반나체나 다름이 없는 동료 조감독들의 울퉁불퉁한 근육질로 광란하는 곳이지만, 홍은원은 언제나 단정한 멋쟁이로 그들의 누님으로 군림하면서 따르는 후배들을 달래고 지도해야 하는 치프 조감독의 역할을 훌륭하게 감당해 냈다. 이때 만들어진 영화가 「조춘早春('59 · 유두연 감독)」, 「사랑의 십자가('59 · 유두연 감독)」, 「여인천하('62 · 윤봉춘 감독)」, 「애정 3백 년('63 · 윤봉춘 감독)」 등이다.

1959년, 마침내 홍은원은 시나리오작가로서의 첫발을 내딛는다. 촬영 현장에서 꼼꼼히 챙겼던 스크립터로서의 책무와 연출부 치프로서의 체험을 바탕으로 그녀의 첫 시나리오 「유정무정有情無情('59 · 신경균 감독)」을 발표하게 된다. 여성 감독도 귀한 때였으나, 여성 시나리오작가도 전무했던 시절임을 감안한다면 참으로 당당한 등장이 아닐 수 없다.

시나리오 「유정무정」은 당시까지만 해도 우리 사회 일각의 현실 문제로 자주 등장되었던 축첩蓄妾으로 인한 여성들의 비극을 극단적인 에피소드를 채용하여 극렬한 대립과 갈등으로 그려 낸 멜로드라마의 전형으로 평가된다.

이어 홍은원은 임옥인 원작의 「젊은 설계도('60 · 유두연 감독)」를 공동 각색하였고, 추식 원작의 라디오 드라마 「바위고개('60 · 조정호 감독)」를 시나리오로 옮긴다. 그리고 데오드리 드라이저의 「황혼('60 · 박영환 감독)」을 곽일로와 함께 번안각색하여 시나리오작가로서의 주가를 높여 가고 있을 때 감독 데뷔의 유혹을 받는다. 연출부의 스크립터로 시작하여 조감독의 수장에 이르렀고, 시나리오작가로서의 명성까지 얻고 있는 터에 이를 거절할 까닭이 없었다.


● ● ●


1962년, 홍은원은 화제의 영화 「여판사」로 영화감독으로 데뷔한다.

「여판사」는 당시 사회에 충격을 주었던 한 여판사의 자살을 소재로 한 사회성 짙은 작품이다.

'여판사라는 아내의 사회적인 지위에 열등감을 느낀 남편과 이에 편승하여 며느리를 오해하고 핍박하는 계모인 시어머니와 또 거기에 한술 더 뜨는 시누이의 등살을 묵묵히 견디어 내면서 아내보서의 식무를 충실히 나하면서도 여판사라는 막숭한 잭무를 다하려는 한 시식인 어성의 가정생활과 사회생활을 양립하려는 고민을 그린 작품' 이라고 『한국영화총서('72)』는 적고 있다.

시나리오는 이미 「바위고개」로 호흡을 맞추었던 추식이 썼고, 홍은원 스스로 윤색하여 제작 여건과 연출 영역을 확대하며 완성된 「여판사」는 탄탄한 짜임새와 세심한 여성 심리의 묘사가 탁월했던 탓으로 매스컴의 찬사를 받으면서 여성 영화감독 2호의 영예를 안게 된다.

홍은원 감독의 두 번째 연출 작품인 「홀어머니」는 1964년에 발표된다. 김석민의 시나리오를 홍은원이 스스로 윤색하였으므로 자신의 연출 의도를 잘 살려 낸 작품이다.

> 미망인(조미령 분)은 모든 희망을 오직 자식들에 걸고 살아간다. 그러기에 자식들을 위한 고생이라면 어떤 고난도 참고 이겨 낼 수가 있었다. 하지만 그렇게 자란 자식들은 어머니의 정성을 아랑곳하지 않고 저마다 자신의 행복을 찾아 뿔뿔이 흩어진다. 마침내 어머니가 몸져눕는다. 자식들은 끝내 무심하지 않았다. 자신들의 과거를 뉘우치고 어머니의 곁으로 모여 들었다. 그로써 만족한 어머니는 자식들의 장래를 축복하며 미소 짓고 숨진다.(『한국영화총서』)

영화 「홀어머니」에 대한 당시 영화계의 평가도 호평 일색이었다. '자식들에 대한 인고와 희생을 감내하는 숭고한 어머니상을 리얼하게 그렸다는 사실에 주목' 한다는 찬사가 쏟아져 나왔다.

마침내 1966년, 김문엽의 오리지널 시나리오를 연출하여 홍은원 감독의 진면목을 보여 주는 「오해가 남긴 것」이 발표된다. 유교적인 전통사회에서의 여성상은 인종忍從의 미덕이라는 굴레를 벗어나기가 어려웠다. 조선왕조에서부터 기인된 남성 우위의 전통적인 관습은 여성들의 자유의사를 속박하였고, 행동반경을 제약하게 하였다. 이 같은 사회적인 통념의 테두리에서 한국의 여성 영화가 만들어져 왔음은 누구도 부인하지 못한다. 이 같은 사회 통념에 대해 홍은원 감독은 과감히 저항했다. 그 저항은 거친 몸짓이 아닌 섬세한 영상으로 여성들의 여린 삶을 그려 가는 홍은원만의 세심한 배려로 귀결되어 많은 사람들을 감동하게 하였다. 그녀의 의욕이 살아 있는 야심작 「오해가 남긴 것」도 처연한 사회 현실을 신랄하게 비판하면서도 한 여성의 끈질기면서 가치 있는 삶을 심도 있게 그려 나갔다. 이때까지 여성을 소재로 한 한국 영화의 내용은 소위 신파조 멜로드라마의 테두리를 벗어나지 못하고 있었는데, 홍은원 감독의 조용한 도전은 남성 우위라는 구태를 무너트리려는 저항이나 다름이 없었다.

홍은원이 감독한 영화는 불행하게도 「여판사」, 「홀어머니」, 「오해가 남긴 것」의 3편으로 끝난다. 역시 그 분야가 남성 위주의 범주에서 벗어나기가 어려웠기 때문이다. 그러나 홍은원 감독에게는 시나리오를 쓸 수 있는 영상작가로서의 강력한 무기가 있었다.

1966년에는 「소문난 여자(이형표 감독)」, 「댁의 부인은 어떠십니까(이성구 감독)」를 각색하였고, 1967년 「하와이 연정(현상열 감독)」의 원작을, 그리고 1969년에는 오리지널 시나리오 「이별의 모정(이종기 감독)」을 발표하였다. 이 역시 홍은원 감독이 추구하는 일관된 여성 영화의 한 패턴이었고, 이어 1970년에는 일본 작가 마쓰야마 젠조松山善三의 원작을 김강윤과 공동으로 각색한 「동경의 밤하늘(이성구 감독)」을 발표하면서 시나리오작가로서의 입지를 확고하게 넓혀 나갔다.

● ● ● ●

홍은원이 추구하는 인간탐구에는 몇 가지 특징이 있다.

첫째는 여성들에게만 적용되어 왔던 가혹한 사회 통념에 저항하는 여성들의 삶을 그리고 있으며, 둘째는 등장하는 인물(특히 여성)들의 심리묘사에 탁월하다는 점이다.

이와 같은 홍은원 감독의 특징은 그녀가 쓴 모든 시나리오에 일관되게 흐르고 있으며, 그녀가 감독한 영화에도 집요하게 묘사되었던 흐름이다. 결국 홍은원 영화의 특징은 핍박받는 여성들의 권익을 옹호하는 일관된 작업이었으며, 또 그것은 유교적 사회의 통념에 저항하는 작은 여성 운동이라고 평가되기도 한다.

1975년부터 1977년까지 집필하여, 영화진흥공사에서 공모한 진흥기금에 입선한 오리지널 시나리오 「피안彼岸의 연인」은 홍은원 감독이 탐구하는 여성상의 극치를 보여 주는 아름다움을 간직하고 있다.

이 시나리오에는 두 사람의 여성이 등장한다. 그 한 사람인 소진은 일본인 남성인 시라이시 도오루白石徹와 플라토닉 러브를 하면서 '너무도 사랑하기에 결혼을 않겠다.'라고 선언하지만, 2차 세계대전이 끝나면서 헤어져야 했고, 또 한 사람인 미숙은 사랑하는 남편을 북쪽에 두게 된다. 사랑을 잃었다는 공통점을 가진 두 여인은 서로를 격려하고 의지하면서 살아간다.

세월은 흘러 시라이시 도오루의 딸이 한국을 방문하여 아버지의 플라토닉 러브의 주인공인 소진을 찾는 데서 시나리오는 시작된다.

두 여인은 이국에서 오는 젊은 여성을 맞기 위한 준비에 몰두한다.

S# 30 · 소진의 키친

　　　미숙 바쁘게 일손을 놀리고 있다.
　　　소진 양파 껍질을 벗기며

　　　소 진　　　"집에 안 가 봐도 돼?"

미 숙    "누가 기다린다구……."

소 진    "며느리는 그렇다 치고 영배는 그래도 기다릴 거 아냐."

M · 조용히 흘러나오는 샹송 '이자벨'

미 숙    "며느리 얻은 날이 아들 잃은 날이야……. 시라이시 상 때문
         에 공연히 그이 생각이 치밀어서……(눈물을 닦으며) 그이도
         돌아갔을 거야. 이젠 살아서 만나 보긴 글렀어. 남북회담인
         가 뭔가…… 말뿐인걸……."

소 진    "그래도 미숙이에겐 살아 있을지도 모른다는 기대가 있잖
         아……. 내겐 아무도…… 이젠 없어."

미 숙    "차라리…… 난 죽었다는 소식이라도 듣는 게 나을 것 같은
         때가 있어."

소 진    "그거야 말이 그렇지……."

미 숙    "아냐 정말! 난 갖은 고생 다하고 영배를 혼자 키웠는데, 그
         이가 그쪽에서 다른 여자라도 얻어서 살고 있다면 너무 억울
         하잖아."

소 진    "하는 수 없잖아. 용서해 줘야지."

미 숙    "얘! 난 옛날에 니가 시라이시 상 사랑할 때 영원히 사랑하기
         위해 결혼은 안 한다고 한 말이 잊혀지지 않아."


　　세월은 흘러 중년의 나이가 된 소진과 미숙의 우정은 변하지 않았고, 서
로의 과거를 알고 있는 두 사람의 연민이 아주 각별하게 잘 그려져 있다.
바로 이러한 섬세한 심리묘사를 리얼하게 그려 내는 솜씨가 시나리오작가
홍은원의 강점이다.

물론, 소진과 도오루의 젊은 시절을 그려 가는 홍은원의 섬세한 필력도 영화적이다. 여기서 '영화적'이라고 말하는 것은 그녀의 사고가 영상적이라는 말과 같다. 2차 세계대전이 한창일 때, 반전사상을 가진 도오루와 소진이 고궁 담 모퉁이에서 일본인 형사에게 불심검문을 당한다.

홍은원은 이 긴장된 장면에서도 유머가 넘치는 문학적 대사와 영화적인 지문을 구사하고 있다.

### S# 35A · 고궁 담 모퉁이

어둠 속으로 사라지는 형사들
소진 안도의 한숨을 내리쉰다.
눈길이 마주치는 소진과 도오루.
갑자기 친밀감을 느끼며 웃어 버린다.

소 진　"어머 시라이시 상 웃으시는 얼굴 처음이네요."

도오루　"그랬던가? 어처구니없을 땐 나도 곧잘 웃지."

소 진　"(걷기 시작하며) 시라이시 상 나이를 물어서 혼났어요."

도오루　"난 누구냐고 하길래 귀찮아서 약혼자라고 했소.(쓰게 웃는다.)"

소 진　"…….(무엇인지 벅찬 감정)"

도오루　"소진 양 나이를 묻길래 스무 살이라고 했는데……."

소 진　"어머나, 바로 맞추셨네요."

도오루　"그것 참!"

소 진　"시라이시 상은요?"

도오루　"시작하고 끝이오."

소 진    "네?"

도오루   "같은 20이지만 난 마지막 자가 붙으니까."

소 진    "스물아홉이시군요."

도오루   "한 일 없이 사흘 후면 30줄에 들게 되지……."

소 진    "(기쁜 듯) 거울 깨지면 안 좋은 일이 있다고 일본 여자들도
         꺼리죠?"

도오루   "그렇지."

소 진    "저 오늘 저녁때 거울 깼어요. 그랬는데…… 그랬는데……
         우연히 이렇게 시라이시 상을 만났어요……."

도오루 대답 없이 약간 심각해진 얼굴.


극도로 고양된 긴장감을 풀어 가는 아름다운 장면이다. 절제된 대사가
두 사람의 내면을 여과 없이 담아내고 있다. 두 사람의 사랑은 깊어 가지만
통속적인 시추에이션으로 몰아가지는 않는다. 되도록 현실감을 살리면서
도 때 묻지 않은 사랑을 그려 가는 홍은원의 집념을 찾기는 그리 어렵지가
않다.


### S# 63 · 기숙사의 앞

계단을 내려와 밖으로 나온 소진과 도오루 천천히 걸음을 옮기며

도오루   "정말 괜찮겠소?"

행복하게 끄덕이는 소진.
가물가물 졸고 있는 가로등 밑으로 방울 소리를 내며 마차가 지나간다.
한마디 말도 없이 가로등 앞에까지 이른 그들, 천천히 선다.

도오루의 눈빛이 뜨거워진다.
가슴이 뛰는 듯한 소진. 그러나 그 눈길을 피한다.

도오루　"(이윽고) 너무 오래 바람 쐬면 안 돼요. 자아, 내가 다시 기
　　　　숙사 앞까지 데려다 주지."

소진의 목도리를 돌려 입을 싸매 주고 다시 오던 길을 되돌아가는 그들.
그러나 헤어지기 안타까운 마음에 발걸음은 무겁다.
다가오는 문앞. 그 앞에 이르러 두 사람은 다시 마주보고 선다.
목도리로 가리워진 조그만 얼굴에서 눈만이 이슬 머금은 듯 빛나는 소진.
도오루의 눈을 잠깐 스쳐가는 슬픔.
이윽고 도오루는 조용히 손을 내민다. 그 손을 마주잡는 소진.

도오루　"올해 소진 양에게 소설이 당선되는 행운부터 찾아오길 빌
　　　　겠소."

　홍은원 시나리오의 정서를 아주 절절하게 읽을 수가 있다. 리얼한 대사
도 그렇지만, 그 사이사이에 담겨진 지문은 연출감과 편집감까지 계산되어
있다. 물론 홍은원의 몸에 밴 현장체험이 그대로 문자로 옮겨진 결과이다.
　시간은 다시 흘러 2차 세계대전은 일본의 패전으로 끝난다. 비록 플라토
닉 러브로 달려온 두 사람이지만, 도오루는 패전국의 쓰라림을 맛보아야
하는 청년이 되었고, 소진은 잃었던 조국을 다시 찾은 환희의 소용돌이를
맛보아야 한다. 그 상반된 시추에이션은 '헤어짐'이란 비극을 잉태할 수밖
에 없다.
　그러므로 광복된 어수선함 속에서 구사일생으로 만난 두 사람의 마지막
순간을 홍은원은 절묘하게 그려 내고 있다.

## S# 121 · 도오루의 방

창가에 돌아서서 지는 해를 바라보고 있는 소진-. 미동도 안 한다.
다다미 방 한쪽 구석에 다리를 뻗고 앉은 도오루는
소진의 그 모습을 스케치하고 있다.
그렇게 시간이 흐른 후,

도오루  "소진 양의 모습을 그려 보려고 몇 번을 붓을 들어 봤는데 영
         떠오르질 않더군."
소 진   "(돌아서며) 절 그리고 싶으세요? (하고 보니 도오루가 그리
         고 있다.) 어머, 전 그것도 모르고……."
도오루  "뭘 생각했소?"
소 진   "이젠 헤어지면 영원히 못 만날 것을.(슬프다.)
도오루  "지금 떠나겠소?(새삼 충격을 느낀다.)"
소 진   "(고개 저으며) 저 오늘 밤은 선생님 곁에서 지내겠어요."
도오루  "소진!"
소 진   "그리세요! 황혼을 안고 창가에 선 이브를 그리세요. (옷을
         벗으려고 한다.) 저의 영혼을 불 태운 첨이자 마지막인 사람
         도오루 상에게 드리는 저의 가난한 선물……."
도오루  "그냥! 소진 옷을 입어요. 그저 그렇게 거기 앉아 있어 주면
         돼! 소신의 눈, 코, 입, 귀, 모든 것을 내 망막 속에 사귀어 놓
         겠어!"

소진 와락 도오루의 품으로 달려든다.
불길 같은 소진의 눈, 그 입술에 도오루의 뜨거운 입술이 덮친다.
감긴 두 눈에서 새삼 방울지는 소진.

그 눈꺼풀 위로 도오루의 눈물이 쏟아져 내린다.

O·L

얼마나 시간이 흘렀을까.

창에는 어둠이 깔려 있다.

먼 곳을 응시하고 있는 소진의 눈.

스케치뇌고 있는 소진의 눈, 눈, 눈!

냉혹하리만치 차게 빛나는 도오루의 눈.

방바닥에 흩어진 스케치의 자취들.

긴 목덜미와 프로필의 가지가지

도오루의 눈.


홍은원 시나리오의 정점에 피어난 아름다움이 아닐 수 없다.

영화제작의 현장에서 잔뼈가 굵은 여성 영화감독 홍은원은 많지 않은 작품을 남기고서도 시나리오작가로서의 입지를 굳건히 지켰다.

폐쇄된 조선 여성들에게 등짐과도 같았던 인고와 자기희생을 구원하고 싶었던 홍은원 감독, 아니 시나리오작가 홍은원은 그들의 자유를 위해 저항했다. 비록 큰 소리로 외치는 구호가 아니더라도 시나리오작가 홍은원의 아름다운 저항이 있었기에 오늘 우리 여성들의 지위가 눈에 띄게 높아지고 있다는 사실을 간과해서는 안 될 것이리라.


● ● ● ● ●

나는 앞에서 홍은원에게 주목해야 할 점은 그녀가 오직 영화감독의 영역에서만 머문 것이 아니라, 시나리오작가를 겸하고 있었다는 점을 강조하였다.

영화예술은 영상으로 자신의 사상이나 내면의식을 그려 가는 것이지만, 어떤 경우에도 시나리오에 의해서 작업이 시작된다. 그러므로 훌륭한 영화를 만들기 위해서는 먼저 좋은 시나리오가 있어야 하는 것은 세계가 공통된다.

시네아티스트 홍은원은 살아서 꿈틀거리는 여성들의 이야기, 특히 전통적인 인습에 시달리는 한국 여성들이 겪어야 하는 사회적인 모순점의 개선에 도전했다. 아니 그러한 모순점에 저항하는 여성상을 그리면서도 거창한 주제를 내세우거나, 투쟁적인 개념의 영화를 쓰고(시나리오), 만든(연출) 것이 아니라 자신이 살고 있었던 시대에 걸맞게 소리 없이 소임을 다했다.

우리가 홍은원 감독을 '시네아티스트'로 부르는 소위가 바로 여기에 있다.

# 3. 큰 가르침, 보람을 꽃피우고

사람이 살아가는 길은 직선보다는
굽은 길이 더 많아서 무작정 앞만 보고 달릴 수가 없다.
앞에 무엇이 있는지 알 수 없는 산모퉁이에 이르면
먼저 지나간 분들의 인도를 받아야
눈앞에 닥쳐와 있는 액운을 면할 수가 있다.
나는 나를 가로막고 있는 굽은 길로 들어설 때마다
"왜 이제야 오느냐?"면서 손을 잡아 주시는 스승님이 계셨다.
청소년 시절에, 사회인으로 성장한 다음에도
스승님의 손길은 은혜롭기만 하였다.

# 멋과 낭만 그리고 고독

## 조병화趙炳華 선생님과의 면목 없었던 작별

●

조병화 선생님과 나는 서로 지면知面이 없을 때 인연을 맺었다. 내가 사범학교 졸업반이었을 때 피난지 대구에서 발행되던 『수험생』이라는 잡지가 있었다. 이 잡지에서 매달 한 편씩의 학생 시를 뽑아 마치 기성문인처럼 큰 지면을 할애하여 게재하는 제도가 있었다. 박봉우, 윤삼하, 이성교 등의 이름도 이때 알게 되었고, 나의 시도 그때 당선되어 게재된 일이 있었다. 선자選者는 조병화 선생님이었다.

그때 광주고등학교에 재학 중이던 박봉우는 '대관령의 시인이여……' 라는 장문의 편지를 보내 주었다. 나의 회신도 '무등산의 시인이여……' 라는 제목이었다. 이를 계기로 박봉우와 나는 서로 얼굴을 모르는 채 한국의 시단을 이끌어 가는 결기를 뿜어 올리며 형제만큼이나 가까이 지냈다.

중앙대학교 국어국문학과에 입학을 하면서 조 선생님부터 뵙고 싶었으나, 그때의 일을 기억하지 못하시면 어떻게 하나 하는 불안 때문에 선뜻 용기를 내지 못하고 있었는데, 마침 개교 20주년 기념 현상문예작품 모집이 있었다. 여기서 당선을 하면 조 선생님을 자연스럽게 만나 뵙게 되고, 뚜렷한 이미지를 심어 드릴 수 있을 것 같았기에 응모를 했다.

### 호壺

흙으로 이룩해서 흙에다 묻어 둘
아니면 멀리 바다에 띄워야 하는
항아리의 잘룩한 허리에
날아갈 듯이 그려진 낡은 소묘
뚜껑을 열면 되받아 소리치는 항아리고
한 이천 년을 지열에 익어
흡사 질그릇처럼 구워진 호壺여

옛날보다는 태초가 좋다.
오늘의 이 진한 습기와 탁류보다는
차라리 맑아서 싫었을……
진정으로 소박, 순진 따위의
말들이 싫어서 죽은
사실은 살지 못해 죽은 이를
정말 죽음처럼 다시 불살라
뼈만을 추려 담을
얄궂은 호

하늘을 치받는 시퍼런 금줄과

호의 무늬진 선이 어울려
또 하나의 묵직한 그림을 띄운다.
커다란 학으로 그려진
호 속의 학이
비단결 같은 나래를 편다.
하늘을 온통 덮을 듯이.


당선이라는 행운이 돌아왔다. 이것을 계기로 조병화 선생님과는 좀 더 떳떳하게 만날 수가 있었는데, 『수험생』 때의 일을 말씀드렸더니 선생님은 내 시 제목까지를 기억하고 계셨다.

조 선생님은 국문과 3학년의 '시론詩論'을 강의하고 계셨지만 1학년인 나는 본 강의를 빠뜨리면서까지 시론 강의를 들었다. 조 선생님의 강의는 인생과 낭만과 멋을 화제로 하는 경우가 많았다. 강원도 산골에서 태어나서 자란 나는 매사에 고지식한 편이어서 시면 시고, 시론이면 시론이지 강의가 인생이며 멋이며 여행 쪽으로 흐르는 것이 대단히 생소하였지만 그것이 시를 살찌게 하는 것임을 나중에서야 알았다.

프랑시스 잠이나, 다자이 오사무太宰治의 인생과 낭만이 상당히 강조되는 분위기였다고 기억된다.

"내가 일본에 갔을 때 술을 마시는데 근사하게 생긴 마담이 날더러 뭘 하는 사람이냐 묻더라……. 낮에는 돈을 무역하고 밤에는 여자를 무역한다고 대답을 했는데 어떠냐, 근사하냐……?"

이런 말씀을 하시면서 파안대소하시던 일이 생각난다.

"야, 봉승아. 배를 타고 여행을 하는 기회가 있거든 구두 닦는 아이에게 하얀 손수건을 하나 사 주면서 배가 보이지 않을 때까지 수건을 흔들어 달라고 해라. 때 묻은 작은 손이 손수건을 흔드는 것을 보면서 떠나는 거다. 인생이란 다 그런 것 아니냐."

이런 말씀들이 지금까지 기억에 남는 것은 당시의 내게 전혀 미지의 세계를 일깨워 주신 때문이라고 생각된다.

조병화 선생님은 술을 좋아하시고 파이프를 사랑하시고 그림을 그리기를 좋아하셨다. 그리고 말을 입에 담으시면 곧 시가 되었다. 선생님은 곧 시를 몸으로 보여 주신다는 느낌을 지워 낼 수가 없었다. 그것은 가슴에서 가슴으로 전해지는 시론이기도 하였다. 가끔 사진을 찍을 일이 생기면 나는 언제나 혜화동의 선생님 댁으로 달려갔다. 선생님은 아무 주의사항도 없이 라이카 카메라를 선뜻 내주시곤 했다.

조병화 선생님이 중앙대학교에서 경희대학교로 옮겨 가실 때 나도 따라서 옮겼다. 내가 흑석동의 중앙대학교 캠퍼스를 결별하고 휘경동의 경희대학교 강의실로 들어서자 선생님은 적이 놀라워하시는 시선으로 날 맞아 주셨다. 조병화 선생님은 두 번에 걸쳐 내 작품을 당선작으로 뽑아 주셨지만 한 편 한 편의 시를 사사받은 일은 별로 없다. 그분의 낭만과 멋과, 인생을 곁에서 보고만 있어도 시란 어떤 것인가를 잘 알 수 있었기 때문인지도 모른다.

대학 4학년 때라고 기억이 되는 어느 날의 일이다.

"봉승아, 시 쓴 것 있거든 다 가져와라. 좋은 일이 있다."

나는 그 다음 날로 졸작 8편을 가져다 드렸는데, 장만영 선생의 주선으로 문예지 『신문예』에 8편의 시를 일시에 발표하도록 해 주셨다. 파격적이라 해도 이만저만한 파격적이 아니었다.

어떤 일에 종사하기로 마음을 굳혔을 때 그 방면에 계시는 좋은 스승을 만나는 일이란 그리 쉽지가 않다. 그런데도 나의 경우에는 시간이 흐르고 장소를 옮길 때마다 스승이 나를 먼저 기다리고 계시다가 따뜻이 보살펴 주시는 은혜를 입곤 했다. 지금 생각해도 이런 행운은 기적에 가까운 일이 아닌가 할 정도였다.

1956년 가을이었다. 나는 등록금이 없어 낙향을 하여 다시 교직에 몸을 담고 있을 때 조병화 선생님과 박고석 화백께서 강릉을 찾아 주셨다. 그때만 해도 나는 촌놈의 때를 벗지 못하고 있었던 터이라 선생님을 위해 변변한 술자리 한 번 마련해 드리지 못했다. 생각이 거기에 미치지 못했으니 촌놈은 촌놈이다. 그저 오죽헌烏竹軒으로 경포호鏡浦湖로 바닷가로 안내나 해 드렸을 따름이다. 그렇게 며칠을 지내시고 서울로 돌아가시던 날 강릉의 풍물을 스케치한 그림에 시 한 편을 적어 주셨다.

감이 주렁주렁 열린 나무와 줄을 지어 선 포플러나무에만 가을의 빛깔이 채색되어 있고 나직한 집들이 있는 곳에 교회당이 우뚝 솟아 있는 스케친데, 당시의 강릉을 중점적으로 묘사한 예쁜 그림이었다. 그 그림에 적힌 시는 다음과 같다.


유심留心

대관령 넘어
봉승이 사는 마을은
구름이 쉬는 마을

산 넘어 갈래도
몸이 무거워
구름같이 돌다
세월같이 머무는 마을

내 마음은 주렁주렁
마을 감나무처럼

대관령 아래
봉승이 사는 마을은
옛날이 그대로 정이 쉬는 마을

  50여 년 전에 주신 엽서 두 장 크기의 이 선물을 예쁘게 표구하여 지금도 내 서재에 걸어 놓고 있다. 오다가다 한 번씩 다시 읽어 보면 나도 몰래 그때의 일들이 주마등처럼 지나가곤 했고, 입가에는 저절로 미소가 피어나는 평온함을 느끼게 된다.

  • •

  조병화 선생님은 학교의 운동장에서나 혹은 찻집에서나 새 시집을 상재하셨을 때마다 "봉승아, 이리 와라. 시집 나왔다." 하시면서 그 자리에서 서명을 하시는데, 언제나 고급 몽블랑 만년필에서 초록색 잉크가 흘러나왔다. 나는 그 초록색 잉크가 너무도 환상적이어서 여러 문방구점을 수소문하고 다녔으나 뜻을 이루지 못했다. 그리고 수년 후, 국산 초록색 잉크가 발매되었다. 그로부터 나는 수십만 장에 이르는 내 모든 원고를 초록색 잉크가 흘러나오는 몽블랑 만년필로 썼고, 우연찮게도 200여 개나 되는 초록색 빈 잉크병이 모아지게 되었다. 이런 일들이 매스컴을 통해 세간에 알려지면서 조병화 선생님은 "너는 나의 청춘이다."라고 부르시게 되었다.
  조병화 선생님이 경희대학교 문리과대학의 학장님으로 취임을 하실 무렵에는 한양대학교와 동국대학교에 출강하던 나도 모교의 강단으로 돌아와서 국문과 4학년 학생들에게 극문학劇文學 강의를 하게 되었다. 일주일에 한 번, 강의실에 들어가기 전에 학장실로 선생님을 찾아뵈면 대개는 그림을 그리고 계셨다. 그러면서도 나를 보시면,

"나의 청춘 봉승이 왔고나, 차 한 잔 하자. 네 강의 인기 있나 보더라, 허 허허……."

라고 반기시며, 자리에 앉으시면 파이프부터 무셨다. 그리고 여행담이 시작된다. 말씀을 옮겨 놓으면 그대로 시가 되었다. 그래서 조 선생님을 뵈면 시를 읽는 기분이 들었다.

조 선생님의 유화를 보면 안개가 서려 있는 듯한 그림이 많다. 색깔도 회색이 많다. 기름으로 그려 놓은 동양화라고 말씀을 드리면, 아무리 시적인 것이라도 시가 되지 않는 경우가 있는데 그런 감정을 시를 쓰듯 화폭에 담는다고 늘 대답을 하셨다.

요즘에는 웬만한 시인들이 두서너 권의 시집을 내고 있지만 조 선생님의 경우는 첫 시집 『버리고 싶은 유산('49)』 이후 매년 한 권씩의 시집이 나왔다. 40여 년 전에는 매년 시집을 내면 시집이 없는 시인들에게는 부러움보다는 헐뜯기게 되는 경우가 많았다. 조 아무개의 시는 시가 아니라는 둥, 시집이 많다고 시인이 되는 것이 아니라는 둥의 별별 비아냥이 다 쏟아져 나왔다. 나는 그러한 비아냥을 듣기가 거북했다. 내게는 스승이기 때문이다. 그럼에도 조 선생님은 그분의 시 세계와 그분의 시 형식을 고스란히 지켜오고 계셨다. 새로운 사조, 새로운 풍조가 아무리 요란스럽게 소용돌이쳐도 조 선생님의 시는 늘 같은 모양으로 독자와 함께하고 있었다. 그때만 해도 시집 하나가 3판, 4판씩 발행되는 것은 김소월 다음으로는 조 선생님 시집뿐이었다.

어느 날 학장실의 난롯가에서 나는 그와 같은 말씀을 드리면서 그런 상황에서 "자신을 지켜 오신 건 대단한 자부심이 아닙니까."라는 외람된 말씀을 드린 일이 있다.

"그러자니 얼마나 외로웠겠냐."

라고 대답을 하셨다. 지금에 이르러 아무도 조 모의 시가 어떠니 저떠니 하는 사람은 없다. 그것은 장구한 세월 동안 자신을 지켜 온 데 대한 보람이며 보답이 아닌가 한다. 그것은 내게 있어 하나의 교훈이기도 했다.


● ● ●


나는 영광스럽게도 조병화 선생님이 예술원 회장으로 계실 때 예술원 회원으로 선임되었다. 처음 원장실로 들어설 때 다른 여러 분의 회원들이 계셨는데도 "오, 나의 청춘 봉승이 왔고나."라고 큰 소리로 반가워하시면서 함께 계시던 다른 회원들을 놀라게 하셨다.

조병화 선생님께서는 예술원 회장을 연임하시는 동안 여러 가지 난제를 조용히 꾸려 가셨으나, 그 또한 조직을 다스리는 일이라 입에 담지 못할 갈등의 요인도 계셨을 것으로 짐작된다.

선생님께서 예술원의 회장직을 물러나시면서 더 자유로운 모습을 잠시 보이기도 하셨으나, 급격이 체력이 떨어지시는 것을 우리는 목격하게 되었다. 후학들과 술잔을 기울이시며 즐거워하시던 〈수요회〉까지도 불참하시더니 거동하기가 어려우시다는 불길한 소식이 전해지기 시작하면서 나는 송구하게도 겨우 전화로만 문안을 드리게 되었다.

그런 어느 때던가 SBS라디오 〈손숙의 아름다운 세상〉에서 '명사들의 편지'라는 코너가 있다면서 내게 편지 쓰기를 권했다. 나는 조병화 선생님에게 올리는 편지를 썼다.

## 편운片雲 선생님께

선생님, 분당으로 이사한 지 석 달 남짓 되었습니다.

제게는 처음 살아 보는 아파트라 아직은 모두가 어색하기만 합니다. 이사하기 전 "아파트로 이사를 가면 후둑후둑 떨어지는 빗방울 소리도 들리지 아니하고, 가을을 우는 풀벌레 소리도 들리지 아니하는 삭막함이 기다리고 있을 것이다."라고 겁을 주던 시인 친구의 목소리가 귓전에 생생한데……, 선생님 오늘은 탐스러운 함박눈이 정말 펑펑 쏟아지고 있습니다.

커다랗게 뚫린 아파트의 창문 밖에는 중앙공원의 풍광이 심심산중을 연상케 하는데, 하얀 나비 떼가 되어 쏟아지는 눈송이는 즐비하게 늘어선 나뭇가지에 설화를 꽃피우고 있습니다. 도심 한가운데서 이만한 풍광을 누릴 수 있다는 것이 얼마나 다행인지 모르겠습니다.

편운 선생님, 선생님 사시는 혜화동에도 눈이 오리라고 생각되고, 선생님의 그 무한이도 아름답고 따뜻한 시의 소재가 되었던 대학로의 가로수도 눈을 맞고 있으리라고 어렴풋이 짐작됩니다만……, 요즘 건강은 어떠신지 심히 걱정됩니다.

지난번 예술원에서 뵈었을 때 몹시 수척하셨던 모습과 그때 제게 들려주셨던 무거운 목소리가 마음에 걸려, 선생님 연구실로 수없이 전화를 올렸어도 영 통화가 되질 않았고, 여러 차례 방문하였어도 늘 문이 잠겨 있었는데, 며칠 전 성춘복 시인 편으로 불면증에 시달리고 계시다는 선생님 소식에 접하게 되었습니다. 그리고 이틀인가 뒤에 선생님 댁으로 전화를 올렸을 때 기적같이 통화가 되었습니다만, 그때 선생님께서는 전화 받기도 힘들다는 말씀과 함께 너무도 엄청난 말씀을 들려주셨습니다.

"봉승아, 아무래도 올해를 넘기기 힘들 것 같아……."

청천벽력, 바로 그것이었습니다. 선생님. 그게 아니질 않습니까. 편운 조병화 시인은 대한민국의 시인이시고, 지금까지 살아오신 그 낭만 가득한 선생님의 멋과 고독은 우리 모두가 부러워한 아름다움이었습니다. 제가 대학생일 때, 선생님은 교정에서나, 강의실에서나……, 혹은 아무 데서나 저를 불러 세우고는,

"봉승아, 시집 나왔다."

하시면서 초록색 잉크가 흘러나오는 몽블랑 만년필로 손수 서명을 해 주시곤 하였습니다. 그때 저는 선생님의 몽블랑 만년필에서 흘러나오는 초록색 잉크가 너무도 멋있어서 몇 날 며칠을 문방구점만 찾아 헤매면서 초록색 잉크를 구했던 일이 아직도 생생합니다.

그리고 제가 방송작가가 되어 수십만 장에 이르는 원고지를 모두 초록색 잉크로 쓰게 된 것이 세간의 화제가 될 때마다 선생님은 언제나 자랑스럽게 말씀하시곤 하였습니다.

"봉승아, 너는 나의 청춘이다."

선생님은 누가 듣거나 말거나 언제나 저를 '봉승아' 라고 부르셨습니다. 제가 예술원 회원으로 선임되었을 때 선생님은 예술원 회장이셨습니다. 그때도 "봉승이 배지는 내가 달아 주어야지." 하시면서 여러 회원님들이 지켜보시는 자리에서 손수 예술원 배지를 달아 주셨습니다.

선생님, 저는 가끔 응석을 부리듯 투정을 하곤 했질 않았습니까.

"선생님, 저도 이젠 70이 넘었어요."

그때마다 선생님은 "너는 80이 넘어도 '봉승' 이다." 하시면서 너털웃음을 웃으시곤 하였습니다. 공교롭게도 선생님과 저는 같은 닭띠여서 열두 살 터울입니다. 아직은 더 원숙하고 더 아름다운 모습을 저희들에게 보여 주셔야 할 것인데도, "올해를 넘기지 못할 것 같다."라는 자

탄은 누가 들어도 선생님답지 않으신 말씀이라 할 것입니다.

편운 선생님. 선생님은 학창시절 전 조선 학생을 대표하는 럭비 선수로 활약하시던 강인한 체력을 가지고 계십니다. 또 오묘한 문학의 세계를 운영하시던 형이상학적인 정신력도 함께 가지고 계십니다. 선생님의 복음자리가 될 안성의 '편운재片雲齋'에도 곧 만물이 소생하는 봄기운이 돌 것입니다. 그때가 되면 언젠가처럼 아끼는 문인 제자들을 거느리고 '편운재'의 마당에다 술상을 차려 주셔야지요. 그리고 화려했던 선생님의 학창시절을 회상해 주셔야 하질 않습니까.

편운 선생님, 그러기 위해서라도 하루속히 모든 시름 훌훌 털고 일어나 주십시오. 그리하여 베레모를 비스듬히 쓰시고 파이프를 무신 옛모습 그대로 이젠 선생님을 위한 사랑노래를 부르셔야 합니다. 그것이 우리들 모든 후학들의 소망입니다.

선생님, 양력으로 새해를 맞더니, 이번에는 음력으로 또 새해를 맞았습니다.

올 계미년은 편운 선생님을 위해 더 아름답게 펼쳐질 것으로 압니다. 그 한가운데 편운 조병화 선생님의 멋진 모습이 서 계시다면 그것이 곧 저희들의 행복이라고 생각됩니다.

부디 쾌차하시기를 기원하면서 이만 줄입니다.

2003년 2월 초 닷새
당신의 청춘 신봉승 올립니다.


이 편지가 방송의 전파를 타고 온 누리에 퍼져 나간 지 한 달쯤 지나서 선생님께서는 영면하셨다. 평생을 낭만과 고독과 허무를 화두로 살아오신 선생님 생애는 보람이 넘치고, 아름다움으로 가득한 정말로 멋으로 충만된 일생이었다.

선생님. 지금은 어느 하늘의 조각구름으로 계신지요.

# 도덕적 리얼리스트

## 황금찬黃錦燦 선생님과의 반세기

며칠을 생각하고 몇 달을 망설였는지 모른다. 글을 쓰는 일을 업으로 하고 있는 내가 무슨 글인들 못 쓰랴마는 나의 스승 황금찬 선생님에 관한 글을 쓴다는 것이 못내 외람되고 송구스럽다는 생각이 들어서다. 몇 줄의 글을 적어 선생님의 은혜에 보답할 수 있다면 무엇을 망설일 것인가. 그러나 같은 서울 하늘 밑에서 일상을 보내면서 때로는 한 달, 길게는 반년씩이나 만나 뵙지 못하는 제자가 몇 줄의 글을 적어 선생님과의 인연을 회고하여 공개한다는 것이 아무리 생각해도 외람되고 송구스러운 일일 뿐이다.

●

나는 황금찬 선생님에게서 시를 배우면서 사랑을 받았다. 그것도 고등학교 시절에. 그 한 가지 한 가지 일들을 적어 가기에는 지면이 모자란다. 황 선생님은 국어를 담당하셨지만 교과서의 내용을 어떻게 강의하셨는지는 기억에 없다. 그러나 수업을 시작하시기 전에는 반드시 신간서적을 소개해 주셨다. 그 신간은 대개 시집이거나 소설집이었다. 먼저 표지의 색깔을 설명하시고 서문을 읽어 주신다. 그리고 내용을 소개하시면서 몇 구절을 읽으시고 문학을 지망하는 사람이면 필독의 책임을 강조하시고서야 수업으로 들어가셨다. 그것이 시간마다 계속되었던 탓으로 우리가 꼭 읽어야 할 책은 힘에 겨울 만큼 많았다. 가령,

"신세계 2악장도 모르면서 문학을 운운한다는 것은 망발입니다."

이런 말씀이 계신 날이면 우리는 무슨 방법으로라도 드보르자크의 '신세계'를 들어야 했다.

지금 생각하면 시도 아닌 습작을 들고 개인지도를 받았는데 그때마다 유독 크고 굵은 손가락으로 몸소 한 자 한 자를 짚어 가시면서 수많은 비유를 들려주실 만큼 정겹고 자상하셨던 선생님이셨다.

황 선생님께서 서울의 인창고등학교로 옮기신 것은 내가 강릉사범학교를 졸업한 다음이다. 그때만 해도 시골에서 초등학교 교편을 잡고 있었던 나는 서울을 오르내리는 일이 쉽지 않았다. 몇 년 뒤, 나도 문단에 데뷔하여 서울에서 살게 되었지만 먹고살기가 하도 힘들었던 처지라 가까이 뵈실 기회는 없었다. 그런데도 황 선생님은 저서가 간행될 때마다 빠짐없이 보내 주셨는데 '신봉승 선생, 저자'라고만 서명이 되어 있었다. 어느 날이던가 선생님을 뵈온 자리에서,

"신봉승 군이라고 서명해 주셨으면 좋겠습니다."

라고 말씀 여쭈었더니 "당치 않아요." 하시면서 지금까지도 그렇게 서명해 주시고 계신다.

1975년 9월이던가, 선생님께서는 다섯 번째 시집 『산새』를 보내 주셨다.

처음에는 무심히 읽었으나 곧 헤어날 수 없는 충격을 받았다.

너의 창에 불이 꺼지고
밤하늘의 별빛만
네 눈빛처럼 박혀 있구나.

새벽녘
너의 창 앞을 지날라치면
언제나 애처롭게 들리던
너의 앓음 소리
그 소리도 이젠 들리지 않는다.

그 어느 땐가
네가 건강한 날을
향유하였을 때
그 창 앞에는
마리아 칼라스가 부르는
「나비부인」 중의 '어떤 개인 날'이
조용히 들리기도 했었다.

네가 그 창 앞에서
마지막 숨을 거둬 갈 때
한 개의 유성이
긴 꼬리를 끌고
창 저쪽으로 흘러갔다.

다 잠든 밤
내 홀로 네 창 앞에 서서

네 이름을 불러 본다.
애리야! 애리야! 애리야! 하고
부르는 소리만 들려올 뿐
대답이 없구나.

네가 죽은 것이 아니다.
진정 너의 창이 잠들었구나.

네 창 앞에서
이런 생각을 해 보나
모두 부질없구나.

「너의 창에 불이 꺼지고」의 전문

　기가 막혔다. 스승이 사랑하는 딸을 여의고 이 같은 설움에 잠겨 있는데 제자인 나는 시집 『산새』를 받고서야 알았다면 말이 되는가.

하느님!
지금 한 어린 영혼이
당신이 계신 나라로
떠나갔습니다.
제 딸 애리의 영혼입니다.

오랜 병으로
무척 쇠약합니다.
그 먼 길을 갈 수 있을는지
걱정됩니다.

「기도」의 1·2연

송구하다는 말로는 변명이 되지 않을 일이었다. 나는 선생님을 뵌 자리에서 정말 몸 둘 바를 몰라 하며 연유를 여쭈었다. 선생님은 따님의 발병에서 마지막 날에 이르는 과정을 소상히 말씀해 주셨다. 그때의 죄책감을 잊을 길이 없다.

"좀 알려 주시지 않으시고요."

"뭘, 좋은 일도 아닌데."

"선생님, 「너의 창에 불이 꺼지고」를 영화화하겠습니다."

"될까요?"

"맡겨 주십시오."

나는 영화사를 정하지 않은 채 시나리오부터 썼다. 천만다행으로 변장호 감독이 다른 일로 집에 들렀다가 그 미완성 시나리오를 읽어 보고 서둘러 완성해 줄 것을 채근했다. 한 영화에 네 편의 시가 스토리와 합당하게 삽입된 영화의 완성은 그때만 해도 쾌거 중의 쾌거였다.

선생님은 고등학교 학생이었던 우리들에게 인생을 논하는 대문장은 노산 이은상의 『무상無常』과 공초 오상순의 『짝 잃은 거위를 곡哭하노라』라고 자주 말씀하셨다. 그러나 영화가 완성될 무렵에 선생님은 시문집 『너의 창에 불이 꺼지고('78)』를 간행하셨다. 그 1부에 「딸을 그리는 진혼곡」이라는 부제로 이미 세상을 떠난 따님의 얘기를 쓰셨는데, 그 문장이 어찌 『무상』이나 『짝 잃은 거위를 곡하노라』에 비견할 수 있을까. 선생님의 글이라서 아첨하는 말이 아니다. 눈시울을 저시지 않고는 읽을 수 없는 부정父情이 넘쳐흐르고 있었음에라.


'무정세월 약류파無情歲月 若流波'라는 말이 있듯이 선생님께서는 어느덧 고희를 맞으셨지만, 지금은 지하에 계신 사모님의 일도 잊을 수가 없다.

사모님께서는 무척도 고생을 하셨다. 선생님께서 박봉을 쪼개어 책을 사셨기 때문이다. 아니 박봉을 쪼갠 것이 아니라 박봉을 몽땅 털었다는 편이 옳은지도 모른다. 그런데도 사모님이 상을 찡그리시는 모습을 나는 본 일이 없다.

사모님의 갸름한 얼굴은 너무도 선량하여 관세음보살과 같으셨다. 그 사모님의 고초를 조금이라도 덜어 드리기 위해 박목월 선생이 중심이 되어 매달 쌀 한 가마니씩을 타는 계를 조직한 때도 있었다. 그런데도 나는 사모님께서 병상에 계신 것을 모르고 지냈다. 돌아가신 다음에야 알았으니 이 또한 어처구니없는 일이 아니고 무엇이랴.

옛 말에 군사부君師父는 일체라 하였으니 나로서는 입이 열이 있어도 할 말이 없는 처지다. 그러나 선생님은 사모님을 위해 많은 시를 쓰셨다.

> 여성은 설운 미소의 소유자
> 한국의 여인들은 슬프고
> 내 아내는 참혹하다.
>
> 어느 막다른 언덕에 서서
> 집 없는 설움에 울고 있는 것은
> 누구도 아닌 바로 내 아내
> 그는 한국의 모습이다.
>
> 인정 없는 사람과 만나
> 당신 고생이 크구려.
>
> 「아내를 위한 기도」의 1·2·3연

선생님은 스스로 '인정 없는 사람'이라고 적으셨지만 선생님만큼 정이 깊고 정에 약한 분은 없다. 그것은 선생님을 만나 본 사람이면 누구나 안다. 그러면서도 사모님에게만은 내색을 아니 하셨는지도 모른다.

　　　팔 년이나 병에 있는
　　　가련한 여인은
　　　혈류병이 물러가고 소경이
　　　눈을 뜨며, 벙어리가 말하고
　　　문둥이가 깨끗해지는
　　　예수님의 음성을 귀에 그리며
　　　애처로운 기침 소리를
　　　동이 트는 새벽길에
　　　뿌리는 것이다.

　　　아내의 소망은
　　　앞으로 한 십 년
　　　살고 싶은 것뿐이요,
　　　더 살면서 하고 싶은 일은
　　　주님의 복음을 들고
　　　거리에 나가고 싶다는 것

　　　하느님의 뜻을 모르는 것이
　　　차라리 행복인 것을
　　　섭리는 영원한 문 안에 있고
　　　아내와 나는 그 문밖에 서서
　　　언젠가 열려 올 소리에
　　　귀를 기울이고 있다.

　　「새벽에」의 3 · 4 · 5연

· ·

　지금 우리는 선생님의 고희를 기념하는 문집을 만들고 있다. 곧 간행이
되면 성대한 헌정식을 가질 예정이다. 그날 황 선생님은 가슴에 꽃을 달고
입구에서 하객을 맞으실 것이다. 그때 한복으로 곱게 단장하시고 선생님
곁에서 미소 짓는 사모님의 모습을 상상해 본다. 무엇이 우리를 이토록 슬
프게 하는가. 어찌 사모님뿐이랴. 가족석에는 따님 애리도 없다. 친지들이
웃고 있을 하객의 물결에는 그토록 가까이 지내시던 박목월, 주태익, 이범
선 선생도 아니 계실 것이 아니겠는가. 생각하면 안타깝고 애석할 뿐이다.

　황금찬 선생님은 시인이시다. 시를 쓰시기에 시인인 것은 아니다. 인품
이 시인이며 생각이 시인이며 말씀이 곧 시이다. 우리가 학생일 때 황 선생
님은 약주를 드시지 않았다. 유행가(그때는 대중가요를 이렇게 말했다.)의 유자
도 모르셨다. 그러나 지금은 두주도 불사하시고 조용필의 '허공'도 가수
뺨치게 부르신다. 나는 짓궂게도 그 연유를 여쭈어 본 일이 있다.

　"그때는 인생을 몰랐지요, 허허허."

　말씀은 이렇게 하셨지만 아무도 믿을 사람은 없을 것이리라. 나는 선생
님을 '도덕적 리얼리스트'라고 믿고 있다. 사람들은 선생님의 말씀이 유창
하고 재미있는 것으로 판단하는 모양이지만, 선생님은 비도덕적인 것과 비
현실적인 일은 농담으로라도 입에 담지 않으신다. 그것은 선생님의 시를
읽어 보면 곧 알 수 있다.

　선생님은 종교적인 신앙을 주제로 하는 시도 많이 쓰셨지만 그 밖에는
대개가 한국의 오늘을, 한국인의 오늘을 그때그때마다 가슴을 저미듯 노래
하신다. 나는 그중에서도 「보릿고개」를 좋아한다. 눈물이 있어 좋고 가슴
이 저려 와서 좋다.

보릿고개 밑에서
아이가 울고 있다.
아이가 흘리는 눈물 속에
할머니가 울고 있는 것이 보인다.
할아버지가 울고 있다.
아버지의 눈물, 외할머니의 흐느낌
어머니가 울고 있다.
내가 울고 있다.
소년은 죽은 동생의 마지막
눈물을 생각한다.

에베레스트는 아시아의 산이다.
몽블랑은 유럽,
와스카라는 아메리카의 것,
아프리카엔 킬리만자로가 있다.

이 산들은 거리가 멀다.
우리는 누구도 뼈를 묻지 않았다.
그런데 코리아의 보릿고개는 높다.
한없이 높아서 많은 사람들이 울며 갔다.
─굶으며 넘었다.
얼마나한 사람은 죽어서 못 넘었다.
코리이의 보릿고개,
안 넘을 수 없는 운명의 해발 구천 미터
소년은 풀밭에 누웠다.
하늘은 한 알의 보리알,
지금 내 앞에 아무것도 보이는 것이 없다.

「보릿고개」의 전문

시인 황금찬, 한국의 시인 황금찬 선생님은 나의 스승이다. 서두에도 썼지만 나는 이 글을 쑥스럽고 죄스러운 마음으로 쓰고 있다. 스승의 고희를 기념하는 문집에 몇 줄의 회고문을 썼다 하여 어찌 스승의 은혜에 보답한 것이 되랴.

오직 만수무강을 축원할 따름이다.

# 때 묻지 않은 삶(無垢), 그리고 평화

## 선생님, 최인희崔寅熙 선생님

●

선생님,

진작에 있어야 했고, 진작에 이루어져야 했던 일이 이제야 겨우 햇빛을 보게 되었습니다. 선생님의 유고집을 내야겠다는 논의는 선생님께서 세상을 떠나신 바로 그해(`58)부터 시작되었는데 차일피일 세월만 흘려보내고 말았습니다.

엊그제 후학들이 모여 이 뜻 깊은 일을 다시 논의하면서도 부끄럽고 송구하나는 생각으로 한결같았습니다. 그 자리에서 선생님의 사랑을 한 몸에 받으면서 문학의 길에 들어선 제가 선생님의 인간과 작품에 대한 글을 쓰기로 했고, 따님께서 깨끗이 정리한 50편의 시를 전해 받았습니다. 무엇이라고 말할 수 없는 감회에 젖었음에도 무엇부터 써야 할지 서두가 열리지 않았습니다. 그래서 길을 떠났습니다. 선생님의 발길이 가장 많이 닿았던 곳, 그리고 선생님의 숨결과 선생님의 자연이 있는 곳으로 말입니다.

오대산 월정사月精寺에서 상원사上院寺까지 걸으면서 타는 듯한 단풍, 바위와 여울, 구름과 낙엽송, 선생님의 시는 옛날 그 자리에 고스란히 있음을 보았습니다.

> 눈 녹는 운령雲嶺에
> 소리 없이 스치는 바람
>
> 바람과 더불어
> 고개를 넘으련다.
>
> 우수 경칩도
> 지나간 날에
>
> 매화 피는 마을은
> 어디 있느뇨.

장시 「여정백척旅情百尺」의 앞부분

선생님의 미발표 장시長詩는 이렇게 시작되었습니다. 구고舊稿라기보다는 습작기 작품이라는 편이 나을 350행은 54장의 원고지에 깨끗이 정리되어 있었고 한 권의 시집으로 묶여 있었습니다. 표지에는 선생님의 붓글씨로 '旅情百尺'이라고 적혀 있었습니다. 이 시를 서두에서 말하는 것은 선생님의 초기 시는 모두가 「여정백척」에서 파생되었기 때문입니다.

선생님은 율격과 매듭을 간직하면서도 때 묻지 않은 인간과 자연의 대화를 산책하듯이 노래하셨습니다. 『문예』지에 추천된 세 편의 작품과 동인지 『청포도』에 실린 작품 들은 그 근원을 「여정백척」에 두고 있었으니 최인희 초기 시의 총론과도 같은 작품이었습니다. 때 묻지 않은 인간이 때 묻지 않은 자연과 어울리는 무구의 세계, 바로 여기에 선생님의 시가 있었습니다. 그래서 이 글의 제목에 '무구'라고 적었습니다.

● ●

산에서 돌아와서 편지 뭉치의 먼지를 털고 선생님이 제게 주신 편지를 찾아서 읽었습니다. 명필에 버금가는 선생님의 필적마다 스승의 사랑은 가득히 넘치고 있었습니다. 1956년 11월 13일에 적으신 편지에는 이런 구절이 있었습니다.

> 군君은 내가 자랑하고 싶은 시인이네. 내 존재가 위대해서가 아니라 군을 얘기함으로써 내게 덕이 크다는 말임을 이해해 달라는 말일세.

그 무렵은 제가 아직 문단에 나오지 못하고 있을 무렵인데도 이 같은 말씀으로 따뜻한 격려를 해 주셨습니다.

선생님과의 인연은 강릉(강릉사범학교)에서 시작되었습니다. 선생님은 국어와 독어를 강의하셨고 제게 있어 독어는 깜깜절벽과 같았습니다. 백지와 다름없는 시험지를 내고 선생님을 피해 다니고 있을 때였습니다.

"사네 독일이 시험 잡쳤더군. 저녁에 내 집으로 오게."

신생님께서는 하숙으로 찾아간 저에게 백지나 다름없는 제 시험지와 연필을 주시면서 고쳐 쓰라고 하셨습니다. 물론 잘 된 친구의 답안지도 함께 주셨습니다. 그리고 선생님은 빨리 쓰라고 재촉하셨습니다. 저는 쓰지 못하고 그냥 앉아 있었습니다. 선생님께서는 자리를 비켜 주셔야 했는데도,

불연이면 외면이라도 해 주셔야 했는데도 절 지켜보고 계셨습니다. 결국 저는 답안지를 고쳐 쓰지 못하고 돌아온 일이 있었습니다.

　선생님의 세계와 외계 사이에는 창이 가로놓여 있었습니다. 창 안은 언제나 무구의 세계였고 외계는 광대무변廣大無邊의 자연이었습니다. 그 자연노 무구의 자연이었습니다. 선생님의 시는 무구와 무구와의 접촉이었고 무구의 세계를 희구하고 계셨습니다.

　선생님의 시에는 '창'과 '창변窓邊'이라는 단어가 많습니다. 창문은 닫혀 있기도 했고 열려 있기도 했습니다. 때로는 창틈으로 한 움큼의 햇살이 들어왔으며 때로는 창호지의 밝음만으로도 무구의 자연과 접촉이 가능했습니다.

　　　창에는 따로 트인 세계가 있다.
　　　「창」의 1연


　　　창밖에서 바라보면
　　　문살만 엮여 있고
　　　「등불」의 2연


　　　구름이 흘러가면
　　　마을 소녀는

　　　창을 열어 놓고
　　　바라보았다.
　　　「장미 밭에서」의 1·2연


　　　이른 아침 홀로 일어 따로 앉으면

망울졌던 꽃잎들이 창가에 터져

내 많은 사념思念으로 하여
사뭇 눈부시듯 부시게 하는 것
「계절의 창」의 1·2연


창살에 움직이는 세계는
개인 날 멀리 항로를 간다.
나는 하늘과 화분을 실은
배를 타고 있나 보다.
「창」의 마지막 연


먼 하늘이
제한된 창에 있다.
지나간 꿈의 그림자가 있다.
「하늘」의 1연


　창과 외계의 관계가, 창을 매개로 한 사유가, 그리고 창을 통해서 접촉하는 무구의 세계가 수많은 작품에서 그려지고 있음을 봅니다. 그것은 우주의 이치를 시로써 궁구하는 것이며 인간 또한 우주의 이치 안에서 생명의 의지를 불태우고 있음을 시로써 형상화하고 있음입니다.

　선생님에게 있어 창의 의미는 우주와 인간을 하나로 묶을 수 있는 방법이며 장소였습니다. 선생님의 초기 시가 율격을 소중히 하는 서정의 세계였던 것은 사실이나, 거기에도 보이지 않는 창이 있었고 무구의 우주와 무구의 자연은 그 창을 통하여 언제나 선생님 곁에 다가와 있었습니다. 그것은 오묘하기 그지없는 선禪의 세계와도 같았는데 율격과 서정만으로는 성이 차지 않으셨습니다.

　마침내 선생님은 무위無爲를 방불케 하는 크고 넓은 사념의 세계를 명쾌하게 정리하여 저희들 앞에 보여 주셨습니다. 창과 창변의 철학에 피리어드를 찍듯이 형상화해 주셨습니다.

> 　창변에서 또 토담 가에 기대어 한결같이 쏟아지는 햇살을 받으면서 세간사世間事를 잠시라도 잊어버리는 것은 행복한 일이다. 적어도 그러한 시간이란 행복의 은총이 무릇 심신에 피어올라 진정 사람들은 이런 것의 영원성을 추구하다 필경 갈 사람들은 가고 마는 것이다. 또 이어 어군魚群처럼 몰려오는 것이다.
>
> 　아지랑이 타는 창변에 앉아 한참을 졸다 마침내 땀을 씻는다. 눈부신 동구瞳球가 먼 하늘에서 아득하다. 창을 열어젖힌다. 찬바람이 으슥하여 몸을 식힌다. 어디론지 창을 열고 발길을 내달아 길을 걸어 본다. 사람과 사람 들의 무리 속에 다시 어느 항로의 차운 물결이 요란하다.
>
> 「아지랑이」의 마지막 두 연

　시의 해석은 사족이 되기 쉽습니다만, 선생님의 시 「아지랑이」야말로 그런 경우에 해당되는 것이라고 생각됩니다. 선생님의 시적 사념은 무한이며, 또 그것은 모든 인간이 무구의 우주이어야 하는 평화를 상징하고 계셨습니다. '무구, 그리고 평화'라는 제목은 여기에서 연유되었습니다.

● ● ●

　휴전이 이루어지던 무렵의 교실은 전장에서 돌아온 학생들로 가득 차 있었습니다. 학생이었던 저희들은 어른이 되어 있었고 선생님도 군무軍務라는 전혀 새로운 세계와 접촉하고 교실로 돌아오셨습니다. 그때 저희들은 일요일마다 산으로 바다로 돌아다니고 있었습니다. 전장에서 겪은 공포와 규칙에서의 해방감을 만끽하는 그런 즐거움이었습니다.

선생님은 그런 저희들에게 "나도 같이 데려가 달라."라고 하셨고 만일 데려가 주지 않으면 독어의 점수를 주시지 않겠다고 하시면서 웃으셨습니다.

"난 말일세, 공부만 했지 아무것도 몰라. 이젠 자네들에게 노는 것 좀 배워야겠어."

이 말씀은 선생님의 진심이었다고 저희들은 지금도 믿고 있습니다. 창문을 경계로 한 선생님의 세계는 무구의 세계였고 선의 세계였기 때문입니다.

저희들이 모여 있는 곳에 선생님이 자리를 함께해 주신 것은 대단히 신나고 기쁜 일이었습니다만, 담배를 피우지 못하는 고통이 있었습니다. 그런 시간이 되면 선생님은 담배를 권하셨습니다만, 선생님 앞에서 담배를 피워 물 저희들이 아니었습니다. 그런 다음 선생님의 담뱃갑은 어김없이 도로 주머니로 들어갔고 저희는 소리내 크게 웃었습니다. 선생님은 왜 웃느냐고 정색을 하셨습니다만, 저희들은 "담뱃갑을 놓아 두고 잠시 자리를 비켜 주십시오."라는 말씀을 감히 드리지 못했습니다. 이것이 창 안쪽에 있었던 선생님의 세계였습니다. 마침내 선생님의 창문을 두드리는 소리는 점차 거세어졌고 그 강도도 높아졌습니다.

> 먼 산의 울림 소리 계곡을 돌아오듯
> 은밀한 이 달빛 아래서
> 소녀는 마침내 신기하게도
> 마음의 창가에 와 노크하고 있었다.

「달빛 아래서」의 5연

선생님은 창을 열었습니다. 무구의 우주는 바로 눈앞에 있었습니다. 그것은 도도히 흐르는 생명의 의지였습니다. 그 생명의 의지는 창 안에 있었던 무구의 세계와 같았습니다. '바위'에게도 '낙엽송'에게도 그들 나름대로의 신비한 생명이 꿈틀거리고 있었습니다.

선생님께서 간직하고 계시던 무구의 사념은 모두에게 꿈틀거리고 있었습니다. 그것은 선생님에게 있어서 환희였고 크나큰 깃봉이었습니다.

> 산이 주춤주춤 다가온다. 문앞에 와서 무엇인가 정중히 지키고 있다. 깊은 밤에도 개 한 마리 짖지 않는 마을의 앞뒤에 산들은 이렇게 모여 선다.
>
> ......
>
> 날이 밝아 온다. 산은 사람들이 알기 전에 서서히 뒷걸음질로 제자리에 돌아가 앉는다. 산은 등성이에서 무거운 긴장을 풀어 버린다. 고을에서 물소리가 졸졸거린다. 육감肉感에서 맺은 싹이 부푼다.
>
> 「첫소리」의 4·6연

선생님의 산은 살아 있었습니다. 많은 시인들이 산을 노래했지만, 선생님의 산처럼 살아 있지는 않았습니다. 선생님은 산에서 울리는 혈맥의 고동 소리를 들었습니다. 거기에는 만유萬有가 지닌 음악 소리가 있었기 때문입니다. 선생님의 산은 풍경이 아니라 이미 하나의 생명체였습니다. 창문을 활짝 열고 섬돌로 내려섰습니다. 그리고 바라보았습니다. 찬란한 아침이었습니다.

> 구름이 걷혀 가고 잎들의 생기가 줄기찬데 만유가 지닌 음악 소리. 지대한 태양의 광망光芒도 멀리선 하늘도 조수潮水 되어 이 한 방울 구슬

속에 떨어져 있음을 본다.

어린 눈동자를 바라보라. 하늘이 있고 별이 있고 꽃 같은 웃음 속에 미래의 찬란한 영광이 그 속에 있음을—바람에 어유魚遊하고 있는 깃발.

자라 오르는 수목에 나직이 손잡고 서서 아침 이슬 방울지는 점광點光 속에 마침내 산상에 높이 게양될 기폭旗幅을 바라본다.

펄, 펄, 펄 한없이 나부끼는 소리.

「아침의 노래」의 일부

　선생님의 자연은 펄럭이는 깃발이었습니다. 그것은 또 선망의 표적이었습니다. 그 선망은 의지며 질서이기도 했습니다. 자연의 질서는 우주의 섭리 안에 있었고 거기에는 거짓이 없었습니다. 그것은 곧 선생님의 인품이며 덕망이었습니다. 때 묻지 않은 인간만이 바라볼 수 있고 그래야만 바로 보이는 질서! 선생님의 평화는 거기에 있었습니다. 그 평화를 형상화한 것이 선생님의 시였습니다. 전쟁이 없는 것만이 평화는 아닙니다. 모든 인간들이 무구의 세계에서 사는 것을 선생님은 평화라고 보셨습니다. 선생님의 평화는 의지와 질서였습니다. 그것은 「낙엽송落葉松」에도 있었습니다.

낙엽송은 산천에 뭇 꽃을 피우고 공기보다 부드러운 침엽針葉의 날개를 펼친다. 그리하여 아개 덮인 산벽에서 절정에서, 계곡의 잡목 속에 섞이어 유하雲霞 덮인 전설 같은 지역에서 줄기차게 자라 오른다.
……
천 년을 헤이고 오히려 만세를 누려 가도 넘침 없이 자라나는 낙엽송을 본다. 그에게 동량棟樑 되기를 바라는 것은 차라리 사치—제대로 쓰러져 흙에 묻히는 날까지 싱싱하게 살아가는 그 운치만이라도 우리의 자손들로 하여 크나큰 한 개 보람이 되리니.

「낙엽송」의 2 · 4연


● ● ● ●

선생님은 별로 말씀이 없는 편이셨습니다. 제가 사범학교를 졸업할 때 졸업생을 대표하여 답사를 읽게 되었습니다. 시인 되기를 소망하는 문학청년이었습니다만 답사를 쓰는 일은 어려웠습니다. 그 고민은 차라리 고통과 같았습니다만 제 나름대로 마련을 하였습니다. 졸업식 날 아침, 선생님은 저를 부르셨습니다.

"자네가 졸업을 하는데……, 뭔가 선물을 해야 하는데 마땅한 것이 없어 답사를 썼네. 이걸 읽게."

하시면서 답사 두루마리를 주셨습니다. 전쟁의 와중이라 화선지를 구하기 어려웠는데도 선생님은 고급 화선지에 붓글씨로 된 답사 두루마리를 주셨습니다. 그것을 예고해 주셨던들 고통과 같았던 고민을 덜었을 것인데도 선생님은 말없이 그런 은혜를 내려 주셨습니다. 바위에 비할 수 있는 선생님이셨습니다.

> 바위는 무시이래無始以來로 그의 소망을 말하지 않는다. 뇌성 같은 침묵으로 그의 자태는 대지에 뿌리 박고 풍설에 깎여 간다. 의지의 꿋꿋함을 다루어 본다.
> ……
> ……
> 성주괴멸成住壞滅의 이 무언無言의 진행 속에 우리가 지켜 가야 할 율법을 세워야 한다. 그리하여 흙에서 만유가 또다시 생성되는 흙의 마음

으로 돌아가리라. 바람은 갈대에 이치 대고 계절의 쓰라림만이 울고 있다.

「바위 아래서」의 첫 연과 마지막 연


'무언의 진행 속에 우리가 지켜 가야 할 율법을 세워야 한다.' 에서의 율법은 우주의 율법이며 그 율법이 세워짐으로써 무구의 세계가 이루어지고 그것이 곧 선생님이 희구하시던 평화가 이룩되는 길이었습니다. 그 평화는 인간의 삶에서 가장 보람 있고 가장 아름다운 것입니다.

전쟁의 상처가 가시지 않았던 거리거리에는 처참하게 일그러진 아이들의 모습이 있었습니다. 그런 길(路傍)을 선생님은 걸으셨고 그런 아이들을 볼 때마다 선생님은 그것이 마치 선생님의 과오처럼 가슴 아파하셨습니다. 생명은 무시되어 있었고 버려져 있었습니다. 그것은 질서에 의하여 평화로워져야 하는 우주의 큰 훼손이었습니다.


아가야! 그리고 울음 우는 아가에게 짓눌리어 기진한 소년이여! 너희들 엄마를 잃고 아빠를 잃고 밀리어 서울의 여기 이름 모를 노방에서 오늘도 해가 지누나.

아가야! 언니 등에 업히어 뜻 모를 울음 뒤에 엄마의 환영幻影조차 알 길 없이 누가 여기 버리고 간 이렇듯 애처로운 생명들이기에 이다지도 오고 가는 빌길음 앞에 낱낱이 가슴 시리게 하는 것인가?

아아, 예까지 와선 마침내 기진하여 쓰러신 너희들 외로운 나그네를— 허허한 내 가슴속에 바다 같은 눈물이 실리었다.

「노방에서」의 일부

모든 자연에까지 생명의지를 부여한 선생님이셨습니다. 우주의 섭리를 무한의 아름다움으로 보셨던 선생님이셨습니다. 그것은 평화로 이어지는 질서가 무구의 세계를 이루어 놓았고 선생님도 그중의 하나임을 자부하고 계셨는데, 정작 가장 아름다워야 할 인간들의 세계는 「노방에서」와 같이 뒤틀리고 메말라 있었습니다. '낱낱이 가슴 시리었고' 또 '가슴속에 비다 같은 눈물이' 실리었습니다. 불경佛經을 읽으신 선생님이셨기에 반反평화에 대한 해석을 하셨습니다.

> 업業이라 함은 그것이 곧 땅에 뿌린 씨앗이요, 그로 인연하여 한 몸 이끌고 나아갔다 돌아옴이며, 불빛에 달려드는 하루살이, 아니면 나비요, 또 그보다 다른 벌레의 헐떡임이로다. 이리하여 마침내 대지에는 서서히 땅거미가 기어들고 뻗어 오르던 수목들은 한 잎 또 한 잎 조락凋落을 맞으리로다.
>
> 「황혼」의 마지막 연

선생님의 무구는 평화였습니다. 그것을 형상화해 놓으셨습니다. 선생님의 사념은 마침내 한 편의 시로 모아졌습니다. 저는 감히 선생님의 대표작으로 이 한 편을 들게 되었습니다. 그것은 시제詩題조차도 「평화」로 되어 있습니다.

> 엄마 품에 안기어 젖을 빨다 흐뭇하면 아가는 제 손가락을 빤다. 아빠가 아는 체를 해 주면 빨던 제 손가락을 아빠 입에 넣어 준다. 다음엔 엄마 입에 넣어 준다. 그러면서 알지 못할 제 소리로 엄마를 놀린다, 아빠를 놀려 댄다.

언제 보아도 또다시 보아도 아가에겐 웃음이 어려 있다. 잠이 들면 고요한 숨소리에 가벼운 방 안 공기는 웃음 머금은 물결에 실려 있다.

적쇄쇄赤灑灑한 마음 한가운데는 무한대로 펼쳐지는 꽃밭이 있다. 꽃밭에서 놀다가 분분히 날아드는 나비를 본다. 잠잠한 방 안에서 해쓱 웃어 본다.

문살을 딛고 햇빛이 화창하게 솟아오르면 '갸아, 응갸아' 아가는 문살을 향하여 웃음을 띠운다. 방 안으로 밀려드는 햇빛을 쥐어다가도 입으로 가져간다. 그리하여 눈매에, 입가에 차차로 왼 얼굴에도 그 부드럽고 황홀한 물결은 마구 피어나는 것이다.

난초蘭草가 다사로운 햇빛을 받아 이고 솟아오르듯 싱싱하고 아름답고 부드러운 연록軟綠 같은 꿈을 기르면서 흘러가는 강물과 풋풋한 수목과 향기한 화초와 같은 마음가짐으로써 진정 그의 우러러 지켜 갈 기폭을 하늘 높이 햇빛 속에 나부껴 본다.

「평화」의 전문

아가의 세계는 무구 바로 그것이었습니다. 그것은 생명의지의 자연이었고, 또 그것은 기원祈願이었습니다. 「평화」에 등장한 아가와 같이 이 세상 모든 사람들이 살아가고 있을 때, 바로 그것이 살아 있는 우주의 질서였습니다. 그 질서는 무구한 사람만이 무구한 자연과 무구한 우주와 속삭이며 대화를 나눌 수 있음이며 그것이 곧 선생님이 희구하시던 시정신이요, 평화였습니다.

선생님, 선생님은 무구한 덕망으로 무구한 우주에서 평화롭게 잠들어 계십니다. 후학들의 모임이 너무 늦었습니다.

용서해 주십시오.

# 4. 현해탄 건너에도 정겨움이 머물고

2차 세계대전이 끝나던 1945년 8월,

그때 나는 초등학교 6학년인 겨우 13세짜리 소년이었다.

강제로 배운 알량한 일본어가 점점 잊혀질 무렵

6·25의 참화에 휩쓸리게 되었고,

그 황폐한 전후의 땅에서 나는 시나리오작가가 되었다.

당시의 일본 영화는 우리의 우상이었고 또 교과서나 다름이 없었다.

잃어버린 내 일본어를 되찾기 위한 노고를 덜어 준 일본인 친구들,

그들의 이야기도 내 인생의 동반이고도 남는다.

# 가장 아름답고 정겨웠던 일본인

## 시나리오작가 야마다 노부오山田信夫와의 추억

●

일본인 시나리오작가 야마다 노부오가 세상을 떠났다는 편지를 받았다. 그의 아내 슈미秀美 여사가 쓴 육필(일본에서는 워드프로세스가 대중화 되었는데 도⋯⋯.) 편지에는 '악성 임파종에 의한 급성 출혈' 때문이라고 적혀 있었고, 이어 "망부亡夫는 죽는 순간까지 자신은 건강하다고 믿고 있었습니다."라는 정말로 가슴 아픈 사연을 적고 있었다.

내가 일본 영화계에서 첫손에 꼽힐 만큼 이름 있는 시나리오작가 야마다 노부오와 형제보다 더 친하게 지내게 된 데는 그대로 한 · 일 관계의 개선을 상징하는 우여곡절이 담겨져 있다.

1960년대의 초반, 그러니까 내가 시나리오작가의 초년병으로 이름을 올렸을 때였지만, 엉뚱하게도 한 · 일 영화교류를 이루어야 한다는 내 나름의 집념이 있었다. 그 집념을 실현하기 위하여 함께 일할 일본인 시나리오작가를 찾기로 하였다.

일본에서 간행되는 월간 『시나리오』지, 혹은 『키네마 순보』 등을 섭렵하여 나보다 한 살 위면서 뚜렷한 작가의식을 갖고 있는 야마다 노부오라는 젊은 시나리오작가를 찾아내게 되었다.

박정희 소장의 군사쿠데타가 완전하게 자리 잡지 못한 때라 여권을 내기란 하늘의 별 따기보다 어려웠을 때지만, 상당한 우여곡절을 겪으면서 나는 여권을 발급 받고 일본 땅으로 날아갔다.

먼저 그에게 전화를 걸었다가 질겁을 할 만큼 놀라운 반응을 들었다.

"북에서 오셨습니까? 남에서 오셨습니까?"

"남에서 왔습니다."

"미안한 말이지만, 지금 당장은 시간을 낼 수가 없습니다."

대체 이게 무슨 소린가. 나는 전화를 끊으면서 분노로 몸을 떨었다. 식민지시대에 겪었던 일본인의 멸시를 다시 받는 것과 같아서였다. 그러나 나와 함께 한 · 일 영화교류에 앞장서야 할 그를 포기할 수는 없었다.

수소문 끝에 그에게 시나리오를 배우고 있는 한국인 여성을 찾아내고, 그녀를 앞세우고 야마다 노부오의 집을 방문하게 되었다. 그때 그는 온 벽에 인물 구성표와 장면 진행표를 만들어 놓고, 당대의 화제작이면서 흥행에 대성공을 하게 될 야마사키 도요코山崎豊子 원작의 『화려한 일족一族』을 각색하고 있었다.

나는 그가 쓴 작품을 소상히 거론하는 것은 물론, 일본 영화계에 알려진 그의 작가의식까지 입에 담으면서 열변을 토했다.

"지금은 한 · 일 관계가 여의치 않지만, 곧 양국의 영화교류가 필요하게 되고, 나아가서 양국의 영화인들이 힘을 합쳐 아시아의 영상문화를 발전하게 해야 되질 않겠는가."

야마다 노부오는 전적으로 찬성한다는 반응을 보이면서도 가슴을 열어 주지는 않았다. 물론 그날도 첫 전화를 끊었을 때와 같이 참담한 심정을 안고 그의 집을 나설 수밖에 없었다.

그 후, 10년 동안 나는 여러 차례 일본을 방문하게 되었고, 그때마다 야마다 노부오에게 전화를 걸어서 그의 근작을 입에 담으면서 우리식 우정을 다짐해 보였으나, 그는 끝내 다시 만날 수 있는 기회를 주지 않았다. 그러나 나는 그와의 인연을 버릴 수가 없었다. 작품에 임하는 그의 태도와 정신이 나와 유사하다고 확신한 때문이었다.

그리고 얼마의 세월이 흐른 1978년의 늦가을 밤으로 기억된다. 느닷없이 걸려 온 연극연출가 이진순 선생의 목소리는 정말로 날 놀라게 하였다.

"신 형, 야마다 노부오라는 일본인 시나리오작가를 잘 안다면서요?"

"그렇습니다만……."

"여기 프라자호텔이에요. 빨리 오세요."

마치 꿈속을 헤매듯 나는 허둥지둥 프라자호텔로 달려갔다. 야마다 노부오는 바로 거기에 있었다. 그는 왈칵 나를 안아 주는 반가움을 보였다. 하기야 서로 13여 년의 세월을 헛되게 흘려보내지를 않았던가.

우리는 그날 밤을 꼬박 새우면서 술을 마셨다. 나는 취기를 빌려서 야마다 노부오의 무정한 오만을 나무랐다. 그의 대답은 절묘하였다.

"그때 나는 신 선생을 KCIA의 요원으로 알았어요. 군사정변이 진행 중인 때에 일개 시나리오작가가 해외여행을 할 수 있다는 사실, 거기에 신 선생은 나의 모든 짓을 정확하게 알고 있었길 않았어요."

아, 그랬던가. 그까짓 오해야 아무럼은 어떤가. 오랜 세월 동안 마음에 간직하였던 아름다운 우정을 다시 싹트게 하면 될 것이 아닌가.

그날 이후, 나는 야마다 노부오와 함께 서라벌의 고도古都 경주를 비롯하여 부여, 민속촌, 휴전선 전망대 등을 돌아다니면서 약간은 친북 성향이었던 그에게 한국의 문화와 한국의 현실을 정확하게 이해시키면서 오랫동안 궁리하였던 내 속내를 털어놓았다.

"자, 우리의 임무가 무엇인지를 확인하기 위해서라도 오늘 당장 한·일 합작영화의 기획과 제작을 추진합시다."

"그래요. 신 신생에게 사과하기 위해서도……."

동년배의 작가들이라 간단하게 의기가 투합되었다. 당시 야마다 노부오의 작가적인 역량은 일본의 TV방송사를 충분히 설득할 수 있는 위치에 있었고, 나 또한 한국의 방송사를 설득할 수 있는 처지였다.

그리고 1년 후, 야마다 노부오는 일본의 유수한 민영방송사인 요미우리 TV를 설득하였고, 나는 한국의 MBC-TV를 설득하여 양국 최초의 한·일 합작 TV드라마의 제작을 추진하게 된다.

임진왜란을 소재로 한 합작드라마 「여인들의 타국他國('80)」이 바로 그 작품이다. 등장인물의 균등한 배분, 한국어와 일본어의 사용 빈도, 실제 제작비의 부담, 촬영장소의 선택 등 전인미답의 조건을 우리 두 사람의 작가가 임의로 정하면 방송사는 우리를 신임하고 따라 준 정말로 아름다운 합작드라마였다.

한국과 일본을 오가며 제작이 되는 동안, 출연한 연기자들은 말할 나위도 없고 제작과 연출, 촬영, 조명 등 기술에 임한 스탭들의 우정이 눈물겹도록 아름답게 익어 가면서 한·일 최초의 합작드라마는 완성이 되었다.

일본에서는 요미우리TV의 제휴사인 NTV에서 방송하기로 하였으나, 한국에서는 일본 배우가 출연한다는 이유로 군사정부의 방송부적격 판결이 내려지는 어처구니없는 사태에 우리는 분노하기도 하였다.

방송이 되는 날, 나는 일본으로 달려가 야마다 노부오의 집에서 일본 측

관계자와 함께 방송을 지켜보게 되었고, 한국의 스탭들은 일본에서 방송되는 시간에 맞추어 모두 같은 자리에 모여 VTR테이프로 ON AIR의 기분을 냈다. 방송이 끝나자 양 팀의 관계자는 눈물을 흘리면서 국제전화로 서로의 노고를 위로하는 아름다운 우정을 나누기도 하였다.

오랫동안 간직하였던 서로의 소망을 스스로의 힘으로 이루어 낸 야마다 노부오와 나의 우정은 그 후에도 정말로 아름답게 지속되었다. 그는 한국과 관련된 작품을 집필할 때면 아무리 사소한 일이라도 내게 자문을 청했고, 집필 중에는 윤시내의 「열애」를 틀어 놓을 정도의 친한親韓 작가가 되었다. 어쩌다가 우리 내외가 일본을 방문하면 그는 어떤 경우에도 우리를 호텔에 묵게 하질 않고 자기의 집으로 초청하여 극진하게 예우하였다.

그는 다른 일본인에 비해 코즈모폴리턴한 사고를 갖고 있었기에 편협하지가 않았다. 그러므로 한국인들조차도 입에 담기가 민망한 군사독재에 대하여도 혹독할 만큼 자유롭게 비판하곤 하였다. 그런 그의 자유주의자적인 작품 성향은 제도권에 대한 비판도 서슴지 않았다.

2차 세계대전이 한창일 때, 일본 정부는 민간인들 소유의 다이아몬드와 같은 보석류를 '제국은행'의 금고에 보관하게 하였는데, 전쟁이 끝난 혼란의 와중에서 예의 '제국은행'의 금고가 용접으로 뚫리면서 보관된 보석류가 모두 없어지는 사건이 있었다.

이른바 '데이긴 지켄帝銀事件'이라고 불리는 이 어마어마한 사건은 아직도 미제未濟 사건(비록 범인이 잡혔지만 사형집행을 않고 있다.)으로 남아 있는데, 야마다 노부오는 이 사건의 주범을 미국의 CIA로 상징하는 시나리오를 써서 사회정의에 호소하려 하였지만, 끝내는 영화화되지 못하는 고통을 겪기도 하였다. 일본의 은행들이 제작하고자 하는 영화사의 자금줄을 죄었기 때문이다.

야마다 노부오는 가끔 내게 말했다.

"신 선생, 일본이라는 나라가 언론의 자유를 만끽하고 있는 것으로 보이지만, 아직도 미국을 비방하는 영화는 한 편도 제작된 일이 없어요. 이것은 미국의 방해가 아니라 강한 나라에 약하고, 약한 나라에 강한 일본인의 못된 성향 때문임을 신 선생만은 알고 있어야 해요."

일본인 지식인들이 특히 한국인에게 우월감을 보이려는 판국에 그는 언제나 내게 바른 일본관을 심어 주기 위해 애쓴 단 한 사람의 일본인이었다.

뿐만이 아니다. 야마다 노부오는 경주의 천마총天馬塚을 구경하고 나오면서 눈앞을 가로막는 또 다른 왕릉을 바라보며 내게 물었다.

"신 선생, 저 왕릉은 왜 발굴하지 않나요?"

"발굴한다 해도 방금 보았던 천마총의 유물과 비슷한 것이 나오지 않겠습니까."

"아니지요. 확인할 수 있는 모든 것을 확인하고서야 어설펐던 역사가 바로 이해됩니다."

야마다 노부오의 대답이 너무도 진지하고 단호하여 나는 일본인 지식인의 내심을 찔러보았다.

"그것이 사실이라면……, 일본에서는 왜 천황의 무덤을 발굴하지 않나요?"

야마다 노부오는 잠시 어이없다는 시선을 보내다가 정말로 진지하게 대답했다.

"만일 천황의 무덤을 발굴하였다가, 신라나 백제라고 새겨진 유물이 나온다면 어떻게 되겠습니까. 그렇게 되면 일본의 황실뿐만이 아니라, 일본이라는 나라의 국체가 무너질 위험이 있는데도……, 신 선생 같으면 그런 위험을 무릅쓰고라도 천황의 무덤을 발굴하겠습니까."

그때 나는 야마다 노부오의 지식인다운 모습에 정말로 마음으로부터 존경의 염念을 표하였다. 혹 지금이라면 모른다. 아키히토明仁 천황도 비슷한 얘기를 했으니까. 그러나 30여 년 전에 일본인 지식인이 그런 말을 입에 담기는 정말 어려웠던 시절이다. 야마다 노부오는 일본인이면서도 일본인답지 않은 지식인이었으며, 일본에 관한 한 그는 진정 내 스승이었다.

야마다 노부오의 타계를 알리는 미망인 슈미 여사의 편지에 "망부는 죽는 순간까지 자신은 건강하다고 믿고 있었습니다."라는 대목이 무엇을 뜻하는지를 내가 모른대서야 말이 되는가.

그녀는 세상에 없는 망부를 대신하여 한국인 친구의 건강을 염려하고 있었음에랴. 야마다 노부오의 향년은 65세. 그와의 추억을 되새기는 일이 그의 명복을 비는 일인지도 모른다.

# 할머니의 집념은 꽃으로 피고

## 쓰노다 후사코角田房子 여사의 한국 사랑

느닷없이 걸려 온 전화를 받으면서 몹시 당황했던 일이 아직도 기억에 생생하다. 1984년 여름, 조금은 카랑카랑하면서도 인자하게 들리는 여인의 목소리는 자신은 일흔 살의 할머니라고 소개하면서 민비암살을 논픽션으로 쓰기 위한 자료수집차 서울에 왔노라고 내가 알아듣기 쉽도록 또박또박 일본말을 뱉어 내고 있었기 때문이다.

내가 20년 연상인 쓰노다 후사코 여사를 만난 것은 민비암살(그녀의 표현으로)에 관한 집필을 중단해 주기를 권고하기 위해서였다. 그 까닭은 첫째 일본인이기에 그 소재와 정면 대결하기가 버거울 것이고, 둘째는 칠십 고령의 여성이라면 일본인의 편견을 드러내기 쉽겠다는 이유에서였다. 그러나 쓰노다 후사코 여사는 나의 정중하면서도 직설적인 충언을 완강히 거부했다. 일본인의 양식을 보이기 위해서라도 자신이 감당해야 할 중책이라는 각오는 참으로 놀라웠다.

내 설득이 역부족이었다면 그녀를 도와줄 수밖에 없었다. 이런 연유로 나는 그녀의 작업에 적극적인 협력을 아끼지 않으면서 그녀의 취재를 지켜 보게 되었다.

취재에 임하는 그녀의 집념은 노령과는 상관없이 논픽션작가로서의 전 형을 보여 주는 정말 대단하고 감동적인 것이었다. 예컨대 그녀는 명성황 후가 '임오군란壬午軍亂'을 당하자 천신만고 끝에 목숨을 부지하여 피신하 였던 장호원長湖院을 둘러보고 싶다면서 거기에 가면 무엇을 보고 오면 좋 겠느냐고 내게 물었다. 나는 그녀의 고령이 걱정되어 만류할 수밖에 없었 다. 또 장호원에 간다 해도 명성황후와 관련이 있는 사료나 현장을 접하기 어렵다는 점도 말했다. 그녀의 반론은 너무나도 뜻밖이었다.

"신 선생, 날 대할 때 늙은 여자로 대하지 말고 동료 작가로 대하여 주었 으면 좋겠어요. 설혹 장호원에 가도 참고가 될 만한 사료가 없으면 어때 요. 그 일로 왕복 3시간가량 버스에서 흔들리노라면, 아직 덜 익은 생각 이 정리되는 즐거움도 있을 게 아니에요. 난 그런 경험을 소중히 하고 싶 어요."

그리고 4년이 지나서 그녀의 역작인 『민비암살('88)』이 일본에서 간행되 었고, 순식간에 36판이라는 초대형 베스트셀러가 되었다. 내게는 일종의 감동이 아닐 수 없었다. '명성황후 시해사건'은 일본이 한국에 저지른 가 장 잘못된 야만적인 행위였다. 일본군 육군중장 출신의 미우라 고로三浦梧樓 를 주한 일본공사로 보내면서 '여우사냥'이라 이름 붙여진 군사작전으로 수행되었기 때문이다. 외견상으로는 민간인 낭인浪人이 주도한 것으로 되 어 있지만 실상은 현역 군인과 경찰이 동원되었던 국가적 만행이기 때문이 다. 그런 때문일까, 대개의 일본인들은 '명성황후 시해사건'은 모르는 것으로 치부하기가 일쑤였고, 설혹 알고 있다고 하더라도 입에 담기를 좋아하질 않는 것이 통례였는데, 일본인 논픽션작가에 의해 그 전모가 상세하고 확실하게 일본 땅에 소개되었고, 또 일본인 독자들에 의해 베스트셀러가 되는 보기 드문 일이 일본 땅에서 벌어진 것이 내게는 감동이 아닐 수가 없었다는 뜻이다.

이 같은 내 뜻을 잘 알고 있는 일본의 월간 시사교양지 『신조新潮 45』의 편집부에서 『민비암살』에 대한 서평을 청탁해 왔다. 나는 그것이 쓰여지던 경위를 짤막하게 소개하고, "한국의 역사와 관련된 일본인의 저작 중에서 가장 훌륭한 것"이라고 극찬을 아끼지 않았다. 그리고 쓰노다 후사코 할머니는 『민비암살』로 그해의 '신조학예상'을 수상하였지만, 심사위원장인 시바 료타로司馬遼太郎는 심사평을 쓰면서도 작품과 아무 상관도 없는 얘기만을 늘어놓는 것으로 일본인 지식인의 진면목을 여지없이 보여 주어 많은 사람들의 빈축을 사기도 했다.

그리고 1년 후, 쓰노다 후사코 여사는 또다시 격동기를 살아온 한국인의 얘기를 논픽션으로 쓰겠다는 의욕을 밝히면서 농학 박사 우장춘禹長春의 부친인 우범선禹範善에 관한 사료를 청해 왔다. 이미 쓰노다 여사의 집념과 필력을 믿게 된 나로서는 망설일 일이 아니어서 우범선을 살해한 고영근高永根에 대한 국내의 사료와 그의 재판 기록 등을 제공하였다. 그렇게 하여 출간된 것이 또 하나의 역작 『나의 조국(' 90)』이다.

쓰노다 여사와 나의 인연은 다시 이어진다

일본의 NHK방송국에서 전기한 『나의 조국』을 다큐멘터리로 제작하게 되었는데, 한국 측의 리포터로 출연해 줄 것을 요청해 왔다. 물론 거절할 일이 아니었다. 그 내용의 전제가 '명성황후 시해사건'이기 때문에, 문자가 아닌 영상으로 '명성황후 시해사건'이, 그것도 NHK의 전파를 탄다는 것은 당시만 해도 기적에 가까운 일이었기 때문이다.

일본에서 진행되었던 현지 로케이션 때 나는 쓰노다 후사코 여사와의 인터뷰를 위해 다시 여러 차례 만나게 되었는데, 만날 때마다 그녀는 생의 마지막을 불태울 작품을 구상하고 있노라면서 메모한 노트를 보여 주곤 하였는데 그 소재가 나를 다시 놀라게 하였다.

이미 착수한 작품은 사할린의 조선족에 관한 내용이었다. 그 또한 일본인에 의해 사할린까지 끌려갔으면서 전쟁이 끝나고 반세기가 지나도록 돌아오지 못하는 모든 책임이 일본 정부에 있다는 사실을 뼈아프게 지적하겠다는 것이었고, 그리고 죽지 않고 살아 있다면 종군위안부의 실체가 무엇인지를 적나라하게 밝혀 보겠다는 의욕을 불태우고 있던 모습이 아직도 생생하다.

그리고 얼마 후 쓰노다 여사의 소식이 끊어지고 말았다.

노환이 깊어진 부군을 노인하우스에 옮겼다는 소식이 바람결에 실려 오기도 하였고, 작품 활동을 중단하였다는 서글픈 소식도 들려오곤 했다. 그러던 어느 날 우연치 않게 NHK의 위성방송을 보다가 그녀의 모습이 비쳐지는 화면을 보게 되었다. 들려오던 소식대로 그녀는 부군을 따라 노인하우스로 간 것이 분명한 듯, 병든 부군의 침대 곁에 작은 소반을 놓고 원고를 쓰고 있는 모습이 비쳤다. 얼핏 비장한 모습으로 보이기도 하였지만 결국은 아니 본 것만 못했다는 생각을 들게 하였다.

쓰노다 후사코 여사의 나이도 이젠 84세의 고령일 것인데 남아 있는 삶이 한없이 아름다웠으면 하는 것이 내 소망인 것은 그녀의 작가의식이 내 가슴속에 뜨겁게 살아 있기 때문이다.

# 조선인 도공과 사쓰마야키 4백 년

### 조선 도공 14대 심수관沈壽官

●

이젠 정말 오래된 얘기가 된다.

일본을 대표하는 걸출한 역사소설가인 시바 료타로司馬遼太郎가 쓴 소설
『고향을 어찌 잊으리까(' 67)』를 읽고, 나는 상당한 흥분과 부끄러움을 함께
느꼈다. 솔직히 말해 이렇게 엄청난 얘깃거리가 있었던가 하는 것이 흥분
의 요인이었고, 이런 얘기를 왜 일본인 작가가 써야 했으며, 우리나라의 작
가들은 대체 뭐하고 있었을까 하는 것이 부끄러움을 자극하는 요인이었다.

그러나 부끄러워만 할 수 없었고, 흥분만 할 수가 없었다. 그래서 그 소
설을 다시 읽었다. 읽고 또 읽었다. 그런 과정에서 시바 료타로라는 작가가
아무리 걸출한 역사소설가라고 하더라도, 그가 일본인이었기에 조선인을
묘사하는 데 큰 잘못을 저지르고 있다는 사실을 발견하게 되었다.

일본인이 쓴 한 권의 소설이 나에게 현장에 다녀와야 하겠다는 욕구를

솟아오르게 했고, 마침내 그 욕구는 실로 화급을 다투는 일처럼 나를 독촉해 왔다. 그러나 TV일일연속극을 쓰고 있었던 탓으로 시간을 낼 수가 없어 초조한 마음을 견딜 길이 없었는데, 또 하나의 일본 소설을 접하게 되었다. 이와타 레이몬岩田玲文이 쓴 『이조 도공李朝陶工의 말예末裔('73)』였다.

이 소설도 앞서 거론한 시바의 작품과 같은 시대를 다루고 있으면서 똑같은 잘못을 저지르고 있었다. 이때는 흥분도 아니며, 부끄러움도 아니며, 마치 분노와 같은 것이 가슴 한가운데서부터 끓어오르기 시작했다. 그 소재는 오직 한국인, 한국 작가의 손에서 다시 쓰여져야 한다는 의분義憤이었다. 이젠 수속을 서둘 수밖에 없었다. 내 눈으로 현장을 확인하면서 일본 측 사료를 수집해 볼 수밖에 없어서였다.

떠났다. 사쓰마야키薩摩燒의 고장으로 가는 비행기에 올랐다. 그날이 1977년 5월 19일이었다. 통산 일곱 번째의 해외여행이었다. 그러나 어느 때보다도 가슴이 두근거렸다. 자비를 들여 해외취재에 나섰다는 사실, 그것은 나 스스로를 대견하게 하는 그런 느긋함이 아닐 수 없었다.


• •

일본 규슈九州 땅.

4백여 년 전인 임진·정유년의 왜란 때 10만여 명이라는 엄청난 숫자의 조선인 포로들이 끌려와서 오늘까지 살고 있는, 우리와는 엄청난 인연이 있는 땅이다. 조금 성급하게 얘기를 몰아가 본다면, 그때 왜병들에게 잡혀온 10만여 명의 조선인 포로 가운데 약 5만여 명이 포르투갈이나 네덜란드 등에 노예매매로 팔려 갔고, 나머지 5만여 명의 남녀가 이 규슈 땅에서 뿌리내리면서 자손을 번창하게 하였다. 그 세월이 4백여 년이라면 지금의 규슈인들은 거의 모두가 조선인의 피를 받고 있다는 사실이 입증되는 셈이다. 입증이라는 말이 조금은 단정적이지만 그렇게 믿어도 과히 틀리지 않는다. 이와 같은 사실은 뒤에 다시 언급되겠지만, 일본 지식인들에게 물어보아도 '거의 대부분'이 아니라 '모두'라고 정정해 주기까지 했으므로.

후쿠오카福岡 국제공항에 내려서 잠시 쉬고 다시 일본 국내선으로 바꾸어 타고 가고시마鹿兒島로 향했다.

가고시마는 일본인들이 동양의 나폴리라고 부를 만큼 아름다운 항구 도시였다. 긴코오만錦江灣의 한가운데에 떠 있는 그림같이 아름다운 사쿠라지마櫻島는 그대로 활화산이었다. 그날도 검은 분연噴煙을 내뿜고 있었다.

가고시마 시내에서 서쪽으로 달리면서 바라보는 일본 특유의 농촌 풍경은 아름답기 한량없었다. 50여 분가량 달려서 이주인伊集院이라는 작은 도시를 지나니 히가시이치키東市來의 아담한 마을 풍경이 한눈에 들어왔다. 거기서 5분 거리에 있는 '유노모토湯の元'라는 이름난 온천지역에 위치한, 유황냄새가 물씬 풍기는 일본식 여관인 하루모토소春本莊에 여장을 풀었다.

심수관 씨 댁에 전화를 걸어서 방문할 뜻을 전했다. 와도 좋다는 대답을 받은 다음, 그렇게 가고 싶었던(아니 가야 했던) 미야마美山로 달렸다. 택시로 10분 정도의 거리였다. 지금은 '미야마'라고 부르지만 이 지역의 옛 이름은 '나에시로가와苗代川'로, 조선인 도공들이 전쟁 포로로 끌려와서 뿌리내린 유서 깊은 고장이다.

우선 산세가 한국과 유사했다. 물론 나중의 일이지만, 심수관 씨는 "어떻습니까. 남원과 같지요? 우리 선조들은 남원과 지세가 같은 여기에 짐을 풀었습니다."라고 했을 만큼 낯설지 않은 고장이기도 했다.

이 미야마로 들어서는 초입에 '사쓰마야키의 발상지'라는 커다란 선전 입간판이 서 있어 낯선 방문객의 가슴을 설레게 했다. 사쓰마야키란 일본이 세계에 내놓고 자랑하는 도자기의 이름인데, 바로 이 사쓰마야키가 조선인 포로로 잡혀 온 도공들의 손에 의해서 만들어졌다는 사실, 그 사실의 뿌리를 캐러 오는 나에게 '사쓰마야키의 발상지'라는 입간판이 주는 인상은 하나의 충격이며 흥분이 아닐 수 없었다.

여기서 나직한 언덕을 하나 넘으니 조용하고 아름다운 마을이 눈에 들어왔다. 아늑한 분지로 되어 있어 인정이 넘쳐흐르는 듯한 인상, 이웃 사람들이 내 집처럼 내왕하면서 이런 얘기 저런 얘기를 속삭이고 있음직한 마을, 바로 여기가 미야마이며, 옛 나에시로가와였다.

그 포근하고 따뜻한 마을의 인상이 한국 사람인 나에게 조금도 낯설게 느껴지지 않은 것은 참으로 이상한 일이었다. 다만 이국적인 풍취가 느껴진다면 직경이 10센티 이상인 왕대孟宗竹가 하늘로 치솟고 있다는 것, 그리고 건물과 담장이 일본식이라는 것, 따뜻한 지방의 관상수가 많이 있다는 점뿐이었다.

심수관 씨 댁의 낡은 목조 대문이 첫눈에 들어왔다. 이 건물에도 필시 한국 사람이 살고 있을 것이라는 생각이 들 만큼 눈에 익은 대문으로 느껴졌다.


●　●　●

심수관.

그는 어느 모로 뜯어보나 그 골격부터가 한국 사람이었다. 심수관 씨의 피에는 단 한 방울의 일본 사람의 피도 섞이지 않았다. 비록 국적이 일본이요, 오사코 게이키치大迫惠吉라는 일본 이름을 쓰고 있다 해도 그의 외모가 한국인의 모습이어야 하는 것은 지극히 당연한 일이다.

4백여 년 전, 정유재란丁酉再亂 때에 심당길沈當吉이 전라도 남원에서 포로가 되어 일본 땅으로 끌려온 이래, 13대 심수관에 이르기까지 일본인 여성과 결혼한 일은 단 한 번도 없다. 다만 14대인 지금의 심수관 씨만이 일본인 여성(나쓰코·夏子)을 아내로 맞았을 뿐이라면 알 만한 일이 아닌가.

　　여기서 먼저 밝혀 두고 갈 일은 '심수관'이라는 이름이다. 처음으로 일본 땅으로 잡혀 온 초대는 심당길이었고, 2대가 심당수沈當壽, 3대가 심도길沈陶吉, 4대가 심도원沈陶圓, 5대가 다시 심당길, 6대가 심당관沈當官, 7대가 심당수沈當壽……, 이런 식으로 11대 심수장沈壽藏까지가 서로 다른 이름을 쓰다가, 12대에 이르러 지금의 심수관이 굳어지면서 13대, 14대, 15대로 습명襲名되고 있다.

　　"당신의 선조들이 낯선 땅에 끌려와서 사쓰마야키라는 명품을 남길 때까지의 노고를 한국의 TV드라마로 소개하고 싶어서 왔습니다."

라는 방문의 목적을 밝히자, 그는 반가워하지 않았다. 몇 분이 지난 다음에야 안 일이지만, 그는 일본의 매스컴으로부터 굉장한 시달림을 당하고 있었던 모양이었다.

　　"아버지의 제삿날도 아닌데 아버지의 무덤 앞에서 절을 해 달라는 주문을 받을 때마다 지겹다는 생각이 들었습니다."

　　그럴 수도 있겠다는 생각이 들었지만, 내가 쓰고자 하는 드라마는 심수관 씨의 역은 배우가 맡게 되기 때문에 그런 번거로움은 없을 것이고, 당신의 집을 오픈 세트로 빌려 주고, 가지고 있는 모든 자료만 제공해 주면 될 것이라는 내 말이 있고서야 그는 활짝 웃으며 아낌없이 협력할 것이라는 확답을 주었다. 이로부터 나는 본격적인 취재를 할 수 있었고, 그가 소장하고 있는 모든 자료와 귀중품을 살펴볼 수가 있었다.

　　인상적인 자료로는 자손들에게 일본어를 가르치기 위한 교본이 책으로 만들어져 있는 것이었고, 필사본으로 되어 있는 옛 소설 『숙향전淑香傳』 등도 잘 보전되어 있었다.

그리고 시바 료타로의 소설에 잘못 설명되어 있는 고시조 「오늘이쇼셔」에 대한 토론으로 들어갔다. 이 시조는 잡혀 온 조선인 도공들이 제삿날에 즐겨 불렀다고 되어 있었는데, 내용이나 해석이 모두 잘못되어 있었기에 『청구영언靑丘永言』에 수록되어 있는 원시를 제시하였다.

오늘이 오늘이쇼셔 每日에 오늘이쇼셔
덤그디도 새디도 마르시고
새라난 미양쟝식에 오늘이쇼셔

심수관 씨는 놀라는 기색이 완연한 얼굴로 그 시조의 출전과 해석하는 법을 비로소 알았다고 하면서,

"시바 선생의 소설에 잘못 표현된 것은 전적으로 내 책임입니다. 시바 선생은 내 얘기만 듣고 그대로 썼을 뿐입니다."
라고, 솔직하게 말해 줄 만큼 나와의 토론은 진지한 분위기에서 진행되었다.

● ● ● ●

책상 앞에서 할 수 있는 취재를 대충 마치고 그를 따라서 마당으로 내려서서 담장 밑 풀숲에 이르렀을 때, 나는 눈물이 왈칵 쏟아지는 충격을 맛보게 되었다. 그것은 형언할 수 없는 감동이자 슬픔이었다.

풀숲에는 높이 45센티 정도의 두 개의 돌비석이 서 있었는데, 놀랍게도 '반녀니' 라는 한글 비문이 새겨져 있었기 때문이다. '반녀니' 라면 여자의

이름이 아니던가. ‘언녀니’와 같은 종류의 비천한 신분의 여성의 이름, 그런 이름을 가진 여자가 죽었다 하여 비석을 세우고 그 비면에 이름을 새기는 일, 그것도 순 한글로 새겼다는 사실……, 그런 일이 본국(그들이 본다면)에서 있을 수 있는 일이던가. 비천한 여성에 대한 파격의 예우가 아니고 무엇인가.

낯선 이국땅에서 얼마나 고생을 하고 죽었으면, 보잘것없는 아낙의 죽음을 이렇듯 애통하게 기렸으며 또 이렇게 기억하게 하였을까. 심수관 씨는 나의 눈물이 의미하는 바를 물었다. 나는 앞에 적은 바와 같은 사연을 설명해 주었다. 그는 적이 놀라면서 이 보잘것없는 비석에 그런 엄청난 내력이 있었느냐고 하면서 소중히 보존하겠노라고 다짐하였다.

“얼마나 된 비석인가요?”

”아버님 말씀으로는 2백 년은 족히 되었을 것이라고 하셨습니다.”

나는 내심 드라마에 ‘반녀니’를 등장시킬 것이라고 다짐하였다. 또 이때의 에피소드는 후일 『주간 아사히週刊 朝日』에 대서특필되기도 하였다.

나는 자료 취재를 마감하면서 드라마 「타국('77)」을 쓸 때 가장 주의할 점이 무엇이냐고 물었다. 심수관 씨의 표정은 숙연해졌고 마치 선조의 유언을 전하듯 진지하게 말했다.

슬픔이나 괴로움이 응결되어 있는 사람만이 무엇인가 이루어 놓습니다. 사쓰마야키는 일본인일 수 없으면서 일본인이어야 했던 조선인 도공들의 응결된 괴로움과 슬픔의 결정이라고 생각합니다. 언어가 통하지 않고 풍속이 다른 이국땅에서 생존하기 위해서는 그들 나름대로의 지혜가 생기게 마련입니다. 자신들을 위해서 반발도 참을 줄 알아야 했고, 장차를 위해서는 그들 스스로 일본인들에게 도울 줄도 알았지만, 아첨이 되지 않는 선에서 슬며시 손을 놓아 자신들의 긍지를 자위할 줄도 알아야 했습니다. 이러한 어려움 속에서 자신들의 뜻이 이루어지면 언제 그런 일이 있었느냐는 듯 묵묵히 일해 가면서 생존의 집념만을 생각했습니다. 이와 같이 복잡 미묘한 감정이 사쓰마야키를 구워 내는 원동력이 되었습니다. 그래서 일본인과의 대항 의식만은 삼가해 주셨으면 합니다.

지금도 국경일이나 명절이 되면 일장기를 내거는 일, 세금을 잘 내는 일만은 미야마에 사는 사람들이 일본 땅에서도 으뜸으로 손꼽힌다고 하면서 그것은 4백 여년을 전해져 내려오는 일종의 철학이며 삶의 지혜라고 했다. 그들이 할 수 있는 일을 스스로 하는 것은 약점을 잡히지 않으려는 지혜인 것이지, 절대로 아첨이 아니라는 것을 무엇보다도 강조하였다.

● ● ● ● ● ●

옥산신사玉山神社를 찾은 것은 이 취재 여행에서 가장 중요한 일정의 하나였다. 미야마의 서편 쪽 언덕 위에 자리 잡고 있는 옥산신사의 본이름은 옥산궁玉山宮이다. 참으로 놀랍고 대견한 것은 남의 땅에 끌려온 사람들이 '옥산궁'을 창건하고 거기에 단군의 위패를 모시고 해마다 8월 한가위 날에 제사를 지냈다는 사실이다.

그 당시(4백여 년 전) 단군의 위패를 모시고 망향제를 지내자고 발의를 할 수 있었다면, 잡혀 온 사람 가운데 상당한 지식인이 있었다는 뜻도 되지만, 만리이역에 잡혀 온 사람들이 자신들의 앞치레도 하기 어려운 마당에 국조國祖를 섬기면서 나라를 사랑했다는 사실이 지금의 우리에게는 큰 교훈으로 남는다.

1867년 게이오慶應 3년에 쓰여진 『옥산궁 유래기玉山宮由來記』에 '옥산궁은 조선 개조開祖 단군의 묘廟'라고 적혀 있는 것으로 봐서도 당시의 조선인 도공들의 뜻이 일본인들에게 전해질 만큼 당당하였음을 알 수가 있다.

지금도 옥산신사에서 사용되고 있는 제기祭器를 보면 장구가 있는데 길이만 짧아졌을 뿐 모양은 우리 것과 같으며, 시루떡을 찌는 작은 시루에 구멍이 뚫려 있는 것도 참으로 신기할 지경이었다. 제주司祭가 추는 춤의 형태는 지금 우리나라의 무당들이 추는 춤과 검무를 합친 것 같은 인상이었다.

TV드라마 「타국」이 방영될 때 서울대학교의 이두현 교수는 「옥산궁 묘제玉山宮廟祭」와 같은 귀중한 자료를 우송해 주었다. 이러한 후의는 당시의 나에게 큰 격려였으며 용기와 분발을 함께 일깨워 주었음을 이런 자리를 빌려서라도 감사드린다.

고국으로 돌아갈 수 없었던 조선인 도공들이 모국과 동포애와 단합된 힘을 과시하는 원동력이 된 옥산궁. 그 자랑스러운 옥산궁은 미야마에서 바다가 보이는 유일한 언덕 위에 자리 잡고 있다. 여기서 바라보는 남지나해南支那海의 물결은 아름답기 그지없다. 그 바다 너머에 고향(조국)이 있거니 하며 수없이 울었을지도 모르는 사연 많은 언덕에 단군사당을 지어 놓고, 한가위 날 밝은 달을 쳐다보면서 「오늘이쇼셔」를 불렀다면, 그야말로 눈물이 넘치는 설움의 바다가 아니었을까. 그들의 모습이 눈앞으로 밀려오는 착각이 일 정도의 유서 깊은 장소였다.

다음 날 아침 일찍 유노모토를 떠나 구시키노串木野로 갔다. 지금은 아름답고 작은 어항이지만, 옛날엔 거의 사람이 살지 않는 바닷가였단다. 구시키노의 남쪽 해안을 '시마비라하마島平浜'라고 했다. 약간 검은색 모래가 깔려 있는 아름다운 해안이다. 여기에 조선인 포로를 실은 배가 도착했다. 조금 더 남쪽으로 내려가면, 가미노가와神の川의 하구가 있다. 여기도 조선

인 포로를 실은 배가 도착한 곳이다.

일본 측 기록인 『사쓰마번사薩摩藩史』에 따르면 구시키노의 시마비라하마에 박평의朴平意와 그의 아들 정용貞用을 비롯한 43명의 남녀가 도착하였고, 조금 내려가서 가미노가와 하구에 김해金海를 비롯한 남녀 10명이, 그리고 규슈의 남단을 돌아서 가고시마에 남녀 20명이 도착한 것으로 기록되어 있다.

특히 박평의와 심해의 사료는 그 가계까지가 정확하게 기록되어 있다. 이들 두 사람이 당시의 일본인들이 하늘처럼 떠받들던 도공임을 입증하는 기록이 아닐 수 없다. 박평의는 조선인 최초로 묘지다이토苗字帶刀(성姓을 쓰고 칼을 차는 일)를 허가받아 마침내 쇼야庄屋(촌장과 같은 지위)가 되어 사족土族(사무라이)의 예우를 받았다는 기록이 보이는 데 반해, 심수관 씨의 선조인 심당길에 관한 기록은 눈 닦고 찾아도 없다. 바로 여기에 심수관가의 비밀이 있다고 나는 판단했다.

심당길은 도공이 아니라 사옹원司饔院의 일을 보던 관리였는데, 도공들과 함께 잡혀 와서 그들의 정신적인 지주가 되었으나 도공이 아니고서는 살아갈 방도가 없음을 깨닫고, 박평의의 문하에 들어가 도공이 되었을 것이라고 추측이 되었는데, 심수관 씨도 이 점에 대하여서는 크게 수긍해 주었다.

또 심당길이 김해의 문하로 들어가지 않은 것은 확실하다.

김해는 구시키노에 도착한 지 3년 뒤인 1601년에 동족을 배반하고 '호시야마星山'라는 성을 받았으며, 아이라군始良郡 죠오사우토帖佐宇都 가마를 열고 당시의 번주藩主였던 시마쓰 요시히로島津義弘의 극진한 사랑을 받았다는 기록이 이를 뒷받침하고 있기 때문이다.

구시키노에 도착한 조선인 도공들이 최초로 도자기의 가마를 연 것은 도착한 다음 해인 1599년이었고, 이때에 처음으로 구워진 그릇은 검은색이었다. 물론 백토가 없었기 때문이다. 이때, 이미 북쪽 지방인 아리타有田에서는 같은 조선인 도공(이삼평李參平을 비롯한……)들에 의해 백옥 같은 백자가 생산되고 있었기 때문에 번주 시마쓰는 말과 병사 들을 박평의 휘하에 배치하고 백토를 찾는 일에 전력을 다할 것을 독려하였다. 그러면서도 실제로 백토가 찾아진 것은 조선인 도공들이 잡혀 온 지 무려 16년 후인 1614년의 일이었다. 사쓰마야키의 특색은 그릇의 표면이 아주 흰색이 아니고 엷은 베이지색(상아 빛깔)인데, 이 또한 백토의 성분에서 연유된다.

구시키노에 도착한 조선인 도공보다 먼저 가고시마의 본성 밑에 도착하여 사족 대우를 받고 있었던 주가선朱嘉善을 비롯한 일단의 무리들이 있었다. 이들이 살고 있던 마을이 '고려촌高麗村'이며, 지금도 도처에 그 흔적이 남아 있다. 이들은 임진년의 왜란 때 역관을 지내다가 왜병과 함께 철수한 사람들로 추측된다. 왜냐하면 그들이 조선 땅에 남아 있었다면 몰매를 맞아 죽었을지도 모르기 때문이다.

이에 대한 입증은 이들은 그릇을 구울 수 있는 기술도 없으면서 본성 밑 죠오카마치城下町에 살며 일본 성과 이름을 쓰고 있었다는 사실로 잘 설명된다.


● ● ● ● ● ●

현지 취재를 마치고 귀국한 지 석 달 후, MBC-TV의 일일연속극「타국」의 제작 팀은 연출가 표재순의 지휘로 우리나라 텔레비전 드라마 사상 최초로 해외 로케이션을 떠났다. 더구나 현대극이 아닌 역사극의 분장이 필요했기 때문에 갓, 도포, 짚신 등 온갖 잡동사니까지 가지고 가야 했으므로 후쿠오카 공항의 세관원들이 놀라고 신기해 한 것은 당연한 일이었다.

촬영 도중 현지 지식인과 주민 들의 협조는 참으로 놀라웠다. 규슈 최대의 일간지인 「남일본신문」과 「서일본신문」은 우리들의 로케이션 현장을 7, 8단 크기의 기사로 연일 대서특필해 주었고, 취재를 나온 시라하시 세이이치白橋誠一 기자는 자신의 승용차로 하루 종일 촬영 팀의 기재를 운반해 주는 극성을 보여 주었다. 현장에서 5백 리나 떨어진 나가사키長崎 방송국에서는 중계용 차량을 보내 주겠다고 자청하였는데, 오히려 거절하는 우리 쪽에서 더 땀을 흘려야 하는 지경이었다.

사쿠라지마의 화산은 예고 없이 분연을 내뿜는데, 공교롭게도 우리가 촬영을 하는 기간에는 조용하기만 하였다. 떠날 날이 가까워지는데도 분연이 오르지 않아 우리는 가고시마 TV방송국의 라이브러리에 있는 자료필름을 복사할 수밖에 없었다.

우리의 딱한 사정을 들은 보도 제작부의 아리무라 히로야스有村博康 과장은 오전 11시에서 오후 4시까지 점심도 거르면서 그 많은 네거필름을 찾아 우리에게 시사해 주었고, 우리가 필요하다는 대목을 테이프에 복사해 주었다. 이러한 친절은 우리의 상상을 초월하였다.

우리를 태워 준 택시의 운전기사는 까치가 날아가는 것을 보면서 "저 새 이름이 무엇인지 아십니까?"라고 묻길래, '가사사기かささぎ('까치'의 일본어)'라고 했더니 "아닙니다. 저 새는 '까치 가라스(까치 까마귀)'라고 합니다. 한국에서 온 새이기 때문입니다."라고 설명을 해 주었다.

또 촬영을 마치고 예고 선전용 인터뷰를 가고시마대학의 교육학부장인 요쓰모토四本 교수에게 청했을 때, 그는 서슴지 않고 다음과 같은 첫마디를 뱉어 냈다.

일본 사람들은 도둑놈입니다. 한국 사람에 대해서는 앞으로 몇백 년 동안 머리를 숙여 사과를 해야 합니다……

우리는 요쓰모토 교수에게 우리가 필요한 것은 그런 과격한 내용이 아님을 간곡히 설명하며 다시 해 줄 것을 청하는 작은 해프닝도 있었다.

위와 같은 규슈 사람들의 친절을 종합해 본다면 앞에서 잠시 언급한 대로 규슈 사람들의 의식 속에는 맹목적인 친한親韓사상이 있음을 발견하게 된다.

나는 이러한 의식과 친절, 그리고 친한적인 생각에 대하여 그들에게는 단 한 방울이라도 한국의 피가 섞여 있기 때문이라고 믿었고, 또 그런 말을 자유롭게 해도 그들은 웃음으로 수긍해 주었다.

● ● ● ● ● ● ● ●

MBC-TV에서 방영이 된 일일연속극 「타국」은 나에게 있어서 가장 의욕적인 작품의 하나였지만, 지금은 조그만 후회가 남아 있다. 그와 같은 소재를 왜 일일연속극의 형태로 담았을까 하는 것이 후회의 전부다. 만일 지금 다시 쓴다면 어떠한 어려움이 있다고 하더라도 1시간짜리 시추에이션드라마로 20회 정도쯤으로 드라마타이즈 하고 싶다. 그쪽이 보다 효과적이고 감동적인 드라마로 완성할 수 있을 것이기 때문이다.

심수관.

그는 누구보다도 한국을 사랑하는 사람이다. 그가 한국에 오면, 점퍼와 농구화 차림으로 옛 도요지陶窯址를 찾아다닌다. 그러면서 한국의 도자기가 보다 더 현대화해야 하고, 고려청자나 조선백자를 모작하는 것은 어떤 경우에도 예술로 승화할 수 없다고 충고한다. 한국의 도자기가 발전하기 위해서는 고려청자나 조선백자를 구워 내던 사람들의 후손답게 새로운 양식과 기법으로 한국의 현대 도자기를 발전하게 해야 한다고 주장하면서, 〈옹기를 지키는 모임〉을 주선하고 싶다는 의욕도 보였다.

〈옹기를 지키는 모임〉의 캐치프레이즈는 '세계의 정원을 정복하자'로 하는 것이 좋겠다는 견해도 내놓았다. 예컨대 세계적인 골프장 같은 곳에 김치독과 같이 커다란 옹기를 놓고 꽃을 꽂게 한다면 얼마나 아름답겠느냐는 것이다. 그가 옹기를 발전시켜야 한다는 데는 나름대로의 확고한 신념이 있었다. 첫째는 만드는 사람들의 순박성이라 했다. 옹기장이들은 그들이 예술가임을 내세우지 않고, 그것으로 유명해진다던가 상을 받고자 하는 따위의 욕심이 없기 때문에 옹기에는 순수하고 소박함이 있는 것이고, 그것은 고려자기나 조선백자를 빚어내던 도공들과 일맥상통한다는 것이었다. 둘째는 그 크기에 있어 단연 세계 최대의 것이며, 셋째는 그렇게 큰 것을 아주 쉽게 만드는 기술이나 테크닉이 술잔이나 사발을 만드는 사람에 비하여 두드러지게 우수하다는 점도 강조했다. 다만 유감스러운 것은 유약을 화공약으로 쓰고 있다는 점이라고 아쉬워했다.

한국에 그런 화공약품이 들어오기 전에도 옹기는 훌륭하게 만들어지고 있었다는 사실을 감안한다면, 지금도 어딘가에는 그 본래의 유약을 만드는 비법이 전해지고 있을지도 모르고, 그런 귀중한 데이터를 정부에서라도 수집하여 사용하게 한다면 납 공해에 찌든 옹기가 아니라 본래의 순수한 옹기를 복원할 수 있다는 그의 얘기는 곱씹어 볼 만한 것이 아닐 수가 없다.

일본 문화는 그 원류를 한국에 두고 있는 것이 많다. 그러나 지금은 어떤 경우에도 일본의 것이 되어 정착하고 있다는 사실을 명심해야 한다. 도자기가 그렇고, 옻칠이 그렇고, 절이 그렇고, 불상이 그렇고, 학문이 또한 그렇다. 이러한 사실을 놓고 일본의 문화가 모두 우리의 것이라고 주장할 수는 없다. 만일 그러한 논법이 성립한다면 우리의 문화는 모두 중국의 것이 되지를 않겠는가.

TV드라마 「타국」은 조선 도공들의 노고와 고통을 추적해 본 것이지 사쓰마야키가 우리의 문화임을 주장할 생각은 추호도 없었다. 그것은 심수관 씨의 핏줄에 단 한 방울의 일본인의 피도 섞이지 않았으면서도 그가 누구보다도 철저한 일본인이라는 사실과 조금도 다름이 없다. 그러므로 심수관 씨가 구워 내고 있는 사쓰마야키는 세계에 명성을 떨치는 일본의 현대 도자기라는 인식이 대단히 중요하다.

TV드라마 「타국」을 녹화하는 수요일이면 심수관 씨는 가고시마 소주 '시라나미白波' 큰 병을 들고 어김없이 방송국의 스튜디오를 방문하여 녹화 광경을 묵묵히 지켜보곤 하였다. 특히 아버지 13대가 임종을 하는 대목에서는 눈물을 흘렸다. 그리고 속삭이듯 내게 말했다.

> 사쓰마의 도토陶土는 한국의 흙에 비한다면 마치 모래와 같은 것입니다. 우리 선조님들은 그런 흙으로 사쓰마야키를 만들었는데, 그 노고가 조국의 텔레비전에 소개되는 감개는 크고 벅찹니다. 이제야 우리 선조님들의 영혼이 실로 4백 년 만에 꿈에 그리던 고국에 돌아와 안식하실 겁니다. 고맙습니다.

# 야멸치게 산 8·9·3 반세기

## 재일동포 김재학金在鶴의 입지전적 사연

●

　재미있는 것은 '야쿠자' 라는 말의 참 뜻이다.

　우리는 항용 야쿠자라는 단어를 깡패라는 뜻으로 쓰고 있고, 더러는 건달이라는 뜻으로도 쓰는 경향이지만, 어느 경우도 야쿠자의 본뜻과는 거리가 멀다.

　또 야쿠자에 해당하는 한자표기가 있을 것이라고 착각하는 사람들도 있는 모양이지만 그 또한 가당치 않다. 야쿠자라는 말은 일본에서만 쓰여지는 말로 8·9·3이라는 숫사에서 비롯된다.

　8·9·3을 일본발로 읽으면 '야쿠자' 로 발음이 된다. 본시 야쿠자 조직의 똘마니들은 놀음판(도박장)에 가서 활동자금을 마련하던가, 혹은 조직에서 도박장을 운영하여 조직의 자금을 마련하는 등 야쿠자와 놀음판은 불가분의 관계를 맺고 있는데, 그 놀음판에서 '8·9·3' 의 패를 잡으면 '망통'

이 되어 아무짝에도 쓸모가 없는 패가 된다. 그러므로 야쿠자라는 말의 본 뜻은 '아무짝에도 쓸모가 없다'가 된다.

소위 명치유신 이전의 일본에서는 고향을 떠나서(탈번脫藩했거나 해서) 떠돌아다니는 무사를 '로오닝浪人'이라고 불렀다. 그들이 목숨을 부지하기 위해서는 칼싸움에 능해야 했고, 때로는 패싸움에서 이기기 위해 조직화된 힘이 필요하였다. 상하의 위계가 확실하고 의리를 소중히 하는 그런 조직이 야쿠자의 원형이 되었다고 전해진다. 그러므로 폭력 조직의 대명사와 같은 야쿠자의 역사는 1백 년을 조금 상회한다.

지금의 일본 열도에는 '야마구치구미山口組', '사카우메구미酒梅組' 등과 같은 수많은 야쿠자의 조직이 상존하고 있지만, 법적으로는 야쿠자의 조직을 인정하지 않는다. 그러나 현행범이 아니면 체포하지 않는다는 당국과의 묵계가 있어 도심 한가운데에 무슨무슨 구미組라고 쓰여진 금빛 찬란한 간판이 걸려 있을 정도의 이율배반이 연출되고 있다. 그 이율배반은 일본의 공안당국이 야쿠자 조직을 완벽하게 파악하고 있으면서도 특정한 사건이 발생되지 않으면 그들을 체포하거나 소탕하지 않는 데서 입증된다.

내가 소위 야쿠자로 불리는 조직과 접촉하면서 야쿠자의 간부급과 만나 취재를 할 수 있었던 것은 재일동포 김재학 씨를 만났기 때문이다. 그의 일본 이름은 가나야마 고자부로金山耕三郎이고, 공식 직함은 가나야마 상교金山産業의 회장으로 되어 있다. 부연 설명이 되겠지만, 1986년 우리나라의 민속 씨름을 사비를 들여서 일본 땅(오사카)에 소개한 사람이며, 88올림픽이 끝나고는 체육훈장을 받기도 하였다.

．．

1988년 3월 초순, 내가 그를 만나기 위해 오사카 공항에 내렸을 때, 그는 여러 대의 승용차와 10여 명의 부하들을 거느리고 마중을 나왔는데, 놀랍게도 나를 태운 승용차는 세계의 명차 '롤스로이스'였다.

이것 봐라, 하고 놀란 것이 나의 솔직한 심정이었지만, 김재학 회장은 함께 탄 승용차 '롤스로이스'가 방탄차라고 설명하였다. 상대 조직원의 습격을 예방하기 위해서는 불가피한 것이라고 하였지만, 승용차의 내부는 뒷좌석과 운전석을 유리 칸막이로 차단할 수가 있었으며, 차단이 되었을 때는 뒷좌석에 장치된 마이크로 운전기사와 의사를 소통하는, 그야말로 달리는 요새와도 같았다.

뒷자리에 나란히 앉은 김재학 회장의 성품은 소탈하면서도 사내다웠다. 그는 초면인 나에게 거침없이 말했다. 조금은 서툰 우리말이었지만 재일동포 2세의 한국어로는 나무랄 데가 없을 만큼 유창하였다.

저 같은 것을 위해서 예까지 오셔 주셔서 정말 고맙습니다. 저는 야쿠자 노릇을 하면서 꽤 많은 재산을 모았습니다만, 그것이 비록 더러운 돈이라고 할지라도 이젠 그 재산을 조국을 위해 쓰고 싶습니다. 그것이 돌아가신 아버님의 유지를 받드는 일이기도 하고요.

50세. 그의 머리에는 서리가 내리기 시작하고 있었지만, 호감이 가는 인상이라 백 년까지는 아니더라도 족히 '십년지기'로 사귈 수 있을 것만 같아서 적이 안도되었다.

그로부터 5박 6일 동안, 나는 영화로 보거나 책에서만 읽었던 야쿠자에 관한 짧은 지식이 얼마나 잘못된 것인지를 뼈아프게 자성하면서 진짜 야쿠자의 소굴을 맴돌며 참으로 귀중한 체험을 할 수가 있었다.

김재학 회장은 자신의 조직인 가나야마구미金山組의 구미쵸組長(회장이라고
도 한다.)이면서, 전통을 자랑하는 사카우메구미酒梅組의 샤테이舍弟(우두머리급
부하)였다. 야쿠자의 조직과 계급을 간단히 설명하기가 쉽지 않아서 여기서
는 생략하지만, 아무튼 그의 지위가 그들의 세계에서는 대단하다는 사실만
알아두면 된다.

'사카우메구미' 라는 야쿠자의 조직은 백 년이 넘는 역사를 자랑하는, 일
본에서도 알아주는 조직이며, 지금은 5대째 두령인 다니구치 마사오谷口正
雄 회장이 그 권위와 재력과 위엄을 자랑하고 있다. 이 조직에는 야마구치
구미 등과 같은 여타의 조직과는 달리 재일동포의 수가 극히 적은 일본인
중심의 조직으로 이름나 있다.

재일동포가 일본인 사회에서 괄시를 받고, 인정받지 못하는 풍조를 뛰어
넘기 위해 야쿠자의 조직으로 들어가게 되는 경우가 허다하다. 야쿠자의
세계에서는 가문도 학벌도 따지질 않는다. 오직 힘이 있고서만 많은 부하
를 거느릴 수가 있고, 자기의 조직을 이끌면서 승승장구할 수가 있기 때문
이다.

그렇게 냉엄하고 무자비한 폭력집단에서 일본인 경쟁자를 물리치고 또
수많은 일본인 부하를 거느리며 대조직인 사카우메구미의 6대 째의 회장
을 바라보게 되었다면 이건 분명히 상상을 초월하는 일이고도 남는다.


● ● ●

김재학 회장은 오사카 근교에 있는 이즈미和泉시에서 태어났다. 그가 우
리식으로 표현해서 동네 똘마니로 등장한 것은 열세 살 때다. 그 동기는 학

교에 다니면서도 일본말이 서툴러서 같은 또래의 일본 아이들과 일본인 담임선생의 놀림감이 되었기 때문이었다.

일본에서 태어나 일본 초등학교에 다니면서 일본어가 서툴다는 것이 얼핏 이해가 되지 않을 것이지만, 소년 김재학에게는 그럴 만한 사정이 있었다. 안동 김씨 일문임을 긍지로 삼고 있던 그의 아버지 김양묵金良默 씨는 자신의 아들들을 일본인 학교에 보내기를 거부하고, 한국 아이들을 불러모아 한인학교를 개설하여 우리말과 우리글을 가르쳤으나, 2차 세계대전이 끝나자 일본인과 동등한 자격이 되었다 하여 뒤늦게 소년 김재학을 일본 초등학교에 편입시켰던 게 문제였다.

김재학 회장은 특히 국어(일본어)시간이 싫었다고 술회하면서 담임선생이 죽이고 싶도록 미웠다고 회고한다. 담임은 소년 김재학의 나쁜 발음을 되풀이하게 하여 같은 반 아이들의 놀림감으로 만들었고, 또 노골적인 비아냥으로 소년 김재학의 수치심을 자극하였다. 이런 판국이면 학업성적이 떨어지는 것은 당연하질 않겠는가.

공부에 취미를 잃어 가던 소년 김재학은 동네 똘마니가 되었지만, 똘마니 노릇도 쉽지가 않았다. 무엇보다도 싸움에 능해야 되고 싸움을 하면 반드시 이겨야 했기 때문이었다.

> 스포츠에서는 90승 10패를 해도 우승의 영예를 차지할 수가 있지만, 야쿠자이 세계에서는 단 1패가 파멸로 이어집니다.

그래서 야쿠자의 세계에서는 싸우면 이겨야 하고, 조직 간의 싸움에서도 무조건 상대 조직을 제패하고서만이 명성과 부를 함께 얻을 수가 있다.

소년 김재학은 싸워서 이길 수 있는 무기의 개발에 나서게 된다. 그것이 박치기다. 그는 뒷동산의 소나무에 새끼줄을 감아 놓고 이마에 피가 맺히고 굳은살이 박힐 때까지 박치기 연습에 몰두하였고 마침내 그 요령을 터득하였다.

> 야쿠자는 싸움에 임하여 상대에게 등을 보이면 안 됩니다. 등이 작게 보이면 상대는 반드시 더 큰 덩치를 데리고 다시 오는 법입니다.

소년 김재학은 어떠한 고통이 있어도 싸움에 임하면 달아나지 않기로 작심한다. 자신의 약점을 알고 있었기 때문이다. 그의 체구는 남들보다 작은 편이다. 그 약점을 커버하기 위해서는 당차고 끈질긴 승부 근성을 발휘해야 했고, 싸움에 이기더라도 패자를 다독여서 돌려보내는 포용력이 있어야 한다는 사실을 스스로 터득하였다.

마침내 소년 김재학은 동네를 제패한다. 곧 그의 명성이 이웃 동네로 퍼져 나갔다. 싸우자고 도전해 오는 무리들은 박치기로 다스리고, 머리를 숙이고 들어오는 무리들은 따뜻이 다독여서 맞아들였다.

소년 김재학의 야멸친 승부 근성이 명성을 얻게 되는 과정에는 빼놓을 수 없는 사건이 있다. 청소년 폭력사범으로 경찰에 체포되었다가 나고야名古屋에 있는 소년원에 수용되었던 사건이다. 당시 나고야소년원은 일본 제일의 악동들이 수용되는 곳이었던 탓으로, 출소 이후에는 더없이 유명해지는 곳이기도 하였다.

• • • •

소년원에서 출소한 김재학은 오사카 교외의 덴노지天王寺 언저리로 진출

한다. 거기가 똘마니들보다 한 수 윗질인 구렌타이愚連隊들이 몰리는 우범지대였기 때문이다. 이때 김재학의 나이 17세, 아무리 불리한 싸움에서도 달아나지 않고 끝장을 보는 그의 승부 근성과 나고야소년원 출신이라는 그의 명성은 이미 널리 알려져 있었으므로 휘하에 똘마니들이 몰려들기 시작한다. 김재학은 그들을 거느리고 야쿠자의 세계로 입문하리라 작정한다.

김재학은 사카우메구미를 동경하고 있었기에 그 작은집 격인 구마무라구미畏村組의 문을 두드렸다. 2대 구마무라구미의 회장인 구마무라 도미오畏村都美男는 후일 그때의 김재학을 다음과 같이 평했다.

> 첫눈에 마음이 움직였어요. 이 녀석 같으면 반드시 사카우메구미에 송백松柏을 심을 것이라는 확신이 들었어요.

소년 김재학은 구마무라 회장으로부터 꿈에 그리던 사카즈키盃를 받는다. '사카즈키'란 술잔이라는 뜻이지만, 더 구체적으로는 의형제를 맺는 맹세의 술잔을 말한다. 사카즈키를 주고받는 의식은 거창하고 엄숙하다. 따라서 야쿠자가 되려면 반드시 사카즈키를 받아야만 형님으로 모시는 오야붕의 밑으로 들어가게 되고, 보다 더 큰 조직으로 들어갈 때는 다시 새로 모시는 큰 오야붕으로부터 사카즈키를 받는 것을 불문율로 하고 있다.

구마무라구미의 일원이 된 소년 김재학은 쟁쟁한 이름을 날리는 형님들로부디 "아가야 어디서 왔노."라는 놀림을 받으면서도 지극한 신임과 사랑을 독차지하게 되면서 자신의 조직인 가나야마구미를 만들게 된다. 물론 가나야마구미는 구마무라구미에 속한 작은 조직이다.

야쿠자는 자신의 조직을 갖는 것이 꿈이지만, 조직원들 스스로 목숨을 바쳐 섬길 상전을 선택하는 것이기에 타 조직과 맞설 수 있는 완력과 카리스마와 같은 리더십을 갖추지 않고서는 조직의 우두머리가 될 수 없다.

그때로부터 30여 년의 세월이 흐른 지금의 가나야마구미에 수많은 크고 작은 조직(구미)이 있다는 사실이 김재학 회장의 카리스마와 같은 리더십을 입증한다.

가나야마구미의 샤테이가시라舍弟頭(야쿠자의 조직에서 두 번째 지위)인 기시야마 데쓰타로岸山鐵太郎는 김재학 회장을 이렇게 말한다.

> 그분은 첫인상이 강한 사내 중의 사내예요. 게다가 그분의 두뇌는 다른 사람보다 몇 걸음 앞서 있고요. 유행에 민감해서 언제나 세련된 옷차림을 하고 있는데, 디스코 같은 춤도 남보다 먼저 익히곤 합니다. 그분의 노래 솜씨는 아시다 싶이 프로가 아닙니까.(실제로 김재학은 자신의 음반을 취입했다.)
>
> 무엇보다도 그분의 목숨은 하늘이 내렸어요. 아주 젊었을 때 엄청나게 큰 교통사고를 당했을 때가 있었어요. 물론 운전은 그분이 했는데, 좌우간 자동차가 몇 바퀴 전복하고 자동차의 지붕이 몽땅 날아갔는데도 그분은 털끝 하나 다치질 않았어요. 어디 그뿐입니까. 한번은 다른 조직에서 그를 죽이겠다고 복부에 권총을 들이대고 방아쇠를 당겼는데 불발이었어요. 그런 전설 같은 존재에다가 다정다감하지요, 게다가 강렬한 리더십까지 갖추고 있으니 모두들 그분의 밑으로 몰려들밖에요.
>
> 우리 같은 존재는 단역이고 그분은 주역입니다. 우리가 기찻길의 침목이라면 그분은 그 위를 달리는 기관차지요. 그분에게는 종점이 없어요. 모르긴 해도 그분은 다른 사람들의 3백 년분의 인생을 살아갈 것으로 믿어요.

아무리 생각해도 아부성이 지나친 찬사가 아닐 수 없다. 아니 김재학교教

의 광신도라는 생각이 들 정도였다.

기시야마 데쓰타로는 김재학 회장보다 세 살 위고, 어려서는 이웃 동네에서 똘마니 노릇을 했던 탓에 서로 라이벌 관계였으면서도 삼십수 년 동안 고락을 함께해 온 사이다.

게다가 투옥 경력만도 이십수 년인데, 더욱 놀라운 것은 자신의 과실보다 남의 죄명을 뒤집어쓰고 옥살이를 한 것이 훨씬 더 많다는 사실이다. 야쿠자의 세계에서는 오야붕의 명령에 따라서 남의 죄를 뒤집어쓰고 형무소로 가야 하는 경우가 얼마든지 있다. 그렇다면 김재학 회장에게 얼마간의 원망이 있어야 옳지를 않겠는가. 그래서 나는 기시야마에게 다시 물었다.

"당신 소원은 무엇인가?"

그의 대답은 너무도 놀랍고 선명했다.

"그야 물론 그분이 뼈를 주워 주기를 바라는 것이 아니겠습니까."

일본의 풍속은 사람이 죽으면 화장을 한다. 그런 때가 오면 김재학 회장이 자신의 뼈를 주워 주기를 바란다는 뜻이다. 야쿠자를 소재로 한 영화에서 보듯 오야붕이 화장터에 나타나 죽은 부하의 뼈를 주워 주는 광경은 눈물겹다. 그러므로 야쿠자는 그런 죽음을 영광스럽게 여긴다. 따라서 기시야마 데쓰타로는 김재학 회장을 위해서라면 언제든지 죽을 각오가 되어 있다는 다짐을 하고 있다는 뜻이었다.

이것은 비단 김재학 회장과 기시야마만의 관계는 아니다. 일본의 야쿠자들은 조직의 상선과 이렇듯 찐득한 유대를 맺고 있지만, 또 그것은 절체절명이기도 하다. 그런 가운데서도 특히 김재학 회장의 리더십은 전설이나 신화와도 같은 것으로 평가되고 있다는 것이 정평이다.

● ● ● ● ● ●

김재학 회장의 성장을 예의 주시하고 있던 사카우메구미의 혼케本家(총조 직) 회장인 다니구치 마사오는 구마무라 도미오를 불러들여서 명령했다.

"가나야마를 본가로 보내라."

거절할 수 없는 명령이었다. 자신이 속해 있는 이른바 총회장의 뜻을 거역 하고서는 오직 파문이 기다릴 뿐이고, 또 그것은 자멸이나 다를 바가 없다.

마침내 김재학 회장은 꿈에 그리던 사카우메구미의 샤테이호사舍弟補佐 (조직의 이사급)로 군림하게 된다. 야쿠자의 세계에서는 각각 소속된 조직을 표시하는 배지를 단다. 제일 하급 조직원은 금배지, 그 조직의 간부는 그 금배지에 금으로 된 고리를 늘어뜨린다. 그러나 혼케의 간부들은 백금으로 된 배지를 달고, 몇 사람 안 되는 최고의 간부들은 그 백금배지에 백금으로 된 고리를 늘어뜨린다. 이들이 바로 다음 대의 총회장을 바라보는 샤테이 들이다.

다음 대의 총회장은 전임 회장의 지명일 뿐, 싸워서 얻어지는 것은 결코 아니다. 김재학에 대한 다니구치 회장의 신임은 대단한 것이어서 혼케로 들어온 지 일 년 남짓 지나서 샤테이로 승진한다. 적어도 야쿠자의 세계에 서는 파격의 승진이 아닐 수 없다. 그래서 김재학 회장의 사카즈키를 받겠 다는 단위 조직의 회장들이 줄을 잇는다.

나는 김재학 회장에게 사카즈키를 받겠다는 사람들을 여럿 만났고, 또 그 거창한 의식에 참석해 보기도 하였다. 일본 땅에서 살고 있는 우리의 핏 줄인 재일동포들 가운데 야쿠자로 입문한 사람들은 대단히 많다. 그러나 김재학 회장과 같이 일본인 조직이나 다름이 없는 사카우메구미와 같은 큰 조직의 지도급 간부가 된 경우는 결코 흔하질 않다.

이것은 물론 가정이지만, 김재학 회장이 6대째 사카우메구미의 회장이 된다면 일본의 야쿠자계를 발칵 뒤집을 충격적인 뉴스가 되고도 남는다. 나 개인의 소망이지만 그런 날이 오기를 기대해 본다. 무슨 제패를 이루자는 소리가 아니라 그의 내심이 빚어내는 소망을 알고 있기에 더욱 그렇다.

취재를 끝마칠 무렵, 나는 김재학 회장과 함께 이즈미시에 있는 그의 가족묘지에 간 일이 있다. 그는 안동 김문의 후예답게 차가운 날씨인데도 찬물로 선친의 묘비를 깨끗이 닦고 향을 피웠다. 잠시의 묵념을 마치고 그는 또렷한 목소리로 선친의 영혼에게 맹세하듯 말했다.

> 아버님, 저 같은 것을 위하여 머나먼 조국 땅에서 고명하신 작가 선생님이 오셨습니다. 오늘 이같이 기쁜 날이 있는 것은 불초한 제가 그동안 아버님의 가르침을 저버리지 않았기 때문이라고 믿고 있습니다. 저는 더러 나쁜 짓을 하면서 재물을 모았습니다만, 그것들을 모두 조국을 위해서 유용하게 쓰겠습니다. 부디 평안히 쉬십시오.

참으로 경건한 모습이었다. 누가 시킨 것도 아닌데 자신감에 가득한 목소리를 쏟아 내는 그의 모습에서 나는 적잖이 감동하였다.

그로부터 2년 후, 나는 파란으로 점철된 김재학 회장의 50년 세월을 한 권의 논픽션으로 정리하였다. 『구름을 부르며, 바람을 재우며(’90)』라고 이름 붙여진 그 기록은 우리가 잘못 알고, 우리에게 잘못 알려진 야쿠자의 세계를 철저하게 또 세세하게 관찰한 기록이라는 점에서 화제가 되기도 했었다.

# 5. 대담_작품은 제품이 아니다

얼핏 생각하면 여기에 실린 대담은
이 책의 내용과 약간 거리가 있는 듯하지만,
내 쪽에서 보면 얼마간 소중한 뜻이 담겨 있기에
책의 말미에 붙이기로 했다.
내 노년의 새로운 시작인 21세기로 들어서면서
우리의 문화 환경에도 급격한 변화기 일었다.
오랜 친구이자 연극의 파수꾼인 임영웅과 함께
우리 사는 주변을 허심탄회하게 짚어 본 대담이어서
노년기의 내면의식이 비교적 소상하게 드러나 있다는
생각이 들어서다.

# 작품은 제품이 아니다

**이맥상통**二脈相通 **임영웅, 신봉승**

●

삶의 길목에서 우연히 자주 마주쳐지는 인연이 있다. 「고도를 기다리며」라는 한 작품에 평생을 건 연극연출가 임영웅 선생과 「조선왕조 5백 년」으로 정통사극의 이정표를 세운 극작가 신봉승 선생이 그러하다. 신봉승 선생이 처음에 대뜸 "우리는 눈빛으로 대화하는 사이라 할 말도 없는데……." 라고 하여, 우리는 혹여 중간 중간 대화가 끊길까 봐 마음을 졸았다. 하지만 그건 괜한 기우였다. 카페에서 잠시 차만 마시고 따로 마련한 조용한 장소로 옮겨 본격적으로 대화를 나눌 계획이었으나, 일단 한번 시작된 대화는 시원한 폭포수처럼 끊임없이 콸콸 흘러, 결국 섭외했던 장소는 도중에 취소하고 말 정도로 두 사람은 눈빛뿐 아니라 말도 잘 통하는 사이였다. 두 사람은 조급증에 걸려 버린 최근의 연극계와 드라마계에 일침을 가하면서도, 그에 대해 스스로 큰 책임감과 의무감을 느끼고 있었다. 마치 집안 구

석구석을 본인의 일처럼 챙기는 '큰 어른' 처럼. 일흔을 훌쩍 넘긴 나이에
도 여전히 〈극단 산울림〉을 호령하는 연극연출가로, 전국 방방곡곡을 돌며
정사正史의 대중화에 힘쓰는 강사로 활동 중인 두 사람은 머리만 희끗할 뿐
'열혈 청년' 의 모습이었다.

신봉승  우리 사이는 서로 별말이 없어도 모두 통해요. 마음을 다 읽는 처지라
이렇게 대담을 하라고 하면 진짜 만들어서 할 위험이 있다고. 그냥 잡
지에 백지로 하고, 눈빛으로 이야기를 주고받았다고 실으면 안 되
나.(웃음) 실제로 눈빛으로 대화해도 우리 사이엔 오해가 없어요. 그러
니까 그 이상의 얘기는 오히려 사족이 돼 버리는 거지. 가령, 아주 복
잡한 얘기도 딱 중심만 잡아서 이야기하는 거지. 장식이라는 것이 어
떨 땐 좋지만, 어떨 땐 굉장히 거추장스럽거든. 우리는 장식이 없는
쪽이야.

임영웅  정말 왜 그런지는 모르겠는데, 신 선생하고 나는 격의 없는 사이고,
많은 말을 하지 않아도 의사소통이 되는 사이지요.

신봉승  예술원 50주년 행사 때 내가 진행하는 일에서 아주 큰 사고가 있었어
요. 그걸 임 선생이 수습하는데, 한 서너 마디로 돼. "잘 좀 수습해 줘
요. 부탁해요, 안 되면 큰일 나." 이런 말도 없이. 그냥 "어떻게 했으
면 좋겠어요?" 했더니, "내가 한번 알아보죠." 이렇게 얘기하곤 끝이
었는데, 그런데도 일이 완벽하게 성사되었다는 게 중요한 거야. 그러
니까 신기한 거지.

임영웅  우리는 삶의 길목에서 잘 만나요. 긴 어떤 인생 역정에서 고비마다 이
렇게 계속 만나지는 사람. 뭐 부탁할 때도 그렇고, 보통 때도 그렇고,
뭐라 그럴까 설명이나 수식어가 필요 없고 그냥 요점만 서로 얘기하는
것 같아, 보면. 대화는 별로 길게 안 하는데, 이렇게 얘기하면 저 사람

이 뭘 생각하는구나, 내가 어떻게 해야 되는구나, 그걸 금방 알 수 있지. 사실 늘 같이 생활하는 사람도 그렇게 쉽게 파악되는 건 아닌 것 같은데, 우리 신 선생하고는 묘하게 그런 게 있어요. 그건 어떻게 보면 우리들이 전연 미지의 세계에서 첫 만남을 가졌기 때문일지도 몰라요. 예비지식 하나 없이, 나는 신 선생의 원고만 봤고, 신 선생도 내가 보낸 엽서만 봤고.

임영웅 선생과 신봉승 선생의 인연은 반세기 전인 1950년대 후반으로 거슬러 올라간다. 당시에 신봉승 선생은 고향 강릉에서 초등학교 교사로 있으면서 시나리오작가의 꿈을 키우고 있었다. 그래서 조선일보 신춘문예에 여러 번 작품을 응모했는데, 늘 최종선까지는 올라가고 마지막 선에서 안 뽑히곤 했다. 세 번째로 낙방하여 크게 상심하고 있었는데, 어느 날 강릉 집으로 "낙담하지 말고 더 열심히 하세요."라고 쓰여진 엽서 한 장이 날아왔다. 바로 당시 조선일보 문화부 기자였던 임영웅 선생이 보낸 것이었다. 그러니까 두 사람은 글을 매개로 다소 특이한 첫 만남을 한 셈이다.

임영웅 　원고야 수십 명이 보내는 거니까 누가 썼는지 얼굴을 전연 모르지. 어떤 분인지, 뭐하는 사람인지. 그런데 신 선생 원고는 내가 유심히 봤어. 우선, 신 선생은 원고를 그냥 아무렇게나 해서 던지지 않고 깨끗하게 표지까지 딱 해서 보내는 거야. 아주 깨끗한 글씨로. 소위 문필가의 티를 안 낸다고 그럴까? 그만큼 정리된 상태에서 쓴 거라고 생각이 된다고요.

그때 나는 뭐 신문기자 초년병 때니까 작품에 대해 내가 이래라저래라 할 수는 없는데, 내 보기엔 꽤 괜찮았어요. 몇 번 마지막 선에 올라

오면 붙여 줄 만도 한데, 안 하더라고 심사위원들이. 뒤에 주소를 보니 강릉이에요. 내가 무슨 건방진 헛소리를 썼는지는 모르겠는데(웃음), 용기를 내서 계속 노력하시라는 편지를 보냈거든요. 사실 당시에 신문사 기자 노릇하면서 그렇게 하기가 쉽지는 않았어. 직접 편지를 보낸 건 그게 처음이자 마지막이었어요.

신봉승 기기서 낙방하면 1년을 또 기다려야 되는 거지. 굉장히 지부하게 3년이나 갔어요. 그런데 글을 보냈던 신문사의 기자가 용기 내라고 하니까, 이건 굉장한 위로가 되고, 용기가 되고, 힘이 되는 거지.

또 요즘은 시골하고 서울하고 거리감이라는 게 없지만, 당시만 해도 서울하고 시골의 거리감이 굉장히 컸어요. 가령 책을 펼쳐 보면 어떻게 써야할지 대충 알겠는데, 시나리오는 어떻게 생겼는지를 모르겠는 거야. 그러니까 서울서 촬영을 내려오는 팀이 있으면 감독이 묵는 여관에 찾아가서 시골서 시나리오 공부하고 있는 아무개다, 이렇게 넙죽 절하고 그동안의 궁금증을 물어본단 말이야. 나중에 알고 보니 이름도 없는 감독이었는데, 얼마나 세게 나오고 폼을 잡는지 몰라.(웃음) 그런 고초가 있을 때였어. 그런데 조선일보 같은 큰 신문사 기자로부터 그런 엽서가 날아오니, 뭐 굉장한 용기라는 것이 생기죠. 이런 경우는 정말 거의 없지. 흔치 않은 경우야.

당시 이십대 초반의 두 사람은 사회생활의 출발선에서 그렇게 우연히 인연을 맺었고, 얼마 안 있어 다시 마주치게 된다. 마치 필연인 것처럼. 그 후로도 그들이 걷는 길은 여러 번 교차한다. 만약 두 사람이 처음부터 한 분야에만 머물러 있었다면 별 대수롭지 않은 일일 테지만, 두 사람 모두 여러 분야를 자유자재로 넘나들어 왔다. 신춘문예 원고와 격려의 엽서로 맺은 두 사람의 순수한 첫 인연은, 신봉승이 쓴 영화평론을 임영웅이 대한일보에 대서특필로 게재하면서 또 한 번, 동아방송 라디오 PD와 극작가로 만나 공동 작업을 하며 또 한 번, KBS 단막드라마의 산실인 「KBS무대」를 통해 또 한 번 이어져 왔다. 그리고 현재 두 사람은 예술원의 회원이자, 고故 차범석 선생의 아명을 딴 〈평균회〉의 한 멤버로 가끔 만난다고 한다. 그렇게 격의 없는 사이라 그런지, 갑자기 두 사람은 서로 이번 대담의 조연을 자처하고 나섰다. 우리 대담은 모노드라마가 아닌 거물급의 2인극에 가까운데 말이다. 큰 사람은 큰 사람을 알아본다고, 그만큼 두 사람은 서로의 예술 세계를 존중하고 있는 듯했다.

신봉승　그런데 연출가 하고 작간데, 작가가 부슨 할 말이 있나? 언출이 시키면 그냥 하는 거지.(웃음) 나야 조연으로, 엑스트라로 따라온 거지.

임영웅　아니 그 반대지. 작가가 희곡을 안 써 주면 연출을 하려야 할 수가 없지. 그리고 나는 우리나라 연출가 중에서 아마 작가의 작품을 제일 존중해서 연출하는 사람일 거야.

신봉승　그건 그렇긴 하지……, 임 선생은 긴 희곡도 하나도 자르지 않으니까. 다른 연출가들은 시간이 안 맞는다, 뭐다 하는 구실로 상당히 많은 부분을 잘라 내곤 하지.

임영웅　지금 나는 38년째 하고 있는 「고도를 기다리며」도 원작에서 한 줄도 안 지우고 하는 거고, 1년 전하고 올해 했던 차범석 선생의 「산불」도 차 선생이 쓰신 그대로야. 그런데 우리나라 연출가들은 작품을 고치지 않고 그대로 하면 연출이 무능하다고 생각하는 그런 강박관념이 있는 것 같아. 그런데 그건 잘못 생각하는 거야. 왜 그런 착각들을 하는지 모르겠어.

신봉승　우리 같은 작가 쪽에서 보면 안 고치는 연출이 최고지. 작품을 최고로 대우해 주는 거니까.

임영웅  자꾸 고쳐야 하는 작가 하고는 애초에 작업을 같이 안 하지.

신봉승  아, 그런데 이건 그동안 안 물어봤던 얘긴데. 「고도를 기다리며」를 외국에서 공연할 때 배우들이 우리말로 얘기하고 자막이 외국어로 나올 거 아니에요? 외국 공연할 때 외국 사람을 위해서 국내 공연과 다르게 연출하는 경우도 있는지, 그게 참 옛날부터 궁금했는데…….

임영웅  나는 외국 공연의 경우도 그렇고 국내의 특별한 경우도 그렇고, 그냥 내가 원래 만든 걸 그대로 보여 주지, 대상에 따라 변형을 한다든가 알기 쉽게 한다든가 그런 건 없어요. 그런데 많은 사람들이 「고도를 기다리며」를 외국에서 한다고 하면 어느 나라 말로 했느냐고 당연한 걸 물어본다고. 우리가 뭐 거기 가서 영어로 하겠어, 불어로 하겠어, 아니면 일본어로 하겠어? 당연히 한국말로 하는 건데, 그런 질문들을 늘 하거든. 초기에는 그나마 자막도 못 붙였어요. 하기가 어려워서. 그런데 「고도를 기다리며」라는 작품은 세계적으로 널리 알려져 있고, 또 우리가 가는 곳이 이를테면 연극의 지식인, 연극에 관심이 있는 관객 들이 오는 페스티벌이라든지, 베케트의 고향인 더블린 연극제라든지 이런 데 가서 하는 거니까, 거기 오는 사람들은 「고도를 기다리며」를 너무 잘 안다고.


〈극단 산울림〉과 임영웅 선생에게 사무엘 베케트의 「고도를 기다리며」는 대표작 이상의 깊은 의미를 갖는다. 그의 표현에 따르면, '생애 가장 결정적인 작품'이다. 1969년 초연한 이후, 38년 동안 스무 번 넘게 무대에 올리는 집념만 봐도 그렇다. 난해한 작품으로 유명한 이 작품은 임영웅에 의해 새롭게 태어났다는 평가를 받고 있다. 특히 세계적인 부조리극의 권위자인 마틴 에슬린은 1988년 서울국제연극제에서 그의 공연을 보고 "유쾌한 허무주의로 진전시킨 임영웅의 「고도」는 훌륭한 무대였다."라며 극찬을 아끼지 않았다. 그에 힘입어 〈극단 산울림〉은 1989년 프랑스 아비뇽 페스티벌과 1990년 베케트의 고향인 아일랜드 더블린 페스티벌에 초청되기도 했다.

임영웅    우리가 89년에 아비뇽 페스티벌에 참가했어요. 한국 극단으로선 처음이었죠. 그때 더블린 페스티벌의 예술감독이 다음 해에 올릴 작품을 구하러 아비뇽에 와서, 마침 우리가 하는 연극을 봤어요. 보고 난 다음에, 우리 숙소로 찾아왔더라고요. 내년 더블린 페스티벌에 와 줄 수 없느냐. 사실 연출가로서는 자기가 연출한 작품을 쓴 작가의 고향에서 하는 연극제에 초청받는다는 건 정말 기쁜 일이죠. 그래 그 사람더러 더블린에 한국말 아는 사람이 몇 사람이나 있습니까, 라고 물어봤어요. 그런데 그 사람이 「Waiting for GODOT」라면 더블린에서는 언어는 상관없다는 거야. 마치 외국 극단이 서울에 와서 「춘향전」을 한다고 하면, 어느 나라 말로 하더라도 우리가 저건 그 장면이구나, 하면서 단박에 아는 것처럼. 그런 정도로 자기네들이 그 작가를 사랑하고 다 잘 안다고 그래.

사실 아비뇽 페스티벌 갈 때는 우리가 한 것을 그대로 보여 줘서 도대체 전달이 제대로 될까 그런 생각을 하긴 했어요. 그래서 아비뇽에서 나무를 바꿨어요. 원작에 써 있는 나무는 기다란 버드나무 같은 것, 사람이 목매달아서 죽을 수 없는 그런 가지를 가진 나무예요. 아마 작가의 이미지로는 조각가 자코메티의 조각을 생각했던 모양이야. 원래 실제로도 베케트가 자코메티랑 친해요. 아비뇽 갈 때 그걸 한국적인 나무로 하는 게 아무래도 좋을 것 같다, 그건 뭐 원작을 훼손하거나 그런 건 아니다, 라는 생각을 했어요. 그래서 소나무를 조형적으로 변형해서 만들었고, 그것 외에는 국내 공연하고 다르게 하지 않았어요.

다음 해 더블린에 갈 때 조금 더 할 게 없을까 고민하다가, 소년의 의

상을 바꿨어요. 만약 고도를 신이라고 해석한다면, 소년은 상식적으로 신이 보낸 사자니까 천사 아니겠어요? 일반적으로 천사는 흰옷을 입는다고 생각하면……. 우리가 백의민족이니까 한국 사람을 상징하는 것이 흰옷이 될 수 있다, 소년이 반드시 서양식으로 입을 필요는 없지 않은가, 이런 생각을 했어요. 그래서 우리 옷도 아닌, 완전히 한복도 아닌, 그런 흰옷을 입혔어요. 그 전에는 뭐 티셔츠에 반바지, 그런 식으로 했는데. 그것 외에는 역시 안 바꿨고요.

그런데 막상 더블린에 갈 날짜가 가까워 오고 연습이 다 끝나 가고 그러니까 이거 큰일 났구나 하는 생각이 들었어요. 왜냐면 암만 다 알아본다고 해도, 연극이라는 건 역시 말을 알아들어야 여러 가지 잔재미가 있는데……. 하여튼 막이 내리고 리셉션을 했어요. 대사관에서 포도주 몇 병 갖다 놓고. 그때 다 좋은 얘기들만 하더라고. 그런데 뭐 믿을 수가 있어요?(웃음) 고생했으니까 그런 거겠지. 브로드웨이에선 연극이 끝나고 난 다음에 파티하고, 새벽에 돌아가면서 길에서 조간신문을 본단 말이에요. 조간에 평가가 잘 나왔으면 롱런하고, 잘 안 나오면 실패구나 이런 생각을 한다고 해요. 마치 그런 것처럼 새벽 5시에 우리 집사람하고 같이 다운타운에 갔어요. 가판대에서 아일랜드에서 제일 독자가 많은 '아이리쉬 타임즈'를 먼저 집었는데, 표지에 우리 사진이 1면에 5단으로 딱 난 거예요. 그때 개막행사로 외국 극단들한테 공연 의상 입고 중심가를 한 30분만 걸어 달라고 해서 우리가 가두행진을 했었거든. 개막 기사에 우리 사진을 썼더라고. 새벽 5시에 근처 맥도날드 들어가서 커피 시켜 놓고 신문 네 개를 뒤졌는데, 정말 뜻밖에 좋은 평들이 있는 거예요. 그중 이런 제목이 있었어요. '한국의 고도는 기다릴 만한 가치가 있었다.' 그거 보고 야, 이것 봐라 이랬죠.

「고도를 기다리며」가 2막으로 되어 있는데, 우리가 초연 때는 2시간 30분 정도 했거든요. 지금 공연은 2시간 15분이고. 으레 그 정도 시간이면 중간에 1막 끝나고 휴식을 해야 되지요. 근데 그때는 사람들이 1막만 보고 가 버릴까 겁나서, 휴식시간을 없앴어요.(웃음) 1막 끝나고 그냥 바로 이어서 2막을 하는 거야. 아비뇽에서도 그렇고, 더블린에서도 우리가 그렇게 했단 말이지. 그래서 평가 중에 그런 평이 있었어요. "하나 이상한 건 1막이 끝나서 일어나려고 했더니 계속해서 2막을 하더라. 관습의 차이인가." 더블린에서 돌아온 다음부터는 안심하고 1막하고 휴식하고 2막을 해요.

다시 처음으로 돌아가서, 외국 사람들을 위해서 특별히 뭘 한다는 건 잘못 하면 오히려 원래 갖고 있던 걸 잃어버리는 거라고 생각해요. 더블린의 어떤 사람은 이런 얘길 했어요. 한국의 「고도를 기다리며」에는 음악성이 있다. 국내에서는 그때까지 음악성에 대해서는 얘기한 사람이 없어요. 김문환 교수가 쓴 평에 잠깐 그런 게 언급된 게 있었지만. 그런데 그 음악성이라는 게 사실은 베케트 자신이 음악성을 많이 생각하고 희곡을 썼다고 그래요. 베케트가 스트라빈스키랑 친해요. 그때는 뭐 동시대 예술가들이 다 파리에 있을 때니까. 베케트가 스트라빈스키더러 "우리 희곡도 악보처럼 썼으면 좋겠다. 여긴 네 박자 쉬고, 여긴 두 박자 쉬고, 여긴 좀 길게 고음으로 뽑고, 여긴 좀 저음으로 했으면 좋겠다." 이런 식으로 얘기했어요. 그만큼 베케트는 연극의 음악성에 대해서 늘 생각했어요. 그래서 베케트의 지문을 보면요, 보통 희곡에서는 '사이'라고 표현하는데, 베케트는 그걸 사이, 침묵, 긴 침묵, 휴식 등 여러 가지로 표현했어요. 그렇게 구분한다는 것은 작가 나름의 느낌을 전달하기 위해서 그런 거거든. 그래서 나는 「고도를 기다리며」를 연출할 때, 대사의 리듬이라든지, 템포라든지 이런 걸 나 나름대로 신경 썼어요. 그런데 국내에서는 대사에 너무 신경 써서 그런 리듬이나 템포를 놓친단 말이에요. 「고도를 기다리며」 대사는 아주 쉬운 말인데, 오히려 너무 쉽기 때문에 '가만 있자, 저 말 뒤에 무슨 다른 의미가 있는 거 아닌가.' 이러면서 따라가게 된다고.

그런데 더블린의 관객들은 한국말을 아예 모르잖아. 무슨 뜻인지는 장면 보면 다 알긴 알지만. 그래서 대사가 소리로 들렸던 거야. 그러니까 리듬감이라든지 이런 게 귀에 들어왔나 봐요. 할 수만 있으면 자막이 제일 좋아요. 그런데 자막이 안 되면 우리가 하던 걸 그냥 보여주는 것도 괜찮은 것 같아요.

신봉승    그러니까 국내에서 했던 것하고 외국에서 한 것이 외형상으로 같다고 생각하면 되는 거죠?

임영웅    똑같죠. 공연이라는 건 배우의 컨디션에 따라 매회 조금씩 달라질 수는 있지만, 그러나 기본은 절대로 벗어나지 않았어요.

신봉승    대신 대사가 소리로 전달되니까, 대사 의미에 따른 즉각적인 반응, 가령 웃긴 부분에서 까르르 웃는다거나 그런 건 좀 다르겠네요.

임영웅    그렇죠. 그러나 「고도를 기다리며」라는 작품은 사실 즉흥적인 기법이 많이 들어가 있어요. 어릿광대를 보면, 대사의 정확한 의미를 몰라도 즉흥적인 몸놀림이라든지 어릿광대 같은 느낌 때문에 웃기도 해요. 실제로 외국 관객들도 많이 웃고요.


「고도를 기다리며」가 임영웅의 생애 결정적인 작품이라면, 신봉승의 대표작은 「조선왕조 5백 년」이 될 것이다. 「조선왕조 5백 년」은 1983년부터 1990년까지 장장 8년여 동안 한 방송국에서 방영되는 초유의 기록을 세웠다. 시청률에 의해 채 1년도 넘기지 못하고 금방 새로 생기고 금방 내리는 최근 드라마 풍토에서는 얼른 상상하기 어려운 기록이다. 약 8년 동안 작가는 예상치 못한 여러 난관에 봉착하기도 했다. 비위에 거슬리는 대목이 나온다는 이유로 정권에 의해 1년 동안 방송이 강제 중단되는가 하면, 선조의 치부를 드러냈다며 여러 가문의 종친회에 의해 린치를 당하기도 했다. 그럼에도 불구하고 방송을 끝까지 할 수 있었던 동력은, 정통사극의 전형을 제시하되 재미있는 드라마를 만들어야겠다는 작가의 굳은 신념이었다.

임영웅 그런데 사실 신 선생을 자세히 잘 모르는 분들은 신 선생이 역사학을 전공한 것으로 안다고요. 그렇지 않고서야 어떻게 「조선왕조 5백 년」이라는 타이틀로 8년 동안 작품을 방영할 수 있으며, 그 밖의 신 선생의 여러 역사 관련 저서가 나올 수 있겠어요. 역사에 대한 해박한 지식이나, 그런 깊이 있는 해석은 역사를 전공한 사람들도 쉽지 않은 일이라고 얘기하거든요. 저도 늘 신 선생을 멀리서 경의의 눈으로 바라다보는 건, 와 정말 어떻게 역사를 저렇게 해박하게 알며, 또 어떻게 저렇게 드라마로 훌륭하게 잘 영상화했느냐 그런 생각을 늘 했어요.

신봉승 지금도 굉장히 행복하게 생각하는 것이 MBC에서 1983년에 「조선왕조 5백 년」을 해 보자면서, 처음에는 2년을 줬어요. 그런데 제1화를 쓰고 나니까 반년이 지나갔어요. 2년 안에는 이게 도저히 안 될 것 같으니까, 그러면 조선왕조 끝날 때까지 한번 써 보자고 된 거예요. 정해진 기간 없이 특정 작가에게 이런 대작이 맡겨졌다는 건, 이건 방송사상 전무후무한 사건이었지요. 앞으로도 아마 없을 거예요. 작가 한 사람에게 그렇게는 못 시키는 거지. 그래서 「조선왕조 5백 년」을 약 10년 정도 썼지요. 참 행운이었던 것이, 요즘 드라마작가들은 사극을 쓰다가 현대물 쓰다가 해요. 그러면 전문가가 절대 안 돼요. 나는 사극만 29년 했어요.

임영웅 어쩌다가 사극에 그렇게?

신봉승 임 선생도 잘 알다시피, 30대 초에는 신성일, 엄앵란을 주연으로 하는 청춘물의 도사죠, 내가.(웃음) 그때는 거의 유일하게 한국 영화의 청춘물 시나리오를 많이 쓴 작가인데, 당시의 동양방송 편성부 차장이 어느 날 나를 부르더니 "신 형, 사극 한번 써 보지?" 했어요. 당시 동양 방송뿐 아니라 한국 방송계에도 사극이 많지 않았거든. 물론 안 하겠 다고 거절했지만 그분의 설득은 집요했어요. 내가 그때 한창 잘 팔리 는 작가니까 한번 근사하게 써먹어 보겠다는 생각이었는지, 그 사람 이 내게 말하기를 지금은 「장희빈」 쓴 이서구 선생, 「왕비열전」 쓴 김 영곤 선생, 이 두 분이 사극을 쓰고 계신데 두 분이 돌아가시면 사극 은 누가 쓰냐, 이러더라고. 저한텐 그 말이 굉장히 충격적이었어요. 그때 이서구 선생이 70대, 김영곤 선생 60대고, 내가 40대 될 무렵이 었어. 아, 이 두 사람의 뒤를 받으면 길이 평평대로겠구나 이렇게 생 각하고, 그럼 하겠다고 했어요.(웃음)

그런데 나는 국문과를 나와서, 시 쓰고, 현대물 시나리오 쓰고, 그때 까지 사극을 한 편도 쓴 적이 없었는데 어떻게 해야 할지 모르겠는 거 야. 방송국에서 처음에 나한테 써 달라고 한 게 연산군의 일대기였어. 제목은 「사모곡」이었고. 그래서 그걸로 시작을 하긴 하는데, 당시 『조 선왕조실록』이 완역이 안 됐을 때라 무슨 책을 읽어야 할지 모르겠는 거예요. 『연려실기술』이라는 책은 번역되어 있었는데, 거기에 연산군 에 관한 상세한 기사가 있어요. 그래서 그걸로 공부해 가면서 썼죠. 그때 '일간 스포츠'라는 신문이 있었는데, 그 영향력이 보통이 아니 야. 연예란이 거기밖에 없었잖아. 자고 나면 내 드라마가 연예면 톱에 나와. 그것도 매일 아침. 신봉승 사극 고증 안 맞는다, 틀렸다, 이런 식으로. 무슨 해결방법이 없을까 하다가, 『조선왕조실록』을 한 번 읽 어 보자 해서 시작한 거지요. 당시에 『조선왕조실록』은 1/3 정도 번역 되고, 나머지는 전혀 안 됐을 때인데, 그걸 번역본으로 치면 300페이 지 정도의 책으로 413권이에요. 매일 100페이지씩 빠짐없이 읽어도 모두 읽자면 약 4년이 걸리는 엄청난 분량이죠. 그걸 독파해 가면서 정사正史에 접근했어요. 「사모곡」 할 때 내 서재에 역사책이 한 권도 없었는데, 이후엔 현대물 책이 다 없어지고 역사책만 가득해졌지요.

그런데 『조선왕조실록』이 번역이 다 안 됐으니까, 한자를 모르면 못 읽어. 당시 김용진 선생이라고, 희대의 한학자가 계셨어요. 그분한테 술, 과일상자를 사들고 찾아 가서는 "여기서부터 여기까지 읽어 주세요." 그러는 거야. 녹음기 들이대고선. 그분이 원문을 읽으면 그걸 녹음하고, 나는 노트에 메모하고, 그걸 집에 와서 다시 정리하고. 이렇게 해서 『조선왕조실록』을 완독하게 된 겁니다. 그걸 완독하고 보니까 역사를 보는 눈이 생겨. 드라마랑은 관계없이. 지금 현재에도 대선을 앞두고 이게 어떻게 돌아가느냐 하는 건 『조선왕조실록』에 다 있어요.(웃음) 그런 것을 독학으로 터득하면서 「조선왕조 5백 년」을 약 10년 동안 썼죠. 그것도 MBC에서만. 내 50대 10년을 완전히 기기에 던진 거지. 그 10년 동안 하루도 쉬지 않고 역사책을 읽었기 때문에 지금의 내가 있는 거고. 지금의 나는 역사학자가 아니지만, 역사학계에 계신 분들은 확실히는 모르지만 저 놈이 좀 아는 놈이구나, 이렇게 인정을 해 줘요. 그런데 그 인정을 받기까지 최소한도 20년이 걸려. 학계에서는 인정 절대로 안 해 줘, 절대. 방송작가가 어떻게 감히 역사를 입에 담느냐 이런 식으로 나오지. 한 15년 내지 20년을 참아 줘야 돼. 그러니까 드라마작가의 수준이 아니고 제대로 역사를 읽을 수 있는 수준까지 온 셈이죠.

그리고 논리적으로 들어가니까, 춘원 이광수 선생, 월탄 박종화 선생이 쓴 소설도 상당히 틀렸던 거야. 내가 거기서 또 충격을 받았어요. 춘원, 월탄 선생은 우리 시대엔 하느님이야. 그분들이 어떻게 틀린 걸 써. 이건 안 되겠다 싶어서 경희대학교 대학원에 들어가서 역사 공부를 본격적으로 시작했어요. 제 대학원 졸업 논문이 「역사소실연구」였고. 춘원 선생, 월탄 선생, 김동인 선생의 역사소설이 어디가 얼마나 틀렸는지를, 정사와 야사, 소설의 원문을 나란이 배치하였더니 논문을 심사하시던 소설가 황순원 선생님이 무척 당황해 하셨어요. 그런 과정을 거치고 나니까, 역사라는 것은 적혀 있는 문자만 읽어서는 안

된다는 결론이 나오더라고요. 행간을 읽을 줄 알아야지. 그래야 또 좋은 사극작가가 된다는 거. 아무도 안 가르쳐 주는 거지만. 내가 아는 역사는 전부 내가 독학으로 터득한 거야.

그런데 여기서 큰 문제가 하나 생기는 거죠. 역사는 읽는 그 자체로는 역사를 바로 볼 수가 없어요. 역사는 읽고 역사인식을 갖느냐 안 갖느냐가 중요한 거죠. 역사를 읽는 걸로만 치면 서울대학이나 고려대학 국사학 교수가 우리나라에선 제일 똑똑한 사람일 거예요. 그런데 100년을 읽어도 소용이 없어요. 역사인식을 만들어 낼 수 있어야죠. 제가 참 자랑스러운 건 난 내 역사인식을 만들어 냈다는 점이야. 그 성과를 지금 생각해 보면, 누가 한 작가에게 10년 동안 「조선왕조 5백 년」을 네 맘대로 써라 이러겠어요. 세계에도 그런 사건이 없었어요. 당시 물론 최창봉이라는 유능한 방송국 사장이 있어서 가능했고, 제작국장 등 우리를 신뢰해 주는 팀이 있었기 때문에 가능했지만. 그게 아니면 도저히 안 되는 일인데. 그것을 다 하고 나니까 비로소 월탄이다 춘원이다 하는 소설을 다시 읽어 보면 이게 어디가 틀리고 안 맞는지 다 나오는 거죠. 나는 지금도 역사를 관장하는 신이 있다고 확신하고 있어요. 그 신이 왜 있느냐. 역사라는 게 잘못 흘러가는 일이 없어요. 이 지점이 잘못됐으면 반드시 같은 역사 물결 안에서 바로잡아집니다. 그래서 나는 역사를 읽으면서 역사를 관장하는 신이 있고, 나는 그 신의 품 안에서 살기를 원하고, 그러면 내 생활이 반듯해지고……. 역사를 읽으며 그런 걸 느끼게 되지요.

임영웅 사실은 그런 성과가 나오기까지 신 선생이 한 것같이 보통 피나는 노력이 없으면 안 되는 건데……. 그런 사실을 요새 젊은이들이 알아야 하는데, 운이 좋아서 잘됐다고 생각하니까 그게 문제예요.

신봉승 참 재밌고 냉정한 에피소드가 하나 있어요. 내가 『조선왕조실록』을 읽기 시작할 때 이어령 씨가 나보고 이렇게 얘기했어요. "야, 그거 아무나 읽는 책이 아니라더라, 카드 만들면서 읽어라." 이어령 씨가 카드 참 잘 만들지. 그래서 내가 대답했어요. "한번 머리에 들어가면 끝이지, 무슨 카드를 만드느냐 치사하게." 그리고 다 읽었을 무렵에 정말 거의 정확히 다 외웠어요. 누가 물어보면 아, 그건 중종 25년 12월에 있었던 일, 이 정도로요. 그런데 자꾸만 잊어버리는 거야. 지금은 아주 중요한 것 빼고는 다 잊어버렸어요. 그래서 내가 우리 후배나 역사학자 들에게 말해요. 너희는 다행인 줄 알아라. 내가 메모하고 읽었으면 너희는 지금 밥을 못 먹는다.(웃음) 이건 반쯤은 진심이에요. 그렇게 역사라는 게 심오하고. 우리 삶과 현실에 큰 도움을 주기 때문에. 내가 책을 130권쯤 썼는데, 두 권 빼고는 전부 역사 관련 서적이에요. 그 정도로 내 삶 자체를 역사가 지배해 왔죠.

화제는 두 사람의 대표작인 「고도를 기다리며」와 「조선왕조 5백 년」에 잠시 머물다, 얼마 지나지 않아 곧 젊은 예술가들, 최근의 드라마계, 연극계의 현실 문제로 넘어갔다. 아마 당신들의 예술 세계와 작품보다는, 최근 예술계 현실 상황이 더 앞서 걱정되는 모양이다.

신봉승  현재 우리 TV드라마 쪽을 보면 '감성'이나 '재능'이라는 부분은 인정해 줄 수 있겠는데, '작품성'이라는 부분에 대해서는 인정하기 어렵다는 느낌이 저한테는 있거든요. 지금은 예술적인 성향으로 작품을 하겠다는 사람들은 안 찾아져요. 전부 감성으로 하고. 좋은 작품을 쓰는 훈련이 잘 안 되어 있다는 느낌이 있는데, 연극 쪽은 어때요?

임영웅  연극도 시대의 반영이라고 할까. 왜냐하면 상식적인 얘기로 늘 연극의 예술성과 연극의 대중성을 따지는데, 옛날에는 관객이 예술성을 더 중시했단 말이야.

신봉승  응, 연극은 특히 더 그랬지.

임영웅  좋은 연극이라는 건 '예술성'에 있는 거라고 생각했고, 재미있는 건 좀 경시하는 분위기였죠. 지금은 시대가 전연 달라져서 재밌는 연극이, 또 관객이 많아야 평가도 받지, 관객이 적으면 평가를 덜 받는다고. 극히 소수의 사람만 지지하고. 그런 면에서는 연극도, 물론 영화나 TV드라마보다는 훨씬 덜한 편이지만, 그럼에도 불구하고 작금의 작품 성향 또는 연극을 하겠다는 사람들의 마음가짐이나 연극에 다가가는 자세 들이, 역시 관객을 많이 끌어야 하는 것에 무게를 두고 있죠.

신봉승  그걸 우리 같은 처지에 있는 사람들까지 옳다고 지지해 줄 수는 없지 않느냐는 말이에요.

임영웅  내가 생각하기에도 그런 건 바람직하지 않죠. 그러나 작가로서, 연출가로서, 자기가 하고자 하는 본격적인 연극이나 영화의 예술성을 살리면서 동시에 관객을 끌어들이려는 노력을 해야 하는데, 그게 말처럼 쉬운 게 아니니까. 처음에 작품 선정할 때부터 이번엔 예술 좀 해야겠다, 이번엔 장사 좀 해야겠다, 하고 고른다면 그건 또 별개 문제지만. 그러나 신 선생이나 나나 관객이 많이 오면 좋지만, 관객이 안 오더라도 우선 예술부터 하고 보자는 생각이 있는 거 아니야?

신봉승  그럼, 그럼.

임영웅  그러니까 젊은 쪽에서 보면 우리는 시대에 잘 걸맞지 않는 거지.

신봉승  나는 그래도 연극 쪽을 부러워하는 것이, 연극에는 셰익스피어나 몰리에르 같은 고전이 있으니까 희곡을 쓴다거나 연극을 지망하는 사람들이 최소한 그것은 읽어요. 근데 TV드라마의 경우, 고전이라는 게 거의 없다시피 하잖아. 영화를 봐도 「시민 케인('41)」이랄지 「전함 포템킨('25)」 같은 걸 고전이라고 하면, 영화하는 젊은 사람들이 거기서 취할 게 별로 없어요. 기술적인 면도 그렇고, 구조도 그렇고. 그런데 연극에서는 셰익스피어나 몰리에르를 보면 취할 것이 많이 있지 않느냐 이 말이에요.

우리 드라마 쪽에선 고전을 경시하는 경향이 너무 심해요. 지금 현재 작품을 만드는 구조가, 메인작가가 있으면 보조작가가 5명 정도 붙어요. 잘 아시는 일본의 구로사와 아키라黑澤明는 초 1급의 현역작가를 보조작가로 거느리고 있기 때문에 훌륭한 작품이 가능하다고. 그런데 우리 경우에는 메인작가들도 초일류가 아닌 데다가 보조작가는 또 신인이야. 이런 상태가 돼 버리니까 보조작가를 하는 사람이 좋은 작품을 쓸 수 있는 찬스를 못 잡아요. 어떤 문제가 있냐면, 작품 전체를 관망할 수 있는 능력을 갖추기 전에 부분만 보는 거죠. 너는 23신scene을 고쳐라, 너는 36신을 고쳐라 이렇게 분업이 돼서, 한 작가가 신 하나 정도는 볼 수 있지만, 전체를 완성하는 경우가 드물죠. 요새 내부적으로는 우스갯말로 작품 다섯 편 이상 쓰는 작가가 안 나올 것이라는 말이 공공연하게 돌아다녀요. 나는 그걸 전적으로 수긍해요. 기초를 다질 수 있는 시간을 보조작가하면서 다 빼앗기고, 그렇게 전체를 관장할 수 있는 능력도 없이 작가가 되어 버리니까 세 작품까지는 간신히 어떻게 써지는데, 세 작품을 마치고 나면 쓸 게 없다는 거죠. 앞으로 좋은 작가의 보급을 어떻게 하느냐의 문제는 우리 같은 사람들이 조금 심각하게 생각해 봐야 하지 않겠느냐 이런 생각이 있어요.

임영웅 결과적으로는 작가나 연출가나 전부 기능공같이 되는 세상이 된 것 같아요. 저는 우리나라 교육이 그래서 참 문제라고 생각해요. 그것과 교육은 아무 상관없을 것 같지만, 우리나라 교육이 수십 년째 입시 위주의 교육만 하잖아요. 내가 밤낮 기회 있을 때마다 얘기하는 거지만, 요새는 학예회라는 걸 안 해요. 체육대회도 많이 줄었어요. 체육대회는 건강이 중요하니까 그래도 해야 된다고 하면 잠깐이나마 하는데,

학예회는 공부할 시간에 학교에 남아서 연극 준비를 한다, 무용을 한다, 음악을 한다, 이러면 이건 학부모로서는 도저히 용서가 안 되는 거야. 뜻있는 교장들도 학부형 등쌀에 못 견딘대. 내가 교장들한테 직접 물어봤어요. 본인들도 학예회 하는 게 좋다고 생각하는데, 학부형들이 몰려와서 아우성을 치기 때문에 도저히 견딜 수가 없다는 거야.

그런데 예술적인 소양이라는 게 어려서부터 책도 읽고, 음악도 듣고, 무용도 보고, 연극도 보고, 전람회 가서 그림도 보고 그러면서 폭넓게 체험해야 하는 거잖아요. 만약에 자기가 좋으면 그중 하나로 가는 거고, 자기가 직업으로 하고 싶지는 않아도 돈 버는 일만이 인생이 아니라는 것, 예술가들이 이 세상에 살고 있다는 것을 스스로 깨닫게 되는 거잖아요. 그런데 교육을 수십 년 동안 그렇게 해 오니까 애들이 시험 공부만 하잖아요. 책도 변변히 읽을 수 없고, 음악도 들을 수 없고, 영화나 연극도 제대로 못 보지. 요새 갑자기 고전이 관심을 끄는 것도, 수능 입학시험 때 논술 시험문제로 고전이 나오니까 학부형들이 갑자기 그러는 거라고. 어떨 때는 그래서 「고도를 기다리며」를 보러 오는 학생들도 있어요. 부모가 학생 손잡고 온다고.

신봉승   그런 부모는 차라리 깨인 부모지.(웃음)

임영웅   그리고 또 편의주의. 보는 사람들도 예술성을 찾는 사람들보다는 역시 오락성을 찾는 관객이 더 많아졌어요. 우선 방송의 경우, 나는 단막극이 없어졌다는 게 참 잘못된 거라고 생각해요. 단막극에서 예술성을 배우고, 연속극은 대중적인 걸로 가고. 그러면서도 단막극을 기초로 연속극에서도 예술성이 있는 품위 있는 작품들을 할 수 있는데, 요새는 단막극을 전연 찾아볼 수 없어요.

좋은 작가가 탄생하지 않는다는 것도, 결국 예술이라는 게 어떤 부분에서는 도제徒弟 같은 식으로 되어야 하는데. 이론보다도 스승이 하는 걸 옆에서 보면서 곁에 있는 것. 옛날에는 보통 5년에서 10년은 스승

밑에서 공부를 해야 했는데, 요새는 젊은 사람들 와서 석 달, 길어야 여섯 달 있다가, 전부 다 나가서 독립해요. 그러니까 뭐라 그럴까, 경제적으로 좀 여유가 생겨서 그런지 몰라도, 우리 옛날에는 공연 한번 하려면 돈이 없었잖아요. 그런데 요새는 젊은 사람들이 이를 테면, 열 명 모이면 각자 집에 가서 연극하게 돈 좀 보태 달라고 해요. 한 사람이 한 200만 원씩 들고 나오면 2000만 원이 되거든요. 그걸로 일단 소극장을 대관한단 말이에요. 그리고 되든지 안 되든지 뭘 한단 말이지. 그런 식으로 하니까 누구 밑에서 오랫동안 조수라든지, 제자로 있지를 않아요. 작가들도 사실은 그렇게 해야 하는데. 저력이라고 할까, 지구력이랄까, 이런 것 없이 데뷔하고, 운 좋게, 쉽게, 그냥 단박에 하려고 하지요.

신봉승 예술계 전체가 그런 건 아닌 것 같아요. 문학을 하는 쪽, 가령 시인이 된다, 소설을 쓴다, 했을 때는 스스로 고전이나 기본 소양을 공부해요. 적어도 그 분야 것은. 음악을 하겠다는 사람들도 그래도 어쨌든 베토벤이나 그런 고전음악 들으면서 하는 건 확실하잖아요. 미술 하는 사람들도 적어도 목탄화를 1000장 이상은 그려야 대학에 입학을 할 수 있는 거고. 그런데 도대체 왜 TV드라마를 쓰겠다고 하는 사람들은 테이프 두세 개 달랑 보고 작가가 되겠다고 나서는지, 그 용기가 도대체 어디서 나오느냐 말이지. 나도 명색이 학교에서 애들을 가르치는 사람인데, 고전을 보라고 계속 강조하는데도 안 들어요. 이 문제는 정말 앞으로 심각하게 부작용으로 오지 않을까 하는 우려가 있어요.

임영웅 그런데 후배들한테, 젊은 사람들한테 나도 한동안은 뭐 얘기도 하고 여러 가지 했지만, 귀에 절대 안 들어가요. 생각이 우리와 전연 다르기 때문에. 그래서 근래 내가 하는 방법은 하고자 하는 말을 내가 실천으로 보여 주는 거예요. 연극은 이런 거다, 이렇게 해야 하는 거다, 라는 걸 말로 암만 해도 잘 못 알아듣고 관심도 없기 때문에, 직접적으로는 얘기 안 하고 간접적으로 하는 거지요. 어차피 내가 가고 있는 길이니까, 나는 연극을 이렇게 한다. 젊은이들이 봤을 때 어떻게 보면, 저 사람 좀 바보같이 이상하게 한다고 생각하지 않겠어요? 그럼에도 불구하고 결국 연극을 하려면, 여러 어려움이 있더라도 이러이러한 걸 반드시 해야 좋은 작품이 된다. 요새 내가 쓰는 방법은 그래요.

우리도 젊었을 때 그랬을는지 모르겠는데, 내가 생각하기엔 그러지는 않았다고 생각이 들지만, 요새 젊은 사람들은 기다리질 않아요. 이를 테면, 사과나무를 심었으면 열매가 열릴 때까지 잘 가꾸고 공 들이고, 세월이 지나야 비로소 열매를 거둘 수 있는 건데, 심으면 금방 수확된다고 생각하고 또 금방 수확할 방법만 찾고 그런다고. 건설에서는 공기工期를 단축시킨다거나 어떤 방법이 있을지 몰라도, 사실 예술에서는 공기 단축이 절대로 안 되는 거라고요. 절대로 안 된다는 걸 알고 끈기를 갖고 정성을 들여서 가꿔 가야 하는 건데, 그걸 할 줄 몰라요.

신봉승 　임 선생은 지금 연극을 직접 제작하니까 내 쪽에서 봤을 때는 부럽기 그지없는 얘긴데, 나는 대학원에서 시나리오를 어떻게 쓰는지 가르쳐요. 내가 "고통스럽지만 좋은 작품을 먼저 한두 편 쓰고 시작하면, 나중에 쉬운 작품은 저절로 써진다. 그런데 너희처럼 쉬운 작품만 미리 서너 개 써 버리면 크고 어렵고 좋은 작품은 영원히 쓸 수 있는 기회가 없으니 지금 젊었을 때 이 일을 시작해라." 이렇게 말하면 학생들이 하는 이야기가 있어요. "그럼 뭘 먹고 삽니까, 교수님." 그런데 그건 작가를 지망하는 사람의 기본 태도가 안 됐다고 볼 수밖에 없어요. 우리도 30대에는 참 가난했거든요. 그래도 좋은 작품 쓰려고 애썼고, 그렇게 살다 보니 이런 지점까지 왔단 말이에요. 그런데 지금 젊은 작가 지망생들은 그런 게 없어요. 첨삭 지도를 해 주는데, 그 다음 갖고 오는 것 보면 전부 도로 아미타불이에요. 뭐 노골적으로 반항하는 건 아니지만, 생리적으로 일을 쉽게 쉽게 가자는 마음이 있어요.

임영웅　그게 요새 풍조이기도 한데, 나는 한때는 뭐라고 했냐면, 연극은 독립운동 한다고 생각해야 된다고 했어요. 우리 일제침략 때 독립운동 한 우리 선조들이 돈 바라고 독립운동 했냐, 명예를 바라고 했냐. 독립운동은 꼭 해야 하는 거니까, 독립을 쟁취할 때까지 목숨을 걸고 가족도 제대로 돌보지 못하고 하지 않았냐. 연극이 국가만 못하고, 돈보다 못하고, 명예보다 못하다고 생각하면, 처음부터 관둬라. 연극 아니고는 죽고 못 살겠다는 사람만 연극을 해라. 그리고 연극을 하기로 했으면 독립운동 하듯이 배고파도 할 수 없고, 속상한 일이 많아도 참고 견디고 그래야지. 그리고 열심히 하면 어느 시기엔 열매가 맺어지는 거다. 근데 그걸 기다리지 못하니까……. 또 영리한 젊은이들은 바보같이 독립운동 하듯이 하지 않아도 충분히 다 된다고 말하고.

신봉승　음……. 왜 충분히 된다고 생각할까?

임영웅　예술가들은 다 자기 자신에 대해서 자신만만한 사람들이니까 뭐.

신봉승　아니. 우리가 젊었을 땐 죽기 살기로 했단 말이야. 확실해요. 지금은 그런 게 없어. 죽기 살기보다는 쉽게 쉽게 가는 방법을 택하고 있어요. 내가 직접 가르치는 제자들부터 그러니까 옆에서 보기에 참 안타까워요. 그런 풍토와 비례해서 좋은 작품이 안 나온단 말이지. 젊은 학생들을 가르치기 위해서 하는 얘기가 "문사철文史哲 600, 책 읽어라."예요.

학생들에게 엄하게 말할 땐 이런 얘기도 해요. 너희가 나를 못 따라올 세 가지 이유가 있다, 첫째는 경험. 나는 최소한도 왜정 말기서부터 지금까지 다 보면서 살았기 때문에 새롭게 자료 찾고 책 읽을 필요가 없다. 너희가 그걸 간접경험이라도 하려면 책이라도 많이 읽어야 할 거 아니냐. 내가 지금까지 한 6000권 정도 읽었는데 너네는 지금 몇 권 읽었느냐. 셋째로, 현재 내가 놀고 있는 사이에 너희가 1년에 300권쯤 읽으면 20년 후엔 마주치는데, 지금도 내가 너희보다 더 많이 읽으면 계속해서 평행선으로 간다. 이렇게 말하면 상당히 충격을 받아요. 그런데 그 충격의 강도가 오래가질 않아. 우리가 젊었을 땐 그런 충격 받으면 며칠씩 안 자고 분해하고 그랬는데, 그런 것이 없어요. 그것이 작품하고 뭔가 연관이 있지 않나 그렇게 보는 거죠.

임영웅  사회 환경이 결국은 그렇게 사람을 길들이는 거 아닌가 하는 생각을 해요. 만드는 쪽도 문제가 있지만 보는 쪽도 그냥 편하게 보고, 편하게 즐기려고 하고. 극장에 갔다 와서 무슨 인생을 생각하느냐는 거지. 골치 아프게 무슨 인생을.

신봉승  문화 환경도 관계가 있는데, 임 형이나 내가 대학 다닐 때는 일반 극장에서 개봉하는 영화들이 영화사에서 길이 빛나는 명작들이었단 말이에요. 그때는 장난스럽게 영화를 봤지만, 지금 와서 생각해 보면 세계영화사를 다 훑어 놓은 거지. 요즘 청년들에게는 그런 소위 고전급 영화를 볼 수 있는 찬스가 없다고. 만약 보고 싶으면 라이브러리 가서 찾아서 봐야 되는데, 그런 정성을 잘 안 쏟으려고 한단 말이지. 임 형이나 나나 그런 걸 가르쳐 줘야 할 의무가 있다고 생각이 드는데, 어떻게 하면 좋을지는 참 막막해요.

임영웅  요새 뜻있는 사람이 점점 적어지는 게 아닌가 싶어요. 연극을 해서 수준 높은 예술작품을 하겠다는 의욕보다는, 연극을 해서 돈을 번다든가 인기를 얻는다든가 이런 생각들을 먼저 한다고요. 사실 최근에는 뮤지컬이 급속히 성장했지요. 우리나라의 본격적인 뮤지컬인 「살짜기 옵서예」가 초연된 게 66년이거든요. 그 이후 상당히 장족의 발전을 한 거예요. 기술적으로도 그렇고, 재능 있는 사람들도 많이 나오고, 제작 규모도 엄청나게 커졌고. 이를 테면, 뮤지컬에 돈이 보인다니까 투자자들이 거기로 모인단 말이에요. 정확하게 통계는 안 내 봤지만 아마 6대 4 정도로 뮤지컬 공연이 연극보다 더 많을 거예요. 옛날에 동랑 유치진 선생이 60년대 초에 미국 갔다 오셨을 때, 브로드웨이에는 전부 연극보다는 뮤지컬이라고 하셨어요. 브로드웨이라고 하면 얼른 생각하기에 '연극의 메카'로 여겨졌었는데, 뮤지컬에 점점 대중의 호응도가 높아지니까. 지금은 아마 브로드웨이의 경우 80, 90%가 뮤지컬일 거예요. 우리나라에서는 그런 현상이 안 일어날 줄 알았더니, 요 한 2, 3년 사이에 급격히 변화해서 지금 동숭동에 가면 그냥 연극하는 것보다는 뮤지컬하는 극장이 더 많아요.

그걸 부채질한 게 소위 돈 있는 회사들이에요. 거기서 젊은 재능을 산다고요. 싼 인건비로 사람들을 계약하고, 거기에 제작비 조금 보태서 성공한 소극장 뮤지컬들이 몇 개 있어요. 그중에 물론 꽤 괜찮은 작품도 있지만, 좀 더 좋은 작품이 될 수 있는 작품들이 그런 상업주의에 물들어서 어느 한계선을 넘지 못하고 있어요. 그래서 대학로에서 하는 뮤지컬을 한 다섯 편만 보면 대체로 비슷해요. 등장인물들 이름만 다르다 뿐이지, 다 비슷비슷한 설정, 비슷비슷한 얘기, 비슷비슷한 감각. 지금 양적으로는 뮤지컬이 활발해졌다고 하지만, 질적으로는 사실은 그것도 좀 심각한 문제가 있어요.

그런데 그렇게 되니까 결국은 무대예술 쪽에도 상업주의가 많이 번졌어요. 이제는 연극까지도 기획회사에서 지원해 줘서, 인기 있는 탤런트 한두 명 데려다가 하자고 해요. 또 그런 연극에 관객들이 온단 말이에요. 그러니까 만드는 쪽에서도 생각이 그렇게 되고, 보는 쪽에서는 더 적극적으로 거기에 호응하고. 나는 늘 이런 생각이에요. 오락적인 작품, 이를 테면, 상업적인 작품이라노 상품으로서 완성도가 높으면 괜찮아요. 그런데 상품으로서 완성도가 낮은 것을 가지고 관객들을 유인하고 끌어들이고, 자기도 모르게 거기에 만족한다면 양적인 발전은 어떨지 몰라도, 질적인 발전은 있을 수 없어요. 문제가 심각하지요. 저는 그런 생각이에요.

그런데 그런 식으로 해서 잘 되는 건 한두 개 정도지요. 그렇기 때문에 어느 시기가 되면 역시 정도正道를 가야 합니다. 물론 상업적인 연극하는 사람 많아도 좋은데, 나는 정도를 가는 극단이 다섯 개만 있어도 한국 연극은 버텨 갈 수 있는 거 아닌가 해요. 그 다섯 곳이 잘 되느냐 안 되느냐가 문제죠. 지금 내가 하는 〈산울림〉이 그중 하나가 되었으면 하는 건데, 객관적으로 바깥에서 보면 〈산울림〉도 또 어떨지 모르지만요.

그런데 연극하면서 내가 부딪히는 문제에 이런 게 있어요. 〈산울림〉을 '여성 연극의 메카'라고들 하잖아요. 결국은 여배우들을 주인공으로 해서 여성의 삶을 다뤄서 여성 관객들, 특히 주부 관객을 끌어 모은다는 얘기예요. 그런데 그 '여성 연극'이라는 말에는 다분히 연극 자체를 폄하하려는 의도가 숨어 있는 것 같거든요, 내가 보기에는. 내가 만날 얘기하는 게 뭐냐면, 나는 연극이라는 걸 아주 소박하게 얘기하면 '인간을 그리는 예술'이라고 생각하거든요. 그런데 인간은 남성도 있고, 여성도 있으니까 모든 연극에는 사실 여성과 남성이 다 등장하는 거지요. 남성이 주가 되는 연극이라고 해도 반드시 그 배경에는 여성이 있고요. 그런데 남자들만 나오는 연극을 '남성 연극'이라고 얘기하는 사람 있어요? 없잖아요. 그런데 굳이 여성이 주인공을 한다고 해서 '여성 연극'이라고 부르는 건……. 굳이 편 가를 필요가 없지 않나요. 그런 식으로 하면, 여성의 삶을 암만 잘 그려도 여성 관객을 염두에 두고 했으니까 대중적이고 오락적인 건가? 그런 시각부터가 편견이에요. 나는 내가 만든 「위기의 여자」, 「딸에게 보내는 편지」, 「엄마는 오십에 바다를 발견했다」 이런 일련의 작품들이 내가 만든 다른 연극보다 절대로 수준이 낮거나 연극으로서 완성도가 떨어진다고 생각 안 해요. 그런데 그럼에도 불구하고, 그런 작품들을 하면 내가 장사하기 위해서 한다고들 생각해요. 물론 연극 관객의 상당 부분이 여성이고, 그런 작품들이 여성들이 관심 갖는 주제니까 관객이 좀 많은 건 사실이지만, 그렇게 그런 잣대로만 보는 건 참 잘못된 거거든요. '가만, 정말 내가 오락적인 연극을 하는 건가?' 이런 생각을 만날 해 봐요. 그런데 나는 절대로 그럴 의도도 없고, 그럴 생각도 없어요. 다행히 그런 작품들에 관객이 오는 건데, 관객 오는 거야 좋죠. 관객 오는 게 나쁠 거야 뭐 있어요.

신봉승 아니, 임 선생은 걱정 안 해도 되는 것이, 나는 〈극단 산울림〉의 레퍼토리, 그리고 연극의 수준은, 본인 앞에서 말하기엔 좀 안됐지만, 우리 연극의 귀감이 된다고 생각해요. 다른 극단들이 〈산울림〉처럼만 한다면 아무 문제가 없어요. 그런데 아까 말씀하신 것 중에서 연극 제작에 투자하는 기업이 있다고 하셨는데, 그게 어느 정도나 됩니까?

임영웅 영화에도 투자하고, 뮤지컬에도 투자하는 회사인데, 요새는 연극도 뭐 돈이 된다고 하니까 연극에도 투자하는 거지요. 물론 영화나 뮤지컬에 투자하는 것보다는 훨씬 적은 액수지만요. 그런 회사들이 대학로에 소극장도 몇 개 갖고 있어요. 자기네 극장이 있으니까 자기네들이 기획해서 그런 연극을 하는 거지요.

신봉승 아, 연극계도 그런 일이 시작되는구나. 얼마 전 내가 '문화일보'에 칼럼을 하나 썼는데, 문화 분야에 새로운 권력이 탄생했다는 내용이었어요. 얼마 전, 우리나라 전 극장의 83%를 딱 영화 두 편이 점령한 적이 있어요. 한 편이 450관, 한 편이 700관. 그러면 그 외 나머지 작품들은 상영할 수가 없잖아. 그것도 영화 투자기관이 극장을 관장하는 체인을 소유하고 있어서 그래요. 그렇게 투자기관이 극장을 점령해 버리면, 영화감독이나 제작자 늘은 투자기관에 배달릴 수밖에 없어요. 그러니 새로운 문화권력이지. 거기에 반발하면 극장을 못 잡으니까. 기업화라고 할까, 이런 기업의 투자 문제가 심각해지면 예술 전체가 무너질 위험도 있어요.

임영웅 상업주의 연극은 상업주의 연극대로 있고, 소위 요새는 어휘조차도 쓰기 우습지만, 순수연극이라고 할까, 그런 비상업적인 연극을 하는 사람들은 수가 많았었느냐 적었었느냐의 차이는 있지만 어느 시대건 늘 있었거든요. 그러니까 생각 있는 사람들이 소위 연극다운 연극을 만드는 데 힘을 기울여야 하는데, 과연 어느 정도 버틸 수 있느냐는 게 당면한 과제죠.

신봉승 그래도 〈산울림〉에 와서 수련하겠다는 연극 지망생들은 많지 않나요?

임영웅 그것도 옛날하고 많이 달라지고 있어요. 왜냐하면 대학로 극단에 가면 석 달 정도면 무대에 서는 경우가 많거든요. 배우 하려는 젊은 사람들은 하루라도 빨리 무대에 서고 싶거든요. 그런데 우리 〈산울림〉의 경우는 몇 년은 있어야 무대에 설 기회가 와요. 이제는 그걸 다 알기 때문에, 처음부터 여기서 버틸 생각을 하는 젊은이들이 오거나 아니면 연극계의 현실을 잘 모르고 오는 젊은이들 그런 정도니까, 옛날 같지 않아요. 요새는 전부 뮤지컬이나 이런 데 가고요. 뮤지컬 오디션 같은 것 하면 심한 경우는 몇 백 대 1로 경쟁해요. 그리고 또 이건 좋은 점인지 나쁜 점인지 모르겠는데, 연극해서는 먹고살기 힘들다는 걸 아주 처음부터 다 알아요. 면접 볼 때 연극해서 뭐 먹고 살려고 왔냐고 물으면, 그동안 아르바이트로 모아 둔 돈이 있으니 그거 털릴 때까지는 버텨 보겠습니다, 뭐 이런 식의 아주 비장한 얘기를 하죠.

신봉승 그렇게 비장한 게 있으면 얼마나 좋아요. 우리 TV 쪽에는 방송작가로 등록된 작가가 천 명이 넘어요. 그중에서 방송 써서 실제로 생활할 수 있는 사람은 한 20명 정도 될까? 30명 정도? 나머지 90% 이상은 언젠가 기회가 오겠지 하면서 바라만 보고 있는 사람들이지. 그러면 신인들은 더 열심히 뛰어야 할 텐데, 아까도 말했지만 어떻게 하면 쉽고 편한 작품을 쓰는가에만 마음을 쓰고 있으니까, 이게 나는 굉장히 심각하다고 생각해요.

실례로, 일본 후지TV에서 시청률이 굉장히 나빴을 때가 있었어요. 그래서 후지TV에서 최초로 어떤 프로그램을 외주로 했어요. 외주 제작하는 쪽에서는 처음이니까 굉장히 열심히 했을 거 아니야. 그래서 그 프로그램이 후지TV에서 시청률이 단연코 제일 좋았어요. 그러니까 후지TV에서는 전부 외주하자, 이렇게 됐지요. 그래서 직원을 감원하고, 직원들이 전부 사표 내고 나갔어요. 그런데 그 다음부터 외주 회사가 태만해져서 열심히 안 만들어요. 그러니 시청률 전체가 다 떨어지지. 그래서 방송국에서 이거 안 되겠다 싶어서, 다시 자체 제작하자고 했을 땐 이미 내부에 사람이 없어. PD도 없고, 작가도 없고. 이것이 일본 후지TV에서 겪었던 얘기야. 이런 현상을 우리가 곧 겪게 되지 않을까. 다른 나라에 이런 실패의 교훈이 살아 있는데도 불구하고, 자꾸 답습해 간다는 인상이 있어요.

일본 이야기가 나왔으니 말인데, 지금 '한류'라는 이름으로 일본을 비롯해서 동남아 쪽으로 가고 있는데, 한류의 정체가 있나요?

임영웅 나는 한류라는 걸 잘 모르겠어요. 사실 그게 좋은 의미의 한류라기보다는, 그냥 풍속적인 유행으로서의 한국풍, 뭐 그런 정도가 아니겠는가. 영화라든지, 가요라든지, 대중음악, TV드라마 등 한국 사람이 만든 것이라는 의미로 쓰는 거지, 정말 뭔가 깊은 뿌리가 있는 것, 한국 사람이 아니면 못 만드는 작품을 놓고 얘기하는 건 아닌 것 같아요.

신봉승 거기에 저도 전적으로 동감해요. 그런데 일반적으로 한류가 식지 않게 계속 이어 가자는 말들이 있단 말이에요. 나는 이건 한류를 뭔가 착각한 데서 나오는 게 아닌가 해요. 나도 한류의 실체가 없다고 생각하는데, 가령 한류의 시작을 드라마 「겨울연가」로 보잖아요. 그런데 이전에도 일본 대중예술에서 활동하는 한국 사람은 많았어요. 그 사람들 보고 한류라고는 안 하잖아. 우연찮게 「겨울연가」가 인기를 끌더니 그 후에는 한국 드라마, 한국 영화 전부 통틀어서 한류라고 그래. 사실 「겨울연가」가 일본 여성들에게 잃었던 첫사랑이라는 묘한 어떤 분위기를 전달해 줌으로써 그게 폭발적으로 터져 나온 거지, 작품 자체가 어마어마하게 좋아서인 건 아니라고 생각해요. 일본에 있는 친구가 나한테 묻길, 「겨울연가」를 한국에서 봤냐고 해요. 나는 사실 그때 못 봤었거든. 그쪽 사람이 당신 같은 사람도 안 본 드라마를 일본에서 이 난리를 치냐고 하더라고. 일본의 지식인들은 그것을 한류라고 안 해요. 한류라는 것에 대해서는 다시 생각해야 하지 않겠나. 이어 갈 한류가 없어요.

임영웅 옳은 생각이에요. 「겨울연가」 같은 멜로드라마는 일본에서는 이미 지나간 유행이거든요. 한국에서는 일본을 생각하고 만든 게 아니고 한국의 관객들도 너무 젊은 사람들 위주의 드라마만 있으니까 옛날식의 순수한 러브스토리를 해 보자고 한 건데, 한국에서보다 일본에서 더 반응이 좋아져서 그것이 한류라는 시발점이 된 것이잖아요. 결국은 뭐라 그럴까. 대중적인 의미에서는 한류가 의미가 있다고 봐요. 가수도 그렇고. 우리나라 가수들이 어느 시대에 그렇게 동남아에서 인기가 있을 수 있었어요. 요새는 뭐 미국까지 가고 있는데.

그런데 그냥 덮어놓고 막연히 한류라는 걸로 뭉뚱그려서 얘기한다는 것은 안 되죠. 한류를 지속하고 싶다고 하지만 그걸 무슨 수로 지속해요? 대중의 인기라는 것은 의도적으로 그렇게 오래 지속하고 싶다고 해서 지속되는 것도 아니잖아요.

신봉승 저는 문화 전반적으로 한류라는 개념을 새로 정립해야겠다는 생각이 들고요. 무엇보다 의식적으로 한류를 만들어서 수출하면 된다는 생각은 근본적으로 잘못된 거예요. 한류가 이어진다는 것은 우리가 우리 것을 우리 것답게 더 열심히 만들면 혹 이어질 수 있을지는 모르지만, 현재 인기를 끄는 스타일의 드라마나 영화를 만들어서 지속하게 한다면 어려울 것이다, 저는 그렇게 보는 거죠.

임영웅 왜 한류라는 붐이 일어났는지 본질을 생각해야지, 구체적인 작품 몇 개가 됐다고 해서 끝나는 게 아니죠. 초기에 한류 선풍이 불 때는 일본에서 한국 영화가 잘 됐잖아요. 그런데 요새 영화는 이제 그렇게 성공이 안 되고 있어요. 대중성이 있는 것이라도 작품으로서 우선 완성도가 높아야 하는데, 완성도는 안 높이고 이런 비슷한 작품 만들면 된다, 아니면 특정 배우가 출연하면 관객이 온다, 이런 식으로 외향적으로 나타난 소위 한류의 성공요인 같은 것만 뽑아서 그 비슷한 유사한 작품을 하니까 그 뒤로는 성공을 못 하는 거지.

신봉승 생각을 잘못하는 게 굉장히 많아요. 삼국시대 사극을 만드는데, 애매모호한 의상을 입혀 놓거든요. 그게 무슨 뜻이냐 하면, 중국에 내놔도 중국 사람이 별로 어색하게 생각하지 않는 옷, 베트남에 내놔도 어색하지 않는 옷을 만드는 거예요. 나중에 그쪽 말로 더빙하면 그쪽 작품이 될 수 있도록. 그렇게까지 계산해서 만들어 놓은 것을 한류라고 말할 수도 없거니와, 그런 것이 한류를 이어 가지는 못할 것으로 봅니다. 그런 점에서 한류 문제를 갖고 얘기하는 문화정책 쪽에서는 조금 더 깊이 있게 생각해 볼 필요가 있지 않나.

임영웅 예술성이라든지 작품의 본질을 가지고는 한류라는 게 아직 형성도 안되어 있고, 그리고 그건 형성되기도 정말 쉽지 않은 거고요. 지금 한류는 어느 시기 지나가는 바람이 아닐까. 그 바람을 구체적으로 지속시키려는 노력은, 진짜 한류를 만들어 내는 노력보다 더 힘들지 않을까?(웃음)

신봉승 동감이에요.

임영웅 저는 독립운동을 안 해도 되는 시기가 와야 한다고 생각해요. 그리고 나는 그 시기가 하루라도 빨리 다가오게 하기 위해서 지금 노력하고 있는 거고요. 요새 젊은 사람들에게 좋은 연극이란 게 뭐냐고 물으면, 아마 내가 생각하는 것과는 전혀 다른 얘기가 나올 거예요. 내가 생각하는 좋은 연극이라는 것은, 그것이 어떤 종류의 연극이든 그 연극을 보는 사람의 인생에 도움을 줘야 해요. 관객을 즐겁게 해 주는 것도 도움이고, 인생에 갈 길을 제시해 주거나 암시해 주는 것도 도움이 되는 거고. 그러니까 좋은 연극을 보면, 물론 연극뿐 아니라, 문학이나 음악, 영화도 모두 그렇지만, 좋은 작품을 보면 괜히 무슨 횡재를 한 것 같은 활력이 생긴단 말이에요. 연극을 보고 생긴 활력 때문에 집에 가서 가족들에게도 기분 좋게 대하고, 좀 더 나아가 그게 또 이웃에게 번지고. 그러면 좋은 연극 한 편이 우리 사회를 밝고 아름답고 명랑하게 하는 활력소가 된다고 봐요. 나는 모든 연극이 그랬으면 좋겠다는 거예요. 내가 만든 연극 중에 단 한 편도 그런 게 아직 없을지 몰라도, 그런 생각을 하고 연극을 만들어요. 우리가 연극을 왜 하나? 나는 우리 연극을 보러 온 관객들이 아 오늘 연극 보기를 잘했다, 그런 생각을 하게 해야 된다고 생각해. 그게 제1차 목표고. 그런데 오늘 연극 보기를 잘 했다로 끝이면 우리가 성공한 게 아니야. 극장 문을 나서면서 다음에 또 〈산울림〉에 연극 보러 와야지, 이런 생각을 하고 가게 해야지만 소기의 목적을 이루는 거라고 생각해요. 그런 연극을 만드는 게 쉽지는 않아요. 하지만 적어도 그런 연극을 만들려는 노력을 해야지요. 물론 제가 좋아서 독립운동도 하고 뭐도 하는 거지만, 그럼에도 불구하고 우리들이 하는 연극이 우리 사회의 발전에 아주 적은 몫이라도 이바지할 수 있어야 한다는 생각을 갖고 연극을 하는 거거든요. 그 외의 것들은 부수적으로 오는 것이지요. 나는 좋은 연극이라는 걸 그렇게 생각해요. 그래서 지금까지 연극을 해 왔고, 또 앞으로도 얼마나 더 할지 모르겠지만.

신봉승 드라마도 지금 말씀하시는 것과 조금도 다르지 않아요. 드라마작가가 드라마를 쓰면서 자기 개인에서 끝난다고 생각하는 사람이 대부분이에요. 드라마작가가 사회 구성원의 일원이라는 자각이 있어야 해요. 내가 쓴 드라마의 파장이 어떻게 상대방 가슴에 전해지는가, 조금 더 나아가면 그것이 사회에 어떻게 이바지할 것인가, 더 한 발 나아가면 국가정체성과 어떻게 관계가 되는가. 특히 사극의 경우에 그렇지요. 이런 것을 작가가 계산하고 써야지. 우리처럼 오래 한 사람들은 따로 계산할 필요 없이 쓰면 자동으로 나오게 되어 있지만, 신인들은 그걸 의식해야 해요. 그런데 요새 젊은이들은 작가가 자유직업이라 멋대로 쓰면 되는 줄 알아요.

그리고 무엇보다 아름다워야 해요. 예술은 아름다움을 그리는 거죠. 사회에 기여할 수 있는 사람을 만들어 내는 것이 좋은 드라마다, 서는 이렇게 보는 거죠. 좋은 작가는 사회 구성원이라는 책임감을 갖고, 자기 작품이 미치는 영향에 대해서 모든 책임을 질 수 있어야 하지요. 자신의 독자적인 세계를 갖고 있어야 좋은 작품이 되고, 또 좋은 작가인 것이고요.


기다리는 법을 배우지 못한 젊은 예술가들, 젊은이들을 그렇게 내몬 사회 현실, 상업주의라는 미명 아래 등장한 새로운 문화권력과 실체 없는 한류 열풍 등 종횡무진 흘러간 두 사람의 이야기가 결국 도달한 곳은 '좋은 연극, 좋은 드라마란 무엇인가?' 라는 질문이었다. 살아 있는 역사책과도 같은 두 사람에게 듣고 싶은 이야기야 얼마든지 많았지만, 야속하게도 시긴은 훌쩍 지나 있었다.

마지막으로 두 분이 '연극' 으로 함께 판 벌일 계획은 없냐고 묻자, 뜻밖에도 신봉승 선생이 "그럼 준비 중이지." 하고 불쑥 말을 꺼냈다.

신봉승 지금 준비 중이긴 한데, 임 선생이 안 받아 줄 가능성도 있지.(웃음) 그럴 가능성이 있으니까 아주 신경이 쓰여. 가제는 「달빛과 피아노」인데. 어때, 제목은 멋있지?

임영웅  어, 이건 또 오늘 처음 듣는 얘기네. 신 선생이 쓰면 나야 뭐 그냥 해야지.

신봉승  내가 어렵다고 생각하는 분야가 실은 거의 없어, 쓰는 것에 있어서는. 그런데 희곡은 여전히 어렵고, 나한테는 부담스러워. 그러니까 이렇게 가까운 연출자가 있으면서도 아직 못 했지.

임영웅  아니, 그동안은 방송이니 뭐니 바빠서 그랬잖아.

신봉승  아니야. 항상 생각은 있었어요. 임 선생 말고도 주변에 연극연출하는 사람들이 늘 말하길, 신 선생 하나 써 주세요 이런다고. 그러니 얼마나 출세하기 좋은 조건이야. 기라성 같은 연출가들이 전부 내 친구들인데, 그냥 하나 쓰면 될 거 아니야. 그러면서도 못 내놓는 것은, 희곡이라는 것이 워낙 나에겐 어렵다고. 그 사실은 전혀 변함이 없어.

임영웅  시나리오 방송은 쉬운 것처럼 얘기하지만 그건 또 아니잖아. 작가의 기본자세라고 할까? 겸손하고 그런 거지. 사실은 뭐.

신봉승  아니 아니 정말로. 영화나 TV드라마는 정해진 무대세트에 들어갔다 나왔다 하는 게 자유자재야. 그런데 연극은 언제 등장시켜야 하는지, 말은 또 얼마나 길게 해야 하는지, 이런 게 내가 아직도 훈련이 안 됐어. 그래서 희곡이 문학 장르에서 제일 고급 장르에 속한다고.

임영웅  괜히 희곡 쓰는 사람들이 하는 얘기가 그렇지. 처음에 시 쓰기 시작해서, 그 다음에 소설 쓰고, 평론 쓰고, 마지막에 쓰는 게 희곡이라고.

신봉승  나도 그렇잖아. 처음에 시로 데뷔했고, 문학평론으로 다시 한 번 데뷔했고, 그 다음에 시나리오를 썼고. 미답의 분야가 희곡 이거 하나인

데, 이게 자유롭게 안 되는 거야. 그런데 한 수 가르쳐 주면 돼. 난 빨리 배우니까.(웃음)

그런데 임 선생 카리스마가 보통이어야지. 예전에 임 선생이 옆에서 연출하는 걸 구경하면서 저런 카리스마라면 앞으로 작품 쓸 때 조심해야겠다고 생각했어. 그러니 몸을 사리게 되는 거야. 아주 특이한 현상이야. 지금도 예를 들어 다른 사람이 "신 선생, 희곡 한 편 주쇼." 하는 거랑 임 선생이 "희곡 한 편 주쇼." 하는 거가 나한테는 강도가 다르지. 부담이 돼요.(웃음) 쉽게 말하면 정통파라고 하나? 테크닉이 아니라 본질로 다가가니까.

임영웅 나는 신 선생이 구상하는 작품이 있다는 걸 오늘에야 알았는데, 나로선 몹시 영광이고 기쁨이지요. 우리가 불교식으로 얘기하면 어쩔 수 없는 필연이라고 생각되는데, 어쨌든 인연이 있어서 수십 년을 이렇게 한 사회에서 살아왔지요. 우리가 직업이 작가고 연출가임에도 불구하고 물론 TV방송은 같이한 적 있다마는, 그동안 연극은 한 번도 같이 작업한 일이 없잖아. 나로서도 바라는 바니까, 기대합니다.

신봉승 겁나네. 또 겁나. 스트레스 받는다고.(웃음)

2007년 7월 31일 오후
〈산울림 소극장〉에서 만나다.

艸堂 辛奉承의 總年譜

## 1933년 (1세)

江原道 溟州郡 玉溪面 縣內里에서 아버지 辛萬善, 어머니 崔貞愛의 맏이이자 외아들로 태어나다.

## 1936년 (4세)

할아버지 辛在文으로부터 『千字文』을 배우다.

## 1939년 (7세)

江陵邑 城南洞 204번지로 이사하다. 태어나서 처음 탄 자동차라 지독한 차멀미를 하다.

## 1940년 (8세)

江陵國民學校에 입학하다. 그림을 잘 그려서 자주 입상하다.

## 1945년 (13세)

2차 세계대전이 끝나다. 패전국 전황의 이른바 속음방송은 나뭇가지에 올라앉아 매미를 잡으면서 들었으나, 그것이 무슨 뜻인지를 확실히 몰랐다.

## 1946년 (14세)

중학교의 입학시험을 치렀으나 낙방하다. 7학년생이라는 비웃음을 사면서 그대로 국민학교 6학년에 주저앉아 재수를 하다.

## 1947년 (15세)

江陵農業中學校에 입학하다. 농구부, 브라스밴드부 등을 거쳐 寫眞部에 정착하여 카메라에 미쳤고, 극장 출입이 잦아 근신, 정학 등의 처분을 받으면서 문제 학생으로 낙인이 찍히다.

## 1950년 (18세)

6·25. 적치하에서의 백 일 동안 지붕 밑 천장에 숨어 단파 라디오를 들으면서 수백 장의 태극기를 그리다. 수복 후, 육군 제3사단 정훈부에서 학도요원으로 일을 하다.

▲ 1952년 강릉사범학교 문예반. 앞줄 오른쪽부터 황금찬, 이인수, 최인희, 김유진 시인, 뒷줄 왼쪽 끝이 필자

▲ 1954년 첫 부임지 옥계국민학교 교사 시절 제자들과 함께

▲ 1956년 고향으로 찾아온 스승 조병화 시인

### 1951년 (19세)

1·4 후퇴. 강릉에서 울산(남목리)까지 무릎까지 차는 눈길을 걸어서 피난하다. 피난지에서 木蓮꽃을 처음 보면서 문학에 눈뜨다. 수복 후, 육군 제7사단 정훈부에서 문관으로 일하다.

### 1952년 (20세)

江陵師範學校 2학년으로 편입하다. 詩人 崔寅熙 선생(58년 작고)과 黃錦燦 선생께 사사하면서 시인의 꿈을 키우다. 월간『受驗生』誌에 趙炳華 선생의 추천으로 詩가 발표되면서 朴鳳宇와 편지를 주고받다.

### 1953년 (21세)

강릉사범학교를 졸업하고 옥계국민학교에 부임하다. 生家에 하숙을 정하고, 할아버지가 기거하시던 사랑채에서 詩作에 몰두하다.

### 1954년 (22세)

모교인 강릉국민학교로 전근하다. 이후, 성덕국민학교, 강릉사범부속국민학교 등에서 근무하다. 시나리오의 공부를 시작하면서 野田의 『시나리오構造論』을 탐독하다.

### 1956년 (24세)

中央大學校 國語國文學科에 입학하다. 白鐵, 鄭寅承, 崔仁旭, 조병화 선생에게 文學과 인생을 배우다. 尹炳魯, 李星煥, 金南亨 등과 '靑年文學會'를 조직하다.

### 1957년 (25세)

휴학. 교사로 재직. 靑馬 柳致環 선생의 추천으로 『現代文學(36호)』誌에 詩「이슬」이 발표되다.

### 1959년 (27세)

慶熙大學校 國語國文學科 3학년에 편입하다. 金珖

燮, 朱耀燮, 金鎭壽, 尹永春, 黃順元, 朴魯春 선생에게서 지도를 받다. 南玉珏과 오랜 열애 끝에 결혼하다. 慶熙文化賞을 수상하다. 趙演鉉 선생의 추천으로 文學評論 「詩의 生成과 理解」가 『현대문학(50호)』지에 발표되다.

▲ 1959년 결혼할 무렵의 가족사진

### 1960년 (28세)

학비가 없어 휴학하다. 張萬榮 선생의 주선으로 『新文藝』誌에 詩 「싱각시」 외 7편을 일거에 발표하다. 맏딸 小英이 태어나다. 조연현 선생의 추천으로 문학평론 「現代와 詩와 認識」이 『현대문학(71호)』지에 발표되다.

### 1961년 (29세)

시나리오 「두고 온 山河」가 당선되어 거금 3백만환의 상금을 받다. 경희대학교를 졸업하다. 江原道文化賞을 수상하다. 江陵放送局의 전속작가로 일하면서 MC 노릇도 하다. 江陵에서 詩畵展을 열다. 「思潮形成의 새로운 契機」 「現代詩의 流域」 등의 詩論을 『현대문학(76호)·(81~83호)』지에 발표하다.

▲ 1959년 결혼피로연에서

### 1962년 (30세)

서울로 진출하여 中央國立劇場 企劃課에서 일하다. 시나리오 「사랑은 주는 것」이 영화화되다. 평론 「散文精神의 溶解」를 『현대문학(93호)』지에 발표하다.

### 1963년 (31세)

둘째 딸 小모이 태어나다. 文化公報部 映畵課로 전근하다. 시나리오 「靑春敎室」 「미스 김의 二重生活」 「覆面大君」 「말띠 女大生」이 영화화되다. 丘仁煥, 文德守 등과 '에세이스트클럽'을 조직하다. 漢陽映畵公社의 作家室長이 되다. 평론 「長詩와 散文精神의 溶解」를 『현대문학(99호)』지에 발표하다.

▲ 1960년 영화 「벤허」의 작품을 논하며. 한무숙 선생과

▲ 1965년 영화예술상 시상식장에서. 왼편
이 오영진 선생

▲ 1966년 시나리오 「소금장수」를 쓰기 위
해 인천소재 염전을 취재하며

### 1964년 (32세)

맏아들이자 막내인 宗宇가 태어나다. 시나리오 「新式할머니」「新村아버지와 明洞딸」「月給봉투」「學生夫婦」「맨발로 뛰어라」 등이 영화화되다. MBC 라디오에 첫 放送劇인 「月給봉투」를 쓰다. TBC-TV에 「동서생활」「위자료」「차가운 양지」 등의 TV 드라마를 쓰기 시작하다. 평론 「君主的 作家의 橫暴」를 『현대문학(114호)』지에 발표하다.

### 1965년 (33세)

시나리오 「赤字人生」「막내딸」「저 하늘에도 슬픔이」「貞洞大監」「갯마을」 등이 영화화되다. 라디오드라마 「回轉椅子」「심술閣下」「별들의 戀歌」 등을 쓰다. TBC-TV에 첫 TV연속극 「夕陽을 향한 愛情」을 쓰다. 漢陽大學校 演映科에 강사로 出講하다. 映畵藝術賞(「저 하늘에도 슬픔이」)을 수상하다.

### 1966년 (34세)

시나리오 「소금장수」「少領 姜在求」「下宿生」「심술각하」「살살이 몰랐지」「五福門」「危險한 靑春」「回轉椅子」「生日 없는 少年」「黑髮의 靑春」「特急結婚作戰」「스파이 第五戰線」「宅의 夫人은 어떠십니까」「終點」「初戀」「兩班傳」 등이 영화화되다. TBC-TV에 연속극 「잔소리 마라」「사랑」 등을 쓰다. 첫 著書 『시나리오의 技法』이 靑雲出版社에서 간행되다.

### 1967년 (35세)

시나리오 「女大生 社長」「조용한 離別」「八道江山」「어느 女俳優의 告白」「山불」「他人들」「悲戀」「너와 나」「서울은 滿員이다」「길을 묻는 女大生」「개살구도 살구나」「御命」「明月館 아씨」「聯合戰線」 등이 영화화되다. MBC라디오에 「他人들」「不請客」, KBS라디오에 「對戰車地雷」, DBS라디오에

「사나운 말괄량이」를 쓰다. TBC-TV에 연속극 「李成桂」, 단막극 「巫女圖」「張氏一家」「독 짓는 늙은이」 등을 각색하다. 東國大學校 演映科에 출강하다. 日本, 臺灣, 홍콩 등 東南亞를 여행하다. 靑龍映畵賞 각본상(「山불」)을 수상하다.

### 1968년 (36세)

시나리오 「白夜」「五月生」「五代福德房」「靑春告白」「情炎」「슬픔은 波濤를 넘어」「자주댕기」「夢女」「지금 그 사람은」「蒼空에 산다」「續·八道江山」「미니 아가씨」「李箱의 날개」「돌아온 왼손잡이」「성난 大地」 등이 영화화되다. MBC라디오에 뮤직드라마 「지금 그 사람은」을 쓰다. 경희대학교 대학원 국문학과에 입학했으나 1학기를 마치고 자퇴하다. 映畵藝術賞(「李箱의 날개」)을 수상하다.

### 1969년 (37세)

시나리오 「독 짓는 늙은이」「내 生涯 단 한 번」「野性女」「아무리 미워도」「봄봄」「산울림 칠 때마다」「副閣下」「이대로 간다 해도」「透明人間」「250條」「八道사위」「東京의 왼손잡이」 등이 영화화되다. MBC라디오에 「이대로 간다 해도」를 쓰다.

### 1970년 (38세)

「위스키병을 차고 앉아」를 『현대문학(181호)』지에 발표하다. 시나리오 「地下女子大學」「여보」「天使여 옷을 입어라」「굿바이 東京」「EXPO 70 東京作戰」「그분이 아빠라면」「東京을 울린 사나이」「尾行者」「續·저 하늘에도 슬픔이」「할아버지는 멋쟁이」 등이 영화화되다. 劇映畵 「海邊의 情事」를 監督하다. 청룡영화상 각본상(「봄봄」)을 수상하다.

### 1971년 (39세)

시나리오 「내일의 八道江山」「오빠」「타이뻬이 三萬里」「인간 사표를 써라」「기러기 남매」「아름다운 八道江山」 등이 영화화되다. TBC-TV에 연속극「상감마마 미워요」「兩班傳」을 쓰다.

### 1972년 (40세)

시나리오 「지프(Jeep)」「별난 장군」「쟈크를 채워라」「항구의 등불」 등이 영화화되다. KBS-TV에 「訪問客」「박쥐」 등의 實話劇場시리즈를 쓰다. TBC-TV에 일일연속극「思母曲」을 쓰면서 歷史드라마에 관심을 갖다.(이때부터 역사드라마만을 쓰게 된다.) TBC-TV에 流浪劇시리즈「홍도야 울지 마라」「아리랑 고개」「육혈포(六穴砲) 강도」「檢事와 女先生」 등을 각색하면서 「물레방아」「벙어리 三龍」의 文藝劇場시리즈도 쓰다. 映畵人協會 시나리오분과委員會 委員長으로 피선되다. 영화평론집『映像的思考』가 朝光出版社에서 간행되다. 경희대학교 국문과에 출강하다.

### 1973년 (41세)

시나리오「어머님 용서하세요」「陸軍士官學校」「父」「눈물의 웨딩드레스」「처녀사공」「水仙花」「청춘 25시」「별난장군과 팔도부하」 등이 영화화되다. TBC-TV에 일일연속극「蓮花」를 쓰다. 경이적인 시청률로 인해 극의 무대가 되었던 양주 檜岩寺가 관광지로 개발되고 건물의 복원이 이루어지다. 佛敎에 입문하여 '法蓮居士'라는 法名을 받다. 大鐘賞 각본상(「水仙花」)을 수상하다. 아시아 映畵祭에서 각본상(「水仙花」)을 수상하다.

### 1974년 (42세)

시나리오「아내들의 行進」「꽃상여」「울지 않으리」「蓮花」「續·蓮花」 등이 영화화되다. TBC-TV에「尹知敬」「仁穆大妃」 등의 연속사극을 쓰다. TBC라디오에「三國志」를 장기연속물로 각색하다. TBC-TV에 전속작가로 묶이다. 映畵學會의 理事가 되다.

▲ 1973년 드라마「연화」를 써서 불교계로부터 감사장을 받을 때. 오른쪽 두 번째가 손경산 총무원장

▲ 1973년 대종상영화제에서 각본상을 수상하고 있다.

▲ 1974년「철의 사나이」를 쓰기위해 포항제철을 돌아보며

## 1975년 (43세)

시나리오 「꽃과 뱀」이 영화화되다. TBC-TV에 「옥피리」「푸른 날개」「임금님의 첫사랑」 등의 일일연속극을 쓰다.

▲ 1975년 「임금님의 첫사랑」 촬영장 남한산성에서

## 1976년 (44세)

시나리오 「돌아온 八道江山」「홍길동」「야간학교」 등이 영화화되다. TBC-TV에 「別堂 아씨」를 쓰다. TBC라디오에 「李成桂」를 연속극으로 쓰다.

## 1977년 (45세)

오랫동안 몸담았던 TBC를 떠나 전속사를 MBC-TV로 옮기면서 많은 물의를 일으키다. 그 수습책으로 TBC-TV에 「許夫人傳」을 쓰게 되다. 전속사인 MBC-TV의 양해로 KBS-TV에 「王道」를 쓰다. 처음에는 太宗 李芳遠을 중심으로 한 '朝鮮王朝創業秘話'로 출발했으나 정부의 압력으로 그 내용이 갑자기 '世宗大王'으로 바뀌었고 곧 中斷되다. MBC-TV에 「꽃사슴」「他國」「玉女」 등의 일일연속극을 쓰다. 「타국」의 취재차 일본을 여행하면서 韓日문제에 관심을 갖게 되어 史料를 모으게 되고, 조선 도공 14대 沈壽官을 비롯한 많은 일본인 예술가를 사귀게 되다.

▲ 1976년 폐허로 변해 가는 「연산군 묘」에서

▲ 1977년 드라마 「타국」을 쓰기 위해 일본 현지 취재 때. 조선인 포로의 상륙지점인 구시키노(串木野)의 기념비 앞에서. 왼쪽부터 심수관 선생, 박찬성 작가

## 1978년 (46세)

시나리오 「비련의 홍살문」「관세음보살」「너의 窓에 불이 꺼지고」「世宗大王」 등이 영화화되다. MBC-TV에 「貞夫人」을 쓰다. 「정부인」은 內侍를 병신이 아닌 성한 인간으로 그려, 내시를 보는 시각을 바꾸다. 그 후속으로 「蓮知」를 쓰다. 특집드라마 「꺼삐딴 리」를 쓰다. 公演倫理委員會의 審議委員이 되다.

## 1979년 (47세)

시나리오 「乙火」가 영화화되다. MBC-TV에 「安

▲ 1978년 삼 남매 성장기의 가족사진

▲ 1980년 이효석비 제막식에서

▲ 1982년 영화인의 날. 유현목 감독과

▲ 1982년 큰 딸아이 결혼식을 마치고. 주례를 맡아 주신 김수환 추기경에게 인사를 하고 있는 필자

▲ 1983년 대하드라마 「조선왕조 500년」의 세트촬영장에서. 연출자 이병훈과

國洞 아씨」「하얀 민들레」를 쓰다. 특집드라마 「大漢門」을 90분물 3부작으로 쓰다. 韓國放送作家協會의 副理事長으로 피선되다.

### 1980년 (48세)

시나리오 「미워도 다시 한 번」이 영화화되다. MBC-TV에 「고운 님 여의옵고」「看羊錄」 등의 일일연속극을 쓰다. 특집가상드라마 「石油」의 표절시비가 일어나자, 일본인 작가 야마다 노부오(山田信夫) 씨가 표절이 아님을 서면으로 증언하다. 특집극 「孤獨한 英雄」을 쓰다. 최초의 韓日 合作드라마 「여인들의 他國」을 쓰기 위해 일본을 내왕하다. 결국 일본 NTV에서만 방영되고 우리는 방송하지 못하다.

### 1981년 (49세)

MBC-TV에 일일연속극 「校洞 마님」을 쓰다. 특집극 「옛날 옛적에」「老兵」「勝者와 敗者」를 쓰다. MBC 창사 20주년 특집극 「梨心의 悲戀記」를 쓰다. 이 작품의 로케이션에 참가하게 되어 프랑스, 이탈리아, 스위스, 영국 등 유럽여행을 하다. KBS-TV에 韓日문제를 다룬 특집극 「유미의 日記」를 쓰다. 대종상 審査委員會의 委員長이 되다. 경희대학교대학원(국문학 전공)에 다시 입학하다. 『TV드라마 · 시나리오 作法』이 高麗苑에서 간행되다.

### 1982년 (50세)

KBS-TV에 1년간 전속되다. 正史를 위주로 한 正統史劇 「風雲」의 집필로 대형사극시대의 문을 열다. 아버님이 他界하시다. 큰딸 小英이가 孔憲柱와 결혼하다. 특집극 「赤道에 지다」를 쓰기 위해 인도네시아 전역을 취재 여행하다. 慶熙文化賞(학술 부문)을 수상하다. 韓國放送大賞(「풍운」)을 수상하다.

### 1983년 (51세)

MBC-TV에 實錄大河드라마 「朝鮮王朝 500年」시리즈를 시작하여 제1화 '楸洞宮 마마', 제2화 '뿌리 깊은 나무'를 쓰다. 外孫 孔載馨이 태어나서 할아버지가 되다. 韓國歷史文學研究所를 개설하고 실록대하소설 『조선왕조 500년』을 쓰기 시작하다. 경희대학교대학원을 졸업하고 文學碩士의 학위를 받다(논문 「歷史小說研究」).

### 1984년 (52세)

MBC-TV에 「조선왕조 500년」 제3화 '雪中梅'가 방영되면서 歷史論爭이 일어나다.
특집극 「凍土의 王國」을 쓰다. 이 작품은 北韓의 實景을 삽입하고, 이데올로기 문제를 정면으로 다루어 이른바 反共드라마의 새 차원을 열다. 辛奉承TV시나리오選集 제1권 『머나먼 海峽』이 詩人社에서 간행되다.

### 1985년 (53세)

MBC-TV에 「조선왕조 500년」 제4화 '風蘭', 제5화 '壬辰倭亂'을 쓰다. 특집극 「英雄時代」를 쓰다. 고향인 강릉의 草堂洞 301번지에 새 집을 짓고 한 달의 반은 여기서 지내기로 하다. 실록대하소설 『조선왕조 500년』의 24권이 金星出版社에서 간행되다. 歷史文學散文選集 『歷史의 江물에 빠지며, 허적이며』가 금성출판사에서 간행되다. 辛奉承TV시나리오選集 제2권 『勝者와 敗者』, 제3권 『戰線默示錄』이 시인사에서 간행되다. 蔣英實先生紀念事業會의 副會長이 되다. 한국PEN文學賞(『머나먼 해협』)을 수상하다.

### 1986년 (54세)

MBC-TV에 「조선왕조 500년」 제6화 '回天門', 제7화 '南漢山城'을 쓰다. 일본의 월간지 『新潮45』에 「한국에서 본 豊臣秀吉」 「서울의 푸른 하늘

▲ 1983년 한국역사문학연구소를 개설하고, 고원정(왼쪽), 유재주(뒷모습), 박덕규 등과 사료수집과 분석에 골몰했던 시절

▲ 1984년 세트촬영장에서. 왼쪽부터 탤런트 성혜신, 필자, 고두심, 나문희

▲ 1984년 TV드라마 선집 『머나먼 해협』 출판기념회의 한때. 왼쪽부터 최각규 장관, 이어령 교수, 필자, 정주영 회장, 조경희 선생

▲ 1985년 국제 PEN클럽 전숙희 회장으로부터 한국PEN문학상을 수상하고 있다.

▲ 1986년 한국백상예술대상의 극본상과 대상을 수상하던 날

▲ 1986년 서울시문화상을 수상하던 날

▲ 1987년 워싱턴 교외에서 원로 여배우 김신재 여사를 인터뷰하며

밑에서」 등의 論說을 발표하다. 후자는 藤尾의 妄言을 맹타한 내용이다. 골프를 배우다. 金剛學會의 理事가 되다. 百想藝術大賞에서 劇本賞(「조선왕조 500년」) 및 大賞(「조선왕조 500년」)을 수상하다. 서울市文化賞(「조선왕조 500년」)을 수상하다.

### 1987년 (55세)

MBC-TV에 방영되던 「조선왕조 500년」시리즈 제7화 '南漢山城'이 극심한 외압으로 돌연 중단되다. 역사를 보는 시각과 인식의 차에서 온 것이지만, 이 나라 文化政策의 난맥상을 드러낸 것이리라. 東京放送(TBS-TV)의 오야마 가쓰미(大山勝美) 씨와 李方子 여사의 自傳을 韓日 합작드라마로 제작키로 함에 따라 「歲月이여 王朝여」를 60분물 5부작으로 쓰다. 『燕山君 詩集』이 시인사에서 간행되다. 辛奉承TV시나리오選集 제4권『亂과 人間들』, 제5권『王朝의 歲月』의 간행으로 選集이 완간되다. 실록대하소설 『조선왕조 500년』의 후기 12권이 간행되다. 『조선왕조 500년』 중의 「왜란」, 「他國에서」가 일본어로 번역되어 『倭亂』上下권으로 講談社(東京)에서 간행되다. 林慶業將軍紀念事業會의 理事가 되다. 국제 PEN클럽 한국 본부의 理事가 되다.

### 1988년 (56세)

MBC-TV에 중단되었던 「조선왕조 500년」시리즈가 다시 방영되면서 제8화 '仁顯王后'를 쓰다. 일본 동경에서 열린 '아시아의 TV드라마' 심포지엄에 한국 대표로 참가하여, 국교정상화가 되기 전에 中國의 TV드라마작가 李宏林과 교유하다. 수필집 『내 인생

▲ 1988년 대하소설 『조선왕조 500년』 전 48권 완간 출판기념회

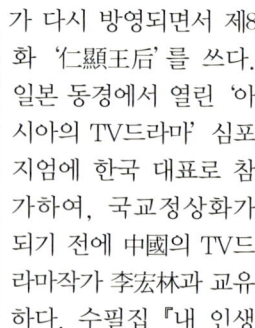

▲ 1988년 LA에서 신상옥 감독과

초록물 들이면서』가 文學情神社에서 출간되다. 일본 극영화 「王朝」의 시나리오를 쓰다. 「조선왕조 500년」시리즈 제9화 '閑中錄' 을 쓰다. 大韓民國文化藝術賞을 수상하다. 실록대하소설 『조선왕조 500년』 전 48권의 완간과 대한민국문화예술상의 수상을 기념하는 축하연이 힐튼호텔 컨벤션센터에서 개최되다. 모교 동창회에서 주관하는 慶熙人像을 수상하다.

▲ 1988년 대한민국문화예술상의 수상식을 마치고. 왼쪽부터 전숙희, 강민, 필자, 송원희, 정한모, 조경희, 유경환씨와 함께

### 1989년 (57세)

高麗王朝 500年을 전 32권으로 소설화하는 집필을 시작하다. 「조선왕조 500년」시리즈 제10화 '破門' 을 쓰다. 韓日 합작영화 「望鄕」의 시나리오를 일본의 영화감독이자 시나리오작가인 나카지마 사다오(中島貞夫)와 공동 집필하다. 북한을 탈출한 申相玉 감독의 귀국 첫 작품인 「마유미」의 시나리오를 90분 3부작으로 쓰다. '마유미' 는 KAL 858편의 폭파범 金賢姬의 가짜 여권에 기재된 일본 이름이다. 결혼한 지 30년이 되었다. 참으로 오랜 세월을 대과 없이 살아왔기에 아내와 더불어 사이판 섬을 여행하다.

▲ 1988년 황금찬 선생님 고희연에 참석하신 선배 문인들. 왼쪽부터 정비석, 김광균, 송지영 선생님과

### 1990년 (58세)

문단 데뷔 30년 만에 첫 시집 『草堂洞 소나무떼』가 나남출판사에서 간행되다.
KBS-TV의 8·15 특집 드라마 「王朝의 歲月」을 90분 3부작으로 쓰다. 시나리오 「親舊야 親舊

▲ 1988년 동경에서 열린 '아시아 TV드라마' 심포지움에 참석하여, 탤런트 고두심, 한국어 통역원들과

▲ 1988년 동경 심포지엄 후 수교 전이었던 중국의 대표적인 드라마작가 이펑림(오른쪽) 씨와

▲ 1989년 MBC를 방문한 일본인 연출자 오야마 가쓰미(오른쪽)와 함께

▲ 1990년 특집드라마 「왕조의 세월」의 촬영 현장(京都)을 답사했을 때. 왼쪽부터 연출자 김재형, 일본 시나리오작가이자 영화감독인 나카지마 사다오 씨와 함께

▲ 1990년 NHK다큐멘터리 「아버지와 아들」의 리포터로 출연 당시

▲ 어느 해 교련에서 주최한 스승의 날 행사에서. 왼쪽부터 유현종, 서정주 선생, 황금찬 선생님과

야」를 쓰다. 일본 야쿠자의 대부 金在鶴(일본명·金山耕三郎)의 논픽션 『구름을 부르며, 바람을 재우며』가 甲寅出版社에서 간행되다. 「조선왕조 500년」시리즈 제11화 '大院君'을 쓰다. 둘째 딸 小물이가 출가(사위 韓圭榮)를 하다. 일본 NHK와 시네텔 서울이 공동으로 제작하는 스페셜 다큐멘터리 「아버지와 아들」의 리포터로 출현하게 되어 위해 일본 각지를 취재 여행하다. 12월 23일, 「조선왕조 500년」시리즈의 제11화 '대원군'이 끝남으로써 장장 8년에 걸쳐 방영되었던 실록대하드라마 「조선왕조 500년」이 대단원의 막을 내리다. 17년 만에 부활된, 제11회 청룡영화상의 심사위원장을 맡다.

### 1991년 (59세)

맏사위 孔憲柱가 고향인 강릉시 교동에 '공헌주신경외과'를 신축개업하다. 藝總 강릉지부장에 추대되다. 內外經濟新聞에 연재소설 「於乙宇同」의 집필을 시작하다. 시나리오 「내 사랑 이별의 아픔」을 쓰다. SBS-TV(서울放送)의 개국드라마 「유심초」를 일일연속사극으로 집필하다. (주)텔레콤서울에서 제작하는 다큐멘터리 「한국 영화 70년」의 리포터로 출연하면서 미주 지역(LA, 워싱턴, 하와이)을 취재 여행하다. 강릉시 草堂洞에 건립하는 「蘭雪軒 許楚姬의 詩碑」에 碑文을 쓰다. 아들 宗宇가 장가(며느리 趙珠娟)를 들다. 제8회 東圃文學賞 本賞(시집 『초당동 소나무 떼』)을 수상하다.

### 1992년 (60세)

미스 강원 선발대회의 심사위원장을 맡다. SBS-TV의 개국드라마 「유심초」가 주간연속극으로 변경되었다가 종영되다. 일본 오즈(大洲) 지방에 있는 姜沆의 유적지를 답사하여 다큐멘터리 자료를 수집하다. 대하소설 『韓明澮』가 전 7권으로 갑인출판사에서 간행되다. 오른쪽 눈의 백내장을 수술

하다. 내외경제신문의 연재소설 「어을우동」의 대
미를 짓다.

### 1993년 (61세)
역사에세이 『양식과 오만』과 소설 『어우동(3권)』
이 갑인출판사에서 간행되다. 일본 NHK에서 주
간하는 '임진왜란 4백 주년과 풍신수길'의 심포
지엄에 연사로 참가하다. 서울신문에 연재소설
「찬란한 碑銘」을 쓰기 시작하다. 두 번째 시집 『草
堂洞 아라리』를 갑인출판사에서 출간하다. 還曆
을 맞아 아내와 함께 캐나다를 여행하다. 에세이
『예술가의 삶 12』가 도서출판 혜화당에서 간행되
다. 「千祥炳 그리고 歸天」을 『현대문학(462호)』지
에 발표하다.

▲ 1994년 중국 여행 때 「비림(碑林)」에서
소설가 박완서 선생과

### 1994년 (62세)
KBS-2TV 월화드라마 『韓明會』방영(100회 예정).
중국(大津, 北京, 西安, 桂林, 蘇州, 抗州, 上海 등)
을 취재 여행하다. 손녀 有慶이 태어나다(2월 2
일). 공연윤리위원회 副委員長에 피선되다. 韓民
族文學人서울大會의 심포지엄에서 주제강연을 하
다. 韋庵張志淵賞을 수상하다.

▲ 1995년 한국여성문학인회 30주년 기념
강연을 마치고. 오른쪽에서 세번 째가 김남
조 선생

### 1995년 (63세)
대하소설 『찬란한 여명』 전 5권을 갑인출판사에서
출간하다. 韓國女性文學人會 창립 30주년기념 강
연(연제-「한국고전에 나타난 女人像」). KBS-
1TV 대하드라마 『찬란한 여명』 방영 시작(100회
예정).

### 1996년 (64세)
아내 南玉珏 還曆을 맞다(3월 29일). 역사에세이
『신봉승의 조선사 나들이』를 도서출판 답계에서
출간하다. 大韓民國藝術院 會員으로 선임되다. 韓
中友好協會 초청으로 실크로드(北京, 蘭州, 敦煌,
哈密, 吐魯番, 烏魯木齊 등지)를 시찰하다. 수필

▲ 1996년 예술원 신입회원 환영회

▲ 1997년 강릉시 정동진에 있는 정동진 시비. 필자의 시 「정동진」이 새겨져 있다.

▲ 1997년 예술원상 수상식. 조병화 회장이 아내 남옥자과 악수하고 있다.

▲ 1998년 홍타이지(皇太極) 무덤 앞에서

▲ 1999년 10월 아내와 함께 금강산 천선대(天仙臺)에서

「섹스 스캔들」을 『현대문학(499호)』지에 발표하다. 井戸茶碗의 취재차 일본 야마구치현(山口縣) 하기시(萩市)를 여행하다.

**1997년 (65세)**

3부작 드라마 「꽃눈박이사발」을 쓰다. 제2회 韓國民族文學賞을 수상하다. 서울 市立劇團 운영위원회 위원장으로 선임되다. 제42회 大韓民國藝術院賞을 수상하다. 全經聯 濟州 세미나에서 「한국의 역사와 한국인의 정서」를 주제로 특강하다. 둘째 손녀 旲慶이 태어나다(9월 6일).

**1998년 (66세)**

韓國文人協會 理事로 선임되다. 국제 PEN클럽 한국 본부 理事로 선임되다. 關東大學校大學院 客員敎授로 초빙되다. 역사에세이 『역사 그리고 도전』이 도서출판 답게에서 간행되다. 99' 江原道國際觀光EXPO 總監督으로 초빙되다. 며느리 趙珠娟이 醫學博士의 학위취득하다. 제8회 海外韓國文學 瀋陽 심포지엄에서 「韓國史에 얽힌 瀋陽城의 사연」을 주제로 강연하다. 大韓民國 寶冠文化勳章 受勳. 韓國陶磁器日本傳來四百周年紀念 三層塔建立의 告由文을 짓고, 현지(鹿兒島) 제막식에 참석하다. 소설 仁粹大妃實記 『세월아 세월아(3권)』를 도서출판 미래지성에서 출간하다.

**1999년 (67세)**

世界人形劇祭(일본 니이가타)에 참석하다. 99' 동계아시안게임 문화예술행사 총감독. 東海大學 演劇映畵科 兼任敎授로 초빙되다. 일본 하기(萩市) 역사탐사 여행하다. 대종상영화제 심사(본심). 韓國能率協會 제주도 세미나에서 특강. 99' 강원도 국제관광EXPO 총감독. 소설 『권율(2권)』을 도서출판 답게에서 출간하다. 서울시文化賞(영상 부문) 심사. 생애 첫 戱曲 「恭愍王」을 집필하다. 문학예술인들의 '서울을 생각하는 모임'의 대표로 선임되다.
「봉래호」船上大學에서 특강. 金剛山 관광. 대하소설 『왕건(3권)』을 해냄출판사에서 출간하다. 상명대학교 교수연찬회 초청강연. 소설 『인수대비(3권)』가 도서출판 책이있는마을에서 간행되다. 일본 고치(高知), 오즈(大洲) 등지의 역사탐사(坂本龍馬, 姜沆 등) 여행. 서울교육대학교 교수연찬회 발제강연. 한국능률협회 제주도 경영세미나 특별초청강연(연제-「조선왕조 5백 년의 허와 실」).

▲ 1999년 강원도 국제관광 EXPO 총감독을 맡았을 때

## 2000년 (68세)

1999년 12월 31일 자정, 묵은 천 년을 보내는 강릉신문사 주최 '새 밀레니엄을 신봉승 선생님과 함께'에서 「새 세기는 더 힘찬 태동이 있어야 한다.」의 논제로 특별강연. 『詩人 燕山君』이 도서출판 선에서 간행되다. 상명대학교 교수연찬회에서 초청강연. 일본 고지(高知), 오즈(大洲)외 역사탐방(坂本龍馬, 姜沆 등) 여행. 서울교육대학교 교수연찬회 초청강연. 한국능률협회 제주도 경영세미나 특별초청강연. 韓日文化人懇談會 참석(東京). 국립국어연구원 특강. 일본 아키타현(秋田縣) 문화탐방. 역사에세이 『국보가 된 조선 막사발』이 도서출판 삶과 꿈에서 간행되다.

▲ 2000년 '한강축제'에서 기념 강연

▲ 2001년 첫 희곡 「파몽기」를 국립극장 해오름극장에서 공연

## 2001년 (69세)

한강 포럼에서 「명치유신과 일본의 근대화」를 주제로 초청강연. 역사소설 『조선의 정쟁(5권)』을 도서출판 동방미디어에서 출간하다. 추계예술대학교 영상문예대학원 대우교수로 초빙되다. 『TV드라마·시나리오 창작의 길라잡이』를 도서출판 선에서 출간하다. 母親喪(3월 7일). 생애 최초의 희곡 「공민왕 悲史-破夢記」를 국립극장에서 공연하다. 唐津, 有田, 長崎 등지의 역사탐방. 藝術院 珍島 세미나에서 주제발표. 社團法人 '文學의 집·

▲ 2001년 10월 26일 '문학의 집·서울' 준공식 행사장에서. 왼쪽부터 전각가 정병례, 필자, 차범석 선생, 선출판사 대표 김윤태

▲ 2002년 김유미(김영수 선생 따님) 출판
기념회에서

서울' 理事 선임. '역사를 사랑하는 모임' 理事 선임. 한국능률협회 제주도 세미나에서 특강(연제-「미래를 위한 역사인식」). KBS 위성2TV의 「N세대 특강(1시간)」방영. 동북아시아 人形劇祭 참석(일본 香川縣大內). 産學研政策過程에서 「韓日 역사에서 배우는 리더십」을 주제로 특강. 釋尊大祭(성균관) 초청강연(연제-「선비의 直言과 나라의 命運」). 대한적십자사 상임위원에 위촉되다. '교민들을 위한 강연회'에 초청되어 9·11 테러 이후 뉴욕 방문. 역사소설 『이동인의 나라(3권)』를 도서출판 동방미디어에서 출간하다.

### 2002년 (70세)

MBC라디오에 「조선왕조의 풍속과 역사」를 강의(50분물, 6회로 녹음방송). '문학의 집·서울' 작가와의 대화(주제-「역사와 역사소설」). 일본 '이즈모 다이샤(出雲大社)' 취재 여행. 고희기념 다섯 번째 역사에세이집 『학생부군과 백수건달』을 『월간 에세이』사에서 간행하다. CD-ROM 「초당 신봉승」 제작. 「초록 잉크와 100권의 저서」展을 강릉 예총 문화예술관에서 개최(5일간). KBS 위성TV '조영남이 만난 사람(60분)' 방영. 동유럽 7개 국(폴란드, 헝가리, 체코, 슬로바키아, 오스트리아, 터키, 네덜란드) 문화탐방 여행(12박 13일). 여섯 번째 역사에세이집 『성공한 王·실패한 王』이 도서출판 동방미디어에서 간행되다. 전경련 주최 '제1기 FKI-IMI Young Leaders' Camp' 초청 특강(연제-「浩然之氣를 살리자!」). 일본 '對馬島' 崔益鉉遺蹟地탐방(2박 3일). MBC-TV 창사기념 4부작 특집드라마 「너희가 나라를 아느냐?」탈고. 아시아 陶磁器交流 심포지엄 특별강연(연제-「아시아 도자교류에 대한 사견」). 역사소설 『너희가 나라를 아느냐(2권)』를 도서출판 동방미디어에서 출간하다.

## 2003년 (71세)

한국상장회사 감사관회 특강(연제-「조선왕조의 경영마인드」). 三星그룹 外國勤務社長團 세미나 특강(연제-「우리의 현실인식과 역사인식」). 國家經營戰略研究院 일본 역사탐방 현장강연(萩~有田~唐津). 희곡 『공민왕 悲史-破夢記』가 도서출판 선에서 간행되다. 연세대학교 리더십센터 특강(연제-「精神的 近代化와 '明治維新'」). 韓國文化院聯合會 이사 선임. KAIST 특강(연제-「정신적 근대화와 역사인식」). 藝術院 木浦 세미나 주제발표(연제-「尹孤山 그리고 선비들의 이야기」). 藝術院 演劇·映畵·舞踊分科 會長 피선. 藏書 3천여 권 강릉시립중앙도서관에 기증. 孝寧大賞(문화예술 부문) 수상.

▲ 2003년 평생을 모은 장서를 「강릉시립 중앙도서관」에 기증

## 2004년 (72세)

베트남 '하노이' 및 캄보디아 '앙코르와트' 답사 여행. 果川中央公務員敎育院 특강(연제-「국가경영과 역사인식」). 일곱 번째 역사에세이 『直言』을 도서출판 선에서 출간하다. 江陵市立中央圖書館에 〈초당 신봉승 예술기념관〉 開館. 韓日 시나리오작가 서울 심포지엄에서 발제강연(연제-「韓日 합작드라마의 제작 과정」).

## 2005년 (73세)

成均館儒道會 창립 60주년기념 學術大會에서 기조강연(연제-「지식인 노릇하기 참으로 어려워라」). 논픽션 「여류 도공 장금정」탈고. 국회방송 60분 특강(연제-「재미있는 조선사 이야기」. 삼성출판박물관 아카데미에서 「문학으로 읽는 조선사」를 8주간 특강하다.

## 2006년 (74세)

韓國文學博物館 이사 선임. 韓國小說家協會 최고위원 선임. 역사소설 『난세의 칼(5권)』을 도서출판

▲ 2007년 예술원 회원 세미나에서 주제 발표

▲ 2007년 전국 청년시장·군수·구청장 회의 초청강연을 마치고

선에서 출간하다. 中央公務員硏修院 특강(연제-「청년 세종대왕의 리더십」). 예술원 국제교류 여행(이태리, 프랑스, 영국 등). 여덟 번째 역사에세이 『조선의 마음』이 도서출판 선에서 간행되다. 에세이집 『마음을 비추는 거울』을 국일출판사에서 출간하다. 역사에세이 『나라를 세웠으면 역사를 고쳐야지』를 도서출판 가람기획에서 재간하다. 일본 아스카(飛鳥) 문화의 현장 '다카마쓰(高松) 고분' 탐방.

### 2007년 (75세)
한국방송 80주년기념 특집 KBS-2TV '한국, 한국인' 출연(50분). 行政安全部 국제교류팀 특별강연(연제-「한류 문화의 창조적 재해석」). 케이블TV 히스토리채널 특별방송(3시간)-제1편 '조선왕조실록'이란 무엇인가/ 제2편 성군 세종의 리더십/ 제3편 '조선 막사발'이 일분의 국보가 된 사연. 삼성그룹 임원 특별강좌(연제-「청년 세종의 리더십」). 예술원 강연(영동문화원). 극단 늘품에서 신봉승 희곡 「공민왕 비사-파몽기」 공연. 예술원 회원 세미나 주제발표(연제-「1차 사료의 행간 읽기 소고」). 建設交通部 특별강좌(연제-「조선의 선비 정신」). 육본 계룡대 군 장성 특강(연제-「리더십과 국가정체성」). 예술원 강연(보령대천 문화원). 역사기행 『일본을 답하다』를 도서출판 선에서 출간하다. 두 번째 '문학의 집·서울' 작가와의 대화(주제-「나의 역사문학」). 청년시장·군수·구청장회 초청강연(연제-「청년 세종의 리더십」)

### 2008년 (76세)
KBS-2TV '낭독의 발견' 출연(50분). '보명사' 법문강좌(불교TV 방송, 연제-「우리 근대사와 이동인 선사」). 대하소설 『조선왕조 500년』개정판을 금성출판사에서 출간하다. 국민일보 기자 및 사원

380

연수(연제-「무엇이 선진화인가」). 국립극장 예술
강좌(연제-「역사를 소재로 한 극작술」). 대한산부
인과학회 초정강연(연제-「청년 세종의 리더십」).
21세기 포럼 제주 특강(연제-「왜, 정신적 근대화
인가」). 文化財廳 궁능활용 심의위원회 위원으로
위촉되다. 추계예술대학교 문화예술경영대학원
석좌교수로 임용되다. 헌법재판소(백송 포럼) 특
별강연(연제-「정신적 근대화의 실체」). KTV '조
선왕조실록으로 오늘을 읽는다.(50분)' 방송.

▲ 2008년 예술원 총회를 마치고

### 2009년 (77세)

문필 생활 50주년, 결혼 생활 50주년(金婚)을 맞
다. 역사에세이 『조선도 몰랐던 조선』과 『조선 정
치의 꽃 정쟁』 그리고 『조선 지식인의 리더십』이
청아출판사에서 간행되다. 역사소설 『임금님의 첫
사랑(2권)』과 자전에세이 『청사초롱 불 밝히고』를
도서출판 선에서 출간하다.